George MacDonald

Das Geheimnis des Marquis

francke

Über den Autor:
George MacDonald (1824–1905) stammte aus einem alten Clan von Barden und Dudelsackpfeifern und verbrachte die meiste Zeit seines Lebens als Pfarrer und freier Schriftsteller in seiner schottischen Heimat. Wie kein anderer verstand er es, fesselnde Handlung und geistlichen Inhalt zu verbinden. Zu Unrecht ist sein reiches Schriftwerk (53 Einzelbände) heute in Vergessenheit geraten – zu Lebzeiten zählte er zu den „Top Ten" unter den britischen Dichtern. Sein Werk inspirierte große britische Schriftsteller wie G. K. Chesterton, J. R. R.Tolkien und C. S. Lewis.

Bibliografische Information Der Deutschen Bibliothek
Die Deutsche Bibliothek verzeichnet diese Publikation in der Deutschen Nationalbibliografie; detaillierte bibliografische Daten sind im Internet über http://dnb.ddb.de abrufbar.

ISBN 978-3-86827-264-2

Originaltitel: The Marquis' Secret

Published by Bethany House Publishers, Minneapolis, USA

35037 Marburg an der Lahn
Deutsch von Litera/Köppl
Umschlagbild: bridgemanart.com / Edmund Blair Leighton, „A wet Sunday morning"
Umschlaggestaltung: Verlag der Francke-Buchhandlung GmbH / Christian Heinritz
Satz: Verlag der Francke-Buchhandlung GmbH
Druck: Bercker Graphischer Betrieb, Kevelaer

www.francke-buch.de

Inhalt

1. Der Pferdehof

Es war einer jener zauberhaften Tage, die jeder Winter beschert und die wie der schöne Geist des Sommers erscheinen. Die Lieblichkeit des Morgens war jedoch besonders deutlich wahrzunehmen von der Stelle aus, wo sich Malcolm Colonsay in dem alten, rau gepflasterten Pferdehof von Lossie House befand. Er stand auf den unebenen Steinen und pflegte das Fell einer stattlichen, unruhigen Rappstute. Nichts an ihm deutete darauf hin, dass er etwas anderes war als ein gewöhnlicher Stallknecht.

Die Stute sah gefährlich aus. Ab und an warf sie aus dem einen sichtbaren Auge, von dem nur das Weiße zu sehen war, einen Blick nach hinten, doch der junge Mann war auf der Hut und im Umgang mit ihr ebenso vorsichtig wie furchtlos. Als er endlich mit dem Striegeln des Fells fertig war, nahm er ein Stück Zucker aus der Tasche und hielt es ihr hin; sie nahm es sich mit ärgerlich aussehendem Biss. Der Morgen war kalt und frisch, aber leuchtend von der Sonne. Doch trotz der Kälte lag eifriges Leben in der Luft.

Während sie so dastanden, erschien auf der anderen Seite des Hofes im Schatten ein Mann, der halb wie ein Bauer, halb wie ein Anwalt aussah.

„Sie verderben diese Stute, MacPhail!", rief er.

„Das ist kaum möglich, sie könnte nicht viel schlimmer sein", entgegnete Malcolm.

„Peitsche und Sporen braucht sie, nicht Zucker."

„Beides hat sie gehabt und wird sie zu seiner Zeit wieder bekommen, und ich hoffe, ich kann einiges mit ihr anfangen, wenn es so weit ist, Sir."

„Ihre Zeit hier wird sowieso nur kurz sein. Sie ist den Zucker nicht wert, den Sie ihr geben."

„Aber Mr. Crathie – sehen Sie sie doch nur an“, sagte Malcolm in vorwurfsvollem Ton, während er einige Schritte zurücktrat und sie bewundernd ansah. „Haben Sie solche Beine, einen solchen Hals und Kopf und ein solches Hintergestell gesehen? Sie ist in jeder Hinsicht schön, bis auf ihr Temperament, und für das kann sie nichts, so wenig wie Sie und ich. Sie ist eine solche Schönheit, kein Wunder, dass der Marquis sie kaufte in dem Augenblick, da sein Auge auf sie fiel.“

„Eines Tages bringt sie noch jemand um. Je schneller wir sie loswerden, desto besser. Da, sehen Sie!“, setzte er hinzu, als die Stute die Ohren zurücklegte und nach nichts Besonderem schnappte.

„Sie sollte das Lieblingstier meines – Herrn, des Marquis werden“, entgegnete Malcolm. „Zu schlimm, dass er nicht mehr lange genug lebte, um sie selbst zu zähmen und zu reiten. Ich weiß, dass er sich darauf gefreut hat. Aus diesem Grunde möchte ich mich nicht von ihr trennen, Sir.“

„Ich werde jedes vernünftige Angebot für sie annehmen“, sagte der Verwalter. „Sie werden sie nächste Woche zum Markt in Forres reiten und zusehen, was Sie für den Gaul kriegen können. Allerdings muss ich sagen, dass sie ruhiger geworden ist, seit Sie sich mit ihr abgeben.“

„Ganz sicher ist sie das, aber das wird keinen Tag anhalten, wenn sie verkauft wird. In dem Augenblick, da ich mich von ihr trenne, wird sie so tückisch sein wie vorher. Zu mir hat sie eine gewisse Zuneigung gefasst, weil ich ihr Zucker gebe und weil sie mich nicht abwerfen kann, doch im Herzen ist sie um keinen Deut besser. Sie ist eine ungezügelte Bestie. Ich könnte nicht dran denken, sie zu verkaufen, solange sie in diesem Zustand ist.“

„Soll der achtgeben, der sie kauft“, sagte der Verwalter.

„O ja, das meine ich auch! Ich habe nichts dagegen, solange der Verkäufer weiß, mit wem er es zu tun hat, ehe er sie kauft“, wandte Malcolm ein.

Der Verwalter lachte laut auf. In seinen Augen hatte der junge Mann wie ein kompletter Narr gesprochen. „Wir werden nicht Sie hinschicken zum Verkauf“, sagte er. „Stoat wird mit Ihnen gehen, und Sie haben nichts zu tun, als die Stute und Ihren Mund zu halten.“

„Sir“, erwiderte Malcolm ernst, „Sie meinen doch wohl nicht im Ernst, was Sie sagen? Sie sagten selbst, eines Tages werde sie noch jemand umbringen, und wenn man sie verkauft, ohne den Käufer über ihre Natur aufzuklären, heißt das, glattweg gegen das fünfte Gebot zu verstoßen.“

„Das mag in der Kirche eine gute Lehre sein, junger Mann, aber auf dem Rossmarkt ist das die reine Ketzerei. Nein, nein! Man kauft ein Pferd, wie man eine Frau nimmt – auf gut Glück, je nachdem. Eine Frau muss auch nicht ihre Fehler darlegen, wenn ein Mann sie heiraten will.“

„Vorsicht, Sir! Das ist kein geeigneter Vergleich. Mistress Kelpie hier ist nur zu bereit, ihre Fehler zu bekennen, denn sie gibt jedem, der es wissen will, einen Vorgeschmack, und sie wartet nicht erst, bis sie gebeten wird. Und wenn Sie von mir erwarten, dass ich dazu schweige, Mr. Crathie – genauso gut könnte ich dran denken, dem blauen Peter ein leckes Boot anzudrehen. Und außerdem gibt es außer dem fünften auch noch das achte Gebot. Für Pferde wird da keine Ausnahme gemacht. Wir müssen damit genau so ehrlich sein wie bei allem anderen.“

„Es gibt ein Gebot, junger Mann“, sagte Mr. Crathie in dem Versuch einer würdevollen Zurechtweisung, „das Sie anscheinend nur schwer lernen, nämlich sich um Ihre eigenen Angelegenheiten zu kümmern.“

„Wenn Sie den Heringsfang meinen, dann haben Sie

vielleicht recht", meinte Malcolm. „Davon verstehe ich mehr als vom Pferdehandel, und es ist auch ungleich anständiger."

„Keine weiteren Unverschämtheiten", entgegnete der Verwalter. „Der Marquis ist nicht mehr da, der Sie in Ihren Torheiten unterstützt. Dass er darüber belustigt war, ist kein Grund, warum ich sie hinnehmen sollte. Halten Sie also Ihre Zunge, oder es wird Ihnen noch leidtun."

Malcolm lächelte seltsam, schwieg aber.

„Sie haben hier zu tun, was ich Ihnen sage, und keine Widerrede", setzte der Verwalter hinzu.

„Darüber bin ich mir klar, Sir – innerhalb gewisser Grenzen", erwiderte Malcolm.

„Was soll das heißen?"

„Das soll heißen, dass man sich zu seinem Nächsten so verhält, wie man auch von ihm behandelt sein möchte. Das meine ich, Sir."

„Ich habe schon einmal gesagt, dass das für den Pferdehandel nicht gilt. Auf dem Rossmarkt muss sich jeder um sich selbst kümmern, davon wird ausgegangen. Wären Sie unter Pferden groß geworden statt unter Heringen, dann wüssten Sie das so gut wie jeder andere."

„Ohne Zweifel werde ich zu meinen Heringen zurückgehen, denn sie werden sich als die ehrlicheren erweisen. Aber in Kelpie steckt keine Heuchelei, und sie muss ihr tägliches Futter haben, was immer auch geschieht."

Bei dem Wort „Heuchelei" lief Mr. Crathie rot an. Er war Kirchenältester und hielt jeden Abend eine Familienandacht mit der gleichen Regelmäßigkeit, mit der er seinen Schlummertrunk zu sich nahm. Das Wort war für ihn beleidigend und unverschämt. Er hätte Malcolm auf der Stelle zum Teufel gejagt, hätte er sich nicht an die Gunst des verstorbenen Marquis für den Burschen erinnert, wie auch der Gunst, welche die gegenwärtige Marquise ihm entgegenbrachte, und der ihm selbst erteilten Weisungen, sich ihm gegenüber freundlich zu verhalten. Er würgte daher Wut und Ärger hinunter und erklärte streng: „Malcolm, Sie haben zwei Feinde – eine vorwitzige Zunge und eine kräftige Einbildung. Sie haben wenig, worauf Sie stolz sein könnten. Ich gebe Ihnen den guten Rat: achten Sie auf das, was Sie tun, und erweisen Sie Ihren Vorgesetzten den nötigen Respekt, sonst werden Sie bei Ihren Fischdärmen landen, so sicher wie das Amen in der Kirche."

Während er redete, strich Malcolm mit seiner Hand immer wieder beruhigend über Kelpies Fell. In dem Augenblick, da der Verwalter zu Ende war, hörte er auf mit Streicheln, legte einen Arm über den Rücken der Stute und blickte ihm voll ins Gesicht. „Wenn Sie sich einbilden, Mr. Crathie, dass ich es für eine weltliche Vergünstigung halte, dem Befehl eines Mannes unterstellt zu sein, der weniger ehrlich ist, als er sein könnte, dann haben Sie sich getäuscht. Ich glaube nicht, dass dies Stolz ist. Ich lege wohl die Netze des blauen Peters aus, aber ich würde niemals für irgendeinen Verwalter zwischen hier und Neufundland lügen."

Das war zu viel für Mr. Crathie. Die Gefühle übermannten ihn und die Wut stand ihm ins Gesicht geschrieben, als er mit erhobener Faust auf Malcolm losging.

„Bleiben Sie von der Stute weg, Mr. Crathie, um Himmels willen!", rief er.

Doch schon während er sprach, fuhr das glänzende Hufeisen von Kelpie dem entsetzten Verwalter mit einem blitzartigen Schlag entgegen. Er fuhr zurück, weiß vor Schreck, war er doch um ein knappes Zoll Raum und einen knappen Augenblick Zeit dem entgangen, was er Ewigkeit nannte.

Wie betäubt vor Angst wandte er sich um und taumelte halb über den Hof, bis er sich wieder gefangen hatte. Dann kehrte er zurück und sagte mit der ganzen Würde, die er zusammenkratzen konnte: „MacPhail, Sie sind entlassen!"

In seiner törichten Vorstellung glaubte er, Malcolm habe die Stute zum Ausschlagen veranlasst.

„Ich kann erst gehen, wenn Stoat heimkommt", antwortete Malcolm.

„Wenn ich Sie nach Sonnenuntergang noch hier sehe, werde ich Sie mit der Reitpeitsche traktieren", erklärte der Verwalter und ging.

Malcolm lächelte wieder seltsam, schwieg jedoch. Er nahm der Stute das Halfter ab und führte sie in den Stall, wo er sie fütterte. Er blieb bei ihr stehen, während sie aß, und ließ sie keinen Augenblick aus den Augen. Seit ihrer Ankunft wenige Tage nach dem Tode des Marquis hatte Malcolm sich ihrer angenommen, in der Hoffnung, sie ein wenig zu zähmen. Der Verwalter, der Malcolm als noch unter den ihm unterstellten Dienern stehend ansah, gestattete ihm wie dem Pferd dazubleiben in der Hoffnung, bei einem Verkauf im Laufe der Zeit einen höheren Preis zu erzielen, als ihn der Marquis hatte für das Pferd anlegen müssen.

Als die Stute mit ihrem Hafer fertig war, überließ Malcolm sie dem Heu, denn sie verbrauchte große Mengen Futter, und ging ins Haus. Er kam durch die Küche und stieg die Wendeltreppe zur Bibliothek hinauf. Als er den engen Gang im zweiten Stock entlangschritt, spähte Mrs. Courthope aus einem der Schlafzimmer ihm nach und beobachtete ihn beim Gehen, wobei sie einige Male entschieden mit dem Kopf nickte. Er erinnerte sie stark, nicht an den verstorbenen Marquis, sondern an dessen Bruder, seinen Vorgänger, und zwar so sehr, dass sie sich sicher war, er habe in seinen Adern genauso viel Colonsay-Blut als jeder von den Marquis, wer immer auch seine Mutter gewesen sein mochte.

Malcolm ging direkt in eine bestimmte Ecke, zog aus

einer staubigen Gruppe von Klassikern einen schmalen Band hervor, setzte sich und begann zu lesen. Doch er konnte seine Gedanken nicht auf die Worte konzentrieren, denn sie waren mit anderen Dingen beschäftigt. Er dachte daran, wie der verstorbene Marquis vor ungefähr drei Monaten ihn auf dem Totenbett insgeheim als seinen Sohn anerkannte und ihm das Wohlergehen seiner Schwester anvertraute. Die Erinnerung an diesen Auftrag schwand keine Sekunde aus seinem Herzen. In den vergangenen Monaten lastete eine qualvolle Verwirrung auf ihm. Denn wäre er als der Marquis von Lossie hervorgetreten, dann hätte dies nicht nur bedeutet, Florimel den Titel zu nehmen, den sie als ihren eigenen ansah, sondern sie auch für illegitim zu stempeln, denn da die erste Frau des Marquis – Malcolms Mutter – bei ihrer Geburt noch am Leben war, wurde die Heirat des Marquis mit Florimels Mutter null und nichtig. Wie sollte er also handeln, damit der Mensch, den er so liebhatte, so wenig wie möglich von Skandal betroffen wurde?

Trotz seiner eigenen einfachen Bildung sorgte er sich um seine eigenen Aussichten nicht. Er, der auf geheimnisvolle Weise der Fürsorge eines blinden Dudelsackpfeifers aus dem Hochland anvertraut worden war und unter dem Fischervolk der Seaton aufwuchs, war ganz natürlich in ihre Lebensweise und Tätigkeit hineingewachsen. Erst in jüngster Zeit hatte er den Beruf eines Fischers aufgegeben, um die Jacht des Marquis zu übernehmen, und nach und nach war er ihm und seiner Tochter durch seine Hilfsbereitschaft unentbehrlich geworden; so war er als bevorzugter Diener in das Herrenhaus von Lossie übergesiedelt. Seine Buchweisheit verdankte er in erster Linie der Freundschaft mit dem Schullehrer der Gemeinde.

Hätte er sich damit begnügen können, für Florimels Zukunft zu sorgen und gleichzeitig mit einem guten

Gewissen den Leuten treu zu bleiben, die seiner Sorge als Marquis anvertraut waren, dann hätte Malcolm wahrscheinlich nie die Notwendigkeit empfunden, sich als Marquis zu bekennen. Er war ganz zufrieden mit seiner Arbeit als Fischer, Stallknecht oder Diener, soweit er sicher sein konnte, damit den Interessen Florimels am besten zu dienen.

Doch nun schienen Ereignisse, über die Malcolm keine Kontrolle hatte, eine solche Wahl unmöglich zu machen. Florimel war nicht nur aus Portlossie abgereist und damit dem Bereich seines Wirkens entzogen, sie war darüber hinaus in einen Bekanntenkreis geraten, der nach Malcolms Urteil – gelinde ausgedrückt – sich mehr um das eigene Wohlergehen sorgte als um Florimels Wohl. Die Marquise von Lossie, wie sie nun genannt wurde – denn sie gehörte zu den zwei oder drei Familien Schottlands, in denen der Titel auch in weiblicher Linie vererbt wird – stand seit dem Tode ihres Vaters unter der Vormundschaft einer gewissen verwitweten Gräfin. Lady Bellair hatte sie zuerst nach Edinburgh und dann nach London mitgenommen. Die meiste Sorge bereitete Malcolm Florimels potentieller Freier, Lady Bellairs Neffe Lord Meikleham. Nachrichten über sie erhielt Malcolm durch Mr. Soutar, den Anwalt des verstorbenen Marquis in Duff Harbor. Die jüngste Information besagte, dass sie sich, so schnell das die Schicklichkeit während der Trauerzeit erlaubte, in den Strudel der Londoner Gesellschaft stürzte. Malcolm war ganz verzweifelt, dass er ihr als Bruder so wenig hilfreich sein konnte. Könnte er erst wieder ihr Skipper, Reitknecht oder Diener sein, dann könnte er wenigstens feststellen, wie er ihr am besten die zwischen ihnen bestehenden Bande enthüllen konnte, ohne gleich von Anfang einen Bruch herbeizuführen und so die Hoffnung zu zerstören, ihr und dem Auftrag ihres gemeinsamen Vaters zu dienen.

Die Türe der Bibliothek öffnete sich und Miss Horn trat ein. Sie sah streng, ernst und hart – beinahe wild aus. Sie ergriff Malcolms Hand mit einer gewissen leichten Unzufriedenheit und ließ sich in einen der Sessel fallen, die in der Bibliothek in großer Zahl umherstanden.

„Bezeichnest du dich als ehrlichen Menschen, Malcolm?"

„Ich bezeichne mich als gar nichts", antwortete er, „aber ich hoffe das zu sein, was Sie sagen, Miss Horn."

„O, ich bezweifle nicht, dass du weder stehlen noch Lügen über ein Pferd erzählen würdest. Ich bin eben gekommen, weil sich einige über dich das Maul zerreißen. Mistress Crathie erzählt mir, dass ihr Mann vor Wut schäumt, weil du keine Unterlassungslüge über die schwarze Stute auf dich nehmen willst. Doch ein Gentleman darf nicht lügen, auch nicht durch Verschweigen. Und doch – was ist dein Leben jetzt schon anderes als eine Lüge, Malcolm? Du, der ehrliche Marquis von Lossie, vertrödelst deine Zeit und Körperkraft mit diesem Gaul, der den Teufel im Leib hat, während deine Halbschwester dem leibhaftigen Teufel in die Arme läuft unter der gottlosen Gesellschaft in London! Lässt du sie nicht mit dem Glauben an eine Lüge weiterleben? Erlaubst du ihr nicht, weiterzumachen, als sei sie etwas Besseres als normale Sterbliche, wo du doch genau weißt, dass sie so wenig die Marquise von Lossie ist wie du der Sohn vom alten Duncan MacPhail? Mut, Mann! Du hast die Wahrheit genauso eingebüßt wie dein Vater, selbst wenn du dafür die Welt gewonnen hast."

„Sagen Sie nichts gegen den Toten, Mem. Ich will annehmen, dass er nun mit meiner Mutter vereint ist. Und immerhin hat er sich zu ihr als seiner Frau und mir als seinem Sohn bekannt, ehe er starb, und wozu sonst wäre ihm noch Zeit geblieben?"

„Es stimmt aber“, entgegnete Miss Horn, „und nun zu dir. Was dein Vater bekannt hat mit dem Tod vor Augen – dieses gleiche Bekenntnis stößt du wieder zurück in eine Wolke des Geheimnisses, anstatt den Makel vom Gedächtnis der Person zu tilgen, die ich mehr geliebt habe als eine Kusine dritten Grades und mehr als du deine eigene Mutter.“

„Auf ihrem Gedächtnis liegt kein Makel, Mem“, erwiderte Malcolm, „sonst würde ich morgen Marquis sein. Keine Seele weiß, dass sie Mutter war, und genauso wenig weiß jemand, dass sie verheiratet und wessen Gemahlin sie war.“

Miss Horn wollte und konnte hierauf nichts mehr antworten und wechselte deshalb ihre Angriffsfront. „Malcolm Colonsay, du hast dich also mehr oder weniger entschlossen, deine Tage in deinem eigenen Stall zuzubringen, nicht besser und nicht schlechter als ein Diener im Lossie Arms? Und das nach allem, was ich unternommen habe, um dich zu einem Gentleman zu machen. Ich bin zu deinem Vater gegangen wie zu einem Löwen in seiner Grube und habe ihn dazu gebracht, die Sache zu bekennen, obwohl er mit jedem Haar seines steifen Nackens dagegen war. O mein Junge, das war ein Bild, als er mit dem Rücken zur Türe stand wie ein renitenter Bulle!“

„Hüten Sie Ihre Zunge, Mem. Ich kann es nicht hören, wenn von meinem Vater auf diese Weise geredet wird. Denn sehen Sie, ich habe ihn schon liebgehabt, ehe ich wusste, dass in meinen Adern auch nur ein Tropfen von seinem Blut floss.“

„Das ist ja alles gut und schön, aber Vater und Mutter sind Mann und Frau. Du stammst nicht nur vom Vater allein.“

„Das stimmt, Mem. Und niemals werde ich das Gesicht vergessen, das Sie mir im Sarg gezeigt haben – das schönste, traurigste Gesicht, das ich gesehen habe“, antwortete Malcolm mit zitternder Stimme. „Glauben Sie bitte nicht, dass ich die Toten vergessen werde über meiner Sorge für die Lebenden. Ich sage Ihnen, ich weiß ganz einfach nicht, was ich tun soll. Mein Vater hat sie noch mit seinen letzten Worten, als er schon im Sterben lag, meiner Sorge anvertraut, und bei der Zuneigung, die ich selbst für Lady Florimel habe, wie kann ich da den Sonnenschein aus ihrem Leben vertreiben? Wie kann ich ihr so nahe kommen, dass ich irgendetwas Gutes bewirken kann, was diese Bezeichnung verdient? Da stehe ich, ihr eigener Halbbruder, und habe keine andere Macht, als ihr Herz zu verwunden oder weiterzulügen? Selbst einmal angenommen, dass sie sich zuerst verheiratet, wie stünde sie ihrem Mann gegenüber da, wenn er erfährt, dass sie keine Marquise ist und keinen rechtmäßigen Anspruch auf irgendeinen Namen besitzt als den ihrer Mutter? Und mit welchem Recht dürfte ich zulassen, dass ein Mann sie heiratet, ohne vorher die Wahrheit über sie zu erfahren? Armes Ding! Von ihrem hübschen Kopf blickte sie auf mich herab wie von des Himmels Höhen. Aber ich werde es ihr mitteilen, wenn ich nur den richtigen Weg dazu finden könnte.“ Er seufzte tief auf, und für den Augenblick trat eine Pause ein.

„Wahrheit bleibt Wahrheit“, meinte Miss Horn, „nicht mehr und nicht weniger.“

„Ja“, stimmte Malcolm zu, „doch es gibt einen richtigen und einen falschen Zeitpunkt dafür, sie auszusprechen. Ich habe kein besonderes Geschick für Lügen auf lange Sicht. Sie wissen selbst, Mem, dass es nicht meine Idee war. Ich für mich war nie etwas anderes als ein Fischer.“

„Aber wie ist das mit deinen eigenen Leuten? Wie um alles in der Welt willst du ihnen gegenüber deine Pflicht tun, wenn du nicht Macht und Herrschaft antrittst? Du hast die Macht und das Geld, für sie, die seit vielen Generationen auf deinem Land siedeln, alles zu tun, was dir beliebt. Es sind ehrliche Leute. Wenn ein Mann König ist, dann hat er die Verpflichtung zum Regieren."

„Ach, Mem, ich hab mir überlegt, wie gerne ich in Scaurnose einen großen Hafen für die Fischer bauen möchte, die mein eigenes Fleisch und Blut sind. Aber der Grund muss nach Recht und Ordnung gelegt werden, Mem. Und ich werde nicht drangehen, irgendetwas zu unternehmen, bis ich das tun kann, ohne meine Schwester zu ruinieren."

„Nun, eins ist jedenfalls klar: Du wirst das nie wissen, solange du in einem Stall mit Vierbeinern ohne Verstand und einigen zweibeinigen Wesen mit noch weniger Verstand herumhängst."

„Zweifellos haben Sie damit recht, Mem. Wenn ich nur die arme Kelpie mit mir nehmen könnte. Denn ich glaube, ich muss gehen", sagte Malcolm.

„Wohin bitte?", fragte Miss Horn.

„Oh, nach London, wohin sonst?"

„Und was werden Eure Lordschaft dort unternehmen?"

„Sagen Sie nicht Lordschaft zu mir, Mem, bitte. Ich bin noch nicht daran gewöhnt, und ich bezweifle, ob ich mich je dran gewöhnen werde."

„Ich weiß nur, dass du dazu bestimmt bist, ein Lord zu sein und nicht ein Stallbursche. Und ich werde keine Ruhe geben, bis du aufstehst und sagst: ‚Was nun?'"

„Das habe ich mich selbst in den letzten drei Monaten gefragt", sagte Malcolm.

„In der Tat, aber du hast das zu dir selbst gesagt, und ich will, dass du hingehst und es laut sagst!"

„Wenn ich doch nur wüsste, was ich tun soll!", sagte Malcolm wohl zum tausendsten Male.

2. Die Sorge

Als Miss Horn gegangen war – nach einem Abschied, der freundlicher war als ihre Begrüßung –, ging Malcolm zurück in den Stall, sattelte Kelpie und nahm sie zu einem Ausritt mit. Beim Vorbeiritt am Haus des Verwalters sah ihn Mrs. Crathie vom Fenster aus. Sie stand auf und blickte ihm von der Türe aus nach – eine stolze Frau, die eifersüchtig über die Würde ihres Mannes wachte, noch eifersüchtiger jedoch über ihre eigene. „Ganz der alte Marquis!“, murmelte sie bei sich, als er vorüberritt. „Wenn dieser Kerl doch ein paar Knochen brechen würde! Die Unverschämtheit von diesem Burschen!“

Die Stute war ausgeruht und die Straßen waren hart gefroren. Er wandte sich deshalb der Seaton zu. Am westlichen Rand des Ortsteils lag glatter Sand, der am Rande des Niedrigwassers flach und feucht war. Er ließ Kelpie den Zügel locker, und sogleich fiel sie in einen wilden Galopp. Als er jedoch beim Herannahen des steinigen Teils des Strands, aus dem sich der Lochfelsen erhob, merkte, dass er sie nicht rechtzeitig aufnehmen konnte, lenkte er ihren Kopf zu der langen Sanddüne, die ein kleines Stückchen jenseits der Gezeitenlinie parallel zum Ufer lief. Der Sand war trocken und lose und stieg steil an. Bei jedem Schritt sanken Kelpies Hufe ein, und als sie oben ankamen mit heftig arbeitenden Flanken und geblähten Nüstern, hatte er die Stute wieder fest in der Hand. Keuchend, aber scharrend und tänzelnd stand sie da und ließ den Sand nach allen Richtungen davonstieben.

Plötzlich erhob sich eine junge Frau mit einem Kind in den Armen. Malcolm schien es fast, sie tauche unter Kelpies Kopf auf. Sie drehte und gestikulierte und schien, ob aus Zorn oder Schreck, jeden Nerv anzuspannen, um den Sturz des Reiters herbeizuführen.

„Zurück, Lizzy!“, schrie Malcolm. „Sie ist eine elende Bestie, ich kann sie vielleicht nicht halten.“

Lizza schien auf seine Worte gar nicht zu hören, sondern stand nur traurig dreinblickend da und starrte auf Kelpie, die da auf dem Dünenkamm scharrte und um sich stieß.

„Dir macht es wohl nichts aus, wenn diese Teufelin dir das Hirn einschlägt, Lizzy, aber du hast doch das Kind. Hab Erbarmen mit dem Kind und lauf den Abhang hinunter!“

„Ich will mit dir reden, Malcolm MacPhail“, sagte sie in einem Ton, aus dem tiefer Kummer sprach.

„Ich kann dir jetzt nicht gut zuhören“, sagte Malcolm. „Aber warte einen Augenblick.“ Er schwang sich aus dem Sattel, fasste mit einer Hand den Zügel kurz, suchte mit der anderen in seiner Manteltasche und sprach dabei beruhigend: „Zucker, Kelpie, Zucker!“

Das Tier schnaubte begierig, blieb stehen und begann zu schnuppern. Er beeilte sich, denn ihre Begierde konnte sehr schnell in Ungeduld umschlagen, und dann würde sie es darauf anlegen, ihn zu beißen. Nachdem sie drei oder vier Zuckerstücke zerkaut hatte, blieb sie ganz still stehen. Malcolm musste zusehen, dass er die Zeit möglichst gut ausnützte.

„Nun, Lizzy“, drängte er, „sprich, solange es geht.“

„Malcolm“, sagte das Mädchen und blickte ihm einen Augenblick lang voll ins Gesicht, denn die Qual hatte die Scham überwunden, „Malcolm, er will Lady Florimel heiraten.“

Malcolm war wie vom Donner gerührt und schwieg. Konnte Lizza mehr von seiner Schwester erfahren haben als er?

Lizza hatte nie eine Andeutung über den Vater ihres Kindes gemacht.

Ihre Familie wusste lediglich, dass er kein Fischer sein konnte, denn in diesem Falle hätte er sie vor der Geburt des Kindes geheiratet. Doch Malcolm hegte von Anfang an einen Verdacht, der nun durch ihre Worte bestätigt wurde. Und dieser Kerl wollte seine Schwester heiraten? Er wurde blass vor Schreck, dann überzog zornige Röte sein Gesicht und er stand sprachlos da.

Doch ein stechender Schmerz von Kelpies Zähnen an seinen Schulterblättern brachte ihn schnell wieder zu sich. Er hatte sie ganz vergessen, und das machte sie sich zunutze.

„Wer hat dir das gesagt, Lizzy?"

„Das darf ich dir nicht sagen, Malcolm. Aber ich bin sicher, dass es stimmt, und mir bricht's das Herz."

„Das tut mir wirklich leid", sagte Malcolm. „Ist es denn jemand, der weiß, was er redet?"

„Nun, ich kann nicht ganz sicher sagen, ob sie es weiß, aber ich glaube, sie hat gute Gründe, sonst hätte sie nichts gesagt. O Gott! Malcolm, du bist so ziemlich der Einzige, der jetzt nicht auf mich herabschaut. Als ich dich über die Düne daherkommen sah, habe ich einfach das Gefühl gehabt, ich müsse es dir sagen."

„Ich möchte nicht, dass du mir etwas sagst, von dem du versprochen hast, Schweigen zu bewahren", sagte Malcolm, „aber wenn du es mir anvertrauen willst, dann höre ich gerne zu."

„Ich habe nichts weiter zu berichten, Malcolm, als dass Mylady Florimel dabei ist, Lord Meikleham zu heiraten – Lord Liftore, wie er jetzt genannt wird. O mein Gott!"

„Der Himmel verhüte, dass sie einen solchen Lumpen zum Mann nimmt!", rief Malcolm.

„Beschimpf ihn nicht, Malcolm, das kann ich nicht ertragen, obwohl ich kein Recht habe, für ihn einzutreten."

„Ich werde kein Wort sagen, das dein trauriges Herz

beschwert", erwiderte er, „doch wenn du alles wüsstest, dann wäre dir klar, dass ich selbst mit seiner Lordschaft ein ganz fettes Huhn zu rupfen habe."

Das Mädchen stieß einen erstickten Schrei aus. „Du wirst ihn doch nicht verletzen, Malcolm?", sagte sie erschrocken, wohl bei dem Gedanken an den eleganten jungen Mann in den Klauen eines zornigen Fischers, selbst wenn das der großzügige Malcolm MacPhail selbst war.

„Das habe ich eigentlich nicht vor", antwortete er, „aber wir müssen sehen, wie er sich verhält."

Die einsetzende Dunkelheit verhinderte, dass Malcolm den scharfen Blick nachdenklichen Bedauerns wahrnahm, mit dem Lizza das trübe Licht zu durchdringen und in seinem Gesicht zu lesen versuchte. Einen Augenblick lang dachte das arme Mädchen, er habe andeuten wollen, dass er sie selbst einmal geliebt habe. Doch Malcolm schlug sich mit anderen Gedanken herum – einer davon war, dass er das Mädchen, dem er so sehr zugetan war, schon ehe er wusste, dass sie von seinem Fleisch und Blut war, eher mit einem ehrlichen Fischer aus der Seaton verheiratet sehen würde als mit einem Lord wie Meikleham. Er hatte in Lossie House genug von ihm gesehen, um zu wissen, wes Geistes Kind er war. Der puritanische, vom Fischfang lebende Malcolm hatte eigene Vorstellungen von den meisten Lords seiner Zeit. Der Gedanke an eine solche Verbindung war entsetzlich für ihn. Noch konnte diese Entwicklung verhindert werden, nur, was konnte er tun, ohne gleichzeitig seine Schwester zutiefst zu verletzen? „Ich glaube nicht, dass er je Mylady heiraten wird", sagte er.

„Wie kommst du dazu, das zu sagen, Malcolm?", erkundigte sich Lizza eifrig.

„Ich kann dir das jetzt nicht sagen." Malcolm wurde von Kelpie unterbrochen, die heftig zerrte und sich von ihm freizumachen versuchte. „Sie wird schon wieder tückisch, Lizzy. Ich muss sie heimbringen", sagte er und sprang auf Kelpies Rücken. „Ich werde später mit dir reden. Mach dir jetzt keine Sorgen."

Nach seiner Rückkehr in den Stall hörte Malcolm den Verwalter über die Pflastersteine auf ihn zukommen, als er Kelpie in ihre Box brachte. Er riss die Türe auf und schrie wutentbrannt: „MacPhail! Kommen Sie da raus! Mit welchem Recht halten Sie sich hier noch auf? Habe ich Sie nicht heute Morgen rausgeschmissen?"

„Gewiss, Sir, aber ich bekomme noch meinen Lohn", sagte Malcolm.

„Das ist gleichgültig. Wenn Sie eins der Gebäude hier betreten, sind Sie nicht besser als ein Einbrecher."

„Ich breche kein Schloss auf", entgegnete Malcolm. „Ich habe den Schlüssel, den Mylord mir gegeben hat."

„Geben Sie ihn her. Ich bin jetzt der Herr hier!" –

Mr. Crathie war ein Mensch, der Gutes leistete, wenn er eine Autorität über sich wusste, doch die Autorität, die er nun selbst ausübte, war übertrieben und viel belastender als die des Marquis. Er war erfüllt von der Einbildung seiner eigenen Bedeutung und doch von Zweifeln geplagt, ob diese Bedeutung von den Untergebenen auch angemessen anerkannt würde. Das hatte ihn herrschsüchtig gemacht, sodass er auf die geringste Missachtung seiner Befehle höchst verärgert reagierte. Beim Fischervolk war er deshalb alles andere als angesehen. Den ganzen Tag über hatte er über Malcolms Betragen am Morgen gewütet, und als er von seiner Frau erfuhr, dass sie ihn auf Kelpie gesehen hatte, als sei nichts geschehen, wanderte er durch das Anwesen und brütete über die Worte, die Malcolm zu ihm gesagt hatte. Dabei wartete er nur auf eine Gelegenheit, den unbotmäßigen jungen Mann in seine Schranken zu weisen. Er konnte sich nicht freimachen von dem scharfen Brennen, das Malcolms Worte in ihm hinterlassen hatte, denn es enthielt die Wahrheit, und seine Stiche wirken mehr als jedes Gift.

„Das werde ich ganz gewiss nicht, Sir. Was er mir gab, behalte ich auch."

„Geben Sie augenblicklich den Schlüssel her, sonst werde ich einen Haftbefehl wegen Diebstahls gegen Sie erwirken!"

„Wir werden das Mr. Soutar vortragen."

Der Verwalter fluchte. „Was hat er mit meinen Angelegenheiten zu schaffen, Lausekerl? Raus hier, oder ich jage dich wie einen dreckigen Lumpen mit der Reitpeitsche zum Teufel!"

„Weg mit der Peitsche", sagte Malcolm.

„Mir aus den Augen!", schrie der Verwalter, „oder ich schieße dich nieder wie einen Hund!"

„Gehen Sie doch und holen Sie Ihr Gewehr", forderte Malcolm ihn auf, „und wenn Sie mich hier warten finden, können Sie mich haben."

Der Verwalter gab eine schreckliche Verwünschung von sich.

„Nehmen Sie sich in acht, Sir! Schämen Sie sich. Gehen Sie heim zu Ihrer Frau, und morgen früh hole ich mir meinen Lohn."

„Wenn du nochmals einen Fuß hier auf den Boden setzt, hetze ich jeden Hund hier auf dich."

Malcolm lachte. „Wenn ich den Befehl umkehre, Mr. Crathie, was glauben Sie wohl, wem sie gehorchen, mir oder Ihnen?"

„Gib mir den Schlüssel und scher dich zu deinen eigenen Angelegenheiten."

„O nein, Sir. Was Mylord mir gegeben hat, das behalte ich, und wenn sich sämtliche Verwalter der Welt auf den Kopf stellen", entgegnete Malcolm. „Und zum Verlassen des Anwesens ist zu sagen, dass ich nicht in Ihren Diensten stehe, Mr. Crathie, und Sie haben mir nichts zu befehlen. Ich gehe, wenn es mir passt."

Er war mit Kelpie fertig. Mit zuversichtlichen Schritten ging er an dem drohenden Verwalter vorbei in Richtung zum Seetor und von da aus nach Scaurnose. Die Türe am Häuschen des blauen Peter wurde von seiner Frau geöffnet. Malcolm ging nicht hinein, sondern rief nach seinem Freund, den er mit Phemy auf den Knien am Feuer sitzen sah, er möge herauskommen und mit ihm reden.

Der blaue Peter kam dieser Aufforderung sofort nach. „Es ist doch wohl alles in Ordnung, Malcolm, hoffe ich“, sagte er und schloss die Türe hinter sich.

„Mr. Graham würde sagen“, erwiderte Malcolm, „dass nur etwas in Unordnung ist, was man selber verkehrt gemacht oder nicht in Ordnung gebracht hat, wenn sich die Gelegenheit dazu bot. Aber ich bin gekommen, um dich um deinen Rat zu bitten, Peter. Komm mit mir zum Strand hinunter, dann erzähle ich dir davon.“

„Willst du nicht, dass die Frau davon erfährt?“, fragte sein Freund. „Ich habe nicht gern Geheimnisse vor ihr.“

„Du magst selbst beurteilen, ob du es ihr sagst oder nicht. Nur muss sie Stillschweigen bewahren.“

„Sie kann schweigen wie das Grab.“

Während des Redens erreichten sie die Klippe, die das von Steinen übersäte Ufer überragte. Es war eine kalte, klare Nacht. Überall um sie herum lagen Flecke mit Schnee. Am klaren Himmel funkelten die Sterne, denn der Wind, der kalt aus Nordwesten wehte, hatte die Schneewolken vertrieben. Malcolm legte seinem Freund die Hand auf den Arm und sagte: „Habe ich dich je angelogen, blauer Peter?“

„Nein, nie. Warum fragst du das?“

„Weil ich möchte, dass du mir jetzt glaubst. Leicht wird es nicht sein.“

„Ich glaube alles, was du mir sagst – alles, was man glauben kann“, sagte Joseph.

„Nun, ich habe erfahren, dass mein Name nicht MacPhail ist – er ist Colonsay, Mann! – Ich bin der Marquis von Lossie!“

Ohne auch nur einen Augenblick zu zögern, zog der blaue Peter seine Mütze.

„Peter“, rief Malcolm, „brich mir nicht das Herz! Setz sofort deinen Hut wieder auf.“

„Dem Herrn sei Dank, Mylord“, sagte der blaue Peter. „Wenn das der Wille Eurer Lordschaft ist.“

„Zuerst und vor allen Dingen ist mein Wille, dass mein bester Freund nach meinem alten Daddy und dem Lehrer sich nicht gegen mich wendet, weil ich einen Marquis statt eines Dudelsackpfeifers oder eines Fischers zum Vater hatte.“

„Davon kann kaum die Rede sein, Mylord“, erwiderte der blaue Peter, „wenn meine erste Frage heißt: ‚Was willst du, dass ich tun soll?‘ Hier bin ich und stelle keine Fragen.“

„Ich möchte, dass du dir meine Geschichte anhörst.“

„Nur zu, Mylord“, sagte Peter.

Malcolm schwieg einige Augenblicke, dann sagte er: „Ich meine, Peter, dass ich dir dankbar wäre, wenn du nur dann ‚Mylord‘ zu mir sagst, wenn wir unter uns sind, und selbst dann möchte ich es nicht gerne. Ich möchte mich nicht gerne daran gewöhnen, und ganz unter uns – es gefällt mir nicht. Und nun werde ich dir alles sagen, was ich weiß.“

Als er die Geschichte zu Ende erzählt hatte, die ihm bekannt geworden war und wie er davon erfahren hatte, sagte Peter: „Gib mir deine Hand, Mylord. Möge Gott dir ein langes Leben schenken, damit du ehrenvoll über uns herrschst! Aber nun, was gedenkst du zu tun, bitte?“

„Sag mir, Peter, was glaubst du, dass ich tun soll?“

„Das erfordert eine ganze Menge Denkarbeit“, entgegnete der Fischer. „Aber eins scheint klar: du darfst nicht zulassen, dass deine Schwester einer Versuchung ausgesetzt ist, vor der du sie bewahren kannst, sonst würdest du das Versprechen brechen, das du deinem Vater gegeben hast. Ich glaube nicht, dass er Lady Florimel unter dem Einfluss einer Person wie Lady Bellair sehen möchte – wenigstens dort, wo er nun ist. Du musst zu ihr gehen. Du hast keine andere Wahl, Mylord."

„Aber wenn ich hingehe, was soll ich dann tun?"

„Das musst du sehen, wenn du dort bist."

„Das sage ich mir ja auch selbst, und das sagte mir auch Miss Horn.

Aber es ist etwas anderes, meine eigenen Gedanken in Ordnung zu bringen. Siehst du, ich scheue mich davor, ihren Stolz zu verletzen, sie zu erniedrigen, damit ich aufsteigen kann."

„Mylord", sagte Peter feierlich, „du kennst das Leben der armen Fischersleute. Du kennst diese Leute. Rechnest du es als nichts, dass dich die Vorsehung nun in die Verantwortung für sie eingesetzt hat? Warum hätte Gott dir eine solche Erziehung zukommen lassen, wie sie kein Sohn eines Marquis je hatte und vielleicht haben wird, wenn es nicht darum geschehen wäre, damit du dich um diese Menschen kümmerst und das Beste für sie tust? Wenn du sie vergisst, dann vergisst du ihn, der sie und dich und das Meer und die Heringe erschaffen hat."

„Du sprichst die Wahrheit, Peter, wie ich sie auch in meinem Herzen fühle. Aber ich wünsche mir so sehr, ihr nicht wehzutun."

Sie schwiegen eine Weile.

„Hör mal", sagte Malcolm endlich mit entschlossenem Ton, „willst du mit mir nach London segeln ... heut Nacht noch?"

Der Fischer dachte schweigend nach, dann sprach er: „Ja, Mylord, das will ich. Aber ich muss erst meiner Frau Bescheid sagen."

„Lauf und hol sie her.“

„In einer Minute bin ich mit ihr da“, sagte Joseph und lief zum Haus zurück.

Einige Minuten lang stand Malcolm allein da im trüben Licht des winterlichen Sternenhimmels und blickte auf die dämmerige See hinaus, die so düster dalag wie seine eigene Zukunft. Er erahnte ihre Schwierigkeiten, dachte aber keinen Augenblick an die Gefahren, die sie barg. Es geschah nur selten, dass ihn etwas mehr bedrückte als der Zweifel an dem, was er tun sollte. Doch der erste Schritt zur Tat ist auch der Anfang zum Tod des Zweifels, und Malcolms Gefühle stiegen höher als die Nacht des Zweifels, als er allein unter den Sternen stand und darauf harrte, sich zu einer Reise einzuschiffen, von der er nicht wusste, wohin sie ihn führen mochte.

Seine Gedanken wurden durch die Rückkehr des blauen Peter mit seiner Frau unterbrochen. Sie schlang ihre Arme um Malcolm und brach in Tränen aus.

„Sachte, sachte, liebe Frau“, meinte ihr Mann, „warum weinst du denn?“

„Peter“, antwortete sie, „das ist gerade wie ein Sterben. Er wird uns nun verlassen und zu den Seinen zurückkehren. Ich kann es einfach nicht ertragen, dass er uns fremd werden könnte, die wir ihn so lange kennen.“

„Das wäre ein böser Tag“, entgegnete Malcolm, „wenn ich mich von einem meiner Freunde entfremden würde. Ich müsste schon sehr weit absinken, ehe das geschieht. Ich bin vielleicht nicht imstande zu tun, was ihr von mir erwartet, aber habt Vertrauen zu mir, ich werde gerecht zu euch sein. Und nun möchte ich, dass der blaue Peter mich begleitet und mir hilft zu tun, was ich tun muss, wenn du keine Einwände hast.“

„Nein, ich habe nichts dagegen. Ich würde selbst mitgehen, wenn ich irgendwie nützlich sein könnte“, antwortete Mrs. Mair. „Aber Frauen sind doch meist nur im Weg."

„Ich danke dir. Und nun müssen wir uns auf den Weg machen, Peter."

„Aber doch sicher nicht heute Nacht?", wandte Mrs. Mair überrascht ein.

„Je früher, desto besser, Annie", erwiderte ihr Mann. „Wir könnten auch keinen besseren Wind haben. Lauf bitte heim und pack uns was zum Essen ein und komm uns dann nach Portlossie nach."

Malcolm und der blaue Peter schlugen den Weg nach der Seaton ein, um das Schiff des Marquis zu Wasser zu lassen, während Annie Mair nach Hause ging, um Haferkuchen, getrockneten Fisch und andere Vorräte für die Reise zusammenzupacken. Als die beiden Männer in der Seaton eintrafen, fanden sie eine Menge hilfsbereiter Hände vor, die mit anpackten. Malcolm sagte, sie wollten nach Peterhead segeln, und so wurden nur wenig Fragen gestellt. Nachdem das Boot zu Wasser gelassen worden war, blieb nur noch wenig zu tun, denn es war in einwandfreiem Zustand auf Kiel gelegt worden. Sobald Mrs. Mair mit ihrem Korb erschienen war und sie ein Fass mit Wasser, einige Angelschnüre und einen Topf mit Miesmuscheln als Köder an Bord geschafft hatten, waren sie zur Abfahrt bereit. Sie verabschiedeten sich von den Freunden, die sie in dem Glauben ließen, dass sie nur für ein bis zwei Tage wegfuhren, wahrscheinlich in irgendeinem Auftrag von Mr. Crathie.

Der Nordwestwind brachte sie schnell nach Duff Harbor, wo Malcolm an Land ging und Mr. Soutar aufsuchte. Mit dem Vorbehalt einer Landratte erhob er starke Einwände gegen ein so verrücktes Unternehmen, um diese Jahreszeit nach London zu segeln, doch vergebens. Malcolm sah darin nichts Verrücktes, und der Anwalt musste zugeben, dass er das selbst am besten beurteilen konnte. Er brachte einen jungen Burschen mit an Bord, der Peter bekannt war, und nachdem die Mannschaft nun vollständig war, setzten sie von Neuem Segel. Bei Sonnenaufgang waren sie bereits in der Nähe von Peterhead.

Malcolms Stimmung stieg immer mehr, als sie über das helle, kalte Wasser dahinschossen. Nie empfand er so stark das Gefühl eigener Fähigkeit wie auf See. Im Kampf mit den Elementen waren seine Kräfte zum ersten Mal gefordert worden, und seither fühlte er sich auf dem Wasser am stärksten, sichersten und am ehesten zu Hause. Sein Geist wurde auch durch die Aussicht auf ein Wiedersehen mit seinem geistigen Führer beflügelt, dem früheren Schullehrer von Portlossie, Mr. Graham, den der Vorwurf eines fragwürdigen Unterrichts letzten Endes doch bald nach dem Tode des Marquis aus dem Ort vertrieben hatte und der nun in London lebte.

Sie legten in Peterhead an, kauften einiges an Proviant und setzten dann wieder Segel. Malcolm wurde sich zunehmend bewusst, dass er rasch zu einem Entschluss über die Schritte kommen musste, die er nach dem Eintreffen in London zu ergreifen hatte. Er konnte sich zwar Gedanken darüber machen, doch planen konnte er erst, wenn er herausgefunden hatte, wo seine Schwester wohnte. Dann musste er einen Blick auf das Haus werfen und nach Möglichkeit Zugang finden.

Bis zum Firth of Forth kannten sie die ganze Küste; danach mussten sie vorsichtiger sein. Sie hatten keine Karten an Bord, hätten auch nicht viel damit anfangen können. Doch die Winde blieben günstig, das Wetter war klar, kalt und voller Leben. Auf der Höhe von Nore gerieten sie in raues Wetter und mussten einen Tag und eine Nacht lang auf den Beinen bleiben, bis sich die Stürme legten.

Sie sprachen gelegentlich mit Leuten auf einem Fischerboot, erhielten Richtungsanweisungen und gerieten mehr und mehr in ruhigeres Wasser, als der Kanal enger wurde. Zu guter Letzt endete ihre Reise unter der London Bridge in einem wahren Dschungel von Masten.

3. Die Stadt

Die beiden Fischer ließen Davy als Wache auf dem Boot zurück und gingen an Land. Sie durchquerten die engen Gebiete am Fluss und fanden sich schon bald im Lärm der Londoner City. Erst waren sie wie betäubt, dann aufgeregt und schließlich benommen. Ohne Plan wanderten sie umher, bis ihnen die Füße wehtaten, die nicht an die harten Pflastersteine gewohnt waren. Es war ein trüber Märztag; ein scharfer Wind pfiff um die Straßenecken. Sie wünschten, sie wären wieder auf See.

„Was für eine Menge Menschen!“, sagte der blaue Peter.

„Man kann sich schwerlich vorstellen“, fügte Malcolm hinzu, „dass Gott in einem solchen Gewimmel nach jedem sehen kann.“

Die beiden grobschlächtigen Schotten wirkten in den Straßen Londons ziemlich fehl am Platz. Endlich führte sie ein Polizist zu einem schottischen Speiselokal, wo sie gut verköstigt wurden und von der Wirtin Hinweise bekamen, wie sie zur Curzon Street kämen. Mr. Soutar hatte ihnen eine bestimmte Hausnummer dort als Adresse von Lady Bellair genannt.

Auf Malcolms Klopfen wurde ihnen von einer schlampig aussehenden Putzfrau die Türe geöffnet, die ihnen mitteilte, dass Lady Bellair ihren Wohnsitz in das Haus von Lady Lossie am Portland Place verlegt habe. Nach vielerlei seltsamen Wirrnissen, Missverständnissen und vergeblichen Bemühungen, Ladenschilder und Notizen in Fenstern zu verstehen, fanden sie mithilfe zahlreicher Polizisten endlich den Weg in die vornehme Gegend des Portland Place.

Das gesuchte Haus war eins der größten in der Gegend. Er wollte jedoch nicht der Versuchung nachgeben und einen eingehenden Blick darauf werfen aus Furcht, von irgendeinem Fenster aus bemerkt und erkannt zu werden. Sie wandten sich deshalb zu einer der kleineren Straßen zwischen Portland Place und Great Portland Street, wo sie nach einigem Herumsuchen ein ordentlich aussehendes Gasthaus entdeckten. Auf ihre Frage nach einer Unterkunft wurden sie an eine Frau in der Nachbarschaft verwiesen, die dort einen dumpfen kleinen Kuriositätenladen betrieb. Nachdem sie die Miete für eine Woche im Voraus bezahlt hatten, überließ sie ihnen ein kleines Schlafzimmer. Doch Malcolm wollte Peter in dieser Nacht nicht bei sich haben. Er wollte sich völlig frei fühlen, und außerdem erschien es ihm unbedingt wünschenswert, dass Peter nach dem Schiff und dem Jungen sehen sollte.

Als er allein war, verfiel er wieder in seine bis dahin vergeblichen Überlegungen: Wie konnte er in die Nähe seiner Schwester gelangen? Er brachte es nicht über sich zu lügen, und wenn er ohne einen einleuchtenden Grund vor sie hintrat, war sie womöglich viel zu gekränkt über seine Zumutung, sie solle ihn weiter in ihren Diensten behalten. Und nur wenn er ihr als Diener nahe sein konnte, sah er eine Möglichkeit, etwas für sie tun zu können, ohne Tatsachen zu enthüllen, die jeden weiteren Dienst unmöglich machten. Plan um Plan ging ihm durch den Kopf und wurde wieder verworfen. Sein einziger Entschluss bestand schließlich darin, an Mr. Soutar zu schreiben, dem er den Schutz Kelpies anvertraut hatte, und ihn anzuweisen, das Pferd mit dem ersten gedeckten Boot aus Aberdeen zu schicken. Außerdem schrieb er an Miss Horn und teilte ihr mit, wo er sich aufhielt. Dann ging er fort und kehrte zum Portland Place zurück.

Die Nacht senkte sich nieder, und auf einmal begann es zu schneien. Wagen eilten in alle Richtungen durch Dunkelheit und Schnee. Auf dem harten Straßenpflaster gaben die Hufe der Pferde ein Echo. Konnte es wirklich sein, dass dieses Haus ihm gehörte? Gewiss, und doch wagte er nicht, hineinzugehen. Er schritt vielleicht fünfzig Mal auf der gegenüberliegenden Straßenseite auf und ab und bemerkte doch kein Lebenszeichen im Haus. Schließlich hielt eine Kutsche vor der Türe und ein Mann stieg aus und klopfte. Die Türe öffnete sich und er trat ein. Die Kutsche wartete. Vielleicht eine Viertelstunde später kam er wieder heraus in Begleitung von zwei Damen, von denen Malcolm eine nach der Figur für Florimel hielt. Sie stiegen alle miteinander in die Kutsche und fuhren los. Malcolm machte sich auf einen harten Lauf gefasst, doch wegen des Schnees fuhr der Kutscher vorsichtig und Malcolm hatte keine Schwierigkeiten, dem Fahrzeug nahe zu bleiben.

Sie hielten vor den Türen eines großen, dunklen Gebäudes, das Malcolm mit einigem Verwundern für eine Art Kirche hielt. Sie stiegen eine große Treppenflucht hinauf und er blieb immer noch hinter ihnen. Oben angekommen, verschwanden sie gerade um eine Ecke, als sein weiteres Vordringen aufgehalten wurde. Ein Mann trat auf ihn zu, sagte ihm, er könne hier nicht weiter, und verlangte brummig sein Billet zu sehen.

„Ich habe keins. Was ist das hier für ein Ort?“, fragte Malcolm.

Der Mann blickte voll spöttischer Verblüffung auf, wandte sich zu einem anderen um, der hinter ihm herumlungerte, und sagte: „Tom, da ist ein Gentleman, der wissen möchte, wo er ist. Kannst du's ihm sagen?“

Der Mann lachte und meinte dann: „Geh da hinunter und kauf dir ein Billett für das Parterre, dann weißt du es bald, Kamerad.“

Malcolm tat, wie ihm geheißen, und nach einigem Fragen und dem Berappen von zwei Shilling fand er sich im Parkett eines der größten Londoner Theater wieder.

Das Spiel begann und Malcolms Blick wurde sofort von der erleuchteten Bühne angezogen. Die Menge der Gesichter um ihn herum nahm er überhaupt nicht wahr. Doch allmählich gewöhnte er sich an seine Umgebung, den seltsamen neuen Ort, an dem er sich befand, und die stumme Menge um ihn, und er machte sich an eine systematische Suche nach seiner Schwester unter den Damen in den Logen. Doch als er sie entdeckt hatte, wagte er seinen Blick nicht auf sie zu richten, damit sie nicht bewogen würde, in seine Richtung zu schauen und ihn womöglich zu erkennen. Doch ach! Ihr Blick hätte zwanzigmal auf ihm ruhen können, ohne dass ihr auch nur einmal der Gedanke an den jungen Fischer von Portlossie gekommen wäre. Sie hatte all das, was in den nun schon alten Tagen zwischen ihnen gewesen war, praktisch vergessen.

Er fasste Mut und schaute etwas genauer zu ihr hin. Dabei gewann er den Eindruck, dass mit ihr bereits irgendeine Veränderung vor sich gegangen war. Es war Florimel, aber doch wieder nicht die Florimel, die er gekannt hatte. Sie war schöner, aber in seinen Augen doch nicht so lieblich. Vieles von dem, was ihn bezaubert hatte, war vergangen. Sie wirkte vornehmer, doch unter die Vornehmheit mischte sich eine gewisse Härte. Gewiss war sie nicht so glücklich wie in der Zeit in Lossie House. Sie trug ein schwarzes Kleid und eine weiße Blume im Haar. Neben ihr saß Lady Bellair mit ihrem kecken Gesicht, und hinter ihnen hatte ihr Neffe Lord Meikleham, der jetzige Lord Liftore, Platz genommen.

Bei seinem Anblick ergriff Malcolm heftiger Unwille. Hinter der Gestalt des Grafen erblickte er im Geist die Gestalt Lizzy Findlays draußen auf der Boars Tail Düne, den alten Schal um sich und das Kind des Mannes gewickelt, der da so heiter und bequem in seiner Loge saß. Er hatte feine, klar geschnittene Gesichtszüge, breite Schultern und einen gut geformten Kopf. Er sah sehr viel besser aus als damals, da Malcolm ihm im Speisezimmer von Lossie angeboten hatte, mit einer Hand gegen ihn zu kämpfen. Hin und wieder lehnte er sich zwischen die beiden Damen vor und sagte etwas zu Florimel. Nach Malcolms Eindruck antwortete sie ihm mit einem gewissen Hochmut, warf ihm auch gelegentlich einen gleichgültigen Blick zu, worüber Malcolm erfreut war. Lord Liftore hatte sie offenbar nicht aus der Fassung gebracht – noch nicht. Doch zu seinem Ärger bemerkte er ab und zu einen Blick zwischen beiden, der zumindest auf eine gewisse Vertraulichkeit schließen ließ.

Während der letzten Szene, als Malcolm sich drehte, um einen Blick auf seine Schwester und ihre Begleitung zu werfen, bemerkte er in seiner Nähe ein Gesicht, das anscheinend ganz vertieft war in den Anblick einer Person, die in der gleichen Richtung saß. Es war das Gesicht eines jungen Mannes, vielleicht einige Jahre älter als er selbst, ein groß gewachsener Mann mit buschigen Augenbrauen und dunklen, durchdringenden Augen. Malcolm schien es, als sei sein Blick ebenfalls auf seine Schwester gerichtet, doch bei der großen Entfernung der Logen konnte er nicht sicher sein. Einmal glaubte er, sie schaue zu dem jungen Mann herüber, doch auch dessen war er sich nicht gewiss.

Sobald das Stück zu Ende war, erhob sich Malcolm und bahnte sich einen Weg durch die Menge zum Fuß der Treppe, die Florimel am Anfang mit ihren Begleitern hinaufgestiegen war. Er stand erst kurze Zeit da, als er vor sich denselben Mann sah, den er im Parterre beobachtet hatte und der offenbar auch wartete. Nach einiger Zeit kamen seine Schwester, Lady Bellair und Lord Liftore inmitten zahlreicher Theaterbesucher die Treppe herab. Ihr Blick schien in der Menge, welche die Halle füllte, nach jemand zu suchen. Auf einmal wurde zwischen beiden ein Blick des Erkennens gewechselt und der junge Mann stellte sich so hin, dass sie in der Menge dicht an ihm vorbeigehen musste. Malcolm meinte, sie hätten sich im Vorübergehen einen Augenblick lang an der Hand gefasst. Sie wandte leicht den Kopf und schien ihm nur mit den Lippen eine Frage zu stellen. Er antwortete in gleicher Weise, doch kein Zug ihres Gesichts bewegte sich, kein Wort wurde gesprochen. Keiner ihrer beiden Begleiter hatte den jungen Mann bemerkt, und er blieb stehen, wo er war, bis sie das Haus verlassen hatte. Auch Malcolm stand da, und es drängte ihn, dem Mann zu folgen. Doch als seine Aufmerksamkeit für einen Moment in andere Richtung abgelenkt wurde, war er verschwunden.

Daher ging er zu seiner Unterkunft, doch ehe er dort angekommen war, beschloss er, einen Versuch mit einem Plan zu unternehmen, der ihm schon früher eingefallen war, doch bis jetzt als zu riskant erschien. Dieser Plan sah vor, das Haus zu beobachten, bis er bemerkte, dass eine Gesellschaft im Gange war, und sich dann vorzustellen, als sei er eben vom Landsitz von Mylady angekommen. In einem solchen Augenblick würde niemand sie von seinem Auftauchen in Kenntnis setzen und er könnte ganz selbstverständlich mit bei der Bedienung der Gäste zugreifen. Auf diese Weise gelänge es ihm vielleicht, sie ein wenig an seine Anwesenheit zu gewöhnen, ehe sie sich bemüßigt fühlte, sie in Frage zu stellen.

Den nächsten Tag verbrachte er mit dem blauen Peter vor allem mit Besichtigungen und dem Erlernen ihres Weges durch London. Peter sehnte sich schon danach, aus der Stadt hinauszukommen, blieb jedoch wenigstens so lange, bis Malcolms Weg sich klar abzeichnete. Sobald Peter am späten Nachmittag zum Boot zurückgekehrt war, zog Malcolm seinen Kilt an, den er nach London mitgenommen hatte, und als es dunkel geworden war, nahm er den Dudelsack unter den Arm und machte sich auf den Weg nach Portland Place. Da Florimel ihn zuletzt vor allem in seiner Hochlandtracht gesehen hatte, hielt er dies für die beste Gelegenheit, Zutritt zum Haus zu erlangen. Er wusste nicht, zu welchem Zweck er den Dudelsack gebrauchen konnte, wollte jedoch für jede Möglichkeit gerüstet sein. Er hoffte auf einen raschen Erfolg für seinen Plan, denn bei der stummen Unterhaltung zwischen seiner Schwester und ihrem Freund in der Menge hatte er die Worte ‚komm' und ‚morgen' abzulesen vermeint. Vielleicht spielte ihm seine Einbildung einen Streich, doch es war immerhin ein Anhaltspunkt.

Er spazierte die Straße auf und ab, ohne ein Lebenszeichen im Haus wahrzunehmen; doch endlich wurde in der Halle Licht angezündet. Dann ging die Türe auf und ein Diener rollte einen Teppich über das breite Pflaster, das vom Schnee nass und schmutzig war. Einige Minuten später traf die erste Kutsche ein, der weitere folgten. Es erwies sich als bescheidene Dinner-Gesellschaft, und nachdem seit der Ankunft der letzten Kutsche einige Zeit verstrichen war und keine neuen Fahrzeuge kamen, nahm Malcolm an, das Dinner sei nun in vollem Gang, und läutete am vorderen Eingang.

Die Türe wurde von einem riesigen Lakaien geöffnet. Malcolm wollte eigentlich sofort eintreten und seine Geschichte nach seinem Belieben erzählen, doch der Diener, der bisher nur bei Straßenbettlern das Gewand gesehen hatte, das Malcolm trug, schloss rasch die Türe. Malcolm schob jedoch seinen Fuß vor, ehe sie zufiel.

„Weg da, Scotchy! Du bist hier nicht erwünscht", sagte der Mann und drückte gegen die Türe. „Die Polizei ist gleich um die Ecke!"

Eine der Schwächen, die Malcolm seinem keltischen Blut verdankte, war höchste Ungeduld gegenüber Grobheit. „Öffnen Sie die Tür und lassen Sie mich rein!", verlangte er.

„Was ist dein Anliegen?", fragte der Mann, auf den Malcolms heftiger Ton nicht ohne Eindruck geblieben war.

„Mein Anliegen ist Lady Lossie", sagte Malcolm.

„Das geht jetzt nicht. Sie ist bei Tisch."

„Lassen Sie mich rein, dann werde ich warten. Ich komme von Lossie House."

„Nimm den Fuß weg, dann will ich nachsehen", sagte der Mann.

„Nein, erst machen Sie die Türe auf", entgegnete Malcolm.

Die Antwort des Mannes bestand im Versuch, seinen Fuß von der Türe wegzuschieben. Wenn er einen Landstreicher einließ, was würde dann der Butler sagen?

Doch Malcolm setzte das Mundstück seines Dudelsacks an die Lippen, füllte rasch den Luftsack und stieß mit dem Instrument ein solches Kreischen aus, dass sein Gegner wider Willen beide Hände gegen die Ohren presste. Mit dem Knie stieß Malcolm plötzlich die Türe auf und betrat die Halle mit dem vollen Klang des Dudelsacks, doch nur für einen Augenblick. Die Treppe herunter stürmte Demon, Florimels riesiger irischer Jagdhund. Er sprang Malcolm an und brachte die Musik damit zu einem abrupten Ende. Der Lakai lachte, denn er erwartete, der Hund würde ihn in Stücke reißen. Doch als er sah, wie das mächtige Tier die Pfoten auf Malcolms Schulter legte und ihm mit seiner Zunge das Gesicht leckte, kamen ihm doch Zweifel.

„Der Hund scheint Sie zu kennen", meinte er mürrisch.

„Sie werden mich in Kürze auch kennenlernen", entgegnete Malcolm. „Ist es etwa meine Schuld, wenn ich den Fehler begangen und von Ihnen Höflichkeit erwartet habe?"

„Ich werde gehen und Wallis holen", sagte der Mann, schloss die Türe und verließ die Halle.

Nun war dieser Wallis zu gleicher Zeit wie Malcolm Diener in Lossie House gewesen, doch wusste er nicht, dass dieser mit Lady Bellair gegangen war, als sie Florimel mitnahm. Fast alle waren damals fortgegangen. Er war froh, dass sich unter den Dienern einer befand, der ihn kannte.

Wallis machte einen kurzen Abstecher mit einer Schüssel in den Händen auf dem Weg zum Speisezimmer, von wo ein Durcheinander der Geräusche vom Fest zu vernehmen war.

„Sie werden gekommen sein, um Lady Lossie zu bedienen", sagte er. „Ich habe im Augenblick keine freie Minute, um mit Ihnen zu sprechen, denn wir servieren eben das Dinner, und es wird eine Gesellschaft gegeben."

„Machen Sie sich keine Gedanken. Geben Sie mir die Schüssel, ich werde sie hineinbringen. Sie können eine andere holen", sagte Malcolm und verwahrte seinen Dudelsack an einem sicheren Ort.

„Aber so können Sie doch nicht in das Speisezimmer gehen!", meinte Wallis.

„So habe ich Mylord bedient", entgegnete Malcolm, „und so werde ich auch Mylady bedienen."

Wallis zögerte. Doch an diesem Fischerburschen war etwas, gegen das er nicht ankam. Während Malcolm sprach, nahm er ihm die Schüssel aus der Hand und ging damit ins Speisezimmer.

Dort angekommen, genügte ein Erkundungsblick. Der Butler stand am Büffet und öffnete eine Champagnerflasche. Er hatte eben die Hand am Korken, als Malcolm auf ihn zuging.

„Ich bin Lady Lossies Diener aus dem Herrenhaus in Lossie. Ich werde Ihnen beim Bedienen helfen."

In den Augen des Butlers sah er wie ein Wilder aus. Doch da stand er im Raum mit einer Schüssel in den Händen und sprach durchaus verständlich. Er warf einen Blick in Malcolms Schüssel und sagte: „Dann tragen Sie das auf."

So trat Malcolm in das Geschäft der Stunde ein.

Erst einige Zeit nachdem er herausgefunden hatte, wo sie saß, wagte er, seiner Schwester einen Blick zuzuwerfen – er wollte sie mit seiner Anwesenheit vertraut machen, ehe sich ihre Blicke trafen. Diese Krise trat während des Essens nicht ein.

Lord Liftore befand sich in der Gesellschaft, ebenso Florimels geheimnisvoller Freund – zu Malcolms Freude, denn er empfand ihn als Verbündeten gegen den Grafen.

Kaum waren die Damen in den Wohnraum gegangen, als Florimels Zofe, die ihn kannte, kam und nach ihm suchte. Lady Lossie wünschte ihn zu sehen.

„Was bedeutet das, MacPhail?", fragte sie, als er den Raum betrat, in dem sie allein saß. „Ich habe nicht nach Euch geschickt. Tatsächlich dachte ich, Ihr wäret mit den übrigen Dienern entlassen worden."

Wie anders sprach sie nun! Früher hatte sie ihn Malcolm genannt! Das Mädchen Florimel war dahin. Die halbe Freundschaft, die zwischen ihnen bestanden hatte, war in Vergessenheit geraten, so viel war gewiss. Malcolm schien es, als habe sie sogar seine Dienste vergessen, die einmal Teil ihres täglichen Lebens gewesen waren.

Doch Florimel hatte die Vergangenheit nicht völlig vergessen, wie es Malcolm scheinen mochte – wenigstens nicht so vollständig, dass sein Erscheinen und gewisse Schwierigkeiten, in denen sie sich in letzter Zeit sah, nicht einiges davon in ihr wachgerufen hätte.

„Ich dachte", begann Malcolm, „dass Sie, Mylady, vielleicht entscheiden würden, sich nicht von einem alten Diener zu trennen, wie ein Verwalter es möchte, und deshalb habe ich es auf mich genommen, mich unmittelbar an Mylady zu wenden, um die Frage zu entscheiden."

„Aber wie das? Seid Ihr denn nicht zu Eurem Fischfang zurückgekehrt, als der Haushalt aufgelöst wurde?"

„Nein, Mylady. Mr. Crathie behielt mich, um Stoat zu helfen und dies und jenes zu erledigen."

„Und nun will er Euch entlassen?"

Malcolm berichtete ihr nun die ganze Geschichte und gab dabei eine so eindrückliche Beschreibung von Kelpie, dass Florimel den Wunsch bekräftigte, die Stute zu sehen, denn sie war eine leidenschaftliche Pferdenärrin.

„Dazu werden Sie bald Gelegenheit haben, Mylady", sagte Malcolm. „Mr. Soutar ist nicht von der gleichen Art wie Mr. Crathie, er ist dabei, sie hierher zu schicken. Es fallen nur die Kosten für die Passage von Aberdeen an, und hier erzielt sie einen besseren Preis, wenn Mylady sich entschließen sollte, sich von ihr zu trennen. Allerdings wird sie höchstens ein Drittel ihres Wertes einbringen wegen ihres üblen Temperaments und ihrer hässlichen Tricks."

„Und Ihr, MacPhail, was werdet Ihr tun?", fragte Florimel. „Ich möchte mich eigentlich nicht gerne von Euch trennen, aber wenn ich Euch behalte, dann weiß ich nicht, womit ich Euch beschäftigen soll. Ihr könntet ohne Zweifel im Haus Dienst tun, aber das würde nicht zu Eurer Erziehung und Eurem bisherigen Leben passen."

„Wenn Sie Kelpie behalten wollen, Mylady, dann werden Sie auch mich behalten müssen, denn sie lässt niemand anderen in ihre Nähe."

„Dann sagt mir doch bitte, was ich mit einem solchen Tier anfangen soll?"

„Nun, Mylady, ich könnte mir vorstellen, dass Sie einen Reitknecht brauchen, wenn Sie ausreiten, und dieser Reitknecht braucht ein Pferd. So wären wir beide versorgt, Kelpie und ich!", antwortete Malcolm.

Florimel lachte. „Ich sehe schon, Ihr bringt es fertig,

dass ich ein Pferd halte, mit dem niemand fertig wird außer Euch." Ihr gefiel der Gedanke, einen Reitknecht mit einem so prächtigen Tier zu haben, und sie hatte einen viel zu gut begründeten Glauben an Malcolm, um gefährliche Ereignisse vorauszuahnen.

„Mylady", sagte Malcolm und appellierte an ihr Wissen um seinen Charakter als letztes Mittel der Überredung, „Mylady, habe ich Sie je angelogen?"

„Gewiss nicht, Malcolm, soweit ich weiß."

„Dann", so fuhr er fort, „werde ich Ihnen etwas erzählen, was Sie vielleicht nur schwer glauben können, und doch ist es so wahr, wie ich Ihren Vater geliebt habe, Mylady. Sie wissen, dass er für mich eine gewisse Zuneigung hatte?"

„Das weiß ich", antwortete Florimel, leise angerührt von dem Ton in Malcolms Stimme und Ausdruck.

„Dann nehme ich mir die Kühnheit, Ihnen zu sagen, Mylady, dass Ihr Vater auf dem Totenbett von mir wünschte, mein Bestes für Sie zu tun – er nahm mein Wort, dass ich Ihnen ein treuer Diener sein werde."

„Ist das wirklich so, Malcolm?", erwiderte Florimel mit erstauntem Blick. Sie hatte ihren Vater geliebt, und dies klang beinahe wie eine Botschaft über das Grab hinaus.

„Es ist so wahr, wie ich hier vor Ihnen stehe, Mylady", bekräftigte Malcolm.

Florimel schwieg einen Augenblick, dann sagte sie: „Wie kommt es, dass Ihr mir erst jetzt davon erzählt?"

„Ihr Vater wünschte nie, dass ich Ihnen davon erzähle, Mylady, nur stellte er sich niemals vor, dass Sie sich von mir trennen wollten, nehme ich an. Doch als Sie sich nicht darum kümmerten, mich zu behalten, und kein Wort sprachen, als Sie weggingen, da wusste ich nicht, wie ich das bewerkstelligen sollte, was ich ihm versprochen hatte. Ich habe keine Stunde lang mein Versprechen vergessen, fürchtete aber ein Misslingen, denn wenn ich das Missfallen von Mylady erregte, dann wäre mein Chance vertan. So hielt ich mich in Lossie House auf, solange es ging, in der Hoffnung, auf die eine oder andere Weise den richtigen Weg zu finden. Doch als Mr. Crathie mich schließlich wegschickte, was sollte ich da tun, als zu Mylady zu kommen? Und wenn Mylady die Dinge so belassen wollen, wie sie vorher waren – mit dem Dienst, meine ich –, dann zweifle ich nicht, dass dies Ihrem Vater gefiele, wann immer er davon erfahren würde."

Florimel warf ihm einen seltsamen, leicht erschreckten Blick zu. Kaum mehr als einmal hatte sie seit seiner Beerdigung von ihm sprechen hören, und nun redete dieser Fischerbursche von ihm, als lebe er noch immer im Herrenhaus von Lossie.

Malcolm verstand ihren Blick. „Ich weiß, was Sie denken, Mylady. Aber ich kann nicht anders. Etwas zu lieben heißt zu wissen, dass es unsterblich ist. Für mich lebt er, Mylady, und warum auch nicht? Hat er nicht vor dem Sterben sein Gesicht dem Licht zugewandt? Und Er, der von den Toten auferstanden ist, sagte, wer an Ihn glaube, werde niemals sterben."

Florimel hielt ihren Blick noch einen Augenblick auf sein Gesicht gerichtet. Sie erinnerte sich daran, wie seltsam er immer gewesen war, doch zur gleichen Zeit dämmerte es ihr, dass in der Einfachheit dieses jungen Mannes ein unzerstörbarer Schatz verborgen lag.

Malcolm beging selten den Fehler, die aufkeimende Saat der Wahrheit zu zertrampeln, die vielleicht gepflanzt worden war. Er wusste, wann er nichts mehr sagen sollte, und für eine Weile schwiegen beide. Bei aller Kühle ihrer äußeren Hülle wurde es Lady Florimel doch warm ums Herz bei dem Gedanken, einen so starken, hingebungsvollen und selbstlosen Kavalier um sich zu haben.

„Ich möchte, dass Ihr versteht", sagte sie endlich, „dass

ich zurzeit nicht die Herrin dieses Hauses bin, auch wenn es mir gehört. Ich bin nur Gast von Lady Bellair, die es von meinen Vormündern gemietet hat. Ich kann deshalb nicht veranlassen, dass Ihr hier im Haus bleibt. Aber Ihr könnt in der Nachbarschaft Unterkunft finden und jeden Tag um ein Uhr zu mir kommen, um meine Anweisungen zu holen. Lasst mich wissen, wenn Eure Stute eintrifft; vorher werde ich Euch nicht brauchen. In den Ställen werdet Ihr Platz für sie finden. Mit dem Butler solltet Ihr wegen Eurer Livree sprechen."

Malcolm staunte über die weibliche Selbstgefälligkeit, mit der sie ihre Anweisungen erteilte, doch er verließ sie mit der Befriedigung eines Menschen, dessen rechtmäßiger Wunsch Erfüllung fand. Er sprach mit dem Butler und ging heim in seine Unterkunft, wo er sich hinsetzte und nachdachte.

In seinem Herzen stieg brennendes Mitleid auf. Er fürchtete, dass die vornehme Haltung seiner Schwester sich vorwiegend auf ihre eingebildete Stellung in der Gesellschaft gründete und weniger auf ihren Charakter. Wäre es grausam, diese falsche Grundlage zu zerstören? Für den Augenblick bestand jedoch keine Notwendigkeit, diese Frage zu beantworten. Das Vertrautwerden mit ihrer Umgebung, auch in der Rolle eines Reitknechts, würde wahrscheinlich vieles enthüllen. In der Zwischenzeit war er ihr so nahe, dass keine wichtige Veränderung eintreten konnte ohne sein Wissen und ohne die Möglichkeit, dass er notfalls eingreifen konnte.

4. Der Maler

Am nächsten Tag kam Wallis zu Malcolm und nahm ihn mit zum Schneider. Sie unterhielten sich dabei über die Gäste des vorigen Abends.

„Lord Meikleham hat sich sehr verändert", meinte Malcolm.

„Das stimmt", sagte Wallis. „Ich glaube, er hat sich sehr gebessert. Aber er hat nun auch die Nachfolge des Titels angetreten. Er ist nun Earl und Lord Liftore. Ein großer, starker Mann ist er geworden."

„Gibt's keine Neuigkeiten über seine Heirat?", fragte Malcolm. „Man sagt, er habe einen großen Besitz."

„Aber sie ist doch noch ein junges Ding", sagte Wallis, „obwohl sie sich genau so sehr verändert hat wie er."

„Von wem sprechen Sie?", wollte Malcolm wissen, dem sehr daran lag, den Klatsch des Hausgesindes über dieses Thema zu hören.

„Nun, natürlich von Lady Lossie. Jeder, der ein bisschen einen Blick dafür hat, kann das sehen."

„Dann ist das also abgemacht?"

„Das ist schwer zu sagen. Mylady ist ihrem Vater viel zu ähnlich. Niemand kann sagen, was sie in der nächsten Minute tun will. Aber er hängt immer in ihrer Nähe herum. Und meiner Meinung nach könnte sie nichts Besseres tun. Ich sehe nicht, was man gegen diese Verbindung einwenden könnte."

„Wir glaubten eigentlich immer, er trinke zu viel", warf Malcolm ein. „Und außerdem ist er ihrer nicht wert."

„Ja, ich muss zugeben, dass seine Familie sich mit ihrer nicht vergleichen kann. Es gibt da irgendwo einen Großvater, der Bankier oder Bierbrauer oder Seifenfabrikant oder so was war, und sie und ihre Familie waren

Grafen und Marquis, seit sie Arm in Arm aus der Arche marschiert sind. Aber das scheint heutzutage keine solche Rolle mehr zu spielen wie früher. Mrs. Tredger, das ist die Zofe von Mylady – nur das ist geheim – sagt, es sei alles schon abgemacht. Sie weiß es ganz sicher, nur soll darüber noch nicht geredet werden. Wissen Sie, sie ist ja noch so jung."

„Wer war denn der Mann, der Mylady gegenübersaß auf der anderen Seite des Tisches?", fragte Malcolm.

„Ich weiß, wen Sie meinen. Sah nicht aus wie die anderen, wie? So sonderbare Leute wie er tun das nie. Das ist irgendein Kerl, der Lady Lossies Porträt malt. Warum er deshalb zum Dinner gebeten wird, weiß ich auch nicht. Aber London ist schon ein komisches Pflaster! Hier gibt's keinerlei Respekt vor Personen. Ich erkläre Ihnen klipp und klar, Malcolm MacPhail, dass es mir manchmal recht ungemütlich wird, wenn ich dran denke, wen ich vielleicht bedient habe, ohne es zu wissen. Dieser Malerbursche da – Lenorme nennen sie ihn – macht mich richtig ärgerlich. Wenn ich bloß sehe, wie er Lady Lossie anstarrt!"

„Ein Maler will wahrscheinlich einen recht guten Eindruck von dem Gesicht bekommen, das er malen soll", meinte Malcolm. „Ist er oft hier?"

„Schon fünf- oder sechsmal war er da", antwortete Wallis. „Ich bin sicher, dass er genügend Zeit gehabt hat, das Bild inzwischen fertig zu malen! Und dass sie einmal in seinem Atelier war – nein zwanzigmal, um ihm zu sitzen, wie sie es nennen. Ich wette, dass er ganz schön Geld damit herausholt."

Wallis hörte sich selbst gerne reden, und ehe sie vom Schneider zurück waren, fand noch eine ausgiebige Unterhaltung ähnlicher Art statt. Malcolm hatte genug von ihm, als er endlich zu einem Spaziergang mit dem blauen Peter aufbrach, der in seiner Unterkunft auf ihn gewartet hatte.

In dieser Nacht gingen Florimel viele Gedanken durch den Kopf. Das Leben war nicht mehr, was es für sie gewesen war, und das Gefühl eines Unterschieds ist oft der Anlass zum Nachdenken. Solange ihr Vater lebte, hatte er ihr überreichlich ein Gefühl des Wohlbefindens vermittelt. Auch seit seinem Tode hatte es Zeiten gegeben, da sie sich eine Erweiterung ihres Lebens im Sinne von Freiheit und Macht einbildete, die mit dem Bewusstsein in ihr erwuchs, eine große Dame mit einem alten Titel zu sein. Doch bald fand sie heraus, dass sie weniger Freiheit empfand als vorher. Auch war sie sehr einsam. Lady Bellair war immer freundlich zu ihr, doch sie hatte nichts an sich, was dem Herzen des Mädchens eine Heimstatt geboten hätte. Sie konnte zu ihr nicht aufschauen, was für eine geistliche Führung Voraussetzung ist. Florimel konnte zu ihr kein Vertrauen empfinden. Die unschuldige Natur des Mädchens wurde allmählich abgestoßen von dem, was sie an der Frau von Welt erblickte. Und doch besaß sie genügend weltliche Art, um sich freiwillig den Einflüssen der Älteren zu unterwerfen.

An dem Morgen, nachdem sie Malcolm in ihre Dienste genommen hatte, erwachte Florimel zwischen drei und vier Uhr. Sie lag wach, müde, doch ohne Schlaf zu finden. Es war jedoch nicht das allgemeine Gefühl der Unzulänglichkeit ihrer Lebensumstände, das ihren Geist beschäftigte und sie wach hielt. Auch war es nicht Unzufriedenheit mit Lady Bellair oder die Einsamkeit in der sterilen Zeitverschwendung des eleganten Lebens oder die Eintönigkeit mit den immer gleichen Shows und Leuten und Gesellschaften. Ihre Gedanken kreisten um den jungen Maler, den Malcolm zweimal in ihrer Nähe gesehen hatte.

Vor einigen Wochen hatte sie eine Freundin, die ihm für ein Porträt saß, in sein Atelier begleitet. Im Augenblick des Eintritts schlugen sie die Erscheinung des

Mannes und seine Umgebung in ihren Bann. Er hatte zwar schon begonnen, sich einen Namen zu machen, war aber noch jung, nicht mehr als fünfundzwanzig. Seine Bewegungen waren anmutig, seine Haltung männlich, und er zeigte Vertrauen und unaufdringliche Bescheidenheit. Bilder standen auf Staffeleien, lehnten an Stühlen, leuchteten von Wänden – und jedes trug sein Teil zur Atmosphäre des Raumes bei. Lenorme saß nicht an seiner Staffelei, sondern an einem in einer Ecke halbversteckten Klavier. Sie betraten den Raum ohne Ankündigung und überraschten ihn mitten im Takt eines von einer angenehmen Tenorstimme gesungenen Liedes. Er hielt sofort inne und kam ihnen aus dem rückwärtigen Teil des Ateliers entgegen. Er schüttelte Florimels Freundin die Hand und wandte sich ihr mit einer Verbeugung zu. Das Blut stieg Florimel ins Gesicht, als sich ihre Blicke trafen.

Während Mrs. Barnardiston dem Maler saß, flatterte Florimel wie ein Schmetterling im Atelier herum, schaute sich alles nacheinander an, stellte die unwissendsten und dann wieder eindringlichsten Fragen – sie störte die Arbeit, besänftigte aber das Gemüt des Malers, denn das Mädchen hatte ihn vom ersten Augenblick an bezaubert. Früher als sonst erklärte er sich mit der Sitzung zufrieden und machte sich daran, den Damen einige seiner Skizzen und Bilder zu zeigen. Dabei fragte Florimel beiläufig nach einem Bild, das Ungnade gefunden hatte und mit der Rückseite zum Raum an die Wand gelehnt war. Er stellte es ein wenig zögernd auf eine Staffelei und enthüllte ein Gemälde, das die Göttin der Natur darstellen sollte, zu der ein unten stehender Jüngling mit ausgestreckten Armen entrückt aufblickte. Doch auf dem großen Sockel, auf dem die Göttin sitzen sollte, war keine Gestalt zu sehen. Florimel fragte, warum er das Bild so lange unvollendet gelassen habe, denn auf der Rückseite der Leinwand lag der Staub ganz dick.

„Weil ich Gesicht und Figur bisher nie gefunden habe“, antwortete er, „die dieser Gestalt würdig wären.“

Florimel schien es, dass seine Augen beim Sprechen seltsam aufleuchteten, doch wie in gemeinsamer Absprache wandten sie sich ab und sahen sich etwas anderes an. Mrs. Barnardiston, die ein wenig singen konnte und mehr Interesse an Musik als an Formen und Farben hatte, fing bald an, auf dem Klavier nach einigen Noten zu suchen, worauf Lenorme rasch, fast flüsternd mit einem gewissen Zögern zu Florimel sagte: „Wenn Sie mir ein- oder zweimal sitzen würden – ich weiß, ich bin anmaßend – doch wenn Sie das tun würden, dann ... dann hätte ich das Bild in einer Woche fertig gemalt.“

„Ich werde es tun“, sagte Florimel errötend und sah ihm ins Gesicht. Beim Wegfahren sagte sie zu sich selbst: „Es wäre selbstsüchtig, wenn ich mich geweigert hätte.“

Die erste Sitzung folgte, und all die weiteren gingen ihr nun durch den Sinn, als sie in der dem Tagesanbruch weichenden Dunkelheit dalag. Eine Empfindung, die sie nun beschäftigte, war das Gefühl einer minderen Würde wegen ihrer Beziehung zu dem Maler. Sie hatte sich schon so sehr mit ihrem Rang zu identifizieren begonnen, dass sie kaum zu einer Analyse fähig war, die ihr eigenes Wesen getrennt von ihrem Rang gezeigt hätte. Doch obgleich sie in dem Kreis, in dem sie nun verkehrte, immer wieder verächtliche Anspielungen auf alle möglichen Berufe, Künste und Gewerbe vernahm, betrat sie doch stets das Atelier des Malers mit pochendem Herzen, unsicheren Schritten und beschleunigtem Atem. Dieser Raum war zugleich ein verzaubertes Paradies und ein verbotener Garten. Die Frau in ihr fühlte sich zu Lenorme hingezogen, doch die Marquise konnte seine niedere Position nicht überwinden. Wenn sie bei ihm war, empfand sie Aufregung und fürchtete doch gleichzeitig, gesehen zu werden. Bis zu diesem Zeitpunkt waren die Dinge weit genug gediehen, um erheblich zu Florimels innerem Kampf beizutragen.

Sie wusste, dass Lady Bellair sich die Heirat mit ihrem Neffen in den Kopf gesetzt hatte. Nun schreckte sie vor dem Gedanken an eine Ehe zurück und verbannte sie in eine unbestimmte Zukunft. Vom Standpunkt der Dankbarkeit aus hatte sie kein besonderes Verlangen, Lady Bellair einen Gefallen zu erweisen, denn sie war sich völlig darüber im Klaren, dass die Beziehung zwischen ihnen für die Stellung der Lady nicht ohne Vorteile war. Sie gab sich auch keinen Illusionen darüber hin, dass Lord Liftore keineswegs die Art von Mann war, auf den man als Gatten stolz sein konnte. Doch sie fühlte sich dazu bestimmt, seine Frau zu werden. Er sah gut aus, wusste gut Bescheid und war fähig – ein Gentleman, der in den Kreisen, in denen sie verkehrten, wohl angesehen war, so dachte sie jedenfalls. Gewiss stand er seinem Rang nach unter ihr, und sie hätte lieber einen Herzog geheiratet. Doch sie war keineswegs gleichgültig gegenüber den Vorzügen einer Ehe mit einem Mann, der genügend Geld besaß, um dem etwas angekratzten Prestige ihrer Familie wieder Hochglanz zu verleihen. Sie hatte nie ein Wort geäußert, um die Pläne von Lady Bellair zu ermutigen, aber genauso wenig hatte sie ihre Hoffnungen zerstreut oder ihr Grund für Zweifel gegeben. Daher betrachtete Lady Bellair die beiden als nahezu verlobt. Doch Florimels Abneigung gegen die Vorstellung einer Heirat wuchs genauso wie ihr Entsetzen vor dem Gedanken an das mindeste Gerede über das, was zwischen ihr und Lenorme war.

Es gab Zeiten, da sie sich fragte, ob sie wirklich über jeden Vorwurf der Ermunterung dem Maler gegenüber erhaben war. Nie hatte sie ihn ohne Begleitung besucht, auch wenn diese Begleitung manchmal nur in ihrer Zofe bestand. Doch ihr wirkliches Ziel wurde durch den Vorwand verschleiert, für ein Porträt zu sitzen, von dem Lady Bellair die Vorstellung hegte, es werde eines Tages ein Geschenk für Lord Liftore werden. Doch gelegentlich meldeten sich doch Zweifel, ob ihre Besuche und die Freiheiten, die sie ihm erlaubte, aus einem anderen Grund gerechtfertigt wären als durch den, dass sie bereit war, ihm alles zu geben und seine Frau zu werden. Aber sie war nicht bereit, ihm alles zu geben.

Bei dem ganzen Unbehagen, das ihr Herz und Hirn beschwerte, ist es kein Wunder, dass die Gewissheit eines unbedingt ergebenen Freundes für ein so unerfahrenes und bekümmertes Herz Heilung und Hoffnung verhieß, selbst wenn dieser Freund nur ein Reitknecht war, der ihre Position ganz und gar nicht verstehen konnte. Ein plumper, lächerlicher Bursche, bei dem sie sich nie von der Vorstellung des Fischgeruchs lösen konnte, der sich auch nie daran hindern ließ, unerquickliche Wahrheiten zu ungeeigneten Zeiten zu äußern, dessen Denken jedoch ebenso ritterlich war, wie seine Person Kraft ausstrahlte. Tatsächlich fühlte sie sich stärker und sicherer in dem Wissen, dass er stets nahe und zu ihren Diensten war.

5. Der Verwalter

Als Mr. Crathie nichts mehr von Malcolm zu sehen bekam, glaubte er, ihn endlich los zu sein. Doch es dauerte Tage, bis seine Wut langsam abflaute, und selbst dann schwelte sie weiter. Es gab nichts, was ihn in die Seaton geführt hätte, und niemand von den Fischern hatte in dieser Zeit etwas in seinem Büro zu erledigen. Als er schließlich im Verlaufe einer gewöhnlichen Unterhaltung erfuhr, dass Malcolm die Jacht mitgenommen hatte, da überschritt seine Wut über diesen Diebstahl, wie er es nannte, jedes Maß, und schäumend vor Zorn raste er in die Seaton. Endlich hatte er sein Trostpflaster: Der Mann, der ihn der Unehrlichkeit und Scheinheiligkeit beschuldigt hatte, erwies sich nun als Dieb.

Er fand das Bootshaus tatsächlich leer und stürmte von Hütte zu Hütte, doch traf er niemand, von dem seine Wut weiteren Auftrieb erhielt. Zu guter Letzt gelangte er zu Partan und legte damit los, ihn als Helfershelfer und Komplizen des Schurkenstücks zu beschimpfen. Doch Meg Partan war ebenfalls zu Hause, wie Mr. Crathie bald zu spüren bekam. Sie gab ihm seine Beschimpfungen in einer Weise zurück, die nur sie beherrschte.

„Hütet Eure Zunge, Weib“, sagte der Verwalter. „Euch habe ich nichts zu sagen.“

„Ach wie bedauerlich, dass Sie nicht selbst zum Marquis gemacht wurden! Es muss Sie doch dauernd schmerzen, nichts als ein untergeordneter Verwalter zu sein!“

„Wenn Ihr nicht achtgebt, Mistress Findley“, sagte Mr. Crathie mit steigendem Unwillen, „dann werdet Ihr vielleicht feststellen, dass der Verwalter so viel ist wie der Marquis, wenn außer ihm niemand etwas zu sagen hat.“

„Gott steh uns bei! Hört euch diesen Mann an!“, rief die Partaness. „Wer hätte das von ihm gedacht? Sein Vater war ein ehrlicher Mann, der hätte niemals so mit Meg Partan gesprochen.“

„Ich hätte gute Lust, einen Haftbefehl gegen Euch zu erwirken, John Findlay“, fuhr der Verwalter fort und versuchte, so gut ihm sein Zorn erlaubte, die Ausfälle der anwesenden Frau zu ignorieren, „für Euren Anteil am Diebstahl des Vergnügungsbootes der Marquise von Lossie. Und was Euch betrifft, Mistress Findlay, so solltet Ihr Euch daran erinnern, dass dieses Haus – zumindest was Euch anbetrifft – mein ist, auch wenn ich nur der Verwalter und nicht der Marquis bin, und wenn Ihr Eure ungezügelte Zunge nicht besser im Zaum haltet, dann werde ich Euch ungesäumt auf die Straße setzen; denn es gibt kein Haus in der ganzen Seaton, das nicht Mylady gehört. Und ich führe hier jetzt ihre Geschäfte!“

„Aber wirklich, Mr. Crathie“, entgegnete Meg Partan, ein wenig ernüchtert durch die Drohung, „Sie sollten mehr Verstand haben, als einen Aufruhr unter dem Fischervolk zu riskieren. Sie würden schwerlich mit ansehen, wie mein Mann und ich in dieser Weise schikaniert werden, nicht zu reden von Mylady, die niemals erlauben würde, dass einer ihrer Leute auf die Straße gesetzt wird, wenn er nichts Unrechtes getan hat!“

„Mylady würde sich herzlich wenig darum kümmern, und das Volk in der Seaton würde die Ruhe viel zu hoch einschätzen, um über Euren Verlust zu klagen!“

„Der Mann ist vom Teufel besessen!“, schrie Meg in höchster Wut.

„Sehen Sie, Sir“, warf der ruhige Partan ein, „wir wussten nicht, dass da etwas nicht in Ordnung ist. Hätten wir gewusst, dass er nicht mehr in Ihrer Gunst steht –“

„Halt den Mund, ehe du lügst, Mann“, unterbrach

seine Frau. „Du weißt genau, dass du alles tun würdest, worum dich Malcolm MacPhail bittet, allen Verwaltern von Schottland zum Trotz!“

„Ihr müsst davon gewusst haben“, sagte der Verwalter, der scheinbar auf den bösartigen Ausbruch der Frau keine Acht gab und eine geschickte Falle legte, um die Information zu bekommen, die er so dringend haben wollte, „wie könnte es sonst sein, dass keine Menschenseele mit ihm ging? Er konnte das Boot doch kaum allein bedienen.“

„Wer hat Ihnen denn das eingeredet?“, warf Meg ein, ohne auf die Winke zu achten, die ihr Mann ihr zu vermitteln suchte. „Da gibt's viele, die nur zu bereit wären, mitzufahren. Aber wer hätte schon mitgehen sollen außer dem, der von Anfang an bei ihm und seiner Lordschaft war?“

„Und wer war das?“

„Wer anders als der blaue Peter!“, antwortete Meg.

„Hmm!“, murmelte der Verwalter in einem Ton, der die Frau fast zum ersten Mal in ihrem Leben bedauern ließ, dass sie etwas gesagt hatte. Damit stand er auf und verließ die Hütte.

„O Mutter!“, rief Lizza, die aus dem Hintergrund der Hütte aufgetaucht war. „Du hast Unglück heraufbeschworen. Er wird jetzt Peter und Annie bis zur Sommersmitte aus ihrem Haus hinauswerfen!“

„Das soll er bloß wagen!“, schrie ihre Mutter in der Ohnmacht und Selbstverachtung eines tödlichen Fehlers. „Ich werde die Stadt gegen ihn aufhetzen!“

Der Verwalter lief eilends nach Hause, warf sich zitternd vor Wut auf sein Pferd, schenkte seiner ängstlichen Frau kaum eine Antwort auf ihre Fragen und galoppierte nach Duff Harbor zu Mr. Soutar. Ich werde mich nicht damit aufhalten, ihre Unterhaltung in dieser Geschichte wiederzugeben. Es möge genügen, dass es dem Anwalt endlich gelang, den halb wahnsinnigen Verwalter davon zu überzeugen, dass es klug wäre, Maßnahmen zur Wiedererlangung der Jacht und zur Festnahme und Bestrafung der Entführer so lange aufzuschieben, bis er wusste, was Lady Lossie zu dieser Sache zu sagen hatte. Mr. Soutar sagte, sie habe immer eine Vorliebe für den Burschen gehabt, und es würde ihn nicht im Geringsten überraschen, wenn Malcolm direkt zu Mylady gefahren wäre und sich unter ihren Schutz gestellt hätte. Ohne Zweifel befand sich das Boot zu diesem Zeitpunkt bereits in der Verfügungsgewalt seines Eigentümers; das würde dem Burschen gleichsehen. Er hatte stets in allen Dingen den kürzesten Weg eingeschlagen, und ihn als Dieb strafrechtlich zu verfolgen, würde den Verwalter auf jeden Fall an der ganzen Küste der Lächerlichkeit preisgeben und ihm endlose Scherereien bei der Eintreibung seiner Pachten einbringen, vor allem unter den Fischern. Das Ergebnis war, dass Mr. Crathie heimritt – nicht bescheidener und weiser als bei seinem Herweg, doch ein Mann, dessen Pläne durchkreuzt worden waren, und darum um vieles gefährlicher in den Bereichen, die ihm noch blieben, um die Macht seines Zorns auszuspielen.

Das Resultat seiner unterdrückten Wut bekam die Frau des blauen Peter binnen einer Woche zu spüren: bis zur Sommermitte mussten sie ihr Anwesen verlassen. Annie fragte, ob man das nicht aufschieben könne, bis ihr Mann persönlich die Sache mit dem Verwalter besprechen könnte. Mr. Crathie erwiderte kühl, es sei gerade seine Abwesenheit, die ihn in der Sache schuldig mache, und er hoffe deshalb, dass Peter rechtzeitig zurück sein würde, um Vorsorge für eine neue Unterkunft zu treffen. Annie erwiderte, sie habe keine Ahnung, wann er heimkomme, sie erwarte ihn jedoch innerhalb von ein bis zwei Wochen. Damit verabschiedete sich der Verwalter.

6. Der Freier

Der Hauptanlass für Malcolms Furcht war und blieb Lord Liftore. Bei dem, was er über dessen Charakter wusste, lehnte sich Malcolms ganze Natur gegen den Gedanken einer Heirat mit seiner Schwester auf. In Lossie hatte er ihr den Hof gemacht, und nun wohnte er zwar nicht im selben Hause, war jedoch den ganzen Tag über dort.

Seine Angst wurde keineswegs geringer durch die Feststellung, dass seine Lordschaft heute noch besser aussah als früher. Seine Bewunderung für Florimel war ebenfalls gewachsen, und wenn er sich bisher noch nicht endgültig geäußert hatte, dann deshalb, weil seine Tante ihm vor Augen geführt hatte, dass es unangebracht sei, sich jetzt schon zu erklären, da Florimel noch zu jung war. Doch die ganze Zeit über, in der sie sich in der Obhut seiner Tante befand, hatte er reichlich Gelegenheit gehabt, sie mit Aufmerksamkeit und Komplimenten zu verwöhnen und sich zu empfehlen, und er hatte dieses Privileg genutzt. In der Gewissheit, dass er im Sattel eine gute Figur abgab, hatte er ständig Florimels Liebe zum Reiten und ihren Wunsch, eine ausgezeichnete Reiterin zu werden, ermuntert, und sie waren viel zusammen ausgeritten.

Seit Langem schon hatte sich Lady Bellair eine Verbindung zwischen der Tochter ihres alten Freundes, des Marquis von Lossie, und ihrem Neffen in den Kopf gesetzt. In dieser Absicht hatte sie auch, nachdem sie nach Lossie House eingeladen worden war, um die Erlaubnis gebeten, Lord Meikleham mitzubringen. Der junge Mann war vom ersten Augenblick an genügend angetan von dem bildschönen Mädchen, um seine Tante zu befriedigen, und er hätte Florimel wohl noch mehr Aufmerksamkeit geschenkt, wäre er nicht Lizza Findlay begegnet, die sich mehr als gefällig erwies. Er hatte nicht von Anfang an vorgehabt, sie zu verführen, doch als er klar erkannt hatte, wohin die Anziehung zwischen ihnen steuerte, hatte er sich keine Mühe gegeben, ihr zu widerstehen. Und während der ganzen unglücklichen Affäre hatte er nicht den geringsten inneren Kampf um des Mädchens willen geführt. Er kannte nur sich selbst. Was war schon die Schande und Demütigung des Mädchens, verglichen mit der Ehre, dass der Schein seines ehrenwerten Angesichts eine kurze Zeit auf sie gefallen war? Seit er sie endlich mit vielen Versprechungen verlassen hatte, von denen er auch nicht eine zu erfüllen beabsichtigte, hatte er weder mit Geschenken noch mit Briefen weiter von ihr Notiz genommen. Er hatte dafür gesorgt, dass sie nicht in der Lage war, ihm zu schreiben, und nun wusste er nicht einmal, dass er Vater war.

Lizza war ein ordentliches Mädchen und hatte versprochen, die Sache geheim zu halten, bis sie von ihm hörte, was immer auch die Folgen sein mochten, und gewiss lag genug Faszination in der Bewahrung eines Geheimnisses mit solch einem Mann, um sie zur Einhaltung ihres Versprechens zu befähigen. Er würde sie entschädigen, wenn er erst Herr auf Lossie war. Inzwischen wollte er, obwohl er zu reichen Zuwendungen auch jetzt schon in der Lage war, die Dinge lassen, wie sie waren, und nicht das Risiko eingehen, das in der Aufnahme einer Verbindung lag.

So hielt der junge Graf den Kopf hoch, schaute so unschuldig drein, wie es für einen Gentleman wünschenswert war, und manche hübsche, saubere Hand legte sich in die seine, während Lizza unter ihresgleichen als halbe Fremde umhergestoßen wurde, sein Kind in ihren alten Schal aus Lossie-Tartan gewickelt. Häufig wanderte sie in der Dämmerung über die Dünen, wenn ihr der Wind schneidend aus den Regionen des ewigen Eises entgegenblies. Viele ließen Lizza ihre Schande deutlich fühlen, doch es gab einen Mann, der ihr noch mehr Freundlichkeit erwies als vorher. Dieser Mann war, so seltsam es klingen mag, der Verwalter. Bei all seinen Fehlern besaß er eine gewisse Ritterlichkeit, die er diesem Fischermädchen gegenüber erwies. Dies war umso bemerkenswerter, als er seit Malcolms Abreise dessen Freunden und dem Fischervolk allgemein gegenüber immer bitterer wurde. Für Mr. Crathie war es ein herber Beweis, dass sein entlassener Diener bei der Marquise in Gunst stand, als von Mr. Soutar der Auftrag kam, Kelpie nach London zu schicken. Sie hatte selbst an ihn um ihr eigenes Pferd geschrieben; nun schickte sie durch ihren Anwalt um diese Bestie. Es lag auf der Hand, dass Malcolm gegen ihn gesprochen hatte.

Seit Malcolms Abreise war der Verwalter zweimal drauf und dran gewesen, die Stute zu vergiften. Nur mit Schwierigkeiten fand er zwei Männer, die sie nach Aberdeen brachten. Doch es war geschehen, und Malcolm wartete in der grauen Morgendämmerung eines stürmischen Tages an der Pier auf das Einlaufen des Schiffes. Die Überfahrt war rau gewesen, und das Tier war von Seekrankheiten mitgenommen. Doch nach einigen Schritten auf dem relativ ruhigen Grund erwachte der böse Geist in ihr von Neuem, und noch ehe er die Stallungen erreichte, wünschte sich Malcolm, er hätte sie nie gesehen. Doch als er sie in den Stall führte, schöpfte er wieder Mut, als er entdeckte, dass sie Lady Florimels Pferd nicht vergessen hatte, und die beiden begrüßten sich mit einem zärtlichen Schnauben. Dies, zusammen mit dem ganzen Futter, das sie vertilgen konnte, beruhigte sie beträchtlich.

Kurz vor Mittag kam Lord Liftore zu den Ställen, denn seine Reitpferde standen dort. Malcolm war in diesem Augenblick nicht im Stall.

„Was für ein Tier ist das?“, fragte er seinen eigenen Reitknecht beim Anblick Kelpies in ihrer offenen Box.

„Eins für Lady Lossie, Mylord, eben aus Schottland eingetroffen“, antwortete der Mann.

„Führt sie heraus und lasst mich einen Blick drauf werfen.“

„Sie ist in keiner guten Stimmung, Mylord, wie mir der Reitknecht sagte, der sie herbrachte. Er wies mich an, nicht in ihre Nähe zu gehen, bis sie sich an meinen Anblick gewöhnt hat.“

„... O, Ihr habt wohl Angst?“, sagte Liftore, dessen Erziehung ihn keine Höflichkeit gegenüber Untergebenen gelehrt hatte.

Auf diese Herausforderung hin betrat der Mann die Box. Er war sehr vorsichtig, doch vergebens. In einem Augenblick hatte sich die Stute umgedreht, ihn gegen die Wand gedrückt und ihre Zähne in seine Schulter geschlagen. Der Mann stieß einen lauten Schmerzensschrei aus. Seine Lordschaft schnappte sich einen Stallbesen und attackierte damit über die Türe hinweg die Stute, doch sie ließ den Mann nicht los. Zum Glück befand sich Malcolm in der Nähe, und als er den Krach hörte, stürzte er herzu, gerade rechtzeitig, um dem Mann das Leben zu retten. Er sprang über die Trennwand und fasste die Stute mit einem kräftigen Griff, wobei er sie zwang, das Maul zu öffnen. Der Stallkecht taumelte und konnte gerade noch die Türe aufmachen, ehe er auf den Steinboden fiel. Lord Liftore rief um Hilfe und sie trugen ihn in die Sattelkammer, während einer um den Arzt lief.

Malcolm legte inzwischen Kelpie einen Maulkorb an, und während er damit beschäftigt war, kam seine Lordschaft aus der Sattelkammer und näherte sich der Box. „Wer seid Ihr?“, fragte er. „Ich glaube, ich habe Euch schon früher gesehen.“

„Ich war Diener des verstorbenen Marquis von Lossie, Mylord, und nun bin ich der Reitknecht von Mylady."

„Was habt Ihr da für eine Bestie angebracht? Die taugt niemals für London!"

„Ich habe dem Mann gesagt, er soll nicht in ihre Nähe gehen, Mylord."

„Wozu soll sie nützlich sein, wenn niemand ihr nahekommen darf?"

„Ich schon, Mylord. Sie wird sich dazu eignen, dass ich Mylady beim Ausreiten begleiten kann. Ich sollte nur Platz haben, sie zu trainieren."

„Nehmt sie am frühen Morgen in den Park und galoppiert dort mit ihr. Ihr müsst nur aufpassen, dass Ihr Euch nicht den Hals brecht. Was mag nur Lady Lossie bewogen haben, nach einer solchen Kreatur zu schicken?"

Malcolm schwieg dazu.

„Ich werde sie eines Morgens selbst ausprobieren", fuhr seine Lordschaft fort, der sich für einen besseren Reiter hielt, als er tatsächlich war.

„Das würde ich Ihnen nicht raten, Mylord."

„Wer zum Teufel hat Euch um Euren Rat gefragt?"

„Zehn zu eins, dass sie Sie umbringt, Mylord."

„Dann ist's an mir, aufzupassen", sagte Liftore, deutlich verärgert durch Malcolms Anmaßung, und ging ins Haus.

Sobald Malcolm mit Kelpie fertig war, ging er, um seiner Herrin von ihrer Ankunft zu berichten. Er ging zurück, nahm ihr den Maulkorb ab, fütterte sie, und während sie aß, legte er die Sporen an, die er speziell für die Verwendung bei ihr vorbereitet hatte. Dann sattelte er sie und ritt sie in den Hof.

Nachdem Kelpie ihren Wutanfall für diesen Tag gehabt hatte, schien alles darauf hinzudeuten, dass sie für den Rest des Tages einigermaßen erträglich sein würde. Und sie sah einfach prächtig aus! Kelpie war eine große

Stute, ein Tier, das die meisten Männer gerne besessen und voller Stolz geritten hätten. Florimel kam zur Türe, Liftore in ihrer Begleitung, und war so entzückt von dem Anblick, dass sie sofort in den Stall nach ihrem eigenen Pferd schickte, um in Begleitung von Malcolm auszureiten. Seine Lordschaft befahl ebenfalls, sein Pferd vorzuführen.

Sie ritten direkt in den Park zu einem kleinen Galopp und Kelpie benahm sich recht ordentlich.

„Warum haben Sie nur zwei solche Wilde wie dieses Pferd und diesen Knecht aus Schottland kommen lassen, Florimel?“, fragte seine Lordschaft, als sie in leichtem Trab dahinritten.

Florimel blickte zurück und warf einen bewundernden Blick auf die beiden. „Wissen Sie, ich bin recht stolz auf sie“, sagte sie.

„Der Reitknecht ist ein plumper Geselle, und das Pferd, das ist ganz einfach bösartig.“

„Wenigstens ist keiner von beiden ein Heuchler“, entgegnete Florimel und hatte dabei Malcolms Bericht von seinem Streit mit dem Verwalter im Sinn. „Die Stute ist nur so böse, wie sie aussieht, und der Mann ist gut. Dieser Mann, den Sie, Mylord, einen Wilden nennen, hat noch nie im Leben gelogen.“

„Ich weiß, was Sie meinen“, sagte er. „Sie glauben meinen Beteuerungen nicht.“ Beim Sprechen lenkte er sein Pferd dicht neben sie. „Aber wenn ich weiß, dass ich die Wahrheit spreche, wenn ich schwöre, dass ich voller Liebe – zum Teufel mit dem Burschen! Was hat er nur mit diesem Teufel von Gaul vor?“

In diesem Augenblick hatte das Pferd seiner Lordschaft, ein feuriges, aber scheues Tier, einen Satz von Florimels Pferd fort gemacht, und gerade da stellte sich Kelpie plötzlich auf die Hinterbeine und schlug mit den Vorderhufen um sich und hinderte es am Davonjagen. Florimel, deren altes Vertrauen in Malcolm nun von Grund auf wiedererwacht war, lachte herzlich über das Missgeschick seiner Lordschaft bei seiner Liebeserklärung. Ihr Benehmen und seine eigene Frustration versetzten ihn in solche Wut, dass er schnell herumfuhr und Kelpie mit der Peitsche über die Flanken hieb. Sie drängte zur Seite und schlug heftig um sich, hätte um ein Haar seinem Pferd den Fuß gebrochen, und setzte dann über das Gitter in den Park. Nichts hätte Malcolm gelegener kommen können. Er wollte sie nicht bestrafen, wie er das getan hätte, wäre es ihr eigenes Verschulden gewesen. Er ließ sie eine große Runde in gestrecktem Galopp dahinjagen, während seine Herrin und ihr Begleiter zusahen. Schließlich lenkte er sie wieder über das Gitter zurück und brachte sie schnaubend und schäumend vor seiner Herrin zum Stehen. Florimels Augen blitzten, und Liftore sah immer noch ärgerlich aus. „Machen Sie das nicht noch einmal, Mylord“, sagte Malcolm. „Sie sind nicht mein Herr, und selbst dann hätten Sie kein Recht, mir das Genick zu brechen.“

„Keine Angst, Mann, auf diese Weise wird Ihnen das Genick bestimmt nicht gebrochen“, entgegnete seine Lordschaft und versuchte zu lachen. Er war zwar umso wütender, als er sich wegen seines Verhaltens schämte, wagte jedoch nicht, den Diener in Gegenwart seiner Herrin zu beschimpfen.

Ein Polizist näherte sich und legte die Hand an Kelpies Zügel. „Seien Sie vorsichtig“, warnte Malcolm, „die Stute ist nicht ungefährlich. Dies ist meine Herrin, die Marquise von Lossie.“

„Meinen Reitknecht trifft keine Schuld“, sagte sie. „Lord Liftore hat seine Stute geschlagen.“

Der Mann warf Liftore einen Blick zu, schien ihn abzuschätzen, tippte dann an seine Mütze und ging weg.

„Sie sollten mit dieser Schindmähre besser nach Hause reiten“, sagte Liftore.

Malcolm blickte lediglich seine Herrin an. Sie ritt weiter, und er folgte ihr.

Malcolm war in der ganzen Sache nicht ganz so unschuldig, als es den Anschein hatte. Der Gesichtsausdruck von Liftore, als er sich Florimel näherte, war ihm so verhasst, dass er recht drastisch eingriff. Kelpie hatte nur das getan, wozu er sie veranlasste, bis der Lord nach ihr schlug.

„Wir wollen morgen nach Richmond reiten", sagte Florimel, „und im Park tüchtig galoppieren. Haben Sie je etwas Schöneres gesehen als dieses Tier auf der Wiese?"

„Der Bursche ist zu schwer für sie", sagte Liftore. „Ich möchte sie gerne einmal selbst ausprobieren."

Florimel kam näher und wandte sich an Malcolm. „MacPhail", sagte sie, „haltet Eure Stute bereit, wann immer Lord Liftore sie reiten möchte."

„Verzeihung, Mylady", entgegnete Malcolm, „aber würden Sie bitte die Bedingung daran knüpfen, dass er sie nicht auf gepflastertem Grund besteigt?"

„Zum Teufel!", sagte Liftore verächtlich, „Sie bilden sich wohl ein, Sie seien der Einzige, der den Gaul reiten kann!"

„Mir ist es gleichgültig, Mylord, wenn Sie sich den Hals brechen, aber ich muss Sie darauf hinweisen, dass Sie sich meiner Ansicht nach nicht auf dem Pferd halten können. Stoat kann's nicht, und ich kann es auch nur, weil ich das Tier kenne wie meine eigene Hosentasche."

Der junge Graf antwortete nicht, und sie ritten weiter, Malcolm näher, als seiner Lordschaft lieb war.

„Ich kann mir nicht vorstellen, Florimel", sagte er, „warum Sie diesen Burschen wieder um sich haben wollen. Er ist nicht nur ungehobelt, sondern auch unverschämt."

„Ich würde das eher geradeheraus nennen", entgegnete Florimel.

„Meine liebe Lady Lossie! Schauen Sie sich an, wie dicht er nun bei uns reitet."

„Ich meine, er ist ängstlich wegen des Betragens von Eurer Lordschaft. Er ist wie manche Hunde, die etwas zu vorsichtig über ihre Herrinnen wachen, und sehr empfindlich sind, wie man sie anredet: keine schlechte Eigenschaft bei einem Hund – oder einem Reitknecht. Er hat mir einmal das Leben gerettet, und mein Vater schätzte ihn sehr. Ich will nichts mehr gegen ihn hören."

„Aber überlegen Sie doch um Ihretwillen, was die Leute sagen, wenn Sie irgendeine Vorliebe für einen solchen Mann zeigen würden?", sagte Liftore, der bereits Eifersucht empfand auf den Mann, von dem er befürchtete, dass er besser reiten könne als er selbst.

„Mylord!", rief Florimel, und in ihrer Stimme klangen Überraschung und Unwillen. Plötzlich beschleunigte sie ihr Tempo und ließ ihn hinter sich.

Malcolm war so schnell hinter ihr, dass er mit Liftore gleichhielt.

„Bleiben Sie auf Ihrem Platz", wies ihn seine Lordschaft streng zurecht.

„Ich halte mit meiner Herrin Schritt", entgegnete Malcolm.

Liftore warf ihm einen Blick zu, als wolle er ihn schlagen. Doch er beherrschte sich anscheinend und ritt Florimel nach.

Nachdem Malcolm nach dem Ritt Kelpie versorgt hatte, wurde es für ihn höchste Zeit, zum Kai zu eilen. Da er nun wieder in Florimels Diensten stand und alles darauf hindeutete, dass sein Aufenthalt in London von längerer Dauer sein würde, hatte der blaue Peter Vorsorge getroffen, auf dem Boot zurückzufahren, das Kelpie aus Aberdeen gebracht hatte und das am Nachmittag ablegen sollte. Auf dem Weg zum Schiff dachte Malcolm über die Vorgänge von vorhin nach und war mit sich selbst keineswegs zufrieden. Er hatte Liftore gegenüber beinahe die Beherrschung verloren. Wenn er die Aufmerksamkeit aber allzu sehr auf sich lenkte, dann bedeutete dies fast sicher das Scheitern seines Plans.

Bei seinem Eintreffen am Kai stellte er fest, dass die Fracht schon fast völlig auf dem Boot verstaut war. Der blaue Peter stand auf Deck.

„Ich kenne dich kaum in diesen Reitkleidern", sagte er.

„Niemand in London schaut mich jetzt zweimal an", erwiderte Malcolm. „Aber erinnere dich, wie wir angestarrt wurden, als wir zuerst hier ankamen!"

Im gleichen Augenblick kam der Befehl für alle, die nicht Passagiere waren, von Bord zu gehen. Die beiden Männer ergriffen sich an den Händen, schauten sich noch einmal an und schieden dann – der blaue Peter fuhr den Fluss hinab, nach Scaurnose und zu Annie, und Malcolm ging zur Jacht, die noch im Upper Pool lag. Er veranlasste, dass sie ordentliche Aufsicht bekam, flussaufwärts gebracht und im Chelsea Reach an den Anker gelegt wurde.

Als Malcolm endlich wieder in seine Unterkunft heimkam, fand er einen Brief von Miss Horn vor, in dem sie ihm mitteilte, wo er den Lehrer in der Wildnis Londons finden konnte. Es wurde schon spät und die Dämmerung eines Frühlingsabends senkte sich nieder. Doch zwischen ihm und seinem einzigen Freund in London lag nur die Breite von Regent's Park, und so machte er sich ungesäumt auf den Weg nach Camden Town.

Die Beziehung zwischen ihm und seinem ehemaligen Lehrer war denkbar stark. Lange ehe Malcolm geboren wurde, hatte Alexander Graham Malcolms Mutter geliebt, und diese Liebe war nie erloschen, doch erst vor wenigen Monaten erfuhr er, dass Malcolm der Sohn von

Griselda Campbell war. Diese Entdeckung war für den Lehrer, als verwandle sich eine längst bekannte Blume in eine unbekannte Pflanze. Da wurde ihm klar – nicht etwa, warum er den Jungen liebte, denn er mochte alle seine Schüler gern – sondern warum er Malcolm mit einer so besonderen Zuneigung zugetan war.

In jüngeren Jahren, als er gelegentlich als Prediger tätig war, hatte er die freie Stelle eines Schullehrers in Portlossie übernommen, wo er Griselda Campbell kennenlernte; sie war Gouvernante von Lady Annabel, dem einzigen Kind des älteren Bruders des verstorbenen Marquis, der damals selbst Marquis war. Er entbrannte in einer Liebe zu ihr, die von Anfang an hoffnungslos war. Schweigen war der einzige Schutz für sein Vorrecht. Solange er schwieg, konnte er sie weiterhin lieben, ohne dass ihm die Freude seiner Visionen genommen wurde. Miss Campbell hegte für ihn weit freundlichere Gedanken, als er ahnte. Doch schon bald verliebte sich der verstorbene Marquis in sie und überredete sie zu einer heimlichen Ehe. Zu einer Zeit, als ihr Gatte abwesend war, brachte sie Malcolm zur Welt. Doch der damalige Marquis, der eifersüchtig die Nachfolge seiner eigenen Tochter verfolgte und fürchtete, sein Bruder könnte die Heirat öffentlich bekannt machen, heckte mithilfe der Hebamme einen üblen Plan aus, ließ das Kind wegnehmen und die Mutter bereden, es sei tot; seinem Bruder machte er vor, Mutter und Kind seien gestorben. Die junge Frau, die sich von ihrem Mann absichtlich verlassen glaubte, aber bereit war, eher Schande auf sich zu nehmen, als ihr Geheimnis zu brechen, nahm nach einiger Zeit die Gastfreundschaft einer entfernten Verwandten, Miss Horn, an und blieb bei ihr bis zu ihrem Tod. Obwohl Mr. Graham freundliche Beziehungen zu Miss Horn und Miss Campbell unterhielt, ahnte keine etwas von seinen innersten Gefühlen, und erst bei Miss Campbells Tod erfuhr er von der seltsamen

Tatsache, dass der Gegenstand seiner stillen, unwandelbaren Zuneigung die ganzen Jahre hindurch verheiratet und die Mutter seines Lieblingsschülers gewesen war. Um die gleiche Zeit wurde er unter der Beschuldigung ketzerischer Verkündigung aus dem Schuldienst entlassen. Anlass waren bestimmte religiöse Gespräche mit Fischersleuten, die ihn um Rat gebeten hatten. Daher war er aus Portlossie weggezogen und nach London gegangen in der Hoffnung, sich dort einen bescheidenen Lebensunterhalt verdienen zu können mit Nachhilfeunterricht und gelegentlichen Predigtaufgaben.

Der Abend war zauberhaft. Am Nachmittag hatte es geregnet, doch noch vor Sonnenuntergang hatte es aufgeklart und die süßen ätherischen Düfte von Knospen, Gras und feuchter Erde umgaben Malcolm, als er durch den Park ging.

Nach zahlreichen Erkundigungen gelangte er endlich in einen Schreibwarenladen, einem kleinen, armseligen Platz, und erfuhr, dass Mr. Graham im Stockwerk darüber wohnte und zu Hause war. Er wurde in einen schäbigen Raum mit einer eisernen Bettstatt, Kommode, Tisch, einigen Bücherborden in einer Nische über der Waschecke und zwei Stühlen geführt. Auf einem saß der Lehrer neben einem kleinen Feuer in einem heruntergekommenen Rock und las in seinem Plato.

Als die Türe aufging, blickte er auf und erkannte trotz der seltsamen Kleidung sofort seinen Freund und Schüler wieder, erhob sich hastig und begrüßte ihn mit Händedruck und Blicken, doch ohne ein Wort zu sagen. So standen sie einige Augenblicke schweigend da, dann setzten sie sich neben das Kaminfeuer.

Sie sahen sich nochmals an, dann läutete der Lehrer, worauf eine von Sorgen gezeichnete junge Frau eintrat, die er um Tee bat.

„Es tut mir leid“, sagte er lächelnd, „dass ich Sie nicht mit Kuchen oder frischer Butter bewirten kann, Mylord. Das eine ist hier nicht zu bekommen, und das andere liegt jenseits meiner Mittel."

Mr. Graham war ein Mann von mittlerer Größe, doch so dünn, dass er trotz einer leicht vorgebeugten Haltung ziemlich groß wirkte – tatsächlich war er noch nicht fünfzig, sah aber aus, als habe er dieses Alter bereits überschritten. Dieser Eindruck wurde verstärkt durch sein stark gelichtetes graues Haar. In der Gegend von Portlossie war er in bestimmten Kreisen hochgeachtet gewesen und hatte sich bei seinen Schülern großer Beliebtheit erfreut. Als das Presbyterium ihn entließ, gab es bei seinen Schülern viele Tränen.

„Sie sehen gut aus, mein Freund", sagte Malcolm.

„Danke", antwortete Mr. Graham. „Der Herr sorgt für mich in jeder Beziehung. Ich habe Schüler, die mich am Arbeiten halten, und in der Wochenmitte predige ich in der Hope Chapel."

Nach dem Tee folgte ein langes Gespräch. Malcolm erläuterte zuerst seine gegenwärtige Stellung und beantwortete dann eine Unzahl von Fragen seines Lehrers über den Stand der Dinge, seit er aus Portlossie weg war. Malcolm seinerseits erkundigte sich eingehend, wie es seinem Freund in London ging.

Es war schon spät, als Malcolm ihn verließ.

7. Der Park

Am nächsten Tag hielt sich Malcolm auf Kelpie bei seiner Herrin bereit, die sich auf einen Galopp im Richmond Park freute. Lord Liftore, der sie begleiten wollte, war noch nicht erschienen, doch Florimel schien sehr daran zu liegen, um die Zeit aufzubrechen, zu der sie Malcolm bestellt hatte. Tatsächlich hatte sie Liftore gegenüber ein Uhr genannt, jedoch zwölf Uhr beabsichtigt, um ohne ihn wegzukommen. Kelpie schien heute ihren guten Tag zu haben und sie machten sich recht ruhig auf den Weg. Als sie jedoch den Park verlassen hatten und auf die Kensington Road kamen, schien ihr böser Geist wieder zu erwachen. Noch immer lösten ihre Eskapaden, wie sie auch sein mochten, bei Florimel nur Belustigung aus, denn ihr Vertrauen in Malcolm kannte keine Grenzen. Kaum waren sie im Park angelangt, da tauchte hinter ihnen Lord Liftore mit seinem Reitknecht in einem solchen Tempo auf, dass der geringe Vorrat an Ausgeglichenheit bei Kelpie sich völlig erschöpfte. Sie ging durch.

Florimel ritt ausgezeichnet und wusste, dass sie ihr Pferd beherrschte. Es war ihr eigener freier Wille, dass sie nun nachsetzte. Sie wollte, dass auch die Pferde hinter ihr losrasen sollten. Seine Lordschaft flog hinter ihr her, sein Reitknecht im Gefolge, doch sie steigerte ihre Geschwindigkeit noch, bis sie alle in einer Reihe dahinflogen und über das Gras donnerten, auf dem Malcolm Kelpie plötzlich wendete und ihr wenig Zügel ließ und die Sporen gab. Florimel verringerte allmählich die Geschwindigkeit und brachte ihr Pferd abrupt zum Stehen. Liftore und sein Reitknecht flogen wie der Wind an ihr vorbei. Sie bog im rechten Winkel ab und galoppierte auf die Straße zurück. Dort saß Lenorme auf einem hageren Vollblut. Sie war bereits an ihm vorbeigeritten und hatte ihm bedeutet, in der Nähe zu bleiben. Die drei anderen Reiter bewegten sich von ihnen weit weg im Park. Kelpie preschte immer weiter, und die anderen hinter ihr her.

„.Ich habe ein solches Vergnügen eigentlich nicht erwartet“, sagte Lenorme.

„Ich wollte Ihnen aber dieses Vergnügen machen“, meinte Florimel mit fröhlichem Lachen. „Bravo, Kelpie! Hetz sie alle hinter dir her!“, rief sie und sah den Pferden nach. „Seit ich Sie das letzte Mal sah, habe ich einen Reitknecht, Arnold“, fuhr sie fort. „Hab ich nicht guten Nutzen für uns beide daraus gezogen? Ich will Ihnen alles erzählen. Ich hatte nicht beabsichtigt, dass Liftore hier sein sollte, als ich Ihnen meine Botschaft zukommen ließ, aber er war zu schnell für mich.“

Lenorme antwortete mit einem dankbaren Blick, und während sie ihre beiden Pferde nebeneinander hergehen ließen, berichtete sie ihm alles über Malcolm und Kelpie.

„Liftore hasst ihn bereits“, sagte sie, „und ich kann mich eigentlich nicht darüber wundern. Aber Sie dürfen das nicht tun, denn Sie werden ihn sehr nützlich finden. Er ist ein Mensch, auf den ich mich verlassen kann. Sie hätten den Blick sehen sollen, den Liftore ihm zuwarf, als er ihm erklärte, er könne sich nicht auf seiner Stute halten! Der Anblick wäre Ihnen sicher Gold wert gewesen.“

„Er hält furchtbar viel von seiner Reiterei“, fuhr Florimel fort, „doch wenn es nicht unanständig wäre, Geheimnisse mit anderen Herren zu haben, würde ich Ihnen erzählen, dass er höchst mittelmäßig reitet. Er will auf Kelpie reiten, und ich habe meinem Reitknecht gesagt, er solle sie ihm geben. Vielleicht bricht sie ihm das Genick.“

Lenorme lächelte grimmig.

„Ihnen würde das nichts ausmachen, Arnold, nicht wahr?“, meinte Florimel mit spitzbübischem Blick.

„Wollen Sie mir bitte sagen, Florimel, was Sie damit meinen, es sei unpassend, Geheimnisse mit einem anderen Herrn zu haben? Bin ich der andere?“

„Aber natürlich. Sie wissen doch, Liftore bildet sich ein, er brauche nur noch den Tag festzulegen.“

„Und Sie erlauben einem solchen Schwachkopf, einen so erniedrigenden Gedanken über Sie zu hegen?“

„Aber Arnold! Was spielt es denn für eine Rolle, was ein Narr wie er denkt?“

„Wenn Ihnen das gleichgültig ist, mir nicht. Ich finde, es ist eine Beleidigung, dass er es wagt, in dieser Weise von Ihnen zu denken.“

„Ich weiß nicht. Ich nehme an, eines Tages werde ich ihn heiraten müssen.“

„Lady Lossie, wollen Sie, dass ich Sie hasse?“

„Reden Sie keinen Unsinn. Das wird nicht morgen und nicht übermorgen sein.“

„O Florimel! Was soll daraus werden? Willst du mir das Herz brechen? Ich hasse es, Unfug zu reden. Du wirst mich nicht umbringen, du wirst nur meine Arbeit ruinieren und mich vielleicht um den Verstand bringen.“

Florimel kam dicht an seine Seite, legte ihm die Hand auf den Arm und blickte ihn eindringlich bittend an. „Arnold, wir haben die Gegenwart für uns.“

„Das hat auch der Schmetterling“, antwortete Lenorme, „aber ich möchte lieber die Raupe sein, die eine Zukunft vor sich hat. Warum lässt du dir denn weiter von ihm den Hof machen und machst dem kein Ende? Er kann weder dich noch eine andere Frau lieben. Er hat keine Ahnung, was Liebe ist. Es macht mich ganz krank, mit anzuhören, wenn er dir vermeintlich unwiderstehliche Komplimente macht, die so töricht sind, so abgeschmackt! Ich möchte dir helfen, dich in solcher

Schönheit zu entwickeln, wie Gott dich gemeint hat, als er den ersten Gedanken an dich formte."

„Halt ein, Arnold! Ich bin einer solchen Liebe nicht wert", sagte Florimel und legte ihm die Hand auf den Arm. „Um deinetwillen wünschte ich mir, als Dorfmädchen geboren zu sein."

„Wärst du das, dann würde ich mir um deinetwillen wünschen, als Marquis zur Welt gekommen zu sein. So wie es nun ist, möchte ich lieber ein Maler sein als irgendein europäischer Adliger, das heißt, mit dir, wenn du mich liebst."

„Das hat alles keinen Sinn", sagte Florimel mit einer Autorität, die nur jemand zukommen sollte, der im Recht ist. „Du wirst alles verderben! Ich wage nicht mehr in dein Atelier zu kommen, wenn du dich weiter so verhältst. Das wäre unrecht von mir. Und wenn ich niemals mehr kommen und dich sehen kann, sterbe ich. Das weiß ich gewiss!"

Das Mädchen war so entzückt von ihrer geheimen Liebe, dass sie nur in der Gegenwart leben wollte, als gebe es keine Zukunft danach. Lenorme aber wollte die Zukunft besser gestalten als die Gegenwart. Das Wort „Heirat" brachte Florimel in Wut. Sie hielt sich Lenorme gegenüber für überlegen, denn in der Furcht, sie zu verlieren, wollte er sie sofort heiraten, während sie mehr als zufrieden war mit dem Glück, ihn hin und wieder zu sehen. Oft verursachte ihre kindische Rede ihm stechenden Schmerz, der am schlimmsten war, wenn er ihn zu der Frage zwang, ob das, was in ihr steckte, der Liebe wert sei, die er zu geben vermochte. Im einen Augenblick offenbarte sie einen solchen Überschwang an Zärtlichkeit, wie sie nur jemand zu zeigen vermochte, der bereit war, für immer einem anderen anzugehören, und im nächsten Augenblick ging sie weg, als habe sie nie irgendetwas zum Ausdruck bringen wollen.

Schweigend ritten sie einige hundert Meter nebeneinander her. Endlich sprach er: „Was kannst du denn gewinnen, meine liebe Marquise, wenn du jemand deines eigenen Standes heiratest?“, fragte er ernst und mit einem traurigen Lächeln. „Ich würde dir eine neue Ehre und Achtung zu Füßen legen. Ich bin jung. Ich habe schon ganz Ordentliches zustande gebracht. Du weißt auch, dass die Namen großer Maler hochgeehrt von Generation zu Generation weiterleben, während Mylord X und Mylord Y nur noch als Etikett an dem Bild erscheint, das den Maler berühmt gemacht hat. Ich bin noch kein großer Maler, aber ich werde einer sein, wenn du zu mir hältst. Wenn die Leute in späterer Zeit dein Porträt betrachten, werden sie sagen: ‚Kein Wunder, dass er ein solcher Maler wurde, wenn er eine solche Frau malen konnte!‘“

„Und wann soll die Frau wieder für dich sitzen, Maler?“, fragte Florimel – mehr wusste sie auf seine Liebeserklärung nicht zu sagen.

Der Maler überlegte eine Weile, dann sagte er: „Ich mag diese Dienerin von dir nicht. Sie hat zwei böse Augen – auf jeden von uns ist eins gerichtet. Ich habe immer wieder ihren Ausdruck erhascht, wenn sie uns anschaute und glaubte, niemand sehe sie. Ich kann sehr schnell schauen, ohne den Kopf zu heben, wenn ich male. Meine Kunst hat mich gelehrt, Ausdrucksformen schnell aufzunehmen und, wie ich glaube, auch richtig zu deuten.“

„Ich mag sie selbst auch nicht sonderlich gern“, sagte Florimel.

„In jüngster Zeit bin ich ihrer nicht mehr so sicher wie früher. Aber was soll ich tun? Du weißt ja, dass ich jemand bei mir haben muss. Und Caley ist am ehesten greifbar. Da kommt mir ein Gedanke, aber – ja! Du wirst schon sehen, was ich für dich wage, du ungläubiger Thomas.“

Sie wendete mit einem Satz, wandte sich wieder zur

Wiese und ritt Liftore entgegen, den sie in der Ferne kommen sah, gefolgt von den beiden Reitknechten. „Komm her!", rief sie und blickte zurück. „Ich muss deine Anwesenheit erklären. Er sieht, dass ich nicht allein bin."

Lenorme ritt zu ihr hin, und Seite an Seite legten sie den Weg zurück. Der Graf und der Maler kannten einander, und beim Näherkommen zog der Maler den Hut, der Graf nickte mit dem Kopf.

„Sie schulden Mr. Lenorme Dank, Mylord, dass er sich um mich angenommen hat, nachdem Sie mich so plötzlich im Stich ließen", sagte Florimel. „Warum sind Sie denn wie ein Verrückter davongaloppiert?"

„Es tut mir leid", begann Liftore ein wenig verwirrt.

„O, bemühen Sie sich nicht, sich zu entschuldigen", sagte Florimel.

„Ich verstehe durchaus, dass große Reiter ein Pferd interessanter finden als eine Dame. Das ist ein Zeichen ihrer Abkunft, habe ich mir sagen lassen."

Sie wusste, dass Liftore nicht zu dem Zugeständnis bereit war, er habe seinen Gaul nicht anhalten können.

„Wäre Mr. Lenorme nicht gewesen", fuhr sie fort, „dann wäre kein Kavalier in meiner Nähe gewesen, und ich wäre jeder Laune meines vierbeinigen Dieners hier ausgeliefert gewesen."

Beim Sprechen tätschelte sie ihrem Pferd den Hals. Der Graf seinerseits sah sich das Pferd des Malers nach allen Richtungen mit einem gewollt humorvollen Ausdruck der Kritik an. „Ich bitte um Verzeihung, Marquise", erwiderte er, „aber Sie sind so rasch abgebogen, dass wir an Ihnen vorbeischossen. Ich nahm an, Sie seien dicht hinter uns und folgten uns nach. – Hat wohl auch schon bessere Tage gesehen, wie, Lenorme?", bemerkte er dem Maler gegenüber in der Absicht, das Thema zu wechseln.

„Ich glaube, er ist da anderer Ansicht", entgegnete der Maler. „Vor drei Monaten kaufte ich ihn vom Karren eines Butterverkäufers weg. Seither kommt er wieder langsam zu sich. Schauen Sie nur seine Augen an, Mylord.“

„Kennen Sie sich denn mit Pferden aus?“

„Das kann ich eigentlich nicht sagen, außer dass ich weiß, dass man sie so etwa wie menschliche Wesen behandelt.“

Malcolm war auf Kelpie, die um sich stieß und schäumte, nahe genug, um die Unterhaltung mitzuverfolgen. „Aus dem Burschen wird was“, dachte er bei sich. „Er ist ein ganzes Lot solcher Lords wert.“

„Ha, ha!“, sagte seine Lordschaft. „Davon ist mir nichts bekannt. Aber ich sehe, dass er nicht gerade in bester Stimmung ist. Schauen Sie sich bloß mal diesen Teufel von Lady Lossie da an, diese schwarze Stute! Ich wünschte, Sie könnten ihr etwas von Ihrer Menschlichkeit beibringen. Übrigens, Florimel, nun sind wir auf dem Gras“, meinte er beiläufig, als unterwerfe er sich einer Ungerechtigkeit, „ich nehme an, dass ich den Racker jetzt besteigen kann.“

Der Galopp hatte Liftores Blut in Wallung gebracht, und außerdem glaubte er, nach einem solchen Lauf werde Kelpie weniger extravagant in ihrem Verhalten sein.

„Sie steht Ihnen zu Diensten“, sagte Florimel.

Er stieg ab, warf dem sich nähernden Reitknecht die Zügel seines Pferdes zu und rief Malcolm. „Bringen Sie Ihre Stute her, Mann.“

Malcolm ritt halbwegs heran und stieg ab. „Wenn Eure Lordschaft auf ihr reiten wollen, würden Sie dann bitte hierherkommen? Ich möchte sie nicht gerne in die Nähe der anderen Pferde bringen.“

„Nun, Sie kennen sie besser als ich. Ich glaube, Sie und ich reiten ungefähr mit gleicher Länge.“

Mit diesen Worten maß der Lord sorglos den Steigbügelriemen an seinem Arm und nahm die Zügel.

„Stellen Sie sich nach vorwärts hin, Mylord. Machen Sie sich nichts draus, wenn Sie ihrem Kopf den Rücken zuwenden. Achten Sie auf den Hinterhuf“, warnte Malcolm und hielt den Kopf der Stute mit einer Hand und den Steigbügel mit der anderen.

Kelpie stand steif wie ein Stein und der Graf schwang sich geschickt in den Sattel, doch kaum saß er oben, und Malcolm hatte sie eben losgelassen, da duckte sie sich und bewegte sich jäh zur Seite. Als es ihr damit nicht gelang, ihren Reiter herunterzubefördern, stieg sie auf die Hinterbeine.

„Parieren Sie sie durch, Mylord!“, rief Malcolm.

Kelpie stand schwankend auf den Hinterbeinen. Liftores erschrockenes Gesicht war halb verdeckt von der Mähne, seine Sporen hatte er ihr in die Flanken gepresst.

„Kommen Sie runter, Mylord, um Himmels willen! Runter mit Ihnen!“, schrie Malcolm und sprang auf den Kopf des Pferdes zu. „Im nächsten Moment wälzt sie sich auf dem Rücken.“

Liftore klammerte sich nur umso fester an. Malcolm fasste gerade noch rechtzeitig ihren Kopf. Sie ließ sich bereits nach rückwärts fallen.

„Loslassen, Mylord. Lassen Sie sich fallen.“

Malcolm hängte sich mit seiner ganzen Kraft an das Pferd, und gerade als seine Lordschaft sich hinter das Tier fallen ließ, warf sich Kelpie zur Seite in Malcolms Richtung, sodass der Lord außer Gefahr blieb.

Malcolm befand sich auf der von der Gruppe abgewandten Seite und die Pferde waren erregt, sodass von denen, die atemlos zugeschaut hatten, niemand sagen konnte, wie er es geschafft hatte; doch als sie erwarteten, ihn von dem Gewicht der Stute niedergedrückt zu sehen, hatte er sein Knie auf dem Kopf des Tieres liegen, während Liftore sich wieder hochrappelte, nur knapp außerhalb der Reichweite der eisenbeschlagenen Hufe.

„Gott sei Dank ist keiner zu Schaden gekommen!“, sagte Florimel. „Nun, hatten Sie genug von ihr, Liftore?“

„Einigermaßen“, meinte seine Lordschaft mit einem schwachen Versuch zu lachen, während er ziemlich schwach und benommen zu seinem Pferd ging. Er hatte einige Mühe beim Aufsteigen und sah sehr blass aus.

„Ich hoffe, Sie sind nicht weiter verletzt“, sagte Florimel freundlich, als sie auf ihn zuging.

„Nicht im Geringsten – nur gedemütigt“, antwortete er höchst wütend. „Diese Bestie ist ein wahrer Teufel. Sie müssen sich von ihr trennen. Mit einem solchen Pferd und einem solchen Reitknecht bringen Sie sich in ganz London ins Gerede. Ich glaube, der Kerl selbst steckt hinter allem. Sie müssen sie wirklich verkaufen.“

„Das würde ich auch, Mylord, wenn Sie mein Reitknecht wären“, antwortete Florimel, die über diese Anschuldigung gegen Malcolm von zorniger Verachtung erfüllt wurde.

Malcolm saß ruhig auf dem Kopf des Pferdes, das nicht mehr um sich schlug, doch seine Seiten hoben und senkten sich unter heftigen Atemstößen. Aus Erfahrung wusste es, dass weiterer Kampf sinnlos war.

„Verzeihung, Mylady“, sagte Malcolm. „Aber ich wage nicht, jetzt aufzustehen.“

„Wie lange wollt Ihr denn so dasitzen?“, fragte sie.

„Wenn es Ihnen nichts ausmacht, allein heimzureiten, Mylady, dann würde ich ihr eine halbe Stunde Zeit lassen. Ich halte das immer so, wenn sie sich in dieser Weise auf die Seite wirft.“

„Tut, was Ihr für richtig haltet“, entgegnete Florimel. „Meldet Euch aber bei mir, wenn Ihr zurück seid. Ich möchte wissen, ob Euch nichts passiert ist.“

Florimel kehrte zu den beiden Herren zurück und sie ritten zusammen nach Hause. Ungefähr zwei Stunden später sprach Malcolm bei ihr vor. Lord Liftore war, wie man ihm sagte, bereits heimgekehrt. Der Malerbursche, wie Wallis ihn nannte, war zum Mittagessen geblieben, aber inzwischen ebenfalls nach Hause gegangen, und Lady Lossie befand sich allein im Wohnzimmer.

Sie ließ ihn rufen. „Ich bin froh, dass Ihr sicher seid, MacPhail“, sagte sie. „Es ist klar, dass Eure Kelpie – keine Angst, keiner hat die Absicht, Euch von ihr zu trennen, aber sie eignet sich nicht dazu, dass Ihr sie reitet, wenn Ihr mich begleitet. Nehmt einmal an, ich möchte absteigen und einen Besuch machen oder in einen Laden gehen?“

„Zwischen Ihrem Abbot und Kelpie besteht eine gewisse Freundschaft, Mylady. Wenn ich beide Pferde halten könnte, dann würde sie eher stillhalten.“

„Und wie würdet Ihr mir wieder hochhelfen?“

„Daran habe ich nie gedacht, Mylady. Natürlich würde ich es nicht riskieren, dass Sie in Kelpies Nähe kommen.“

„Kennt Ihr Euch so weit aus, dass Ihr Euch den Kauf eines anderen Pferdes zutraut, um mich in der Stadt damit zu begleiten?“, fragte Florimel.

„Nein, Mylady, nicht ohne eine Probezeit von zehn Tagen. Aber da ist doch Mr. Lenorme. Ich kann mir vorstellen, wenn er mit mir ginge, dass wir es zu zweit recht gut schaffen würden.“

„O, eine gute Idee“, erwiderte seine Herrin. „Aber wie kommt Ihr gerade auf ihn?“, fügte sie hinzu, denn sie wollte gerne über ihn sprechen.

„Der Anblick von ihm und seinem Pferd zusammen und das, was ich ihn sagen hörte“, antwortete Malcolm.

„Und was hörtet Ihr ihn sagen?“

„Dass er wisse, wie man Pferde behandelt, etwa wie Menschenwesen. Ich habe mir in den letzten Monaten oft vorgestellt, dass Gott mit manchen Menschen etwas Ähnliches macht wie ich mit Kelpie.“

„Ich weiß nichts über Theologie", sagte sie und machte sich daran, einen Brief an den Maler zu schreiben.

„Vielleicht nicht, Mylady, aber dies betrifft mehr Biographie als Theologie. Niemand könnte sagen, was ich damit meine, außer jemand, der seine eigene Lebensgeschichte und die ihm bekannter Menschen genau betrachtet."

„Auch von Pferden?"

„Man kann ihr Inneres nur schwer erkunden, aber ich vermute, dass es so sein muss. Ich werde Mr. Graham fragen."

„Welchen Mr. Graham?"

„Den Schullehrer von Portlossie."

„Ist er denn in London?"

„Ja, Mylady. Er hatte zu viel Glauben, um dem Presbyterium zu gefallen, deshalb jagten sie ihn weg."

„Ich möchte ihn gerne sehen. Er hat sich sehr um meinen Vater auf dem Totenbett gekümmert. Das nächste Mal, wenn Ihr ihn seht, bestellt ihm meine Grüße und fragt, ob ich ihm irgendwie behilflich sein kann."

„Das werde ich gerne, Mylady. Ich glaube sicher, dass er sich darüber freuen wird."

Florimel saß an ihrem Schreibtischchen und schrieb eine Mitteilung. „Hier", sagte sie, „nehmt das zu Mr. Lenorme. Ich habe ihn darin gebeten, Euch bei der Auswahl eines Pferdes zu helfen."

„Bis zu welchem Preis würden Sie gehen, Mylady?"

„Ich überlasse das Mr. Lenormes Urteil – und Eurem eigenen", fügte sie hinzu.

„Ich danke Ihnen, Mylady", sagte Malcolm und machte sich auf den Weg zu dem Maler.

8. Die Aufforderung

Die Anschrift auf dem Brief, den Malcolm überbringen sollte, führte ihn zu einem Haus in Chelsea. Es gehörte zu einer Reihe schöner alter Häuser, die zur Themse hinausgingen, und lag in Sichtweite von der Stelle, an der Malcolm die Jacht geankert hatte. Zwischen den Häusern und der Straße lagen kleine Gärten. Der Diener, dem er das Schreiben übergeben hatte, kehrte umgehend zurück und führte ihn ins Atelier hinauf, einem großen, nach hinten gelegenen Raum mit Blick über einen großen Garten, der auf einer Seite von Ställen flankiert war. Lenorme, der an seiner Staffelei saß, begrüßte ihn mit den Worten: „Ich freue mich zu sehen, dass dieses Untier Sie nicht in Stücke gerissen hat. Setzen Sie sich. Was um alles in der Welt hat Sie dazu gebracht, eine solche Ausgeburt der Hölle nach London zu bringen?"

„Ich sehe inzwischen selbst ein, Sir, dass sie für London nicht unbedingt geeignet ist, doch wenn Sie sie einmal geritten haben, dann haben Sie keinen Spaß mehr an einem anderen Pferd."

„Ihre Herrin schreibt mir hier, dass ich Ihnen behilflich sein soll, ein anderes Pferd zu suchen."

„Ja, Sir – um sie in London zu begleiten."

„Ich kann nicht behaupten, von Pferden etwas zu verstehen. Wie kamen Sie denn auf mich?"

„Ich sah Sie auf Ihrem eigenen Pferd und hörte, wie Sie erzählten, Sie hätten ihn vom Karren eines Butterverkäufers weggekauft und wie ein menschliches Wesen behandelt. Das reichte mir. ‚Dieser Herr und ich – wir werden einander verstehen', sagte ich mir."

„Es freut mich, dass Sie das meinen", sagte Lenorme mit vollendeter Höflichkeit. Obgleich viel mehr Mann von Welt, konnte er doch bis zu einem gewissen Grade in Malcolms Wesen hineinblicken und ihn von seiner Art und seiner Kunst her schätzen lernen.

„Sehen Sie, Sir“, fuhr Malcolm fort, ermutigt durch Lenormes unkomplizierte Art, „wenn sie uns nicht irgendwie ähnlich wären, wie wären wir dann in der Lage, uns mit ihnen zu befassen, ihnen etwas beizubringen oder, wenn wir ihnen näherkommen, zu tun, was wir wollen? Ich glaube fest, dass Kelpie bei all ihrer Bosheit doch etwas für mich übrig hat: Ich will es nicht Zuneigung nennen, aber vielleicht doch etwas Ähnliches, soweit ein Wesen mit einem solchen Temperament hierzu fähig ist.“

„Mr. MacPhail, ich hoffe, Sie gestatten mir nun, das Gespräch auf ein ganz anderes Thema zu bringen, nämlich auf Sie selbst“, sagte Lenorme, der Malcolm weit mehr Aufmerksamkeit schenkte als seinen Worten. „Sie dürfen sicher nicht überrascht und hoffentlich auch nicht gekränkt sein, wenn ich Ihnen sage, dass Sie auf mich ganz und gar nicht wie jemand Ihres Berufes wirken. Kein Londoner Reitknecht, mit dem ich je gesprochen habe, hat auch nur die geringste Ähnlichkeit mit Ihnen. Wie kommt das?“

„Hoffentlich wollen Sie damit nicht zum Ausdruck bringen, Sir, dass ich mein Handwerk nicht verstehe“, erwiderte Malcolm.

„Ganz gewiss nicht. Kommen Sie“, meinte Lenorme, der mehr und mehr Interesse an seinem neuen Bekannten fand, „erzählen Sie mir von Ihrem Leben. Berichten Sie von sich. Wenn Sie daraus eine Freundschaft machen wollen, dann tun Sie das.“

„Das werde ich, Sir“, entgegnete Malcolm und begann ihm das meiste von dem zu erzählen, was er in seiner geistigen Geschichte für wichtig hielt bis zu dem Zeitpunkt, als seine Herkunft ihm enthüllt wurde und auch danach. Diese Enthüllung ließ er aus und glaubte, auch ohne diesen Punkt ausreichend Rechenschaft über sich abgelegt zu haben.

„Nun, ich muss zugeben“, sagte Lenorme, nachdem er geendet hatte, „dass Sie nicht länger unverständlich, um nicht zu sagen unglaubwürdig, sind. Sie haben eine ausgezeichnete Erziehung gehabt, bei der Sie den Fischen und Kelpie, aber auch Mr. Graham, von dem Sie mit so viel Zuneigung sprechen, den gebührenden Anteil zukommen lassen.“ Schweigend betrachtete er Malcolm eine Weile. Dann sagte er: „Ich will Ihnen mal was sagen: Wenn ich Ihnen helfe, ein Pferd zu kaufen, dann müssen Sie mir helfen, ein Bild zu malen.“

„Ich kann mir zwar nicht vorstellen, wie das vor sich gehen soll“, meinte Malcolm, „aber es genügt, wenn Sie es wissen. Ich werde mich glücklich schätzen, alles zu tun, was mir möglich ist.“

„Dann werde ich es Ihnen sagen, aber Sie dürfen mit niemand darüber sprechen, denn es ist ein Geheimnis. Ich habe herausgefunden, dass es kein ordentliches Porträt von Lady Lossies Vater gibt. Das ist sehr bedauerlich. Sein Bruder, sein Vater und Großvater hängen alle in Portland Place, in Hochländertracht als Clan-Chef, nur sein Platz ist leer. Lady Lossie besitzt jedoch ein oder zwei Miniaturen, die zwar schlecht gemalt sind, aber doch die Grundzüge seines Gesichts und Kopfes halbwegs korrekt wiedergeben dürften. Nach den Porträts seiner Vorfahren und von Lady Lossie selbst habe ich gewisse Kenntnisse über das gewonnen, was in der Familie üblich ist. Aus all dem zusammen hoffe ich so viel zusammenzutragen, dass ich ein Bild malen kann, das von ihr in gewisser Weise ihrem Vater ähnlich empfunden wird und das ich später nach ihren ersten Bemerkungen noch verbessern kann. Ich hoffe, diese Bemerkungen zuerst unverfälscht von Kritik aus ihren Gefühlen zu erhalten, wenn sie plötzlich vom Anblick des Bildes überrascht wird. Danach mag sie nach Belieben ihr Urteil vorbringen. Ich erinnere mich nun, dass ich Sie in der Tracht der Hochländer bei Tisch bedienen sah – das erste Mal, dass ich Sie zu Gesichte bekam. Wollen Sie in dieser Kleidung zu mir kommen und sich in dieser Gestalt malen lassen?"

„Ich kann Ihnen noch Besseres bieten, Sir!", rief Malcolm voller Eifer. „Ich werde aus Lossie House die Tracht von Mylord selbst kommen lassen, die er trug, wenn er zu Hofe ging – den edelsteingeschmückten Dolch und das Breitschwert mit der Scheide aus echtem Silber. Das wird Ihren Plan bei Mylady besonders fördern, denn er legte die Sachen mehr als einmal nur an, um ihr zu gefallen."

„Vielen Dank", sagte Lenorme herzlich, „das wird von unschätzbarem Vorteil sein. Bitte schreiben Sie sofort!"

„Das werde ich. Allerdings bin ich größer als mein verstorbener Herr, das müssen Sie beachten."

„Ich werde das berücksichtigen. Sie besorgen die Kleider und den Rest der Ausstattung."

„Heute Abend noch werde ich an Mrs. Courthope, die Haushälterin, schreiben, damit sie die Sachen sofort abschickt. Wann würde es Ihnen denn passen, mit mir Pferde anzusehen, Mr. Lenorme?"

„Ich werde morgen den ganzen Tag zu Hause sein", antwortete der Maler. „Ich kann mit Ihnen gehen, wann immer Sie kommen können."

Am nächsten Morgen ritt Malcolm mit Kelpie in den Park, damit sie sich tüchtig auslaufen konnte. Er begab sich eben auf den Heimweg, als sie wieder einen ihrer bösartigen Anfälle bekam, der wie üblich mit der Anspannung aller Muskeln und einem flammenden Blick in ihren Augen seinen Anfang nahm. Er wusste wohl, dass dies bald in einem wilden Paroxysmus von Aufbäumen und Auskeilen enden würde. Mehr als einmal hatte er sein Heil in Geduld versucht und war einfach ruhig sitzen geblieben, doch der hierauf folgende Ausbruch bei diesen Gelegenheiten hatte ihn belehrt, dass es besser war, ihren Attacken von vornherein mit dem kräftigen Gebrauch der Sporen zu begegnen. Seit er dieses Verfahren anwandte, waren ihre Ausbrüche zwar nicht weniger heftig, aber doch eindeutig seltener geworden.

Auch heute hatte er wieder nach einem harten Ringen die Oberhand behalten und ritt langsam dahin. Kelpie warf nur hin und wieder den Kopf und dann die Knöchel hoch in ärgerlichem Protest gegen den Gehorsam im Allgemeinen. Plötzlich tauchte hinter ihm im Galopp eine Dame mit ihrem Reitknecht auf; sie hatte etwas von dem beobachtet, was zwischen ihm und Kelpie sich abgespielt hatte. Als sie an seiner Seite war, zog Malcolm die Zügel an, doch Kelpie zeigte nun ebenso wenig Bereitschaft anzuhalten wie zuvor beim Weitergehen. Der Kampf entfachte von Neuem und die Sporen traten wieder in Aktion.

„Mann! Mann!", rief die Dame vorwurfsvoll. „Wissen Sie überhaupt, was Sie da tun?"

„Es wäre um Sie und mich schlecht bestellt, wenn ich's nicht wüsste, Mylady", antwortete Malcolm, und mitten in der Auseinandersetzung mit dem Pferd lächelte er beim Sprechen, denn nur selten wurde er über Kelpie zornig.

Doch das Lächeln ließ sein Verhalten in den Augen der Dame nur umso grausamer erscheinen. „Wie können Sie nur das arme Tier so unfreundlich behandeln? Ihre armen Flanken sind ganz ..." Ein Schauder und ein bekümmerter Blick vollendeten den Satz.

„Sie kennen das Tier nicht, Mylady, sonst würden Sie es nicht für nötig halten, sich um seinetwillen einzuschalten."

„Aber wenn sie aufsässig ist, dann ist das doch kein Grund für Sie, so grausam zu sein!"

„Nein, Mylady, aber es ist der beste Grund, warum ich versuche, ihr das abzugewöhnen.“

„Auf diese Weise werden Sie das nie schaffen.“

„Die Fortschritte geben mir aber Grund zur Hoffnung“, sagte Malcolm.

„Sie dürfen aber ein einfältiges armes Tier nicht so behandeln wie ein menschliches Wesen mit Verantwortung.“

„So arm ist sie keineswegs, Mylady. Sie hat alles, was sie will, und tut nichts, um es zu verdienen – mit gutem Willen ganz gewiss nicht. Und ihre Einfältigkeit, die ist zum Erbarmen. Könnte sie sprechen, dann wäre sie nicht geeignet, unter anständigen Menschen zu leben. Im Übrigen, wenn sich nicht jemand um sie gekümmert hätte, einfältig wie sie ist, dann wäre sie schon lange erschossen worden.“

„Besser als mit solcher Behandlung zu leben.“

„Ich glaube nicht, dass sie Ihrer Meinung wäre, Mylady. Ich fürchte, so grausam es sich ansehen mag, dass sie den Kampf genießt. Auf jeden Fall bin ich sicher, dass sie für mich mehr übrig hat als für jedes andere Wesen auf der Welt.“

„Wie kann jemand für Sie etwas übrig haben“, sagte die Dame leise, denn sie hatte die Bedeutung dessen, was er gesagt hatte, gründlich missverstanden, „wenn Sie Ihre Laune nicht beherrschen können? Sie müssen erst einmal lernen, sich selbst zu bezwingen.“

„Das ist wahr, Mylady, und solange meine Stute nicht ihr eigenes Gesetz ist, muss ich es auch für sie sein.“

„Aber haben Sie denn nie vom Gesetz der Freundlichkeit gehört? Ohne Strenge würden Sie ohne Zweifel weit mehr erreichen.“

„Bei manchen Naturen ganz gewiss, Mylady, aber nicht bei einem Pferd, wie sie es ist. Ob Pferd oder Mensch – sie erkennen Freundlichkeit erst, wenn sie die Furcht kennengelernt haben. Kelpie hätte mir längst sämtliche Knochen gebrochen, wenn ich mit ihr nach Ihrer Weise umgegangen wäre. Aber wenn ich bei ihr nicht noch sehr viel mehr zustande bringe, dann wird sie nichts Besseres sein als ein wildes Tier, das eingefangen und beseitigt wird."

Die ganze Zeit bemühte sich Kelpie eifrig, nahe genug an das Pferd der Dame heranzukommen, um nach ihm zu beißen, doch sie bemerkte das nicht. Sie zeigte immer größere Besorgnis. „Ich wünschte, Sie würden es meinen Reitknecht mit ihr versuchen lassen", sagte sie. „Er ist älter und erfahrener als Sie. Er hat zwei Kinder. Er würde Ihnen vor Augen führen, was man mit Behutsamkeit erreichen kann."

„Für meinen alten Adam wäre es sicher eine große Befriedigung, ihn einen Versuch machen zu lassen", sagte Malcolm. „Da ich aber nicht selbst weiß, über welche Erfahrung er verfügt, wäre das glatter Mord."

„Ich sehe schon", meinte die Dame mehr zu sich, aber doch so laut, dass Malcolm es hören konnte, denn ihre Gutherzigkeit hatte sie ärgerlich und ungerecht gemacht, „seine Überheblichkeit ist ebenso groß wie seine Grausamkeit – genau wie ich erwartet hatte."

Mit diesen Worten wandte sie ihr Pferd und ritt weg, Malcolm aber ließ sie mit einem Klumpen im Hals zurück. Die Bitterkeit, in dieser Weise abgekanzelt zu werden, verstärkte sich noch erheblich durch die Tatsache, dass er nie im Leben ein so schönes Gesicht gesehen hatte. Sie war jung – nicht mehr als zwanzig –, groß und von stattlicher Anmut. Es kam Malcolm hart an, dass so viel Sanftheit und Schönheit mit so viel Unvernunft gepaart waren. Sollte er nie eine Gelegenheit haben, ihr zu beweisen, welchem Irrtum sie hinsichtlich der Behandlung Kelpies erlegen war?

Malcolm blickte ihr lange und ernst nach. „Schrecklich, wenn eine solche Frau über einen erzürnt ist", sagte er zu sich – „sie ist ebenso schön wie ärgerlich.

Es ist schmerzlich, so falsch beurteilt zu werden. Doch es ist nicht mehr, als Gott zu jeder Stunde des Tages auf sich nehmen muss – und er ist geduldig. Solange er weiß, dass er recht hat, lässt er die Leute denken, was sie wollen, bis seine Zeit gekommen ist, sie eines Besseren zu belehren. Herr, mache mein Herz rein in mir, dann werde ich auf kein Urteil außer dem deinen achtgeben!"

Die Dame ritt weg, traurig bestärkt in ihrer Ansicht, dass tatsächlich Malcolm das Tier und Kelpie die höherstehende Kreatur von den beiden sei.

Malcolm ritt nach Hause und brachte die Teufelin in den Stall.

9. Der Schiffsjunge

Es war ein lieblicher Tag, doch Florimel wollte nicht ausreiten. Sie wollte erst dann wieder einen Ritt unternehmen, wenn sie unter den Begleitpferden ihre Wahl treffen konnte. Malcolm sollte sofort zu Mr. Lenorme gehen. „Eure Kelpie ist gut und schön im Richmond-Park – und ich wünschte, ich könnte sie selbst reiten. Malcolm – aber für London wird sie nie taugen."

Sein Name klang süß von ihren Lippen. „Wer weiß, Mylady", antwortete er, „vielleicht können Sie das eines Tages doch? Geben Sie ihr jedes Mal, wenn Sie sie sehen, ein Zuckerstückchen – auf der flachen Hand, damit sie es mit den Lippen wegnehmen kann und nicht Ihre Finger erwischt."

„Ihr werdet mir zeigen, wie ich das machen muss", sagte Florimel. „Doch inzwischen ist hier eine Notiz für Mr. Lenorme. Ich möchte so gerne wieder ausreiten."

Malcolm machte sich umgehend auf den Weg. In dem Augenblick, als seine Ankunft dem Maler angekündigt wurde, kam er die Treppe herab und ging mit ihm fort. Innerhalb von ein oder zwei Stunden hatten sie das Pferd gefunden, das sie suchten. Malcolm nahm es probeweise mit nach Hause und es fand Florimels Gefallen. Auf die Meinung des Grafen mussten sie verzichten, denn er hatte sich beim Sturz von der auskeilenden Kelpie am Tag vorher die Schulter verletzt und musste sein Zimmer in der Curzon Street hüten.

Am Abend zog Malcolm sich seine Schifferuniform an und ging erneut nach Chelsea, wo er ein Boot nahm und zu der Jacht hinüberruderte, die nahe dem anderen Ufer lag in der Obhut eines alten Matrosen, den der blaue Peter kennengelernt hatte, als das Boot unter den Brücken festgemacht hatte. An Bord fand er alles tiptop sauber vor. Er schlüpfte nach unten in die Kabine und nahm einige Messungen vor. All die kleinen Luxusgegenstände – Teppiche, Kissen, Vorhänge und anderes – waren in Lossie House. Man hatte sie entfernt, als die „Psyche" für den Winter aufgelegt worden war. Er wollte sie ersetzen und verwandte besondere Mühe auf die Feststellung, ob er nicht einen Wunsch erfüllen könnte, den Florimel einmal ihrem Vater gegenüber geäußert hatte, nämlich ein Bett an Bord zu haben und dort zu schlafen. Er fand, dass dies möglich war, und hatte bald den Plan für eine Koje entworfen; selbst für eine kleine Passagierkabine blieb noch Raum.

Er kehrte an Deck zurück und beriet sich mit Travers wegen eines Schreiners, als er zu seinem Erstaunen den jungen Davy erblickte, den Schiffsjungen, den sie aus Duff Harbor mitgebracht hatten. Malcolm war der Ansicht gewesen, er sei mit dem blauen Peter zurückgekehrt. Nun blickte er ihn unter den Masten hervor an.

„Wie kommst du denn hierher?", fragte Malcolm. „Peter sollte dich mit nach Hause nehmen."

„Bitte, Mister MacPhail", sagte Davy. „Ich hab ihn annehmen lassen, dass ich mitginge."

„Ich habe ihm deinen Lohn gegeben."

„Ja, das hat er mir gesagt, aber ich entwischte ihm und schlüpfte ans Ufer zurück, dicht hinter Ihnen selbst, Sir. Ich konnte nicht gehen, ohne mit Ihnen zu reden, ob Sie mich nicht vielleicht behalten würden. Man behauptet, ich sei nicht allzu schlau, aber ich könnte das tun, was Sie mir sagen, und mich von allem fernhalten, was Sie mir sagen, dass ich es nicht tun soll."

Die Worte des Jungen gefielen Malcolm, mehr als er für klug hielt zu zeigen. Er blickte Davy eingehend an. In seinem Gesicht war wenig mehr zu sehen als das eine – Wahrheit.

„Aber", sagte Malcolm schon beinahe zufrieden, „wie

ist das, Travers? Ich habe Ihnen nie Anweisungen wegen des Jungen gegeben."

„Ich hab ihn schon vorher an Bord gesehen", antwortete der alte Mann, „und als er wieder an Bord kommt, gleich nachdem Sie weg waren, sag' ich mir: Ist das wohl richtig? Ich hab ihn nichts gefragt, und er hat mir keine Lügen aufgetischt."

„Pass mal auf, Davy", sagte Malcolm und wandte sich zu ihm um, „kannst du schwimmen?"

„Ay, Sir, das kann ich", antwortete Davy.

„Spring mal über Bord und schwimm zum Ufer", sagte Malcolm und wies zum Chelsea-Strand.

Der Junge machte zwei Schritte und wäre im nächsten Augenblick an Backbord hinausgesprungen, doch Malcolm fasste ihn an der Schulter. „Das reicht, Davy, ich werde dir eine Chance geben."

„Danke, Sir", sagte Davy. „Ich werde tun, was Sie von mir wollen, Sir."

„Nun, ich werde deiner Mutter schreiben und sehen, was sie dazu meint", erwiderte Malcolm. „Nun möchte ich euch beiden sagen, dass diese Jacht der Marquise von Lossie gehört und ich von ihr den Befehl darüber habe. Ich will, dass alles hier an Bord tadellos sauber ist. Wenn irgendwo der Kopf eines Nagels zu sehen ist, dann muss er blitzen wie Silber."

Dann vereinbarte er, dass Travers für diese Nacht nach Hause gehen und am nächsten Morgen einen alten Freund mitbringen sollte, der Schreiner war. Er selbst wollte um sieben Uhr wieder da sein, um ihm die Arbeit anzuweisen.

Noch ehe zwei Wochen um waren, hatte er die Kabine mit all dem Luxus ausgestattet, den sie früher besessen hatte, und noch viel mehr als Ausgleich für den Verlust an Raum durch die Einrichtung einer schmucken kleinen Passagierkabine – ein wahres Schmuckkästchen an Behaglichkeit und Bequemlichkeit. In der Kabine hatte er in einer Ecke eine Reihe kleiner Bücherborde anbringen lassen und sie mit Büchern gefüllt, von denen er wusste, dass seine Schwester sie gerne mochte, und einige, die er ihr zu lesen geben wollte. Mit Travers und Davy vereinbarte er auch einen Signalcode.

Am Tag nachdem Malcolm sein neues Pferd hatte, ritt er hinter seiner Herrin her in den Park. Von dort aus ritt Florimel zum Constitution Hill hinunter, bog nach Westen ab und sagte zu Malcolm, als sie anhielt: „Ich will rasch hineingehen und Mr. Lenorme für die Mühe danken, die er sich wegen des Pferdes gemacht hat. Welches Haus ist es?“

Sie hielt auf das Tor zu. Malcolm stieg ab, doch ehe er nahe genug war, um ihr zu helfen, eilte sie bereits den Weg hinauf; er konnte gerade noch rechtzeitig Abbots Zügel fassen, der sich schon in Bewegung gesetzt hatte voller Neugierde, ob man ihn wirklich allein lassen würde. Fünf Minuten später kam sie wieder heraus und blickte sich – wie Malcolm dachte – unruhig um, doch sie schritt den Weg langsamer und gefasster herab als sonst. Im nächsten Augenblick hatte Malcolm ihr in den Sattel geholfen und sie trabte am Spital vorbei zur Sloan Street und durch den Park nach Hause. „Sie kennt den Weg“, dachte Malcolm bei sich.

Florimel empfand ihren mutigen Besuch bei Lenorme seltsamer und beängstigender, als sie erwartet hatte; ihr Mut war nicht so großartig, wie sie geglaubt hatte. Am nächsten Tag bewog sie Mrs. Barnardiston, sie im Atelier zu treffen. Doch sie schaffte es, um einige Minuten früher da zu sein, und als ihre Freundin eintraf, saß sie bereits, und der Maler sah aus, als habe er eben mit seiner morgendlichen Arbeit begonnen. Als Mrs. Barnardiston sich für ihre Verspätung entschuldigte, meinte Florimel, ihr Reitknecht habe wohl die Pferde etwas zu früh vorgeführt. Da sie schon fertig war, habe sie nicht auf die Uhr geschaut. Sie urteilte sonst recht hart über Leute, die Ausreden vorbrachten, doch in jüngster Zeit fand sie nichts mehr dabei, selbst irgendeine Geschichte zu erfinden, um sich zu schützen.

Malcolm fand es recht eintönig, während ihrer Sitzung beim Maler auf der Straße zu warten. Wäre Kelpie dabei gewesen, hätte ihm das nichts ausgemacht, denn sie beschäftigte ihn reichlich, aber zwei ruhige Pferde zu halten, war ziemlich langweilig. Eins allerdings lernte er dadurch – das Warten, das keine schlechte Lektion für jeden Menschen ist, und vor allem für solche, die so aktiv waren.

Am nächsten Tag ritt Florimel erst nach dem Mittagessen, nahm aber ihre Zofe mit ins Atelier. So hatte Malcolm einen langen Vormittag mit Kelpie.

Endlich traf das Paket aus Lossie House ein, um das er gebeten hatte. Er hatte Mrs. Courthope erklärt, wofür er die Sachen brauchte, und sie hatte keinerlei Einwendungen erhoben, sie an die von ihm angegebene Adresse zu schicken. Lenorme hatte bereits mit dem Porträt begonnen, inzwischen eifrig daran gestaltet und war nun bereit, dass Malcolm ihm Modell sitzen konnte. Da die einzige Zeit, die ein Reitknecht erübrigen konnte, der frühe Morgen war – und auch dies bedeutete eine zeitigere Versorgung der Pferde –, vereinbarten sie, dass Malcolm jeden Tag um sieben Uhr im Atelier sein sollte, bis der Maler sein Ziel vollendet hatte. So bestieg Malcolm an einem schönen Frühlingsmorgen mit einer leichten Brise seine Kelpie, ritt durch den Hyde Park, den Grosvenor Place hinab und gelangte so nach Chelsea, wo er Kelpie in Lenormes Stall unterbrachte.

Bei seinem Eintreffen wurde er in das Schlafzimmer des Malers geführt, wo der Handkoffer lag, den er am Abend vorher selbst hierher gebracht hatte. Daraus entnahm er mit einem seltsamen Gemisch aus Freude und Traurigkeit die einzelnen Stücke vom Staatsgewand seines verstorbenen Vaters, die er mit der Verehrung eines Sohnes behandelte. Nachdem er sich angekleidet hatte, richtete er sich mit dem ausgeprägten Vergnügen des Kelten an prächtigen Kleidern auf und ging ins Atelier. Lenorme machte sich voller Bewunderung für seine Gestalt und Erstaunen über seine würdige Haltung an die Arbeit. Er stürzte sich beinahe auf Palette und Pinsel. Ganz gleich, ob ihm die Ähnlichkeit mit dem verstorbenen Marquis gelang oder nicht, es wäre seine eigene Schuld, wenn er kein gutes Bild zustande brächte. Voll Eifer ging er ans Werk, und außer einigen Belanglosigkeiten wechselten sie kein Wort.

„Zum Kuckuck!“, rief er plötzlich und sprang auf, ohne den Blick vom Bild zu nehmen. „Die ganze Zeit mache ich ja nichts anderes als ein Porträt von Ihnen, MacPhail, und vergesse ganz, wozu Sie dazusitzen haben! Und trotzdem“, fuhr er zögernd fort und nahm die Miniatur zur Hand, die er eingehend betrachtete, „habe ich eine gewisse Ähnlichkeit geschaffen! Ja, es muss schon so sein, denn ich erkenne auch eine gewisse Ähnlichkeit mit Lady Lossie. Nun, ich nehme an, ein Mensch kann ebenso wenig für das, was er malt, wie für das, was er träumt. – Ich glaube, MacPhail, das reicht ohnehin für heute Morgen. Ziehen Sie sich rasch Ihre eigenen Kleider an und kommen Sie nach nebenan zum Frühstück. Sie müssen müde sein vom langen Stehen.“

„Das ist ungefähr die härteste Arbeit, die ich je geleistet habe“, antwortete Malcolm, „aber ich bezweifle, ob ich so müde bin wie Kelpie. Schon seit einer halben Stunde horche ich, ob der Stall gleich auseinanderfliegt.“

10. Die Horcherin

Florimel wurde langsam klar, dass der Vorwand ihres Porträts nicht ausreichte, um weitere Besuche im Atelier zu rechtfertigen. Doch sie musste und wollte das Wagnis weiterhin eingehen, und sollte Gerede aufkommen, dann war immerhin das Porträt vorhanden. Wochenlang war es nicht fertig, stand auf der Staffelei, und irgendwo war immer ein feuchter Farbtupfer. Keiner von beiden wusste, was werden sollte, wenn das Bild endgültig vollendet war. Am schlimmsten war, dass ihre Vorstellungen darüber weit auseinandergingen. Man darf nicht vergessen, dass Florimel seit ihrer Kindheit keine Mutter mehr hatte, gerade eben ein junges Mädchen war und von echter Liebe nicht viel mehr besaß, um wie ein Körnchen Salz die Leidenschaft zu würzen. In Florimels Fall war in der Beziehung noch viel Kindliches. Wäre sie erst einmal von Lenorme vollständig getrennt, dann hätte sie innerhalb von vierzehn Tagen wieder ihre Fröhlichkeit zurückgewonnen. Doch obwohl ihr dies selbst so halb und halb bewusst war und sie sich gleichzeitig der ganzen Sache etwas schämte, gab sie sie nicht auf – wollte dies auch gar nicht –, sondern hatte nur die Absicht, sie nach und nach vorbeigehen zu lassen. Kein Wunder also, dass Lenorme in dem Glauben, sie liebe ihn, sie nur schwer verstehen konnte.

Der Maler war nicht nur in Florimel verliebt, er liebte sie wirklich. Ich will nicht sagen, dass er nicht auch etwas geblendet war von ihrer gesellschaftlichen Stellung, doch solche Gedanken huschten nur wie wechselnde Farbschattierungen über die Blüten seiner Liebe.

Florimel ging erst ein oder zwei Tage später wieder ins Atelier, und trotz Lenormes Warnung und ihrer eigenen Zweifel ließ sie sich wieder von ihrer Zofe begleiten, einer Person, die unglücklicherweise Lady Bellair ausgesucht hatte. Im Herrenhaus von Lossie hatte Malcolm sich von ihr moralisch wie physisch abgestoßen gefühlt. Als er zum ersten Mal ihren Namen hörte und einer der Diener von ihr als Miss Caley sprach, hörte es sich für ihn wie Scaley an (Engl. Scale = Fischsuppe) und wenn das nicht ihr Name war, dann entsprach es doch ihrer Art.

Diesmal ritt Florimel mit Malcolm nach Chelsea. Caley hatte sie unmittelbar dorthin bestellt. Dabei richtete sie es so ein, dass sie etwas früher dort war und die andere etwas später – mit zwei Folgen: Die Liebenden hatten einige Minuten für sich, und als Caley geräuschlos und ohne Ankündigung wie eine Katze hereinschlüpfte, kam sie auf ihre Rechnung und sah den Arm des Malers um Florimels Taille und ihren Kopf an seiner Brust. So still wie sie eingetreten war, schlüpfte sie wieder hinaus. Der Erfolg ihres Streichs brachte es mit sich, dass Malcolm, der gerade von seinen Pferden zum Fenster des Zimmers emporblickte, in dem er stets mit seinem neuen Freund frühstückte, an einem der Fenster ein Gesicht wahrnahm, das den Triumph der bösen Entdeckung widerspiegelte.

Caley gehörte der gewöhnlichen Klasse von Dienstpersonal insoweit an, als sie Dienst als Knechtschaft betrachtete und sich in Selbstsucht schadlos hielt. Ihre ganzen Gedanken waren darauf gerichtet, aus ihrer Position so viel wie möglich Nutzen zu ziehen. Sie war schlau, gierig und gerissen. Ihre Herrin mochte sie zwar, beobachtete sie jedoch im Interesse von Lady Bellair. Für den Grafen empfand sie Zuneigung, Malcolm gegenüber eine natürliche Abneigung, die sie hinter distanzierter Höflichkeit verbarg, und dem übrigen Haushalt begegnete sie mit Gleichgültigkeit. Der Ausdruck auf Caleys Gesicht gab Malcolm zu denken. Der Triumph stand deutlich darauf zu lesen. Was mochte der Anlass sein? Durch seinen Umgang mit ihr im Haus hatte er völlig Klarheit über ihren Charakter gewonnen; es bestand kein Zweifel, dass ihr Triumph keinen guten Grund hatte, und es lag auf der Hand, dass der Anlass sich eben erst zugetragen hatte und kaum mit etwas anderem zu tun haben konnte als mit ihrer Herrin. Sie hatte eben erst, wenige Minuten nach ihrer Herrin, das Haus betreten, und er kannte die katzenhafte Art, in der sie umherschlich. Zweifellos hatte sie die beiden überrascht und herausgefunden, wie die Dinge zwischen ihrer Herrin und dem Maler standen. Er zog sehr treffende Schlüsse über das Vorgefallene. Sie hatte beobachtet, ohne selbst gesehen zu werden, und sich mit ihrer Beute zurückgezogen! Damit befand sich Florimel in der Gewalt dieser Frau. Was konnte er tun? Gewiss musste er es ihr irgendwie sagen.

Malcolm verlor keine Zeit, wenn er erst einmal zu einem Entschluss gekommen war. Sie waren auf dem Heimweg kaum um die erste Ecke gebogen, als er neben sie ritt und das Wort ergriff.

„Bitte, Mylady, ich muss Ihnen etwas sagen, was ich zufällig bemerkte, während ich bei den Pferden wartete."

Der Ernst seines Tones überraschte Florimel. Mit weit geöffneten Augen blickte sie ihn an und wartete, was er zu sagen hatte.

„Ich sah zufällig zu den Fenstern des Ankleidezimmers hoch, Mylady, und da trat Caley an eins der Fenster mit einem Ausdruck im Gesicht, ich weiß nicht, wie ich ihn beschreiben soll, Mylady – aber –"

„Warum erzählt Ihr mir das?", fragte sie mit vollendeter Fassung und harten fragenden Augen. Noch ehe er antworten konnte, zuckten Gedanken wie ein Blitz über ihr Gesicht mit einer einzigen raschen Bewegung der Augenbrauen. Ihr Ausdruck änderte sich und wurde nachdenklich. Auf einmal schien sie einen Anlass für ein mildes Interesse an seiner Mitteilung zu erkennen. „Aber das kann nicht sein, Malcolm", sagte sie in völlig verändertem Ton. „Ihr müsst sie mit jemand verwechselt haben. Sie hat das Atelier in der ganzen Zeit, die ich dort war, nicht verlassen."

„Es war unmittelbar nach ihrer Ankunft, Mylady. Sie betrat das Haus ungefähr zwei Minuten nach Ihnen, und sie konnte kaum die Treppe hinaufgestiegen sein, als ich sie zum Fenster kommen sah. Ich hielt es für richtig, Sie davon zu unterrichten."

„Danke, Malcolm", sagte Florimel freundlich. „Ihr habt recht getan, mir davon zu erzählen, aber es ist ohne Belang. Mr. Lenormes Haushälterin und sie müssen über irgendetwas geredet haben."

Doch ihre Augenbrauen waren nun nachdenklich zusammengezogen.

„Ich glaube, dafür war gar keine Zeit, Mylady", entgegnete Malcolm.

Florimel wandte sich ab und ritt weiter. Malcolm sah, dass er mit seiner Warnung Erfolg gehabt hatte, und freute sich darüber.

Hätte er jedoch geahnt, wohin das führen würde, dann hätte er wohl kaum Freude empfunden.

Florimel empfand tatsächlich großes Unbehagen. Sie musste den starken Verdacht hegen, dass sie sich einer Person gegenüber verraten hatte, die, wenn sie nicht absichtlich spionierte, so doch bereitwillig aus dem, was sie wahrgenommen hatte, den Gebrauch eines Spions machen würde. Was konnte sie tun? Es war nun zu spät, sie loszuwerden: Das wäre nicht nur ein Signal gewesen, ihre Wahrnehmungen preiszugeben, sie hätte auch eine süße Rache genossen und den Grund für ihre Entlassung eindeutig auf der Hand gehabt. Was hätte Florimel nicht um einen Menschen gegeben, der Mitgefühl mit ihr empfand und ihr mit Rat zur Seite gestanden wäre! Sie fürchtete sich, ein weiteres Treffen mit dem Maler zu wagen. Außerdem hatte sie Angst davor, er könnte die Entdeckung dazu benutzen, sie zu einer Heirat mit ihm zu drängen. Zum ersten Mal hatte sie das Gefühl, als werde sie von ihren Sünden eingeholt.

Ein oder zwei Tage vergingen. Florimel beobachtete ihre Zofe, bemerkte aber keinerlei Veränderung in Wesen oder Verhalten. Allmählich erlahmte ihre Aufmerksamkeit und sie gewann ihre alte Sicherheit zurück. Da ließ Caley hin und wieder einen Wink fallen, der ihr Unruhe einjagte. Wäre es nicht am sichersten, sie ins Vertrauen zu ziehen? Was wäre es doch für eine Erleichterung, eine Frau um sich zu haben, mit der sie sich aussprechen konnte! Diese Überlegung führte sie dazu, einen Zipfel des Schleiers zu lüften, der ihre Unruhe verbarg. Die Frau ermunterte sie, und schließlich warf sich das törichte Mädchen der Person um den Hals, sehr zu deren Befriedigung, und vertraute ihr an, dass sie Mr. Lenorme liebe. Sie meinte, natürlich wisse sie, dass sie ihn nicht heiraten könne. Sie warte nur auf eine Gelegenheit, um sich aus einer Verbindung zu lösen, die zwar beglückend sei, für die es aber keine Rechtfertigung gebe. Hätte Lenorme gewusst, dass sie fähig war, einer solchen Frau ihr Innerstes anzuvertrauen, dann hätte das wohl seine Liebe zu ihr erstickt.

Caley tröstete zuerst das weinende Mädchen und flößte ihr dann aufmunternde Worte ein. Gewiss müsse sie ihn aufgeben – daran führe kein Weg vorbei –, doch es bestehe keinerlei Notwendigkeit, dies zu übereilen. Mr. Lenorme sei ein stattlicher Mann und jede Frau könne stolz darauf sein, von ihm geliebt zu werden. Sie müsse sich Zeit nehmen und könne ihr völlig vertrauen.

Die erste Folge hiervon war, dass Florimel unter dem Vorwand, sich von ihm zu verabschieden und ihn davon zu überzeugen, dass sie sich nicht mehr sehen durften, eines Abends mit ihrer Zofe ausmachte, am nächsten Morgen das Atelier aufzusuchen. Sie wusste, dass der Maler früh aufstand und stets schon vor acht Uhr an der Arbeit war. Sie versuchte zwar sich selbst einzureden, sie wolle ihm Lebewohl sagen, doch war sie noch zu keinem Entschluss in der Sache gekommen. Am nächsten Morgen um sieben Uhr schlüpfte die wie ein Hausmädchen gekleidete Marquise aus der Haustüre, fand nach zwei Straßenecken eine Mietdroschke, die auf sie wartete, und gelangte rechtzeitig zur Wohnung des Malers.

Als die Türe aufging und Florimel hereinschlüpfte, sprang der Maler auf und Florimel flog in seine Arme. Da das Atelier groß und mit allerlei Zeug angefüllt war, bemerkte sie Malcolm nicht, der zu einer Sitzung am frühen Morgen gekommen war. Er sah die beiden hinter einem Bild auf einer Staffelei hervor zusammenkommen, doch scheute er sich, offen Zeuge ihres Geheimnisses zu sein, auch wollte er nicht in den Kleidern seines Vaters von seiner Schwester entdeckt werden, die ihn nur als Diener kannte. So sah er sich nach einem raschen Rückzug um, der auch nicht schwer zu finden war, denn in der Nähe seines Platzes befand sich die Türe zu einem kleinen Verbindungszimmer, das zum Wohnzimmer führte. Er wollte von dort aus in Lenormes Schlafzimmer gehen und sich umziehen. Mit geräuschlosem Schritt eilte er weg, konnte jedoch nicht verhindern, dass er einige leidenschaftliche Worte seiner Schwester vernahm, ehe Lenorme sie warnen konnte, dass sie nicht allein waren – Worte, die nach seinem Empfinden nur aus einem Herzen kommen konnten, dessen ganzer Pulsschlag Hingabe war.

„Wie kann ich ohne dich leben, Arnold?“, sprach das Mädchen und klammerte sich an ihn.

Lenorme blickte sich unbehaglich um, sah Malcolm verschwinden und antwortete: „Ich hoffe, dass du das nicht versuchen willst, Liebling.“

„O, aber du weißt doch, dass das nicht von Dauer sein kann", erwiderte sie in spielerisch klingender Autorität. „Das muss ein Ende finden. Man wird sich einmischen."

„Wer kann das, und wer würde es wagen?", sagte der Maler voller Vertrauen.

„Die Leute. Wir sollten besser selbst Schluss machen – ehe alles herauskommt und wir uns schämen müssen", sagte Florimel in völligem Ernst.

„Schämen!", rief Lenorme. „Nun, wenn du meinst, du müssest dich meiner schämen – und vielleicht kannst du von deiner Erziehung her nicht anders – liebst du mich dann nicht genug, um meinetwillen ein bisschen Schande zu ertragen? Ich möchte gerne solche Worte aus deinem Munde hören." Florimel ließ den Kopf auf seiner Schulter und schwieg, doch befand sie sich bereits auf dem Weg zu einem Streit.

„Du liebst mich nicht, Florimel", sagte Lenorme nach einer Weile.

„Und wenn ich's nicht tue?", rief sie trotzig. Sie schob sich von ihm weg, trat zwei Schritte zurück und blickte ihn herausfordernd an mit Augen, in denen kleine Flammen des Missbehagens glühten, die von den roten Flecken auf ihren Wangen hochzulodern schienen. Lenorme sah sie an. Er hatte sie schon öfter so erlebt und wusste, dass die Granate geladen und die Zündschnur angebrannt war. Doch da war ein Gemisch von größerer Explosivität, als er vermutet hatte, denn nun war ihr bewusst, dass sie ihm Unrecht angetan hatte. Das versetzte sie in eine gefährliche Stimmung. Lenorme hatte bereits sehr unter den Schwankungen ihrer Laune gelitten, die ihm manchmal beinahe zu viel wurden. Er glaubte, sie auf immer ertragen zu können, wenn er sie sicher und ohne Schatten eines Zweifels für sich hätte. Aber sein Vertrauen hatte ihn des Öfteren im Stich gelassen. Sollte sie ihn eines Tages doch verlassen, dann würde er das zwar überleben, aber er wusste auch, dass das Leben nie wieder so sein würde wie zuvor und dass es ihm für längere Zeit unmöglich wäre zu arbeiten. Was Wunder also, dass ihn manchmal der Zorn packte über ihr Verhalten. Der blaue Zornesblitz in ihren Augen löste nun ein schwarzes Feuer in seinen aus. Ein zorniges Wort lag auf ihren Lippen, doch da kam ihm ein Gedanke, der dieses Wort unausgesprochen ließ. Er nahm ihre Hand, die kalt und starr in seiner lag, und führte sie zum anderen Ende des Raumes, wo das nahezu vollendete Bildnis ihres Vaters stand.

Malcolm ging ins Wohnzimmer, wo der Tisch wie üblich für das Frühstück gedeckt war. Da stand Caley und bediente sich mit einem Löffel Honig. Bei seinem Eintritt fuhr sie erschrocken auf, dann nahm ihr fahles Gesicht eine lehmige Farbe an. Einige Sekunden lang stand sie unbeweglich da, unfähig, den Blick von der Erscheinung zu wenden, die ihr wie der verstorbene Marquis vorkam, der im Zorn ergrimmt war, weil sie seine Tochter auf unehrenhaften Wegen ermuntert hatte. Malcolm nahm an, sie schäme sich über sich selbst, und ging weiter zur Schlafzimmertüre, ohne von ihr weiter Notiz zu nehmen. Ehe er jedoch die Türe erreicht hatte, erkannte sie ihn. Entflammt von Wut, in der sich Furcht und Scham mischten, und in der Erkenntnis, dass der verachtenswerte Akt der Gier, bei dem er sie überrascht hatte, die Abneigung rechtfertigte, die ihr weiblicher Instinkt von Anfang an bei ihm wahrgenommen hatte, stürzte sie auf die Türe zu, stellte sich davor auf und schrie ihn mit brennendem Gesicht an: „So wird also die Freundlichkeit von Mylady missbraucht! Diese Unverschämtheit! Ihr Stallknecht geht hin und sitzt im Hofgewand ihres Vaters für sein Porträt! Das soll Mylady erfahren“, schloss sie, biss boshaft die Zähne zusammen und nickte ein paar Mal mit dem Kopf.

Malcolm stand da und betrachtete sie kühl, was ihre Wut nur noch mehr entflammte. Er konnte nicht anders, er musste über die Reaktion von Scham und Ärger lächeln. Wäre ihr Zorn nur eine vorübergehende Flamme gewesen, dieses Lächeln wandelte ihn zu einem unaufhörlichen Hass. Sie zischte ihm ins Gesicht.

„Geht und habt das erste Wort", sagte er, „aber verschwindet von der Türe und lasst mich durch."

„Euch durchlassen, und was noch! Ihr – der Sohn des alten Lord James und einer verheirateten Frau? Ich schere mich nicht so viel um Euch", und sie schnippte ihm mit den Fingern vor dem Gesicht.

Malcolm wandte sich von ihr ab, ging zum Fenster und setzte sich hin, um eine Zeitung zu lesen, die er im Vorbeigehen vom Frühstückstisch genommen hatte. Caley geriet über dieses Maß an Gleichgültigkeit völlig außer sich, stürzte aus dem Zimmer fort und ging direkt ins Atelier.

Lenorme hatte Florimel vor das Bild geführt. Sie zuckte zusammen und starrte den Maler erbleichend an. Diese Wirkung auf sie hatte er nicht vorhergesehen, und ihre Worte waren nicht das, was er von ihr zu hören gehofft hatte. „Was würde er von mir denken, wenn er das wüsste?", rief sie und klammerte die Hände zusammen.

In diesem Augenblick stürmte Caley ins Zimmer mit Augen wie eine Katze. „Mylady", kreischte sie, „da sitzt dieser Stallknecht MacPhail mit den wunder-wunderschönen Kleidern Ihres verehrten Vaters, die er immer trug, wenn er mit dem Prinzen speiste! Und bitte, Mylady, er ist so grob, dass ich mich kaum zurückhalten konnte, ihm an die Gurgel zu fahren."

Florimel richtete mit ihren Augen eine messerscharfe Frage an Lenorme. Der Maler richtete sich auf. „Es geschah auf meine Bitte, Lady Lossie", sagte er.

„So, wirklich!", erwiderte sie in höchstem Zorn und

blickte wieder auf das Bild. „Ich verstehe! Wie konnte ich nur so töricht sein! Sie wollten mich mit der Ähnlichkeit mit meinem Reitknecht überraschen, nicht mit einem Abbild meines Vaters!“ Ihre Augen blitzten, als wolle sie ihn mit ihrem Blick vernichten.

„Ich habe hart daran gearbeitet, um Ihnen eine Freude zu machen, Lady Lossie“, sagte der Maler in verletztem Stolz.

„Und es ist Ihnen nicht gelungen“, warf sie ihm grausam entgegen. Der Maler nahm die Miniatur, nach der er gemalt hatte, von einem Tisch und reichte sie ihr mit einer stolzen Verbeugung hin; im gleichen Augenblick schleuderte er mit dem Pinsel dunkle Farbe in das Gesicht des Porträts.

Florimel drehte sich um und ging aus dem Atelier auf das Wohnzimmer zu, in dessen Türe Caley stand. Sie trat ein, viel zu wütend, um zu wissen, was sie tat. Da saß Malcolm am Fenster in den Kleidern ihres Vaters und dessen Haltung und las die Zeitung. Er hörte sie nicht eintreten. Die ganze Zeit über hatte er abgewartet, bis er das Schlafzimmer erreichen konnte, ohne von ihr gesehen zu werden, denn aus dem Laut der Stimmen erkannte er, dass die Ateliertüre offen war. Ihre Wut fachte sich noch weiter an. „Verlasst das Zimmer!“, sagte sie.

Er erhob sich und bemerkte nun, dass seine Schwester wie eine Dienerin gekleidet war.

„Zieht sofort diese Kleider aus“, sagte Florimel langsam und bemühte sich, so gut sie konnte, ihre Wut durch Hochmut zu ersetzen.

Malcolm wandte sich wortlos zur Türe. Er sah, dass die Dinge verkehrt gelaufen waren, wo er sich am meisten gewünscht hätte, dass sie sich in die richtige Richtung entwickelten.

„Ich werde darauf achten, dass sie gut gelüftet werden, Mylady“, bemerkte Caley zischend vor Entrüstung.

Malcolm ging ins Atelier, wo der Maler vor dem Bild des Marquis saß, die Ellbogen auf die Knie gestützt und den Kopf zwischen den Händen.

„O, gehen Sie weg“, sagte Lenorme, ohne den Kopf zu heben. „Im Augenblick kann ich Ihren Anblick nicht ertragen.“

Malcolm kam seiner Aufforderung nach. In zwei Minuten hatte er sich angekleidet, weitere drei Minuten genügten, um die Kleider seines Vaters im Handkoffer zu verstauen, und in nochmals drei Minuten rasten er und Kelpie an seiner Herrin und ihrer Zofe vorbei, die in ihrem holprigen Fahrzeug nach Hause fuhren.

„Die Unverschämtheit dieses Burschen!“, sagte Caley so laut, dass ihre Herrin es trotz des Geratters hören konnte. „Schön weit sind wir gekommen!“

Doch Florimels Stimmung begann schon umzuschlagen. Sie spürte, dass sie ihr Bestes getan hatte, sich Menschen zu entfremden, auf die sie sich verlassen konnte, und dass sie sich eine Vertraute gewählt hatte, die ihr keinen Anlass für Vertrauen bot.

Sicher und ungesehen gelangte sie in ihr Zimmer, und Caley glaubte, sie brauche nur noch den erzielten Vorteil auszubauen.

Die Dinge hatten eine Wendung genommen, über die Malcolm höchst unzufrieden war, und seine Gedanken waren so rege, wie Kelpie es zuließ. Er hatte sich von Herzen gewünscht, dass seine Schwester den Maler lieb gewinnen würde, denn das schien ihm einen direkten Ausweg aus seinen schlimmsten Problemen zu bieten. Nun hatten sie sich gestritten und waren beide böse auf ihn. Vor allen Dingen aber fürchtete er, dass Liftore nun Fortschritte bei ihr machen könnte. Die Lage sah gefährlich aus. Selbst seine Warnung vor Caley hatte genau zum entgegengesetzten Resultat geführt, als er beabsichtigt hatte. Er entsann sich nun auch, dass er einmal dazugekommen war, wie Liftore mit Caley sprach und ihr etwas in die Hand drückte, was wie ein Sovereign glänzte.

Als Florimel von ihrem verunglückten Besuch zurückgekehrt und ihre Zofe um Tee geschickt hatte, warf sie sich aufs Bett. Sie schlug sich noch immer mit ihrem eigenen Unfrieden herum, als Malcolm hereinkam, seine Befehle zu holen. Um vor sich selbst und Caley zu fliehen, wies sie ihn an, sofort die Pferde vorzuführen.

Das war mehr, als Malcolm erwartet hatte. Er rannte los. Vielleicht hatte er doch noch eine Chance, sie in die richtige Richtung zu lenken. Er wusste, dass Liftore weder im Haus noch beim Stall war. Unter Mithilfe des Stallburschen des Lords war er in zehn Minuten fertig. Auch Florimel war startbereit. Aus Malcolms Hand schwang sie sich in den Sattel und schlug, so schnell es ging, den Weg nach Norden ein. Sie blickte sich nicht ein einziges Mal um, bis sie am Ende der Heide von Hampstead ihr Pferd zügelte. „Malcolm, ich glaube nicht, dass mein Vater etwas dagegen gehabt hätte, wenn Ihr seine Kleider tragt", sagte sie beschämt, als er heranritt.

„Danke, Mylady", erwiderte er, „zumindest hätte er alles verziehen, was zu Ihrer Freude gedacht war."

„Ich war zu hastig", sagte sie. „Aber Mr. Lenorme hat mich gereizt, und törichterweise habe ich Euch mit hineingezogen."

„Als ich heute Morgen in sein Atelier ging, nachdem Sie fort waren, Mylady" wagte Malcolm zu sagen, „saß er da mit dem Kopf zwischen den Händen und wollte nicht einmal mich sehen."

Florimel wandte das Gesicht zur Seite, und Malcolm glaubte, dass sie sich schämte, doch sie verbarg nur ein Lächeln. Sie hatte sich noch nicht über das kindliche Stadium der Liebe hinausentwickelt und empfand Spaß daran, jemandem Schmerz zufügen zu können.

„Wenn Sie nie einen wahren Freund gehabt hätten, Mylady", erwiderte Malcolm, „Mr. Lenorme ist es."

„Welche Möglichkeit hattet Ihr denn, das festzustellen?“, wollte Florimel wissen.

„Ich bin ihm viele Tage morgens Modell gesessen. Er ist wirklich ein Mann.“

Florimel errötete vor Freude. Er liebte sie, und sie hörte es gerne, wenn man ihn lobte.

„Sie hätten nur sehen sollen, Mylady, welche Mühe er sich mit diesem Porträt gegeben hat. Minutenlang starrte er auf das Bildchen, das Sie ihm von Mylord gegeben haben, als blicke er auf etwas, was dahinter liegt. Dann sah er sich wieder eine ganze Zeit lang Ihr Bild auf der Staffelei an, Mylady, als wären Sie eine leibhaftige Göttin und könnten ihm alles über Ihren Vater verraten. Dann eilte er zur Staffelei zurück und brachte ein oder zwei Pinselstriche am Gesicht an, wobei er es die ganze Zeit über betrachtete, als liebe er es. Es muss schon eine grausame Pein gewesen sein, die ihn dazu brachte, es so zu verschmieren.“

Florimel begann in dem geheimnisvollen Inneren ihres Wesens eine Regung von Beschämung zu fühlen. Doch ihrem Diener gegenüber dieses Gefühl zu zeigen, damit hätte sie sich selbst verraten – noch dazu, da er der Freund des Malers zu sein schien.

„Ich werde Lord Liftore bitten, es sich anzusehen, und wenn er es für gut hält, dann werde ich es kaufen“, sagte sie endlich. „Mr. Lenorme ist gewiss sehr geschickt mit seinem Pinsel.“

Malcolm spürte, dass sie dies nicht gesagt hatte, um den Maler zu kränken, sondern um ihrem Reitknecht Sand in die Augen zu streuen.

„Morgen früh werde ich mit Euch hinreiten“, schloss sie und ritt weiter. Malcolm tippte an seinen Hut und blieb zurück, doch im nächsten Augenblick ritt er wieder neben sie. „Ich bitte um Verzeihung, Mylady, aber erlauben Sie mir noch ein Wort?“

Sie neigte den Kopf.

„Diese Caley, Mylady, ich bin sicher, dass man ihr nicht trauen kann. Sie liebt Sie nicht, Mylady."

„Wie wollt Ihr das wissen?", fragte Florimel mit fester Stimme, doch innerlich zuckte sie zusammen in dem Wissen, dass die Warnung zu spät kam.

„Ich habe ihren Geist auf die Probe gestellt", antwortete Malcolm, „und ich weiß, dass sie böse ist. Sie liebt sich selbst viel zu sehr, um wahrhaftig zu sein."

Nach einer kleinen Pause sagte Florimel: „Ich weiß, dass Ihr es gut meint, Malcolm, doch mir bedeutet es nichts, ob sie mich lieb hat oder nicht. Heutzutage schauen wir beim Dienstpersonal nicht mehr darauf."

„Es ist, weil ich Euch lieb habe, Mylady", sagte Malcolm, „darum weiß ich, dass das bei Caley nicht der Fall ist. Wenn sie etwas in die Finger bekommt, von dem Sie nicht wollen, dass darüber geredet wird ..."

„Das kann sie nicht", entgegnete Florimel und schauderte innerlich. „Sie mag der ganzen Welt erzählen, was sie herausfinden kann."

Sie wäre in dem Augenblick losgaloppiert, als sie die Worte gesprochen hatte, doch etwas in Malcolms Blick hielt sie zurück. Sie wurde blass und zitterte. Ihr Vater sah sie an, wie er das nur einmal getan hatte – als er Zweifel hatte, ob sein Kind log. Die Sinnestäuschung war erschreckend. Sie bebte in ihrem Sattel. Im nächsten Augenblick galoppierte sie über den Grasrand der Heide dahin in wilder Flucht vor ihrem schlimmsten Feind, dem sie doch selbst im verwegensten Rennen nie entfliehen konnte: ihrem eigenen Ich, das eben den Diener angelogen hatte, von dem sie sich noch vor Kurzem gebrüstet hatte, dass nie in seinem Leben eine Lüge über seine Lippen gekommen sei. Was hatte sie getan, dass sie so gequält wurde? Sie, eine Marquise, wurde in dieser Weise von ihren Untergebenen bedrängt – in entgegengesetzte Richtungen gezerrt von einem Reitknecht und einer Zofe! Sie sollte sie beide wegschicken und weder jemand um sich haben, dem sie vertrauen konnte, noch jemand, dem zu misstrauen war.

Sie wandte sich um und ritt zurück. Als sie an Malcolm vorbeikam, blickte sie zur Seite.

Als sie das Ende der Heide erreicht hatten, kam ihnen Liftore zu Pferde entgegen – diesmal sehr zu Florimels Trost, denn sie ritt nicht gern unbeschützt mit einem guten Engel auf den Fersen. Sie war so froh über die Begegnung, dass sie sich nicht einmal fragte, wie er herausgefunden hatte, wohin sie geritten war. Sie hatte nicht den geringsten Verdacht, dass Caley den Stallknecht seiner Lordschaft hinter ihr hergeschickt hatte, bis die von ihr eingeschlagene Richtung deutlich war, sondern nahm sein Auftauchen ohne Fragen als Aufmerksamkeit eines Verliebten und ritt mit ihm nach Hause. Den ganzen Weg über plauderte sie und hegte ein Gefühl des Triumphs über Malcolm wie über Lenorme. Hatte sie nicht einen Beschützer ihres eigenen Standes? War sie nicht in der Lage, wenn sie von ihnen bedrängt wurde, in eine Sphäre überzuwechseln, die jenseits von beider Herkunft lag? Für den Augenblick erschien der arme, schwache Lord an ihrer Seite ihrem törichten Herzen wie ein Turm der Zuflucht. Während des Ritts zeigte sie sich besonders charmant und munter und überlegte immer wieder, ob es nicht vielleicht der beste Weg aus all ihren Wirren wäre, ihn zu ermutigen und schließlich zu erhören.

Malcolm folgte mit einem wehen Gefühl im Herzen nach, dass sie sich so oberflächlich erweisen sollte.

Als sie in ihr Zimmer zurückkam, war Caley dabei, aus einem angelieferten Koffer die Hochländertracht auszupacken, die so viel Wirbel verursacht hatte. Dabei fiel eine Notiz heraus, die sie ihrer Herrin reichte. Florimel öffnete den Umschlag, erbleichte beim Lesen und bat Caley, ihr ein Glas Wasser zu bringen. Kaum hatte die Zofe das Zimmer verlassen, da sprang sie auf und verriegelte die Türe. Dann brach sie in Tränen aus und schluchzte herzzerbrechend; mit dem Taschentuch erstickte sie ihre Klagelaute. Als Caley zurückkam, antwortete sie auf das Klopfen, sie habe sich hingelegt und wolle schlafen. Sie versuchte jedoch, aus der Notiz mit aller Gewalt noch eine zusätzliche Mitteilung herauszulesen. Der Maler teilte ihr in knappen Worten mit, dass er am nächsten Morgen nach Italien aufbrechen werde und dass ihr Porträt in einer Bilderrahmen-Werkstatt stehe, wo es mit einem Rahmen versehen werde, für den er den Entwurf angefertigt habe. Dreimal las sie die Worte und suchte nach einer versteckten Botschaft für ihr Herz. Sie hielt sie gegen das Licht, dann gegen das Kaminfeuer, bis das Papier knisterte wie altes Pergament, doch vergeblich. Weder mit dem Verstand noch mit körperlichen Mitteln konnte sie der Notiz den Schatten einer Bedeutung entlocken, die über das hinausging, was klar und deutlich ausgesprochen war. Sie musste und sie würde ihn noch einmal sehen.

Beim Abendessen war sie fröhlicher als sonst, und nach dem Dinner sang sie eine Ballade um die andere, Liftore zu Gefallen.

Dann ging sie in ihr Zimmer und wies Caley an, Vorsorge für einen weiteren Besuch bei Mr. Lenorme zu treffen. Sie sagte ihr, sie müsse unter allen Umständen das Porträt ihres Vaters sicherstellen, ehe der Maler in einem Temperamentsausbruch – alle genialen Menschen waren voreilig und unvernünftig – es vollständig zerstören würde. Sie war sicher, das werde er vor seiner Abreise besorgen; damit zeigte sie ihr Lenormes Brief. Caley war höchst beflissen und meinte nur, sie sollten diesmal ganz offen hinfahren. Sie würde zu Lady Bellair gehen, sobald Lady Lossie sich schlafen gelegt habe, und ihr das Ganze erklären.

11. Die Auseinandersetzung

Am nächsten Morgen fuhren die beiden in der Kutsche nach Chelsea. Als die Türe sich öffnete, ging Florimel geradewegs ins Atelier hinauf. Dort sah sie niemand, und ihr seltsam flatterndes Herz sank ihr und wurde schmerzlich ruhig, während ihr Blick den Raum absuchte. Wieder stürzten Tränen über ihr Gesicht. Als sie einen Schrei unterdrückte, legten sich plötzlich Arme um sie. Sie zweifelte keinen Augenblick, wessen Arme sie umfasst hielten, lehnte den Kopf gegen seine Brust und schlug langsam die von Tränen erfüllten Augen auf zu dem Gesicht, das sich über das ihre beugte.

Es war Liftore!

Sie war vor Schreck und Enttäuschung wie betäubt in diesem verabscheuungswürdigen Augenblick. Er küsste sie auf Stirne und Augen und suchte mit seinen Lippen ihren Mund. Florimel schrie laut auf vor Qual, als der eine verschwunden war, von dem sie geküsst werden wollte, und stattdessen ein anderer sich diese Freiheit nahm! Das war zu beschämend, zu entsetzlich!

Beim Laut ihres Aufschreis fuhr am anderen Ende des Raumes jemand auf. Eine Staffelei mit einer großen aufgespannten Leinwand stürzte um und mit großen Schritten kam ein Mann angestürzt. Liftore ließ sie mit einem gemurmelten Fluch über den Eindringling los und sie stürzte aus dem Atelier und in die Arme von Caley, die auf der anderen Seite der Türe gelauscht hatte. Im gleichen Augenblick empfing Malcolm von seiner Lordschaft einen wohlgezielten Hieb zwischen die Augen, der ihn im ersten Moment in Dunkelheit und Blitze tauchte. Im nächsten Moment lag der Graf auf dem Boden. Die alte Wut des Kelten hatte sich im neunzehnten Jahrhundert Bahn gebrochen und die Beherrschung eines noblen Geistes überrumpelt. Das Einzige, an was sich Malcolm nachher erinnerte, als er wieder zur Besinnung kam, war, dass er den immer noch am Boden liegenden Liftore mit wiederholten Schlägen traktierte. Seine Lordschaft bemühte sich, wieder auf die Beine zu kommen; sein Gesicht war weiß von Hass und ohnmächtiger Wut. „Du Lakai!", fluchte er. „Ich werde dich erschießen lassen wie einen räudigen Hund!"

„Inzwischen werde ich Sie züchtigen wie einen unverschämten Adligen", sagte Malcolm, der allmählich seine Beherrschung wiedergewonnen hatte. „Sie wagen es, meine Herrin anzufassen!" Liftore sprang auf und stürzte auf ihn zu. Malcolm fasste ihn mit dem Griff eines Fischers am Handgelenk. „Mylord, ich will Sie nicht verletzen. Nehmen Sie das als Warnung und lassen Sie es dabei bewenden, damit nichts Schlimmeres geschieht", sagte er und schleuderte ihn mit einem Schwung zur Seite, dass er dem Grafen beinahe die Schulter ausrenkte. Die Warnung genügte. Seine Lordschaft zischte ihn mit einem Laut an, in dem sich Hass und Rachsucht konzentrierten, und verließ eilends das Haus.

Malcolm war zur üblichen Morgenstunde nach Chelsea geritten in der Hoffnung, seinen Freund in einer weniger verzweifelten und umgänglicheren Stimmung vorzufinden als bei seinem Weggang am Tage vorher. Zu seiner Überraschung und Enttäuschung erfuhr er jedoch, dass Lenorme am vergangenen Abend mit dem Postboot nach Ostende gereist war. Er bat um die Erlaubnis, das Atelier betreten zu dürfen. Das Porträt seines Vaters stand auf der Staffelei, wie er es zuletzt gesehen hatte – entstellt von der zornig auf das Gesicht geschmierten braunen Farbe. Er wusste, dass das Gesicht abgetrocknet war, und er bemerkte, dass die braune Farbe noch nicht angefangen hatte zu trocknen. Er wollte versuchen, ob er mit einem weichen Pinsel und Terpentin die Beleidigung entfernen konnte. Seine Anstrengung nahm ihn so sehr in Anspruch und das Bild trennte den Raum so ab, dass er nichts sah oder hörte bis zu dem Augenblick, als Florimel aufschrie.

Natürlich erfüllte ihn die Position seiner Schwester angesichts dieser Ereignisse noch mehr mit Unzufriedenheit. Von allen Seiten war sie von bösen Einflüssen und Gefahren umringt; das Schlimmste, was geschehen konnte, war, dass sie den einen Mann liebte und einen anderen heiratete – und noch dazu einen Mann wie Liftore! Was immer er in den Gesinderäumen hörte, dem Ton wie dem Inhalt nach, bestätigte nur den ungünstigen Eindruck, den die Gräfin mit dem kühn geschnittenen Gesicht von Anfang an auf ihn gemacht hatte.

Er stellte fest, dass die ältesten unter ihrem Dienstpersonal den geringsten Respekt vor ihrer Herrin hatten; zwar mochten alle sie bis zu einem gewissen Grad, doch verlieh dies ihrer mangelnden Achtung umso mehr Gewicht. Er musste Florimel hier irgendwie fortbringen. Solange zwischen ihr und dem Maler alles in Ordnung schien, war er weniger besorgt wegen ihrer unmittelbaren Umgebung im Vertrauen darauf, dass Lenorme sie schon bald herausholen würde. Doch nun hatte sie ihn sogar aus dem Land vertrieben, und er hatte keinerlei Hinweise auf sein Reiseziel hinterlassen. Seine Haushälterin konnte nichts über seine Absichten sagen. Der Gärtner und sie waren selbstverständlich zur Betreuung der Wohnung zurückgeblieben. Er mochte in einer Woche zurückkommen oder in einem Jahr, sie konnte nicht einmal Vermutungen anstellen.

Ihm schwirrten eventuelle Möglichkeiten ebenso durch den Sinn wie reine Absurditäten, als er nach dem Strafgericht an Liftore das Porträt aufhob, es wieder auf die Staffelei stellte und seine Versuche zur Säuberung des Gesichts mit einer gewissen Aussicht auf Erfolg fortsetzte. Doch bei dem Fortschritt, den er machte, wuchs auch seine Angst, mit der Besudelung auch etwas von der regulären Farbe fortzunehmen, und schließlich kam er zu dem Schluss, dass man nur dem Maler selbst die Restaurierung des von ihm ruinierten Werkes überlassen durfte.

Er verließ das Haus, ging über die Straße zum Flussufer hinab und stieß einen kurzen, scharfen Pfiff aus. Im nächsten Augenblick sprang Davy in das Beiboot und ruderte zum Ufer. Malcolm ging an Bord der Jacht, sah, dass alles in Ordnung war, gab einige Anordnungen und kehrte ans Ufer zurück, wo er Kelpie bestieg.

Erfüllt von Schmerzen, Zorn und der erlittenen Demütigung, ritt Liftore nach Hause. Was würden die Männer in seinem Club dazu sagen, wenn sie erfuhren, dass er von einem Schurken von Stallknecht verprügelt worden war, weil er dessen Herrin küsste? Die Tatsache würde nicht lange verborgen bleiben. Er musste sein Bestes tun, den Vorfall als das zu nehmen, was er eigentlich sein sollte – Einbildung. Es traf ihn umso härter, als er keineswegs ein Feigling war. Er musste den Schuft auf irgendeine Weise bestrafen – das war er der Gesellschaft schuldig –, doch im Augenblick sah er keinen Weg, wie dies zu bewerkstelligen wäre. Auf jeden Fall musste er zusehen, als Erstes mit Florimel sprechen zu können, ehe sie mit diesem Grobian redete.

Herrin und Zofe fuhren schweigend heim. Florimel hatte in dem Augenblick das Haus verlassen, als sie Malcolms Stimme hörte. Caley, die ihr folgte, hatte genug gehört, um zu wissen, dass im Atelier drinnen zumindest eine Rauferei im Gange war, und entgegen ihren Gefühlen sagte ihr der augenscheinliche Eindruck, dass Liftore gegen den verhassten Reitknecht keine Chance besaß. Würde MacPhail seine Lordschaft verprügeln? Wenn er's täte, dann wäre es gut, wenn sie davon erführe.

Florimel ihrerseits war wütend über die Freiheiten, die sich Liftore ihr gegenüber herausgenommen hatte. Aber hatte er sie nicht bis zu einem gewissen Grade in der Hand, nachdem er sie in Tränen aufgelöst dort vorgefunden hatte? Wie war er nur dort hingekommen? Wenn Malcolms Urteil über Caley richtig war, dann mochte der Lord es von ihr erfahren haben. Hatte sie sich bereits geirrt? Sie überlegte und würdigte ihre Zofe keines Blickes, bis sie zu einer Entscheidung gekommen war, wie sie dem Lord am besten entgegentreten würde. Mit einem Blick auf die Brillenschlange neben ihr sagte sie: „Wie unangenehm, dass Lord Liftore ausgerechnet in diesem Augenblick dort auftauchen musste! Wie konnte das geschehen?"

„Ich habe ganz gewiss keine Ahnung, Mylady", erwiderte Caley. „Mylord war immer freundlich zu Mr. Lenorme, und ich nehme an, dass er ihn einmal bei der Arbeit sehen wollte. Wer hätte gedacht, dass Mylord so ein Frühaufsteher ist? Es gibt heutzutage nicht viele Gentlemen wie ihn, Mylady. Haben Sie den Lärm im Atelier gehört, Mylady, nachdem Sie weg waren?"

„Ich hörte einen Wortwechsel, mehr nicht", antwortete Florimel. „Wie um alles in der Welt kam es, dass auch MacPhail dort war? Ich will nicht verhehlen, Caley, dass seine Lordschaft sich äußerst unkorrekt benommen hat. In der Tat war er sogar grob, und ich kann mir recht gut vorstellen, dass MacPhail es für seine Pflicht hielt, mich zu verteidigen. Für mich ist das alles sehr bedrückend. Wer hätte auch gedacht, dass er dort hinter den Bildern sitzt! Fast bezweifle ich, ob Mr. Lenorme wirklich fort ist."

„Ich habe den Eindruck, Mylady" entgegnete Caley, „dass der Mann immer gerade dort ist, wo er nicht sein sollte, und sich in Dinge einmischt, die ihn nichts angehen. Verzeihen Sie, Mylady", fuhr sie fort, „aber wäre es nicht besser, einen gesetzten älteren Mann als Reitknecht zu haben –, einen, der seine Pflichten ordentlich gelernt und dem man ein anständiges Benehmen im Reitstall eines Gentleman beigebracht hat? Es ist wirklich seltsam, einen Reitknecht aus den rauen Seeleuten zu haben, einen, der sich wie der ungeschlachte Fischer benimmt, der er ja auch ist, der niemals Befehlen eines Herrn oder einer Herrin gehorcht hat! Sie werden sehen, Mylady, dass Sie bald Stadtgespräch sein werden mit einem solchen Reitknecht auf einem solchen Pferd."

Florimel wurde rot. Caley sah, dass sie ärgerlich war, und hielt den Mund.

Das Frühstück war kaum zu Ende, als Liftore mit einem blassen Gesicht langsam hereinschritt. Florimel warf sich in ihren Sessel zurück und hielt ihm ihre linke Hand mit einer ausholenden, gnädigen Geste hin: „Wie dürfen Sie es wagen, mir mit einem so selbstzufriedenen Ausdruck unter die Augen zu kommen, Mylord, nachdem Sie mich heute Morgen derart erschreckt haben?", sagte sie. „Sie hätten sich zumindest vergewissern sollen, dass da – dass wir –" Sie brachte den Satz nicht zu Ende.

„Mein liebes Mädchen", erwiderte seine Lordschaft, der nicht nur entzückt war, so leichten Kaufs davonzukommen, sondern sich zutiefst geschmeichelt fühlte über das angedeutete Verständnis. „Ich fand Sie dort in Tränen aufgelöst. Wie konnte ich da an etwas anderes denken? Es mag dumm gewesen sein, aber ich habe volles Vertrauen, dass Sie es verzeihlich finden."

Caley hatte ihre Herrin nicht völlig an seine Lordschaft verraten, und er hatte zu seiner eigenen Befriedigung die Vorliebe Florimels für die Gesellschaft des Malers als Schwärmerei abgetan.

„Kein Wunder, dass ich geweint habe", sagte Florimel, „jeder hätte hier Tränen vergossen bei dem Zustand, in dem das Porträt meines Vaters war."

„Das Porträt Ihres Vaters?"

„Ja. Wussten Sie das nicht? Mr. Lenorme malte es nach einer Miniatur, die ich ihm geliehen habe – natürlich unter meiner Aufsicht. Und nur, weil ich ein Wort darüber fallen ließ, dass ich mit der Ähnlichkeit nicht völlig zufrieden war, ging doch dieser Kerl her, tunkte einen Pinsel in die schmutzige schwarze Farbe und schmierte sie über das Gesicht!"

„O, Lenorme wird das sicher bald wieder in Ordnung bringen. Er ist kein übler Bursche. Ich werde heute noch hingehen."

„Es tut mir leid, aber Sie werden ihn nicht vorfinden. Gestern erhielt ich eine Mitteilung von ihm. Und das Bild ist völlig ungeeignet zum Anschauen – völlig ruiniert. Aber ich verstehe nicht, dass Sie es nicht gesehen haben."

„Um die Wahrheit zu sagen, Florimel, nachdem Sie das Atelier verlassen hatten, kam es zu einer kleinen Auseinandersetzung." Seine Lordschaft bemühte sich, so etwas wie ein Lachen zustande zu bringen. „Was glauben Sie, wer da aus den dunklen Regionen von Farbe und Leinwand hervorgestürzt kam? Niemand anderes als Ihr verrückter Reitknecht! Ich nehme an, Sie wussten nicht, dass er dort war?"

„Nein, ich sah Männerfüße, mehr nicht."

„Nun, er war da, und der Teufel weiß, warum. Und als er Ihren erschrockenen Aufschrei hörte – da musste er doch annehmen, dass Sie zutiefst erschreckt waren und er Ihnen zu Hilfe kommen müsse! Und das tat er dann auch mit großer Wut. Ich weiß nicht, wann ich den Schlag vergessen werde, den er mir verpasst hat." Wieder versuchte Liftore zu lachen.

„Er hat Sie geschlagen!", rief Florimel erstaunt, doch war sie kaum imstande, ihre innere Befriedigung so weit zu zügeln, um ihrer Stimme einen gewissen Unwillen zu verleihen.

„Ja, das hat er! Aber wir wollen kein Wort mehr darüber verlieren, denn ich habe ihn so unbarmherzig verprügelt, dass ich, um die Wahrheit zu sagen, aufhören musste, weil er mir leidtat. Jetzt bedaure ich es, und ich hoffe, Sie werden dem weiter keine Beachtung schenken. Tatsächlich hatte ich schon angefangen, den Lausekerl zu mögen. Sie wissen, dass ich nie einen besonders günstigen Eindruck von ihm hatte. Aber beim Zeus! Nicht jede Herrin kann sich rühmen, einen Diener zu haben, der ihr so ergeben ist. Doch bei all seinen Tugenden ist er schwerlich der geeignete Diener für eine junge Dame. Er verfügt ja über keinerlei richtige Ausbildung. Aber Sie müssen dem Gauner ein bis zwei Tage Pflege zubilligen, denn nach dem, was ich ihm verabreicht habe, wäre es eine Tortur, ihn reiten zu lassen."

Florimel wusste, dass ihr Vater Malcolm einmal geschlagen hatte und dass dieser sich das mit großem Anstand gefallen ließ und sich sogar im Unrecht bekannte. Der Schlag, den Malcolm dem Lord versetzt hatte, war um ihret-, nicht um seinetwillen. Ihr Glaube an Malcolms Mut war daher nicht erschüttert, dennoch konnte sie den Behauptungen Liftores Glauben schenken und annehmen, Malcolm sei ihm unterlegen. Im Herzen empfand sie Mitleid, ohne ihn zu verachten.

Caley selbst überbrachte Malcolm die Botschaft, er werde nicht gebraucht. Beim Ausrichten lächelte sie boshaft und ließ eine spöttische Bemerkung fallen, während sie ihre Blicke auf seine beiden dunklen Augen und den großen blauen Fleck dazwischen heftete.

Als Caley zurückkam und ihrer Herrin vom Zustand seines Gesichts berichtete, erzählte ihr Florimel von der Bestrafung, die Liftore ihm verpasst habe, und verlangte von ihr, herauszufinden, in welchem Zustand er sich befand, ob er irgendwelche Rippenbrüche habe oder dergleichen, denn sie empfand Angst um ihn. Doch das wollte sie von jemand anders hören, möglicherweise von der Frau von Liftores Stallknecht, an die er sich ohne Zweifel mit einer ernstlichen Verletzung wenden würde. Florimel fühlte mehr Bedauern mit ihm, als sie selbst verstehen konnte, nachdem er schließlich nur ein Reitknecht war – ein großer, polternder Geselle, der zeit seines Lebens an harte Püffe gewöhnt war, die er wahrscheinlich gar nicht als schmerzhaft empfand.

Caley empfand zusätzliche Verbitterung darüber, dass ihre Herrin so viel Gedanken an den Kerl verschwendete, doch sie setzte ihre Mütze auf und ging zu den Ställen. Sie hasste Malcolm nicht nur, sie empfand allmählich auch Furcht vor ihm. Und was ihre eigenen Pläne betraf, war er ohne Zweifel eine gefährliche Person. „Mertons Frau weiß von nichts, Mylady", berichtete sie nach ihrer Rückkehr. „Ich hab den Burschen im Hof herumgehen sehen wie immer. Ich kann mir vorstellen, dass er eine ganze Menge einstecken kann, Mylady, genau wie diese Bestie von Pferd, mit dem er so viel Aufhebens macht. Ich kann mir nicht helfen, aber um Ihretwillen, Mylady, wünschte ich, dass er uns nie unter die Augen gekommen wäre. Er wird uns noch genug Unheil antun, ehe wir ihn losgeworden sind."

Doch Florimel ließ sich keine Meinung einreden, die nicht aus ihr selbst entsprungen war, und sie wollte ihrer Zofe gegenüber nicht die Gründe darlegen, warum sie anderer Meinung war. Sie hatte ihre Befestigungen ausgebessert, sich im Gespräch mit Liftore gestärkt und hatte Zuversicht gewonnen.

„Tatsache ist, Caley, dass ich an Kelpie Gefallen gefunden und nie die Absicht gehabt habe, mich von ihr zu trennen – wenigstens bis ich sie reiten kann –, sonst würde sie mir das Genick brechen, und darum komme ich ohne MacPhail nicht aus. Der Mann muss mit dem Pferd zusammenbleiben. Außerdem ist er ein seltsamer

Mensch. Wenn ich ihn fortschicke, würde ich beinahe erwarten, dass er sie vorher vergiftet."

Das Gesicht der Zofe verdunkelte sich. Sie war nicht so töricht zu glauben, dass ihre Herrin je die Absicht hatte, dieses Pferd zu besteigen, doch andere Gründe fielen ihr eine ganze Menge ein. Und die gab es gewiss, doch nicht von der Art, wie sie Caleys niedrige Einbildung nun produzierte. Caley war unfähig, die Art des Vertrauens zu begreifen, das Florimel ihrem Reitknecht entgegenbrachte, und sie wäre auch die letzte Person gewesen, der ihre Herrin davon berichtet hätte, dass ihr Vater sie der Obhut seines jungen Bediensteten anvertraut hatte. Sie bewahrte getreulich das Gedenken an ihren Vater, ganz gleich, wie unleidlich Malcolm sich von Zeit zu Zeit aufführte, denn das hatte keinerlei Einfluss auf ihr Vertrauen zu ihm.

Als Liftore später an diesem Nachmittag sein Pferd bestieg, um Lady Lossie zu begleiten, da brauchte es den ganzen Schneid seiner hohen Abkunft, um ihn zum Lächeln zu bewegen, da doch zwanzig Melder auf seinem Leib ihn ständig daran erinnerten, dass er zumindest ein Lügner war. Beim Reiten fragte ihn Florimel, wie es dazu gekommen war, dass er sich am Morgen in dem Maleratelier aufgehalten hatte. Er sagte ihr, er habe gerne ihr Porträt sehen wollen, ehe die letzten Feinheiten ausgeführt wurden. Er hätte, so behauptete er, die eine oder andere Anregung geben können, zu der andere nicht in der Lage waren. Von seiner Tante habe er gehört, dass Florimel an diesem Vormittag zum letzten Mal dort sein werde, es sei deshalb seine letzte Chance gewesen. Er habe aber erwartet, einige Stunden früher dort zu sein, ehe sie überhaupt ihr Bett verließ. Für den Rest sei er genug bestraft, nachdem ihr grobschlächtiger Reitknecht – hier lachte seine Lordschaft von Neuem seltsam auf – ihm um ein Haar den Arm gebrochen habe. Tatsächlich konnte er nichts anderes tun, als die Zügel zu halten.

12. Die Träumerei

Als die Tage dahingingen und Florimel nichts von Lenorme hörte, schwand das Unbehagen, das ihre Gedanken an ihn erfüllte, allmählich dahin. Ihre Phantasie begann sich mit seiner Person, seinen Gaben, seiner Zuneigung zu beschäftigen. In ihren glückseligen Träumereien stellte sie sich zwar nicht gerade vor, dass sie Lenorme vor dem zorngeröteten Antlitz einer empörten Londoner Gesellschaft heiratete, aber sie schwelgte doch in der Vorstellung, mit ihm vor dem allgemeinen Urteil auf eine der gesegneten Südseeinseln zu fliehen, allerdings war sie weit davon entfernt, diese bloße Phantasie, der es ebenso an Mut wie an Realismus fehlte, in die Tat umsetzen zu können. Aber selbst der armseligste Traum blieb nicht ohne Einfluss, und das führte dazu, dass sie die Aufmerksamkeiten von Liftore als höchst unangenehm empfand, kein Wunder, denn die Gegenwart seiner Lordschaft nahm sich recht ärmlich aus gegen den Maler in der Idealwelt der Frau, die ihn zwar in Wahrheit nicht liebte, ihm aber zweifellos sehr zugetan war.

Das Vergnügen ihrer Luftschlösser wurde nur selten unterbrochen durch Gedanken an die Schändlichkeit ihres Verhaltens gegen ihn. Es bekümmerte sie wenig, ihre Selbstsucht verschloss die Augen vor der eigenen Falschheit. Während die Vergangenheit mit ihren bebenden Freuden entschwand und den Raum zwischen ihr und ihrer falschen Angst und Scham vergrößerte, sammelte sie Mut, Liftores Aufmerksamkeiten Widerstand entgegenzusetzen, und seine Lordschaft fand sie so unsicher und wankelmütig wie eh und je. Ganz sicher war sie, wie seine Tante meinte, ein Mädchen, das selbst den eigenen Sinn noch nicht zu erfassen vermochte; er durfte deshalb seine Ziele nur behutsam verfolgen. Es gab auch keine Eifersucht oder Furcht, die ihn gedrängt hätte, denn die Gesellschaft betrachtete sie als ihm verbunden.

Von ihr selbst unbemerkt, ging in Florimel ein positiver Prozess vor sich. Trotz des Missbehagens, das Malcolm immer wieder bei ihr verursachte, wuchs ihr Vertrauen zu ihm. Nun, da die Gefahr, von der sie bedroht war, sich wandelte, lehnte sie sich immer stärker an ihn, und das in weit höherem Maße, als durch seine Stellung als ein von ihrem Vater eingesetzter loyaler Diener gerechtfertigt schien. Hinsichtlich einer eingebildeten Pflicht mochte er vielleicht überheblich sein, aber das zählte nicht im Vergleich zu dem Gefühl der Sicherheit, das allein seine Anwesenheit ihr verlieh.

Wenn nur Lenorme zurückkäme und ihr erlauben würde, seine Freundin zu sein – seine einzige junge Freundin – und ihr völlige Freiheit ließe zu tun, was ihr passte, dann wäre alles gut und in schönster Ordnung! Inzwischen war das Leben auch ohne ihn erträglich, vorausgesetzt Liftore machte keine Scherereien. Falls dies doch geschah, dann gab es andere Gentlemen, die man dazu bringen konnte, ihn in Schach zu halten. Sie würde ihn bestrafen und wusste auch, auf welche Weise.

Aus purer Freundlichkeit stellte sie Malcolm für den Rest der Woche von seinen Aufgaben frei nach Liftores Behauptungen, wie er ihn bestraft habe. Doch er selbst hatte keine Ahnung von den Lügen, die der Lord ihr aufgetischt hatte, und nahm an, sie lehne die Freiheit ab, die er sich mit der Warnung vor Caley genommen hatte. So fürchtete er, der Bruch könne sich erweitern. Alles schien seinen Wünschen zuwiderzulaufen. Eine ganze Welt von Arbeit lag vor ihm – der Bau eines Hafens, anständige Behausungen für das Fischervolk, Gerechtigkeit auf allen Seiten, die Bestellung rechtschaffener Bediensteter anstelle von Unterdrückern,

Abzahlung von Hypotheken und Schulden. Er musste Miss Horn seinen Dank abstatten, wollte seinen ersten Freund und Vater, den alten Duncan, finden und sich um ihn annehmen. Kein Tag verging, ohne dass diese und viele andere Sorgen ihn bedrückten. Seine Hauptaufgabe war jedoch im Augenblick, seine Schwester von den Gefahren zu befreien, die ihr nach seinem Gefühl drohten, und gerade diese Aufgabe entzog sich bis jetzt der Lösung. Er war gehindert, beengt und mit einer langen Reihe von Pflichten konfrontiert, die laut nach seinem Gewissen riefen. Besonders entmutigend war, dass er zwar, wie er hoffte, einen Weg entdeckt hatte, sein wichtigstes Ziel zu erreichen, durch das Verhalten und das daraus folgende Verschwinden Lenormes wegen seiner Schwester für ihn aber im augenblicklichen Zeitpunkt keine Möglichkeit blieb, wie er sein Ziel erreichen konnte.

Am Sonntagabend machte er sich nach seiner Gewohnheit auf den Weg zur Hope Chapel, die nicht weit von seiner Unterkunft entfernt lag. Dort versammelten sich viele Schotten zu Gebet und Gottesdienst, und dort predigte auch Mr. Graham gelegentlich. Er trat ein und wurde von einem grimmig dreinblickenden Kirchendiener zu seiner Kirchenbank gewiesen. Vielerlei Gedanken gingen ihm durch den Sinn, als er dasaß und über seine Vergangenheit nachdachte und wie sich seine Zukunft gestalten würde. Seine Gedanken wären wohl noch seltsamere Wege gegangen, hätte er gesehen, wer einige Reihen hinter ihm saß und ihn beobachtete wie eine Katze die Maus, besser gesagt wie ein halbwüchsiges Kätzchen eine Ratte, denn sie hatte eine gewisse Angst vor ihm, auch wenn sie entschlossen war, Hand an ihn zu legen. Wie konnte sie auch am endlichen Erfolg zweifeln, wenn ihre Pläne sich bereits so viel weiter entwickelt hatten, als sie erwarten konnte, und dies schon so bald? Allerdings war er ein kapitales

Wild, das mit großer Sorgfalt und Voraussicht zur Strecke gebracht werden musste.

Seit einiger Zeit schon hatte sie nach Mitteln gesucht, ihr Netz ohne sein Wissen um ihn zu spinnen, und sie hatte die kleine Kapelle häufig aufgesucht, seit sie vor einigen Wochen zufällig in einen von Sandy Graham geleiteten Gottesdienst geraten war. „Der alte ketzerische Schulmeister ist Prediger geworden!“, sagte sie zu sich, als sie im Schatten der letzten Reihe saß. „Meiner Seele! Hören die Wunder niemals auf? Wer weiß, welche Vögel sich noch einfinden, die sich um die Vogelscheuche Sandy Graham scharen?“ Aus den Tiefen ihrer profanen Person stieg ein schmieriges, verächtliches Lachen.

Seit sie unerkannt die Kirche besuchte, wurde sie von der Hoffnung geleitet, Malcolms Weg zu kreuzen, um behutsam einen Vorteil über ihn zu erlangen. Sie war ein Mensch, für den die auf der Kenntnis der persönlichen Geschichte basierende Intrige ein wahres Lebenselixier war. Ihre einzige Leidenschaft war, wo immer sie konnte und mit welchen Mitteln auch immer, Macht über hochstehende Personen zu erlangen. Ihre Funktion als Hebamme hatte sie in der Vergangenheit in bestimmte Beziehungen gebracht, die ihr genau jenen Zugriff auf unwillige Lords und Ladies ermöglichten, die ihre Hilfe gesucht hatten. Der Einfluss ihres Berufs bildete auch jetzt noch die Grundlage für den erhofften Vorteil über Malcolm und, wenn irgend möglich, auch über Lady Florimel selbst.

Mrs. Catanach war Florimel von Portlossie nach Edinburgh und von dort nach London gefolgt, doch bis jetzt hatte sie noch keinen Weg entdeckt, wie sie sich ihr mit einem gewissen Vorteil nähern konnte. In der Zwischenzeit hatte sie alte Beziehungen zu einem gewissen Kräuterdoktor in Kentish Town erneuert, in dessen Haus sie nun Unterkunft gefunden hatte. Durch ihn konnte sie bestimmte giftige Kräuter von verborgener Kraft erwerben, hatte bis jetzt aber noch keine Möglichkeit entdeckt, sie zu verwenden. Doch sie wartete ihre Zeit ab, verließ sich auf das zufällige Zusammentreffen von Umständen, wenn ein Faden mit dem anderen verknotet wurde, bis alle zusammen den Hinweis ergaben, der sie schnurstracks durch das Labyrinth in den Mittelpunkt führte, um ihre Hand dem Dämon des Hauses Lossie auf die Schulter zu legen. Dies war das größte Spiel ihres Lebens, und es hatte viele lange Jahre geduldigen Wartens gebraucht. Nun jedoch spürte sie, dass die Zeit ihrer Erfüllung näher rückte.

Als sich die Gemeinde zerstreute, sah Malcolm keine Spur von den wachsamen Augen, die ihre Blicke an seinen Rücken geheftet hatten. Wenige Augenblicke vorher war sie geräuschlos hinausgeschlüpft. Auf dem Heimweg folgte ihm ein kleiner Junge, der viel zu jung war, um Verdacht zu erregen. Er war mit Mrs. Catanach gekommen, um auf ihr Pferd aufzupassen. Es war der Enkel ihres Freundes, des Kräuterdoktors. Als sie erfuhr, dass Malcolm so nahe beim Portland Place wohnte, schloss sie daraus, dass er auf seine Schwester aufpasste, und sie kicherte bei dem Gedanken, dass er seinerseits wieder von ihr beobachtet wurde.

Wochenlang nach ihrer Erklärung über die Geburt Malcolms hatte ihr böser Geist sich aufs Äußerste angestrengt, um irgendeinen Weg zur Entkräftung ihres eigenen Zeugnisses zu finden. Sie hätte nicht die geringsten Skrupel empfunden, ihre eigenen Worte Lügen zu strafen, doch es waren ein Friedensrichter und ein Anwalt dabei gewesen, und sie fürchtete das Risiko. Malcolms Verhalten ihr gegenüber nach dem Tod seines Vaters hatte ihre jahrelangen unfreundlichen Gefühle zur Erbitterung angefacht. Als sie ihn noch für niedrig geboren hielt und selbst hinsichtlich seines Vaters keinerlei Kenntnisse besaß, hatte sie lange versucht, sich Macht über ihn zu verschaffen, um den alten blinden Mann zu ärgern, dem sie ihn übereignet hatte und den sie mit dem Hass eines Eheweibes hasste, mit dem zu leben er sich aus dem besten aller Gründe geweigert hatte. Doch in dem Knaben Malcolm entdeckte sie eine Rechtschaffenheit, über die sie keinen Einfluss gewinnen konnte. Ihr böser Zorn wurde noch gestärkt durch das Gefühl, dass er ihr eigentlich Dank schulde, weil sie ihn nicht umgebracht hatte, wie sein Onkel es eigentlich hatte haben wollen. Als sie schließlich zu ihrem unendlichen Kummer selbst unabsichtlich das einzige fehlende Glied in dem Zeugnis geliefert hatte, das ihn in Rang und Wohlstand brachte, bildete sie sich ein, seine Verpflichtung ihr gegenüber sei ins Unermessliche gewachsen und sie könnte ihn deshalb als Werkzeug für zukünftige Aktionen in der Hand halten. Die Verbannung aus Lossie House und die ihr von ihm auferlegte Schweigepflicht entzündete daher ihren Hass zu der ganzen Kraft, die ihr innewohnte.

Nun musste sie sich beeilen. Seine Anwesenheit in einer großen Stadt ohne Aufdeckung seiner Identität, wo ihm vieles fremd und unvertraut war, bot ihr eine Fülle von Möglichkeiten, ihm übel mitzuspielen. Sie erkannte, dass sie als Erstes eine bestimmte Verbindung enger knüpfen musste, die sie bereits zum Haushalt von Lady Bellair aufgenommen hatte und die in der gläubigen Vertraulichkeit eines unwissenden und höchst romantischen Küchenmädchens bestand. Sie hatte ausgespäht, dass die Person vom Haus kam und ging, und schrittweise war es ihr gelungen, ihre Bekanntschaft zu machen. Allmählich verschaffte sie sich auf dem Weg über die Phantasie des Mädchens Einfluss, dem sie einige besonders geheimnisvolle Enthüllungen machte. So versprach sie ihr unter anderem, eine Mixtur für sie zusammenzubrauen – sie nannte der atemlos Lauschenden einige besonders unappetitliche Ingredienzien, die ebenso potent wie schwer zu beschaffen waren –, die, wenn sie unter bestimmten Bedingungen und mit entsprechenden Vorsichtsmaßregeln verabreicht wurden, ihr unfehlbar die Zuneigung des von ihr gewünschten Mannes sichern würde. Die falsche Person suchte dieses Mädchen nun auf und erfuhr von ihr alles, was sie über Malcolm wusste; dafür lieferte ihr Mrs. Catanach eine neue Portion des Liebestranks – mit geringfügigen Abwandlungen – mit weiteren Anweisungen. Bei ihren Erkundigungen über die Zusammensetzung des Haushalts entdeckte Mrs. Catanach jedoch bald eine weit geeignetere und viel skrupellosere Verbündete und Handlangerin in Caley. Hier soll nicht weiter auf ihre bösen Beratungen eingegangen werden. Nur so viel sei gesagt, dass Mrs. Catanach die Oberhand behielt und sich von Caley viel wertvolle Informationen für ihre Pläne beschaffte. Zweifellos erkannte sie, dass gerade die Ähnlichkeit ihrer Ziele mit der Zeit einen Bruch zwischen ihr und Caley herbeiführen musste, denn keine konnte erwarten, dass die andere eine solche Nebenbuhlerin neben dem versteckten Thron ihres Einflusses dulden konnte. Denn beider Ziel war die Erlangung von Macht in einer hochgestellten Familie und im Gefolge davon Geld, Beachtung, mitternächtliche Beratungen und das Schmieden all jener Waffen von Hinweisen, Drohungen und Andeutungen. Sie unterschieden sich nur in einem: für Caley war Geld die Hauptsache, für die Hebamme jedoch die rohe Macht.

13. Die Lady

Florimel und Lady Clementina Thornicroft – sie war es gewesen, die Malcolm wegen der Behandlung Kelpies im Park abgekanzelt hatte – trafen sich während des Frühlings mehrfach und fanden Gefallen aneinander. Lady Clementina war verwaist wie Florimel, doch in einem noch früheren Alter. Sie war mit einer Sorge erzogen worden, die in Strenge überging, gegen die ihre Natur sich mit einer Energie auflehnte, die Kraft aus ihrer eigenen Unterdrückung schöpfte. Das Fehlen einer Disziplin in ihrer Güte nahm manchmal belustigende Züge an; sie würde sich stets zuerst auf die Seite des Niedrigeren oder Schwächeren oder Schlimmeren stellen. Wenn ein Hund ein Kind zerrissen hätte und deshalb getötet werden sollte, dann würde sie nicht nur zugunsten des Hundes eingreifen, sondern unbedingt für ihn Partei ergreifen und diese und jene Provokation ins Feld führen, mit der das ungezogene Kind ihn gereizt habe, ehe er zu der Tat verleitet wurde. Einmal, als der Lehrer in ihrem Dorf einen Buben wegen Grausamkeit einem Krüppel gegenüber züchtigen wollte, bat sie für ihn mit der Begründung, es sei schlimmer, grausam als ein Krüppel zu sein, und erfordere deshalb mehr Mitleid. Für sie war alles Schmerzvolle grausam.

Lady Clementina fühlte sich zu der jungen Marquise hingezogen, über die der Schatten eines Baumes fiel, der den Hauch des Verderblichen an sich hatte. Sie mochte ihre Offenheit, ihre Aktivität, ihren Wagemut, und sie stellte sich vor, dass Florimel ebenso wie sie selbst sich in einer großartigen Fehde mit der teuflischen Parodie des Himmelreichs befand, die Gesellschaft genannt wurde. Sie verstand ihre Beziehung zu Lady Bellair nicht ganz und war sich im Zweifel, ob sie

Florimels gesetzlicher Vormund war, doch erkannte sie ganz klar, dass die Gräfin sie unbedingt mit ihrem Neffen verheiraten wollte. Sie sah auch, dass Florimel, die nur ein junges Mädchen war und in dem beschränkten Kreis ihrer Gäste wenig Auswahl hatte, in Gefahr war, ohne großen Widerstand nachzugeben. Sie sehnte sich danach, Florimel wie ein armes kleines, verfolgtes Kätzchen unter ihre Obhut zu nehmen, um das sich eine ganze Familie von Kindern stritt. Mochte ihr Vater sich in einer Gesellschaft rauer Gesellen bewegt haben, so war das kein Grund, warum seine unschuldige Tochter mit Leib und Seele und Vermögen vom gleichen Kreis verschlungen werden sollte, der noch nicht in seinen Sünden untergegangen war.

Mit ihrem leidenschaftlichen Wunsch zur Erlösung ergriff sie deshalb jede Gelegenheit, ihre Bekanntschaft mit Florimel zu erweitern. Ihre Sorge, bei ihr eine Position zu erlangen, die ihrem verborgenen Wirken förderlich war, hatte sie bisher abgehalten, ihre Anschuldigung gegen Malcolm wegen Brutalität vorzubringen, sobald sie erfahren hatte, wessen Reitknecht er war. Wenn sie erst einmal den Gipfel der Freundschaft erklommen hatte, dann würde sie ihrer Seele Luft verschaffen, und bis dahin musste das Pferd um seiner Herrin willen leiden.

Inzwischen hatte, zum Glück für Florimel, ihre Bekanntschaft solche Fortschritte gemacht, dass sie den Vorschlag wagen konnte, Florimel solle sie auf ein kleines Landgut begleiten, das sie an der Südküste besaß, mit einem alten Häuschen drauf – ein eigenartiger Ort, wie sie meinte –, um dort ein oder zwei Wochen in völliger Ruhe zu verbringen. Nur sollte sie allein kommen und nicht einmal die Zofe mitbringen. Mit dem Instinkt, wenn nicht der Einsicht einer wahrhaftigen Natur war ihr die Gegenwart von Caley unerträglich.

„Wollen Sie mit mir für vierzehn Tage dort hinkommen?“, schloss Clementina.

„Ich bin entzückt“, meinte Florimel nach kurzem Zögern. „London macht mich ganz krank. Mir fehlt da einfach der Platz. Draußen entfaltet sich der Frühling und kann nicht hereinkommen. Ich freue mich schrecklich, mit Ihnen zu fahren.“

„Auch unter diesen harten Bedingungen – Ihr Mädchen zu Hause zu lassen?“, beharrte Clementina.

„Dadurch wird das Vergnügen nur vollkommen. Ich bin froh, sie einmal los zu sein.“

„Ich sehe mit Freuden, dass Sie so unabhängig sind.“

„Sie halten mich doch wohl nicht für ein solches Baby, dass ich nicht ohne Zofe auskomme! Da hätten Sie mich in Schottland sehen sollen! Damals hasste ich es, eine Frau um mich zu haben. Tatsächlich behagt mir das heute genauso wenig. Nur hat jedermann eine Zofe, und jemand muss sich ja auch um die Kleider kümmern“, setzte Florimel hinzu und überlegte, welcher Stein ihr vom Herz wäre, wenn sie Caley überhaupt loswerden könnte. „Ich möchte aber gern mein Pferd mitnehmen“, meinte sie, „ich weiß nicht, was ich auf dem Land ohne Abbot anfinge.“

„Natürlich müssen wir unsere Pferde bei uns haben“, erwiderte Clementina, „ja, und Sie sollten vielleicht auch Ihren Reitknecht mitbringen.“

„O, Sie werden ihn äußerst nützlich finden. Er kann alles und jedes und ist so freundlich und hilfsbereit.“

„Ausgenommen zu seinem Pferd“, lag es Clementina auf der Zunge, doch sie besann sich eines Besseren. Zuerst wollte sie der Herrin sicher sein und ihre Zeit abwarten, ehe sie den Angriff auf den Mann wagte.

Die beiden Damen hatten sich, bevor sie sich trennten, in eine wahre Begeisterung über die sie erwartenden Freuden hineingesteigert. Der Plan musste ungesäumt ausgeführt werden.

„Wir wollen niemand etwas davon verraten", sagte Lady Clementina, „und morgen aufbrechen."

„Phantastisch!", rief Florimel.

Dann runzelte sie die Stirn. „Da ist noch eine Schwierigkeit", sagte sie. „Keiner kann Kelpie mit einem Geleitpferd reiten, und wenn wir ein anderes hernehmen würden, dann würde Liftore mit Sicherheit erfahren, wohin wir gegangen sind."

„Damit würde alles verdorben", sagte Clementina. „Aber das wäre doch viel besser, der armen Kreatur ein bisschen Ruhe zu verschaffen und das andere mitzunehmen, auf dem ich ihn manchmal sehe."

„Ja, und bis wir zurückkommen, wäre im Stall kein lebendes Wesen, ob Pferd oder Mann, mehr übrig, das nicht in Fetzen gerissen wäre. Kelpie selbst wäre verhungert, wenn man sie nicht inzwischen erschossen hätte. Nein, nein. Wo Malcolm hingeht, muss auch Kelpie hin. Außerdem macht sie so viel Spaß – Sie können sich das gar nicht vorstellen."

„Wissen Sie was", sagte Clementina nach einer Pause der Verblüffung, „wir werden reiten. Es ist keine hundert Meilen entfernt, und wir können uns für die Reise so viele Tage Zeit lassen, wie wir wollen."

„Immer besser!", rief Florimel. „Wir werden miteinander ausreißen. Aber was wird die liebe alte Bellair dazu sagen?"

„Denken Sie gar nicht dran", meinte Clementina. „Sie hat nichts dazu zu melden. Sie können ihr so viel schreiben oder sagen, dass sie sich nicht beunruhigt. Weisen Sie Ihren Diener an, alles fertigzumachen, ich werde das Gleiche bei meinem veranlassen. Er ist ein kräftiger, älterer Mensch, der reicht völlig zu unserem Schutz. Morgen früh werden wir miteinander im Richmond Park reiten, denn der liegt auf unserem Weg. Sie können auf dem Frühstückstisch einen Brief hinterlassen, in dem Sie mitteilen, dass Sie für eine Weile mit mir fortgereist sind."

So wurde die Sache abgemacht. Sie wollten ganz früh am nächsten Morgen aufbrechen, und damit es auf der Straße keine Probleme gab, sollte Malcolm mit Kelpie vorausreiten und sie im Park erwarten.

Malcolm war überglücklich bei der Aussicht, aufs Land ausreißen zu können, umso mehr, als seine Herrin ihn dabeihaben wollte und die Reise ein Geheimnis bleiben musste. Vielleicht war er fern von Caley und Liftore in der Lage, etwas zu sagen, was ihr die Augen öffnete. Doch wie sollte er es anstellen, nicht in den Geruch eines Klatschmauls zu kommen?

Er hatte sich an diesem süß duftenden, frischen Morgen im späten Frühling eine Stunde vor den anderen auf den Weg begeben und schmeichelte nun auf einem kleinen Weg im Park Kelpie, damit sie ruhig wartete, während er den Morgen in Frieden genießen konnte. Als er so nachdachte, merkte er, wie sehr ihm der Fischfang fehlte. Kelpie war allerdings für einen kräftigen Orkan gut. Wenn nur mit seiner Schwester alles gut ginge! Dann würde er nach Portlossie zurückkehren und nach Herzenslust zum Fischen gehen. Doch er musste Geduld aufbringen und folgen, wie er geführt wurde. Bis die beiden Damen mit ihrem Diener auftauchten, spürte er eine solche Beherrschung über Kelpie wie nie zuvor. An diesem Tag legten sie mit Leichtigkeit zwanzig Meilen zurück und legten in der ersten Stadt eine Pause ein. Am nächsten Tag ritten sie ungefähr die gleiche Strecke. Danach waren es dreißig Meilen. Am vierten Tag machten sie sich zeitig auf den Weg, und mit einer ausgiebigen Rast auf halbem Wege schafften sie noch eine größere Entfernung und trafen am Abend in Wastbeach ein.

Florimel warf kaum einen Blick auf den dunklen, altmodischen Raum, in den sie geführt wurde, sondern legte sich sofort zu Bett. Als die alte Haushälterin ihr etwas vom Abendtisch, an dem man sie erwartet hatte, hinauftrug, fand sie sie in tiefem Schlaf. Als Malcolm Kelpie für die Nacht fertig gemacht hatte, war auch er müde und lag keinen Augenblick länger wach als seine Schwester.

14. Das Pferd

Bei all den Ratten und Mäusen, Katzen und Eulen, dem Knarren und Quietschen in und um das Haus herrschte von abends bis morgens keine Stille; und genauso wenig gab es Stille von morgens bis abends bei den vielen Schwalben und Krähen, Hühnern und Hähnen, Pferden und Geflügel, Hunden und Tauben, Truthühnern, Gänsen und jeglichem anderen Farmgetier außer Schweinen – die Clementina bei all ihrer Tierliebe nicht leiden konnte. Doch wenn auch keine Stille herrschte, Ruhe gab es hier mehr als reichlich, und weder Bruder noch Schwester wurden in ihrem Schlaf gestört.

Als Florimel erwachte, schien die Sonne durch ein Fenster am anderen Ende des Zimmers herein. Stundenlang drang ihr Schein schon gleichmäßig strahlend in den Raum. Erfrischt und kräftig sprang sie aus dem Bett. Nur noch wenige schmerzende Überreste der Steifheit vom Reiten erinnerten sie an ihre Erschöpfung. Was für eine himmlische Freude, zu denken, dass keine Caley an ihre Türe klopfte! Sie ging zu dem sonnenbeschienenen Fenster, zog den schweren alten, verblichenen Vorhang zur Seite und blickte hinaus. Ringsum waren allenthalben nur Fichten und Kiefern zu erblicken. Sie reichten bis wenige Meter vor das Fenster, das sie schwungvoll aufstieß. Kein Lüftchen regte sich, die Morgensonne schien warm auf die Bäume, und der harzige Duft aus Rinde und Nadeln und den frischen Knospen erfüllte bald das ganze Zimmer. Zwischen diesem Flügel des Hauses und dem Wald gab es nichts, nicht einmal einen Zaun.

Den ganzen tiefen Schlaf hindurch vernahm Malcolm die Geräusche der See – ob von der Phantasie in seiner Seele oder dem wirklichen Meer draußen, auf dessen Murmeln er vor dem Einschlafen mit so viel Entzücken gelauscht hatte, mag dahingestellt bleiben. Das Meer begleitete ihn in seinen Träumen. Doch beim Erwachen war es kein musikalisches Plätschern von Wassertropfen, keine angedeuteten Laute von Tieren, die an sein Ohr drangen, sondern Tumult und Geschrei vom Stall her. Nur allzu deutlich war, dass er gebraucht wurde. Entweder war Kelpie zu früh erwacht, oder er hatte verschlafen. Eilends zog er sich notdürftig an, rannte hinunter und lief über den Hof. Im Laufen rief er ihr zu wie eine Krankenschwester einem schreienden Kind. Einen Augenblick hielt sie in ihrem Toben inne, wieherte kurz auf und stieß dann wieder heftig um sich. Griffith, der Stallknecht, und die wenigen anderen Männer standen blass vor Schreck herum. Malcolm stürzte in den Futterraum, holte einen großen Eimer Hafer und stürzte in den Stall. Wie der leibhaftige Hungerdämon bohrte sie ihre Nase in das Futter und er überließ sie ihrer Mahlzeit und nutzte die wenigen Augenblicke der Ruhe, die nun folgen würden, um sich so schnell wie möglich anzuziehen. Nach den vier Reisetagen, die mit ihr nur ein Schlendern zur Überwindung der Strecke bedeuteten, brauchte sie dringend einen ordentlichen Galopp. Bei seiner Rückkehr beendete sie eben ihr Futter und wurde schon ärgerlich, als sie mit ihrer Schnauze auf den Boden der Futterkrippe stieß. Noch gab es keine Anzeichen der Unruhe, außer dass sie ihr Hinterteil hin und her warf. Er beeilte sich mit dem Sattel, solange sie noch mit Essen beschäftigt war. Doch ihre ungewöhnlich hartnäckige Weigerung, sich den Zaum anlegen zu lassen, und die Schwierigkeit beim Öffnen ihrer zusammengebissenen Kiefer waren untrügliche Anzeichen für bevorstehende Scherereien. Besorgt fragte er die Umstehenden nach einem freien Platz, wohin er sie ausführen konnte – Felder oder halbwegs weiche Heide oder ein sandiger Strand. Er sagte, er wage es nicht, mit ihr durch die Bäume hindurch zu reiten, wenn sie in dieser Verfassung war, da sie sich sonst den Kopf einrennen würde. Er erfuhr, dass direkt von den Ställen eine Straße zum Strand führte, der sich über Meilen mit Sand ohne einen einzigen Kieselstein hinzog. Besser konnte er es gar nicht treffen. Er stieg auf und ritt weg.

Florimel war erst halb angezogen, als die Türe plötzlich aufging und Lady Clementina hereinstürzte. Wie ein leibhaftiger Racheengel packte sie Florimel am Handgelenk und zog sie zur Türe. Florimel erschrak, widersetzte sich jedoch nicht. Ihre Gastgeberin führte sie halb, und halb zog sie sie eine Treppe hinauf, die von einer Ecke des Korridors nach oben zu den Zinnen eines viereckigen Türmchens führte. Von dort aus konnte man durch Öffnungen zwischen den Kiefern ein Stück Strand erblicken. Auf diesem Strandfleck spielte sich Seltsames ab, und Clementina blickte mit zornigem Schreck hinüber.

Kelpie bäumte sich auf, schlug mit den Vorderhufen nach Malcolm und schnappte mit den Zähnen nach ihm, doch dann empfing sie von seiner Faust einen solchen Schlag auf ihr Maul, dass sie herumschwenkte und dabei mit den Hinterbeinen Malcolms Kopf zu treffen versuchte. Doch Malcolm war schneller, sie traf ins Leere und es gelang ihm, sie am Zaum zu fassen. Wieder bäumte sie sich auf und hätte ausgeschlagen, doch er hielt sich an ihrer Seite und zwang sie, sich zu voller Höhe aufzurichten. Gerade als sie sich zurückfallen ließ, stieß er ihren Kopf von sich, sodass sie sich zur Seite legte; in dem Augenblick, da sie den Boden berührte, setzte er sich auf ihren Kopf. Erst jetzt sahen sich die beiden Mädchen an. Florimels Lippen verrieten Bewunderung. Sie hatte die Augenbrauen hochgezogen. Das Blut strömte ihr in die Wangen und ließ das Blau ihrer Augen dunkler erscheinen. Auf Lady Clementinas

Stirne bildete sich eine steile Falte über der Nasenwurzel, die Augen waren zusammengezogen, Zähne und Lippen fest aufeinandergepresst. Als sie ihren Gast anblickte, wurde das Feuer in ihren Augen noch zorniger. Ihre Seele wurde von der Gegenwart von Unrecht und Grausamkeit aufgewühlt, und da war eine junge Frau, ihr Gast, die ihr gerade in die Augen sah – ein Wort von ihr hätte dem Ganzen Einhalt gebieten können – und sie fand auch noch Gefallen an dem Anblick.

„Lady Lossie, ich schäme mich für Sie", sagte sie vorwurfsvoll, wandte sich von ihr ab und lief die Treppe hinunter.

Florimel richtete ihren Blick wieder auf die See hinaus. Auf einmal erspähte sie Clementina, die rasch dem Strand zueilte, für kurze Zeit den Blicken entschwand und dann auf dem Stückchen Sand auftauchte, wo Malcolm auf dem Kopf der Teufelin saß.

„MacPhail, seid Ihr ein Mensch?", rief Clementina und erschreckte ihn so, dass die Stute beinahe im nächsten Augenblick auf die Füße gekommen wäre. Es lag ihm auf den Lippen, zu sagen: Ich hoffe doch, und zwar ein mutiger, doch er besann sich noch rechtzeitig. „Es tut mir leid, wenn ich gezwungen bin, etwas zu tun, was Ihr Missfallen erregt, Mylady", sagte er. In atemlosem Unwillen – denn sie war so rasch gelaufen – hatte sich Clementina in diesem einen Ausruf erschöpft, stand nun keuchend da und starrte den Mann und das Pferd an. Der massive schwarze Körper Kelpies lag ausgestreckt auf dem gelben Sand und stieß nur hin und wieder mit den Beinen.

Malcolm erhob sich vorsichtig ein Stückchen und kniete nun auf Kelpies Kopf, wo er zuvor gesessen war, den Blick ehrerbietig auf Lady Clementina gerichtet.

Die Anwältin der gequälten Tierwelt erlangte bald die Sprache wieder. „Geht augenblicklich von diesem armen Geschöpf herunter!", befahl sie voller Würde,

„ich dulde auf meinem Grund und Boden nicht, dass man so mit einem lebenden Wesen umgeht."

„Ich bedaure, wenn ich roh erscheine, Mylady", erwiderte Malcolm, „doch wenn ich Ihrem Befehl nachkäme, würde ich das Eigentum meiner Herrin zugrunde richten. Wenn die Stute ausbricht, dann würde sie sich an den Bäumen den Hals brechen."

„Ihr habt sie in den Wahnsinn getrieben."

„Umso mehr bin ich verpflichtet, mich um sie zu kümmern", sagte Malcolm. „Es ist nur Laune – eine Laune allerdings, dass ich fast glaube, sie sei zeitweise von einem Dämon besessen."

„Der Dämon steckt in Euch selbst. In dem Pferd ist keiner, nur der, den Ihr in das arme Tier hineingetrieben habt. Ich befehle Euch, aufzustehen."

„Das wage ich nicht, Mylady. Wenn sie frei ist, würde sie Sie in Stücke reißen, Mylady."

„Ich werde das Risiko auf mich nehmen."

„Aber ich nicht, Mylady. Ich kenne die Gefahr und muss um Sie Sorge tragen, da Sie über die Gefahr nicht Bescheid wissen. Es besteht kein Grund, sich Sorgen um das Pferd zu machen. Sie muss nicht leiden. Ich tue ihr nicht sehr weh. Sie müssen bedenken, Mylady, wie kräftig der Schädel eines Pferdes ist. Und sehen Sie sich an, welch tiefe Atemzüge sie holt."

„Sie liegt in Agonie!", rief Clementina.

„Nicht im Geringsten, Mylady. Ich habe ihr nur ihren eigenen Willen nicht durchgelassen, und das behagt ihr nicht."

„Und welches Recht habt Ihr, dem Tier seine eigene Weise zu verwehren? Hat sie denn kein Recht darauf?"

„Natürlich soll sie ihre eigene Art haben, aber nicht ihren eigenen Willen. Sie hat ihren Meister."

„Welches Recht habt Ihr, ihr Meister zu sein?"

„Das Recht, dass mein Herr, Lord Lossie, sie in meine Obhut gab."

„Diese Art Recht meine ich nicht, das zählt nichts. Welches Recht in der Natur der Dinge besitzt Ihr, irgendein Geschöpf zu tyrannisieren?“

„Keines, Mylady. Aber die höhere Natur hat das Recht, in Gerechtigkeit über die niedrigere zu herrschen. Selbst Sie können nicht immer Ihren eigenen Weg haben.“

„Im Augenblick sicher nicht, solange Sie in dieser Position bleiben. Bitte, steht es in Einklang mit Ihrer Eigenschaft als höheres Wesen, dass Sie meine Weise von mir fernhalten?“

„Nein, Mylady. Aber es steht im Einklang mit dem Recht. Wenn ich Ihr Eigentum fortnehmen wollte, Mylady, dann wären Ihre Hunde berechtigt, mir den Weg zu versperren. Ich glaube nicht zu übertreiben, wenn ich sage, dass bis zu diesem Tag in einer Woche kein lebendes Wesen mehr hier auf dem Anwesen wäre, wenn meine Stute ihren Willen bekommen würde.“

Lady Clementina hatte über sich nie die Macht einer stärkeren Natur als ihrer eigenen gespürt. Sie hatte sich der Autorität beugen müssen, doch nie der Überlegenheit. So hatte sich ihr Eigenwille außergewöhnlich stark entwickelt. Selbst ihr Mitgefühl war von Eigensinn geprägt. Nun begann zum ersten Mal in ihrem Leben, ihr selbst noch unbewusst, die Gegenwart einer solchen Natur ihre Wirkung auf sie auszuüben. Die Ruhe, mit der Malcolm sprach, und die unbewegliche Entschlossenheit seines Verhaltens sprachen für sich.

„Aber“, sagte sie etwas ruhiger, „Eure Stute hat vier lange Reisetage hinter sich. Sie hätte heute Ruhe haben sollen.“

„Ruhe ist genau das, was sie nicht vertragen kann, Mylady. Sie ist ein wahrer Vulkan an Leben und Kraft, von dem Sie keine Vorstellung haben. Ich hätte mir nie träumen lassen, dass es ein Pferd wie sie überhaupt gibt. Sie konnte sich in ihrem Leben nie richtig austoben.

Ich glaube, das ist bei ihr die hauptsächliche Schwierigkeit. Was wir alle brauchen, Mylady, ist ein Meister – ein wirklicher, echter Meister. Ich selbst habe einen, und –“

„Ihr wollt sagen, dass Ihr einen braucht“, unterbrach Lady Clementina. „Ihr habt nur eine Herrin, und die verwöhnt Euch.“

„Das meine ich nicht, Mylady“, erwiderte Malcolm. „Aber eins weiß ich, dass Kelpie ohne mich bald in tiefe Schwierigkeiten geriete. Ich werde sie hier festhalten, bis ihre halbe Stunde um ist, dann darf sie einen weiteren Galopp unternehmen.“

Lady Clementina wandte sich ab. Sie war besiegt. Malcolm kniete da mit einem Knie auf dem Kopf des Pferdes, eine Hand auf der Schulter des Tieres, so ruhig, so unwandelbar, mit einer solchen Fülle von Argumenten, dass ihr nichts mehr zu tun oder zu sagen blieb. Zorn und Ermahnungen prallten an ihm ab wie Nebel an einem Felsen. Er war der seltsamste, unverständlichste Reitknecht, dem sie je begegnet war.

Auf ihrem Rückweg zum Haus begegnete ihr Florimel und ging mit ihr zur Szene am Strand zurück. Noch bevor sie dort ankamen, hatte Florimels Entzücken über ihre Umgebung einiges dazu beigetragen, Clementinas Fassung wiederherzustellen. Der Platz war ihr ans Herz gewachsen, denn hier hatte sie fast ihre ganze Kindheit verbracht. Einen Augenblick später unterbrach sie Florimels Begeisterungsausbrüche mit neuen Beschuldigungen gegen Malcolm, allerdings beherrschter und mit einem Anklang von aufkeimendem Respekt. Gleichzeitig war ihre Wiedergabe seiner Antworten alles andere als genau, denn so, wie niemand gerecht sein kann ohne Liebe, kann auch niemand genau berichten, ohne zu verstehen. Doch blieb keine Zeit, über ihn zu sprechen, denn Clementina bestand darauf, dass Florimel seiner grausamen Behandlung ein Ende bereite.

Bei ihrem Eintreffen hatte sich Malcolm wieder auf den Kopf des Pferdes gesetzt. „Malcolm", sagte seine Herrin, „lasst die Stute aufstehen. Für diesmal soll ihr die Bestrafung erlassen werden."

Malcolm erhob sich wieder auf sein Knie. „Ja, Mylady", sagte er. „Aber wenn es Ihnen nichts ausmacht, möchte ich Sie bitten, Mylady, mir beim Lösen des Gurts zu helfen, ehe sie aufsteht. Ich möchte sie noch zum Baden führen. Kommen Sie auf diese Seite", fuhr er fort, als Florimel sich anschickte, seiner Bitte nachzukommen, „hierher, um den Kopf herum. Das Beste wäre, wenn Sie darauf knien. Aber Sie dürfen sich nicht rühren, bis ich es Ihnen sage."

„Ich werde alles tun, worum Ihr mich bittet, Malcolm, so wie Ihr es sagt", erwiderte Florimel.

„Das ist das Colonsay-Blut! Darauf kann ich mich verlassen!", rief Malcolm mit einem verzeihlichen Ausbruch von Familienstolz.

Clementina war entsetzt über die unverschämte Vertraulichkeit des Reitknechts ihrer armen kleinen Freundin, doch Florimel empfand das nicht so und kniete, als befinde sie sich in der Kirche, auf dem Kopf der Stute, unter sich das feurige Energiebündel. Malcolm hob die Sattelklappe etwas an, löste die Schnallen des Gurts, zog etwas an und legte den Sattel neben das Pferd in den Sand. Die ganze Zeit über sprach er mit Florimel, damit Kelpie nicht ein plötzliches Wort als Aufforderung empfand und aufstand, ehe der richtige Augenblick gekommen war.

„Bitte, Lady Clementina, würden Sie zum Rande des Wäldchens gehen? Ich kann nicht sagen, was sie macht, wenn sie aufsteht. Und bitte, Lady Florimel, würden Sie ebenfalls dort hinüberrennen in dem Augenblick, wo Sie sich von ihrem Kopf erheben?"

Nachdem er den Sattel abgenommen hatte, fasste er die Zügel in seiner Linken, nahm die Peitsche in die andere Hand und stellte sich vorsichtig über den mächtigen Rücken, ohne das Pferd zu berühren.

„Jetzt, Mylady, laufen Sie zum Wald."

Florimel erhob sich und trat die Flucht an. Hinter sich vernahm sie ein großes Getöse, und als sie sich beim ersten Baum, der nur wenige Meter entfernt war, umdrehte, sah sie, wie Malcolm, der von der Stute mit emporgetragen, sich mit seinen Knien auf ihrem bloßen Rücken festklammerte. In dem Augenblick, da sie mit den Vorderbeinen Boden fasste, gab er ihr kräftig die Sporen, und nach einem einzigen Ausschlagen rasten sie westwärts über den Sand, die Sonne im Rücken, und sie kehrten erst zurück, als sie zu einem so winzigen Fleck geschrumpft waren, dass die beiden Damen nicht hätten sagen können, ob der Fleck sich bewegte oder nicht. Schließlich schwankte der Punkt ein wenig, wurde langsam größer, und nach einigen weiteren Augenblicken konnten sie einen Wirbelwind erkennen, der auf sie zuflog, während die Hufe Klumpen von nassem Sand beiseiteschleuderten. Welch ein Bild!

Vor den beiden Zuschauerinnen riss Malcolm Kelpie plötzlich zur Seite und preschte mit ihr geradewegs ins Wasser. Die Mädchen schrien auf – Florimel vor Entzücken, Clementina vor Bestürzung, denn sie kannte die Küste und wusste, dass der flache Strand jäh abfiel. Doch für Malcolm war das umso besser, denn er suchte das tiefe Wasser, obwohl er es früher als erwartet erreichte. In Portlossie war er, als sie seiner Obhut übergeben wurde, oft mit Kelpie ins Meer hinausgeritten, selbst bei kaltem Herbstwetter, und nichts gefiel ihr besser und beruhigte sie mehr. Sein Gewicht für sie beim Schwimmen war schwer, doch sie verdrängte eine Menge Wasser. Sie trug den Kopf mutig hoch, er balancierte zur Seite, und so schwammen sie vorzüglich zusammen. In den Augen Clementinas hatte es allerdings den Anschein, als schwimme die Stute um ihr Leben.

Malcolm lenkte sie zum Ufer hin, als er meinte, sie habe nun genug, doch da ergab sich eine Schwierigkeit. Das Ufer brach so steil ab, dass Kelpie mit den Hinterbeinen keinen Halt fassen konnte, um ins flache Wasser zu klettern. Die Mädchen sahen den Kampf mit an, und Clementina, die begriff, was sich da abspielte, lief voller Angst zum Wasser in einem vergeblichen Versuch zu helfen. Malcolm warf sich vom Pferd, zog im Fallen die Zügel über Kelpies Kopf und schwamm ein kleines Stückchen landeinwärts, bis er Grund unter den Füßen spürte. Kelpie gelangte ohne sein Gewicht ein wenig weiter ins Flache, fand besseren Halt mit den Vorderbeinen, konnte nun auch die Hinterbeine aufsetzen und stand im nächsten Augenblick neben Malcolm. Sofort sprang er wieder auf, und beide rasten in gestrecktem Galopp in westlicher Richtung davon. Sie verloren sich so weit in der Ferne, dass die beiden Damen sich auf dem Sand niedersetzten und über Florimels so untypischen Reitknecht sprachen, wie ihn Clementina, selbst eine recht untypische Frau, ungerechtfertigterweise zu nennen pflegte. Sie fragte, ob es solche Menschen in Schottland häufig gebe. Florimel musste antworten, sie sei nur diesem einen begegnet.

„Schade, dass er ein solcher Wilder ist. Er könnte eine recht interessante Persönlichkeit sein. Kann er lesen?"

„Er liest Griechisch", sagte Florimel.

„O, aber ich meinte Englisch", erwiderte Clementina, deren Gedanken ein wenig abschweiften. Dann lachte sie leise und erklärte: „Ich meine, kann er vorlesen? Ich habe den neuesten Waverly-Roman in die Kiste gepackt, die ich hierherschicken ließ. Sie müsste morgen oder übermorgen ankommen. Ich überlege, ob er Schottisch so lesen kann, wie es gelesen werden sollte. Ich habe es noch nie sprechen hören und weiß nicht, wie ich es mir vorstellen soll."

„Wir können es ja mal versuchen", sagte Florimel.

„Auf jeden Fall wird es ein Mordsspaß. Er ist wirklich ein Original! Sie werden sich köstlich amüsieren über die Bemerkungen, die er dazwischenstreut!"

„Aber können Sie es riskieren, ihn so zu Ihnen sprechen zu lassen?"

„Wie wollen Sie das verhindern, wenn Sie ihn bitten, vorzulesen? Leider hat er seine eigenen Gedanken, und die werden unweigerlich zum Ausdruck kommen."

„Besteht keine Gefahr, dass er grob wird?"

„Wenn es grob ist, dass er das ausdrückt, was er über das Buch denkt, dann wird er sicher grob sein. Jede andere Grobheit ist bei Malcolm ebenso ausgeschlossen wie bei jedem Gentleman im Lande."

„Wie können Sie seiner so sicher sein?", fragte Clementina, die gewisse Sorgen hatte hinsichtlich der Art und Weise, in der ihre Freundin den jungen Mann beurteilte.

„Mein Vater war – das kann ich wohl sagen – ihm sehr zugetan, und zwar so sehr, dass er ihm – genau weiß ich es nicht – aber er hat ihm wohl versprochen, dass er niemals meinen Dienst verlassen werde. Und ich weiß aus eigener Erfahrung, dass dieser Mann, seit er zu uns gekommen ist, nicht eine einzige selbstsüchtige Handlung oder etwas anderes begangen hat, dessen er sich schämen müsste. Ich könnte Ihnen Beweis über Beweis von seiner Hingabe liefern."

Die Wärme, mit der Florimel sprach, überzeugte Clementina nicht, die Menschen gegenüber nie so großzügig war wie gegenüber Tieren. „Ich würde ihm nicht so viel Vertrauen entgegenbringen, Florimel", sagte sie. „Es ist etwas an ihm, was ich noch nicht ausloten kann. Glauben Sie mir, ein Mensch, der grausam sein kann, würde einen auch bei geringstem Anlass verraten."

Florimel, die guten Grund dazu hatte, lächelte, doch Clementina gefiel dieses Lächeln nicht. Sie befürchtete, der junge Mann habe bereits zu großen Einfluss über seine Herrin erlangt. „Meine liebe Florimel, hören Sie auf mich“, erklärte sie. „Ihre Erfahrung ist noch nicht so groß wie meine. Dieser Mann ist nicht das, was Sie glauben. Ich fürchte, eines schönen Tages wird er mehr als unangenehm werden. Wie kann ein grausamer Mensch selbstlos sein?“

„Ich halte ihn überhaupt nicht für grausam. Aber ich habe auch nicht ein so weiches Herz für Tiere wie Sie. In Schottland würden wir das für töricht halten. Sie würden einem Hund nicht auf Kosten seines Geheuls das richtige Verhalten beibringen. Sie würden ihn lieber zu einem Ärgernis werden lassen, als ihm mit der Peitsche eins überzuziehen. Was für eine nette Mutter Sie für Ihre Kinder abgeben werden, Clementina! Aus diesem Grund machen die Kinder von guten Menschen ihren Eltern so oft Schande.“

„Sie sind genau so wie alle Schotten, die ich bisher kennengelernt habe“, entgegnete Lady Clementina. „Die Schotten sind immer am Predigen; ich glaube, das liegt ihnen im Blut. Ihr seid eine Nation von Pfarrern. Gott sei Dank geht meine Moral nicht weiter, als dass ich das tue, was ich mir wünsche, das andere mir tun! Ich möchte die Geschöpfe um mich glücklich sehen.“

Malcolm zügelte seine Stute ein ganzes Stück entfernt. Selbst jetzt wollte sie nicht anhalten, doch nun geschah es nur noch aus reinem Widerspruch gegen das, was er von ihr wollte.

Als sie endlich anhielt, stand sie stocksteif und atmete schwer. „Endlich ist es mir gelungen, Mylady, ein bisschen was von ihrer Energie loszuwerden“, sagte Malcolm beim Absteigen. „Haben Sie ein Stück Zucker in der Tasche, Mylady? Jetzt würde sie es ganz sanft nehmen.“

Florimel hatte keins, doch Clementina trug ständig Zucker für ihr Pferd mit sich herum. Malcolm hielt das Tier sehr aufmerksam, doch sie nahm den Zucker von

Florimels Handfläche wie ein Ausbund an Sanftheit und ließ sich von ihr die Nase über den weit geöffneten Nüstern streicheln ohne das geringste Anzeichen, eine Freiheit sofort mit einem Anfall von Tobsucht zu beantworten. Dann ritt Malcolm mit ihr nach Hause und sie blieb ruhig bis zum Abend, als er sie nochmals ausführte.

15. Die Lesung

Eine erfreuliche Zeit schloss sich an. Wastbeach war der ruhigste Ort, den man sich denken konnte. Das sommerliche Frühlingswetter war zauberhaft, und die vielfältige Landschaft mit Moor, Waldland und Küste in erreichbarer Nähe für so hervorragende Reiterinnen bot viel Spaß. Am ersten Tag ließen sie die Pferde ausruhen, doch am nächsten Tag saßen sie gleich nach einem zeitigen Frühstück im Sattel. Sie schlugen den Weg durch die Wälder ein. Nach allen Richtungen gab es ordentliche Reitwege. Malcolm fand es von der menschlichen Gesellschaft her eintönig, denn Lady Clementinas Reitknecht betrachtete ihn mit der Herablassung des höheren Alters – das ist die verächtlichste Herablassung, die es gibt, denn die Jahre brachten nicht die Weisheit, die sie bringen sollten, deren erstes Zeichen die Bescheidenheit ist. Immer wieder fühlte sich Malcolm durch seine Bemerkungen versucht, ihn zu einem Ritt auf Kelpie zu verlocken. Doch sein Gewissen, der Gedanke an die Familie des Mannes und das Wissen, dass Kelpie seine ganze jugendliche Kraft brauchte, ließen ihn die Arroganz des Älteren ertragen.

Als seine Herrin den Vorschlag ihrer Freundin wegen des neuen Romans erwähnte, erklärte er sich sofort bereit, meinte allerdings, er fürchte, sein Englisch werde schauerlich und sein Schottisch unverständlich sein. Die Aufgabe schreckte ihn in keiner Weise, denn er hatte dem Schullehrer häufig vorgelesen, der darauf bestanden hatte, er solle laut lesen, wenn er allein war, vor allem Verse, um das Gute von außen wie von innen zu erfassen – den Klang ebenso wie die Gedanken. Im Großen und Ganzen waren sie von der Art seines Vorlesens am ersten Tage, das gleich nach Ankunft der

Kiste stattfand, so angetan, dass sie beschlossen, er solle ihnen jeden Tag vorlesen, während sie sich mit ihrer Stickerei beschäftigten.

Beim Haus gab es nicht viel Garten, doch zwischen den Kiefern erstreckte sich ein Stückchen Rasen, in dessen Mitte sich ein riesiger alter Patriarch mit roter Rinde und grotesk geformten Ästen erhob. Zu seinem Fuße stand eine Bank, auf die sich die beiden Damen nach ihrem zweistündigen Ausritt morgens zur ersten und zweiten Lesung setzten, während die Sonne ihre größte Kraft entfaltete. Malcolm nahm auf einem Schubkarren Platz. Am zweiten Tage beschlossen sie, gleich nach dem Tee nochmals nach ihrem Vorleser zu schicken. Doch er war nirgends zu finden, und so entschieden sie sich für einen Spaziergang.

Malcolm hatte angenommen, er werde an diesem Tage nicht mehr gebraucht, und war weggegangen. Von der See angezogen, schlug er den Weg durch den düsteren, feierlichen Wald ein, als gehe er zu einem Treffen im Mondschein mit seiner ersten Liebe. Als sich die Dämmerung niedersenkte, wanderte er am Ufer weit hinab und wieder zurück durch den Sand und stimmte eine alte schottische Ballade an.

Wenn er innehielt und sich auf ein Wort besann, füllten Mondlicht und die sanften Wellen im Sand die Pausen aus. Er blickte zum Himmel empor, zum Mond und den wie Diamanten funkelnden Sternen, die Gedanken halb in Gefühl aufgelöst und das Gefühl zu Gedanken kristallisiert.

Aus dem dämmerigen Wald näherten sich ihm zwei liebliche Gestalten so leise, dass er sie nicht bemerkte, bis Florimel sprach: „Seid Ihr das, Malcolm?“

„Ja, Mylady“, antwortete Malcolm.

„Was singt Ihr da?“

„Man kann das schwerlich singen nennen, Mylady. In Schottland würden wir da von schmachten reden.“

„Singt es nochmals."
„Das kann ich nicht, Mylady. Es ist weg."
„Ihr wollt doch nicht etwa behaupten, dass Ihr extemporiert habt?"
„Ich habe wie die Vögel angestimmt, was mir in den Sinn kam. Ich hätte das nie getan, wenn ich jemand in der Nähe gewusst hätte." Etwas beschämt wollte er das Gespräch von der Schwelle seiner Herzenskammer abwenden und sagte: „Haben Sie je eine lieblichere Nacht erlebt, meine Damen?"
„Gewiss nicht oft", erwiderte Clementina.
Es gefiel ihr nicht so ganz, dass er sie beide angesprochen hatte, aber sie fühlte sich dadurch auch nicht unbedingt beleidigt. Ein seltsames Gefühl der Unschicklichkeit über den Stand der Dinge beunruhigte sie – sie und ihre Freundin sprachen in dieser Weise im Mondlicht am Ufer des Meeres mit ihrem Reitknecht – und was für einem Reitknecht! –, sie bat ihn, nochmals zu singen, und er sprach sie beide an mit einer Bemerkung über die Schönheit der Nacht. Doch die ganze Zeit über nagte in ihr der Zweifel, ob dieser junge Mann, den man nicht noch ermutigen durfte, indem man ihn anders als von einer Warte beiläufiger Überlegenheit anredete, nicht zu einer Sphäre gehörte, die höher war als ihre eigene. Ganz sicher konnte kein Mensch bescheidener und weniger nachdrücklich sein, selbst wenn seine Meinung der ihren direkt zuwiderlief.
„Das sind Nächte", fuhr Malcolm fort, „wo ich mir selber sagen möchte, dass ich nicht sicher bin, ob ich wache oder träume. Sie schaffen ein Niemandsland zwischen Wachen und Schlafen, Wissen und Träumen. Ich stelle mir vor, dass wir in einer solchen Nacht einen Hauch von dem erkennen, was Gott fühlt, wenn er die lieblichen Bereiche einer neuen Welt schafft – einer neuen Art von Welt, wie es sie nie zuvor gegeben hat."

„Ich glaube, wir sollten besser hineingehen“, sagte Clementina zu Florimel und wandte sich ab.

Florimel erhob keine Einwände, und gemeinsam gingen sie zum Wald zurück. „Sie müssen sich wirklich so schnell wie möglich von ihm trennen“, sagte Clementina, als sie in das mondlose Dunkel des Kiefernwaldes eingetaucht waren. „Er ist ohne Zweifel mehr als nur halb verrückt. Wir haben nun beinahe Vollmond“, setzte sie hinzu und blickte nach oben. „Ich habe ihn noch nie so schlimm erlebt.“

Florimels helles Lachen schallte durch den Wald. „Machen Sie sich keine Sorgen, Clementina“, sagte sie. „So redet er, seit ich ihn kenne; und wenn er verrückt ist, dann ist es gewiss nicht schlimmer, als es immer schon war. Das ist nur Poesie – Hefe im Hirn, pflegte mein Vater zu sagen. Wir sollten einen Fischerpoeten an ihm haben, meinte er – etwas ganz Neues auf der Welt. Er würde niemals kuriert werden, außer wenn er ein Buch mit Gedichten zustande brächte. Ich fürchte, mein Vater würde den Katechismus brechen und nicht in seinem Grabe liegen bleiben bis zur Auferstehung, wenn ich Malcolm wegschicken würde.“

Malcolm selbst war erst nicht wenig verblüfft darüber, in welcher Weise seine Worte gegen eine blanke Wand zu treffen schienen. Dann lächelte er eigentümlich und meinte bei sich: „Ich hatte eigentlich immer gedacht, dass jede hübsche Dame von Natur aus eine Dichterin sein müsse, denn wie wäre sie sonst schön außer durch die innere Harmonie? Und was ist diese Harmonie anders als die Poesie des Einen Dichters. Aber nun bin ich klüger geworden. Da gehen zwei der hübschesten Damen, die mir je unter die Augen gekommen sind, aber es steckt mehr Poesie in der alten Miss Horn mit ihrem männlichen Gesicht als in einem Dutzend von diesen da. Hat man schon etwas so Großartiges gesehen wie Mylady Clementina? Und dann der Unsinn, den sie von sich gibt! Und alles nur, weil sie ihrem Herzen nicht die Ruhe gönnt, bis es groß genug ist, sondern immer die Dinge zurechtrücken will vor der Zeit und ehe sie überhaupt dafür geeignet ist!“

Florimel gelang es immerhin, ihre Freundin von der Sicherheit, wenn auch nicht von der geistigen Gesundheit ihres Reitknechts zu überzeugen. Sie erhob keinen Einwand gegen eine Fortsetzung der Lesung aus dem Roman. Bei dieser Gelegenheit ereignete sich ein Vorfall, der weit mehr als die Versicherungen Florimels dazu beitrug, ihr Gewissheit zu geben.

Da der Nachmittag sonnig und warm war, schlug Clementina bei ihrer Zustimmung vor, sie sollten zum See hinuntergehen und sich mit ihrer Stickarbeit auf eine Bank setzen, während Malcolm vorlas. Dieser See, mehr als eine Meile lang, doch sehr schmal, war ein Gewässer von frischem Süßwasser, tief und vom Meer nur durch eine Sandbank getrennt. Clementina beschrieb Florimel die Eigentümlichkeiten des Ortes: Es gab keinen Abfluss vom See, das Wasser sickerte, durch den Sand gefiltert, ins Meer; in einigen Teilen war er sehr tief, und es gab riesige Hechte. Malcolm saß wie gewöhnlich ein wenig abseits, den Damen zugewandt, und wartete mit dem offenen Buch in den Händen auf ein Zeichen zum Beginn. Er blickte auf den See, der an dieser Stelle vielleicht dreißig Meter breit war. Am Rande wuchs Schilf und zur Mitte hin war er dunkel und tief.

Auf einmal sprang er hoch, ließ das Buch fallen, rannte zum Wasser und öffnete im Laufen die Gürtelschnalle; er zog die Jacke aus und sprang über den Schilfrand hinweg ins Wasser, wo er mit großem Geplätscher verschwand. Clementina schrie auf, denn sie zweifelte nicht daran, dass sein Wahnsinn den Höhepunkt erreicht und ihn zum Selbstmord getrieben habe. Doch Florimel, die zuerst vom Schrei ihrer Freundin erschreckt wurde, lachte und versicherte, Malcolm wisse genau, was er tue. Es dauerte jedoch länger, als selbst ihr gefiel, bis ein schwarzer Kopf auftauchte – viele Meter weit weg, denn er war ein langes Stück unter Wasser geschwommen, bis er hochkam, und hielt nun aufs andere Ufer zu. Hinter was mochte er nur her sein? In der Nähe der Seemitte schwamm er langsamer und hielt beinahe an. Da erst bemerkten sie einen kleinen dunklen Gegenstand auf der Wasserfläche. Fast im gleichen Augenblick erhob er sich in die Lüfte. Sie dachten erst, Malcolm habe ihn hochgeworfen, doch dann sahen sie, dass es ein Vogel war, ein Mauersegler. Irgendwie war er ins Wasser gefallen, doch Malcolms Hand hatte ihn wieder hochgehoben und ihn in sein luftiges Element zurückbefördert.

Doch anstatt nun umzukehren, schwamm Malcolm weiter bis zum anderen Ende des Sees, stieg heraus, lief zum Strand hinüber und sprang ins Meer, zur großen Bestürzung von Clementina, denn das Ufer fiel hier steil ab, und er geriet schnell in tiefes Wasser. Er schwamm einige Meter hinaus, kehrte um, rannte zum Ende des Sees zurück, wo er seine Jacke aufnahm und ein Taschentuch herauszog. Er trocknete sich Gesicht und Hände, drückte seine Hemdärmel aus. Dann zog er seine Jacke an, kam an seinen Platz zurück und sagte, während er sich setzte und das Buch aufhob: „Ich bitte um Verzeihung, meine Damen, aber gerade als ich Mylady Clementina von Hechten sprechen hörte, sah ich den kleinen Mauersegler im Wasser. Da war keine Zeit zu verlieren, denn der arme Wicht hatte nur eine geringe Chance."

Beim Sprechen suchte er die Stelle im Buch, wo er weiterlesen musste.

„Ihr glaubt doch nicht, dass wir Euch in einem solchen Zustand vorlesen lassen?", rief Clementina.

„Ich werde sorgfältig achtgeben, Mylady. Ich habe eigene Bücher und behandle sie wie Säuglinge."

„Ihr seid ein Narr! Ich spreche doch von Euren nassen Kleidern und nicht vom Buch“, entgegnete Clementina ärgerlich.

„Vielen Dank, Mylady, aber Sie brauchen keine Angst um mich zu haben. Sie sahen ja, wie ich das Süßwasser ausgewaschen habe. Salzwasser schadet nicht.“

„Ihr müsst trotzdem gehen und Euch umziehen“, beharrte Clementina. Malcolm blickte seine Herrin an. Sie gab ihm ein Zeichen, der Anweisung nachzukommen, und er stand auf. Er war drei Schritte auf das Haus zugegangen, als Clementina ihn zurückrief. „Noch ein Wort, bitte. Wie kann es geschehen, dass ein Mann, der für solch einen kleinen Vogel sein Leben riskiert, einem großen, edlen Geschöpf wie eurem Pferd gegenüber so grausam sein kann? Das verstehe ich nicht.“

„Mylady“, erwiderte Malcolm lächelnd, „ich habe genauso wenig mein Leben riskiert wie Sie, wenn Sie eine Fliege aus einem Milchkrug retten würden. Zu Ihrer Frage: wenn Sie darüber nachdenken, Mylady, dann werden Sie den Unterschied sehen. Ich habe Ihnen ja schon an jenem ersten Morgen im Park meine Behandlung für Kelpie erläutert, als Sie mich so freundlich deshalb zurechtwiesen, aber ich glaube, dass Sie nicht auf ein einziges Wort gehört haben, das ich zu Ihnen sagte.“

Clementina errötete und wandte sich mit einem „Nun?“ in ihren Blicken ihrer Freundin zu. Doch Florimel hielt den Kopf über ihre Stickerei gebeugt, und Malcolm ging weg, als ihm niemand mehr Beachtung schenkte.

16. Die Diskussion

Am nächsten Tag wurde das Vorlesen wieder aufgenommen und in den nächsten Tagen regelmäßig fortgesetzt. In dem Maße, wie ihr Interesse wuchs, widmeten sie dem Buch immer mehr Zeit. In Malcolms Geist entstand eine Frage der Moral, und endlich hielt er einen Augenblick inne und sagte: „Halten Sie es für richtig, meine Damen, dass der Held hier seinen Reichtum im Interesse der Dame aufgibt?“

„Das war äußerst großzügig von ihm“, meinte Clementina.

„Außerordentlich großzügig“, erwiderte Malcolm, „doch ich erinnere mich noch gut daran, wie Mr. Graham mir zum ersten Mal vor Augen führte, dass die Frage der Pflicht nicht immer die Wahl zwischen etwas Gutem und etwas Bösem bedeutet. Ein Mensch muss oft zwischen zwei richtigen Dingen entscheiden.“

„Und was sind in diesem Falle die beiden guten Sachen, zwischen denen gewählt werden muss?“, fragte Clementina.

„Das ist die richtige Frage und logisch gestellt, Mylady“, antwortete Malcolm. „Die beiden Dinge sind – warten Sie mal – auf der einen Seite der Schutz der Dame, auf der anderen Seite seine Verpflichtung gegenüber seinen Pächtern und vielleicht der Gesellschaft ganz allgemein. Auf der einen Seite haben wir Großzügigkeit und auf der anderen trockene Pflicht.“ Natürlich war an diesem Punkt Malcolms persönliches Interesse an der Geschichte und ihrer Diskussion geweckt – denn hier gab es Elemente, die seltsam mit seiner eigenen gegenwärtigen Situation übereinstimmten.

„Aber ist nicht Großzügigkeit mehr als Pflicht – etwas Höheres, was über die Pflicht hinausgeht?“, fragte Lady Clementina.

„Ja“, entgegnete Malcolm, „solange sie nicht der Pflicht zuwiderläuft, sondern die gleiche Richtung hat, mit ihr harmoniert. Ich denke mir, wenn wir erwachsen werden, dann erkennen wir, dass Großzügigkeit nichts anderes ist als unsere Pflicht. Der Mensch, der sich für Großzügigkeit auf Kosten der Gerechtigkeit entscheidet, selbst wenn er seinen ganzen Besitz aufgibt, ist nichts gegenüber dem Menschen, der um des Rechtes willen in den Augen der Menschen vielleicht sogar selbstsüchtig erscheinen mag und manchmal gegen sein eigenes Herz seine Wahl trifft. Wie zwei Menschen von außen aussehen, das ist gar nichts.“

Florimel gähnte leicht über ihrer Arbeit. Clementina ließ ihre Hände einen Augenblick im Schoß liegen und blickte dann auf. „Ihr ergreift also für die Pflicht Partei gegen die Großzügigkeit?“, fragte sie dann.

„Denken Sie einmal nach, Mylady“, sagte Malcolm. „Das Wesen des Unrechts ist die Ungerechtigkeit. Jemand durch Unrecht zu helfen heißt, einem anderen Ungerechtigkeit widerfahren zu lassen. Welcher ehrliche Mensch könnte auch nur zweimal einen solchen Gedanken hegen?“

„Könnte es nicht sein, dass das Unrecht, das dieser Mensch tut, nur abstrakt ist, ohne Bezug auf irgendeine Person?“

„Der Mensch kann nur unrecht handeln gegen das lebendige Recht. Ganz gewiss glauben Sie, dass es eine lebendige Macht des Rechts gibt, Mylady, deren Wille es ist, dass Recht geschieht?“

„Einfach ausgedrückt, wollt Ihr mich wohl fragen, ob ich an Gott glaube?“

„Gewiss, wenn Sie mit Gott ein Wesen meinen, das für uns sorgt und die Gerechtigkeit liebt, ein Wesen, das wir deshalb im tiefsten Herzen treffen, wenn wir etwas tun, was nicht recht ist."

„Mit Freuden würde ich an ein solches Wesen glauben, wenn die Dinge so lägen, dass ich das könnte. Doch so, wie es ist, kann man eigentlich nur zweifeln. Was kann ich gegen meinen Zweifel unternehmen, wenn ich in der Welt so viel Leiden, Unterdrückung und Grausamkeit erblicke?"

„Ich stand vor der gleichen Schwierigkeit. Diese Dinge haben mich zutiefst bekümmert, bis Mr. Graham mir half zu erkennen, dass Wohlergehen, Reichtum und Bequemlichkeit – also genau die Dinge, deren Mangel Sie eben erwähnten – weit entfernt von dem sind, was Gott für uns bestimmt hat. Diese Dinge oder deren Fehlen sollten für uns das Mittel sein, um etwas seiner Natur nach so viel Besseres zu erlangen."

„Aber warum sollte ein Wesen leiden müssen, um das ‚Bessere' zu erlangen, von dem Ihr sprecht? Was für eine Art Gott würde das zum Mittel für unsere Besserung machen? Eure Theorie ist zutiefst erschreckend!"

„Aber nehmen Sie einmal an, Gott wisse, dass der eigentliche Beginn des von ihm geplanten Guten uns mit jenen unangenehmen Mitteln aussöhnen und sogar bewirken würde, dass wir auch um den Preis des Leidens seinen Willen tun wollen?"

Clementina schwieg einen Augenblick. Sie stellte fest, dass religiöse Menschen ebenso kühn zu denken vermochten wie sie selbst.

„Ich will Ihnen etwas sagen, Lady Clementina", fuhr Malcolm fort, während er aufstand und einen Schritt auf sie zuging, „wenn ich nicht hoffte, eines Tages so gut zu werden wie Gott selbst, wenn ich denken müsste, dass es keinen Ausweg gibt aus dem Unrecht, dem Bösen, das ich in mir fühle, dann könnten mich aller Reichtum und alle Ehren dieser Welt nicht mit dem Leben versöhnen."

„Ich habe von Heiligen gelesen", bemerkte Clementina, noch immer mit einer kühlen Unzufriedenheit in ihrer Stimme, „die solche Empfindungen äußern, und ich zweifle nicht, dass sie sich das auch eingebildet haben. Aber ich begreife nicht, selbst wenn das alles wahr ist, wie ein junger Mann wie Ihr mitten in einer emsigen Welt und mit einer Beschäftigung, die gelinde gesagt –" Sie hielt inne. Nach kurzem Zögern wagte Malcolm, ihr beizuspringen: „Weit davon entfernt ist, ideal zu sein, das wollten Sie doch sagen, Mylady?"

„So ungefähr", antwortete Clementina und schloss: „Ich wundere mich, wie Ihr zu solchen Gedanken kommt."

„Daran ist nichts Ungewöhnliches, Mylady", erwiderte Malcolm. „Warum sollte nicht ein junger Mensch, ein Bub, ein Kind mit aller Macht wünschen, dass sein Herz und Geist rein, sein Wille stark, seine Gedanken gerecht, sein Kopf klar ist und seine Seele im wahren Leben ruht? Warum sollte ich nicht den Wunsch haben, dass mein Leben etwas Vollkommenes ist und ein Quell des Lebens für meinen Nächsten?"

„Gewiss, aber wie kommt es, dass Ihr mit solchen Gedanken so viel früher begonnen habt als andere?"

„Ich weiß nur, Mylady, dass ich den besten Lehrer der Welt hatte."

„Und warum hatte ich keinen solchen Menschen als Lehrer? Auch ich hätte eine Menge lernen können."

„Wenn Sie nun dazu fähig sind, Mylady, heißt das nicht, dass dies auch schon früher für Sie das Beste gewesen wäre. Manche, die nicht schon früh begonnen haben, lernen besser und machen raschere Fortschritte als andere, die sich seit Jahren damit befassten. Wenn die Bereitschaft in Ihnen wächst, dann werden Sie das Notwendige irgendwie in einem Buch, bei einem Freund oder noch besser in Ihren eigenen Gedanken finden."

„Aber ich möchte immer noch von Euch erklärt haben, warum der Gott, an den zu glauben Ihr behauptet, sich solcher Grausamkeiten bedienen kann?"

„Mylady", widersprach Malcolm, „ich habe nie behauptet, dass ich das erklären kann. Ich kann nur sagen, wenn ich Gründe habe für die Hoffnung, dass es einen Gott gibt, und wenn ich aus meinen Beobachtungen im Leben die Erkenntnis gewinne, dass das Leiden oft etwas Gutes bewirkt, dann sehe ich nichts Unvernünftiges darin, dass Gott das Leiden für die höchsten, reinsten und liebevollsten Motive einsetzt. Wenn ein Mensch von sich behaupten kann, die Wahrheit zu lieben, sollte er dem Gedanken – dem reinen Gedanken – an Gott Gerechtigkeit widerfahren lassen, denn es könnte doch einen guten Gott geben, und er würde sein ganzes Leben lang diesem Gott die Ungerechtigkeit antun, Vertrauen und Gehorsam zu verweigern."

„Und wie können wir dem reinen Gedanken an Ihn Gerechtigkeit widerfahren lassen?", fragte Clementina, die inzwischen verwirrt und ärgerlich mit ihren Gefühlen kämpfte.

„Indem wir den Kern alles dessen betrachten, was Anspruch darauf erhebt, seine Offenbarung zu sein."

„Es würde ein Leben lang brauchen, auch nur die Hälfte davon zu lesen." Florimel hatte die ganze Zeit über an ihrer Stickerei gearbeitet. Über ihr Gesicht huschte ein zufriedenes Lächeln, als sie hörte, wie ihre kluge Freundin mit ihrem seltsamen Untergebenen sprach. Sie hatte allerdings keine Ahnung, worüber die beiden sich unterhielten. Wahrscheinlich stimmte das alles, aber es interessierte sie nicht. Sie überlegte noch bei sich, ob sie ihrer Freundin von Lenorme erzählen sollte.

Clementinas Arbeit lag nun auf ihrem Schoß; die Hände hatte sie darüber gefaltet. Sie blickte auf das Gras zu ihren Füßen, dann mit einem beunruhigten Ausdruck auf Malcolms Gesicht. Das Licht seiner Kerze begann in ihren düsteren Raum hineinzuleuchten und die Macht seines Glaubens redete von der Schwäche ihres Unglaubens, denn im Unglauben liegt keine Stärke.

Worin auch der Einfluss Malcolms auf Lady Clementina liegen mochte, er widerstrebte ihr. Etwas in ihr mochte ihn – oder auch sein Vertrauen – nicht. Sie wusste, dass sie keine Zustimmung bei ihm fand, und das mochte sie nicht. Nein, er fand nicht ihr Gefallen. Für einen ehrlichen und mutigen jungen Menschen war er viel zu gut. Sie konnte allerdings nicht sagen, dass sie je Unehrlichkeit oder Feigheit an ihm wahrgenommen hätte, oder welches Laster er ihrer Ansicht nach hätte haben sollen, um ihrem Ideal zu entsprechen. Und dann war er schließlich nur ein Reitknecht, trotz all ihrer Vorstellungen von Gleichheit! Für eine Dame sollte er daher abstoßend sein, vor allem wenn sie feststellte, dass er in die Kammer ihrer Gedanken eindrang!

Eine ganze Weile ruhte ihr Blick auf ihrer Arbeit, und in der kleinen Gruppe herrschte Schweigen.

„Mylady“, sagte Malcolm und trat einen Schritt auf sie zu.

Clementina blickte auf. Wie lieblich sie war mit der Unruhe in ihren Augen! *Wenn sie nur das wäre, was sie sein könnte*, dachte er bei sich. *Wenn die Gestalt doch nur mit dem Geist, der Körper mit Leben erfüllt wäre!*

„Mylady“, wiederholte er ein wenig verwirrt. „Ich fürchte, Sie werden Gott niemals verstehen, solange Sie nicht erkennen wollen, dass Schmerz oft zum Guten führt. Denn vom schwächsten, leisesten Ton des Schmerzes bis zur höchsten Qual gibt es nichts, auf das Gott nicht antwortet. Im ganzen Weltall gibt es nichts, was nicht auf irgendeine Weise im Herzen Gottes schwingt. Kein Geschöpf leidet für sich allein. Er leidet mit seinen Geschöpfen, und durch diesen Prozess führt er seine Söhne und Töchter durch das reinigende, verklärende Feuer, das allein alles Geschaffene zu Kindern Gottes und zu Teilhabern seiner Natur, seines Friedens werden lässt."

„Ich kann einfach nicht erkennen, was daran recht ist."

„Das werden Sie auch nicht, Mylady, solange Sie nicht das Gute begreifen, das hieraus folgt. Mylady, wenn ich mich nach besten Kräften um die arme Kelpie bemüht habe, dann wollten Sie mir nicht zuhören."

„Sie sind nicht großmütig", sagte Clementina errötend.

„Mylady, Sie wollten mich nicht verstehen. Sie leugneten, dass ich ein Herz habe, weil das in Ihren Augen grausam war. Ich wusste, dass ich Kelpie damit vor dem Tode oder einem Leben der Qual bewahrte. Es gibt nur einen Weg, wie Gott regieren will – den Weg des Vater-Königs. Das Gleichnis mag armselig sein, aber meine Beziehung zu Kelpie soll so etwas wie eine Parallele zu der Art sein, wie Gott an uns handelt. Das vorübergehende Leiden dient einem größeren Guten."

Nach einem kurzen Schweigen nahm Clementina ihre Arbeit wieder auf. Malcolm ging langsam weg.

Nach seinem Weggang versuchte Clementina herauszufinden, was Florimel über das dachte, was ihr eigenartiger Reitknecht gesagt hatte. Doch sie hatte darüber nicht nachgedacht und steuerte auch keine eigene Bemerkung zum Gegenstand ihres Gesprächs bei. Sie bemühte sich, ihr Interesse daran zu wecken, und als ihr das nicht gelang, merkte sie, dass sich ihr eigener Eindruck von diesen Dingen stark vertieft hatte.

Florimel hatte sich noch nicht entschlossen, ob sie Clementina gegenüber offen sprechen sollte, doch nahm sie einen ersten Anlauf und erkundigte sich nach ihrer Meinung über eine Heirat zwischen Personen von völlig unterschiedlicher sozialer Herkunft. Nun war

Clementina für ihre Zeit radikal eingestellt, eine Reformerin, die bitter darüber klagte, dass die einen so reich und die anderen so arm waren. Doch es ist eine Sache, eine Ansicht zu haben, und eine andere, sie auch unter Beweis zu stellen. Man kann alle Menschen für gleich erklären, aber es ist etwas anderes, dem Mädchen, das einen um Rat bittet, zu sagen, es stehe ihr völlig frei, einen – nun beispielsweise Reitknecht zum Mann zu nehmen. Als Florimel die allgemeine Frage stellte, da hätte Clementina wohl zögern können, und sie zögerte auch, doch vergeblich versuchte sie sich einzureden, dass nur um ihrer jungen, unerfahrenen Freundin willen Überlegen nötig sei. Hätte Florimel offen mit ihr gesprochen und ihr erzählt, welche Art von Mann sie im Sinn hatte – sie hatte nur erwähnt, er sei ein Gentleman, ein Mann von Geist, Edelmut und einer weit höheren Bildung als alle Männer, die sie kannte –, dann wäre Clementinas Entscheidung in jedem Fall zu seinen Gunsten ausgefallen. Da jedoch Florimel die Frage so stellte, wie konnte Clementina da etwas anderes denken, als dass sie sich auf Malcolm bezog. Eine seltsame Verwirrung der Gefühle entstand in ihr. Ihre Gedanken wirbelten durcheinander wie vage Gestalten von Ungeheuern in einem geistigen Chaos, und darunter gab es einen, den sie nicht identifizieren konnte. Es war ihr unmöglich, eine direkte Antwort zu geben. Deshalb lehnte sie jegliche Antwort überhaupt ab und sagte, sie sei darauf nicht vorbereitet. Man müsse das sorgfältig durchdenken, keine zwei Fälle seien gleich.

Nach dem Tee zog sie sich in ihr Zimmer zurück, schloss die Türe ab und begann nachzudenken – ein Vorgang, der selten einfach ist, wenn er etwas taugen soll, doch in diesem Falle ganz besondere Schwierigkeiten bot, da Clementina nicht daran gewöhnt war und selbst den Gegenstand ihrer Überlegungen bildete.

Lady Clementinas Versuch fiel so ehrlich aus, wie sie

wagen konnte. Ihre Überlegungen bewegten sich etwa in der Richtung: „Wie könnte ich einem jungen Geschöpf wie ihr bei all ihren Gaben und Privilegien den Rat geben, einen Reitknecht zu heiraten? Ja, ich weiß, dass er völlig anders ist als alle Reitknechte, die je hinter einer Dame hergeritten sind. Aber versteht sie ihn überhaupt? Ist sie fähig, so viel Rücksicht für ihn aufzubringen, dass auch nur eine Woche engerer Vertrautheit überdauert würde? In ihrem Alter weiß sie unmöglich, was sie tut, wenn sie einen solchen Schritt wagt. Und wie könnte ich ihr raten, etwas zu tun, wozu ich selbst nicht in der Lage wäre? Und schließlich – liebt sie ihn denn überhaupt?"

Sie erhob sich und ging im Zimmer auf und ab, dann warf sie sich auf die Couch und vergrub ihr Gesicht im Kissen. Schließlich stand sie wieder auf, ging hin und her, diesmal in rascherem Tempo. Ihre Gedanken mögen sich ungefähr so entwickelt haben: „Wenn das stimmt, was er sagt, dann eröffnet sich hierdurch ein anderes, höheres Leben. Was ist das für ein Mann, und dabei noch so jung!

Hat er mich nicht von meiner eigenen Schwäche und Torheit überzeugt und dazu gebracht, dass ich mich vor mir selber schäme? Was können Mann oder Frau Besseres füreinander tun, als dem anderen die Gelegenheit zu geben, etwas zu werden, wovon sie nur den Schatten einer Ahnung haben? Er ist ein Gentleman – jeder Zoll! Man muss ihn nur reden hören! Schotte, gewiss, und ein ganz kleines bisschen langweilig – ein böser Fehler in seinem Alter! Aber man muss ihn einmal reiten und schwimmen sehen! Schwimmen – um einen Vogel zu retten! Aber er ist auch hart – bestenfalls streng! Alle religiösen Menschen sind streng! Sie halten sich selber für sicher und meinen deshalb, sie könnten zu anderen hart sein! Er würde seiner Frau das Gleiche verabreichen wie seiner Stute, wenn er meint, sie brauche es. Und ob ich

Frauen kennengelernt habe, die es brauchen könnten! Ich bin eine Närrin, ein weichherziger Idiot! Er sagte mir, ich würde einem Säugling eine brennende Kerze in die Hand drücken, wenn er danach schreit. Oder hat er das nicht gesagt? Ich glaube, er hat nichts dergleichen geäußert, aber gedacht hat er es."

Mitten im Zimmer blieb sie stehen. Eine Minute stand sie da ohne einen bestimmten Gedanken. Dann setzte sie ihre Überlegungen fort: „Florimel liebt ihn also wirklich und will Hilfe, um zu entscheiden, ob sie ihn heiraten soll oder nicht. Armes, schwaches Ding! Aber wenn ich ihn lieben würde, ich würde ihn heiraten. Wirklich? Vielleicht ist es gut, dass ich mich nicht in ihn verliebt habe. Aber sie! Er ist zehnmal zu gut für sie! Aber ich bin ihre Beraterin und nicht seine. Und was könnte ihr Besseres passieren, als einen solchen Mann zum Gatten zu haben anstelle des verabscheuungswürdigen Liftore mit seinem großartigen Grafentum und seiner hochgereckten Nase? Aber dieser Reitknecht ist ein Mann, durch und durch, großartig in jeder Faser wie der große Gott, der ihn geschaffen hat. Ja, es muss ein großer Gott sein, der einen solchen Menschen geschaffen hat – das heißt, wenn er inwendig der Gleiche ist, als der er erscheint. Aber bin ich verpflichtet, ihr einen Rat zu geben? Sicherlich nicht, ich kann mich auch weigern, und zwar ganz zu Recht. Eine Frau, die auf einen Ratschlag hin heiratet und nicht aus einer tiefen Liebe, die irrt sich. Ich brauche nichts zu sagen. Ich sage ihr einfach, sie solle ihr eigenes Herz und Gewissen befragen und ihnen folgen. Aber – du meine Güte! Bin ich drauf und dran, mich in den Burschen zu verlieben – diesen Stallburschen, der vorgibt, seinen Schöpfer zu kennen? Gewiss nicht! Ich hege nichts dergleichen in meinen Gedanken. Wie sollte ich auch wissen, was es heißt, sich zu verlieben? Nie im Leben habe ich geliebt und will es auch nicht. Wäre ich so töricht, mich in irgendeiner Gefahr zu wähnen, wäre ich dann eine solche Närrin, mich darin zu verfangen? Ich glaube, ganz bestimmt nicht!"

An diesem Punkt ihrer Gedanken legte sie eine Pause ein. Dann nahm sie ihren Marsch durch das Zimmer wieder auf mit rascheren Schritten. „Ich will das einfach nicht!", rief sie laut und hielt inne, erschreckt von ihrer eigenen Stimme. Doch in ihrer Seele verschafften sich ihre Gedanken laut ihren Raum! „Es kann keinen Gott geben, sonst würde er nicht die von ihm geschaffenen Frauen in Dinge zwingen, die sie nicht gewählt haben. Wenn ein Gott sie geschaffen hätte, dann würde er sie zu Herrscherinnen über sich selbst gemacht haben. Ein Sklave meines Inneren zu sein – Gedanken und Gefühle, die ich ablehne, und über die ich doch die Kontrolle haben sollte! Ich will das nicht in mir haben, und doch kann ich's nicht vertreiben! Ich werde es vertreiben, denn das bin nicht ich. Aber es will sich nicht vertreiben lassen!"

Wieder warf sie sich auf die Couch, nur um sofort aufzuspringen und weiter den Raum zu durchqueren! „Unsinn! Es ist nicht Liebe. Aber niemand kann verhindern, über jemand nachzudenken, mit dem man sich so lange beschäftigt hat – jemand, der einen auch zum Denken bewegt. O, ich glaube, darin liegt das ganze Geheimnis begraben! Das ist der Hauptgrund für meine Unruhe, und nichts anderes! Ich darf kein Dummkopf sein und mich der Gefahr aussetzen, vor allem, weil er vielleicht, nach allem, was ich sagen kann, in dieses närrische Kind verliebt ist. Die Menschen, so heißt es, mögen Menschen, die so ganz anders sind als sie selbst. Ich bin sicher, dass er mich dann mögen könnte! Sie scheint ihn zu lieben! Aber ich weiß, dass sie ihn gewiss nicht sehr liebt, das ist einfach nicht ihre Art."

An diesem Abend hielt sie sich von Florimel fern. Es

war Teil ihrer Absprache, dass beide völlige Freiheit haben sollten. In der Nacht schlief sie nur wenig, fuhr hoch, sobald sie eingeschlummert war, fühlte sich ziemlich gedemütigt, als der Morgen graute. Beim Frühstück wies ihr Gesicht Spuren ihres Kummers auf, doch Kopfschmerz – der tatsächlich vorhanden war – gab ausreichende Antwort auf die nicht sonderlich mitfühlende Frage Florimels. Zum Glück nahte sich der Tag ihrer Abreise. Sie musste der Einwirkung ein Ende setzen, die, wie sie zugeben musste, gefährlich zu werden begann. Hinsichtlich ihrer eigenen Gefühle hatte sie so viel mit Sicherheit herausgefunden, dass ihr Kopf heiß und ihr Herz kalt wurde bei dem Gedanken, der junge Mann könne mehr zu seiner Herrin gehören, die ihn nicht verstand, als zu ihr, die ihn zu verstehen glaubte, und man brauchte keine besondere Erfahrung in Liebesdingen, um zu sehen, dass es höchste Zeit war, vor sich selbst auf der Hut zu sein.

17. Die Bilder

Am nächsten Tag sollte die letzte Lesung stattfinden. An diesem Morgen mussten sie die Geschichte zu Ende bringen und am nächsten nach Hause aufbrechen. Die Rückreise sollte in gleicher Weise vonstatten gehen wie die Reise hierher.

„Viele vertreten die Ansicht, dass er in eine Gemeinde der Böhmischen Brüder eingetreten ist, denn er hat vorher beträchtliche Summen erlangt ...“, las Malcolm und hielt mit halbgeschlossenem Buch inne.

„Ist das alles?“, fragte Florimel.

„Nicht ganz, Mylady“, antwortete er. „Viel kommt nicht mehr, aber ich dachte eben, wir hätten hier etwas zum Nachdenken – so eine Art von Fenster, durch das wir einen Blick in den Geist des Verfassers tun können.“

„Und Ihr denkt, Ihr könntet ihn finden?“, fragte Clementina trocken.

„Ich glaube, er ist da gleich um die Ecke. Eines kann man sicher sagen – er glaubt an Gott.“

„Wie kommt Ihr darauf?“

„Weil der Verfasser seinen edelmütigen Helden – den er gewiss nicht in Unehre bringen wollte – zu den Böhmischen Brüdern gehen lässt. Ich schließe daraus, dass nach seinem Urteil Edelmut zur Religion hinführt und dass er es für natürlich hält, wenn ein edler Geist dort Trost in seinem tiefsten Kummer sucht.“

„Nun, das kann sein. Aber was ist Religion ohne Beständigkeit in der Tat?“, wollte Clementina wissen.

„Nichts“, antwortete Malcolm.

„Wie könnt Ihr dann, da Ihr doch zu glauben behauptet, solche Gefühle des Zorns nähren, wie Ihr sie nach eigenem Bekenntnis manchmal habt?“

„Ich nähre diese Gefühle nicht, Mylady. Aber es gelingt mir besser, den Hass zu vermeiden, als Verachtung zu unterdrücken, die vielleicht das Schlimmere von beiden ist."

Hier verstummte er, denn es bot sich eine Gelegenheit, die nicht so leicht wiederkehrte. Er könnte vor beiden Damen das sagen, was er vor einer allein nicht ausdrücken konnte. Wenn er nur Florimels Zorn erregen könnte! Clementinas Blick blieb auf ihm ruhen. Endlich sprach er: „Ich will versuchen, zwei Bilder in Ihrem Geist zu entwerfen, Mylady, wenn Sie mir beim Ausmalen helfen wollen: Eine lange Meeresküste, Mylady, eine stürmische Nacht. Am Rande der See zieht sich eine lange Sandbank oder Düne hin. Auf ihr steht mit bloßem Haupt, das dünne Kattunkleid vom Wind beinahe zerfetzt, eine junge Frau, abgehärmt und blass, einen alten, ausgeblichenen Tartanschal fest um die Schultern geschlungen, in dem auf ihrem Arm die Gestalt eines Babies zu sehen ist."

„O, ihr macht die Kälte nichts aus", sagte Florimel. „Als ich dort war, habe ich kein bisschen drauf geachtet."

„Sie achtet nicht auf Kälte", antwortete Malcolm, „weil sie dafür viel zu elend ist."

„Aber sie hat doch nicht das Recht, das Kind in einer solchen Nacht nach draußen zu nehmen", fuhr Florimel gedankenlos kritisch fort. „Ihr hättet sie neben dem Herdfeuer zeichnen sollen. Sie haben alle Herdfeuer, neben denen sie sitzen. Ich hab das oft und oft durch die Fenster gesehen."

„Die Scham hat sie von dort vertrieben", sagte Malcolm, „und so war sie da."

„Wollt Ihr sagen, dass Ihr sie selbst dort umherwandern saht?", fragte Clementina.

„Wohl zwanzigmal, Mylady."

Clementina schwieg.

„Nun, was kommt als Nächstes?“, drängte Florimel.

„Als Nächstes tritt ein junger Gentleman auf – doch dies ist ein Bild in einem anderen Rahmen, aber in derselben Nacht – ein junger Gentleman in Abendkleidung, der seinen Wein in behaglicher Wärme schlürft, in jener angenehmen Stimmung, die einem ausgezeichneten Mahl folgt. Sein Gesicht strahlt vor Zufriedenheit, da er sich über etwas gebrüstet hat, oder dank des stillen Vergnügens von ein oder zwei Komplimenten, die er aus dem Ärmel geschüttelt hat, während er sich zu den Damen im Salon gesellt.“

„Niemand kann solche Unterschiede verhindern“, warf Florimel ein. „Wenn niemand reich wäre, wie sollte man dann etwas für die Armen tun? Es ist nicht Schuld des jungen Gentleman, dass er in besseren Verhältnissen geboren wurde und mehr Geld hat als das arme Mädchen.“

„Nein, aber wie sieht es dann aus, wenn das arme Mädchen von morgens bis abends das Kind des jungen Gentleman mit herumtragen muss?“

„Nun, ich nehme an, dass sie dafür bezahlt wird“, sagte Florimel, deren Unschuld wohl durch eine aus ihrer Leichtfertigkeit geborene Dummheit ergänzt wurde.

„Seien Sie still, Florimel“, sagte Clementina, „Sie wissen nicht, wovon Sie reden.“

Ihr Gesicht glänzte, und ein Blick auf Florimel ließ es erglühen. Sie erhob sich ohne ein Wort, doch mit einem Blick, in dem sich Verwirrung und Gekränktsein mischten, und ging fort. Clementina legte ihre Arbeit zusammen. Ehe sie jedoch Florimel folgte, wandte sie sich zu Malcolm um, sah ihn ruhig an und sprach: „Niemand kann Euch schelten, wenn Ihr auf einen solchen Mann zornig seid – ja ihn hasst.“

„Gewiss, Mylady, doch ein anderer würde es – der Einzige, dessen Lob oder Tadel uns mehr wert sein sollte als ein Strohhalm, nach dem wir greifen. Er sagt uns, dass wir weder verurteilen noch hassen sollen. Aber –“

„Ich kann nicht bleiben und mit Euch reden“, sagte Clementina. „Ihr müsst mir verzeihen, aber ich muss Eurer Herrin nacheilen.“

Im nächsten Augenblick hätte er ihr alles erzählt in der Hoffnung, dass sie Florimel warnen würde. Doch nun war sie gegangen.

Florimel war über Malcolm gekränkt. Er hatte ihr Vertrauen in ihn enttäuscht. Aber Clementina war nicht nur älter als Florimel, sondern hatte bei ihren gutherzigen Bemühungen manche erbarmungswürdige Geschichte vernommen, und war nur traurig über die Geschichte und nicht schockiert über den Erzähler. Tatsächlich erfreute Malcolms Methode, sie mit den Grundlagen des Gefühls vertraut zu machen, das sie herausgefordert hatte, nicht nur ihr Herz und ihren Sinn für das Schickliche. Da sie nun als Streiterin für die Frauen einen Mann fand, der ihre Partei ergriff, war sie bereit, ihm die Dankbarkeit des weiblichen Geschlechts entgegenzubringen. „Welch ein ungeschliffener Diamant liegt da zutage!“, dachte sie. „Was könnte selbst der Anspruchsvollste an seinen Manieren aussetzen? Gewiss, er spricht wie ein Diener. Aber wo blieben seine Manieren, wenn er das nicht täte? In seiner Denkweise ist er nicht im Geringsten servil. Er ist wie eine große Perle, die rein aus dem Meer heraufgeholt wird – gewiss in seltsamen Umständen aufgewachsen, aber rein wie das Licht des Mondes. Und wenn ein Mann in einer solchen Umwelt zu einem so großartigen Menschen herangewachsen war, was könnte er nicht erst werden bei solchen Privilegien wie –“

Gute Clementina, was dachte sie sich? Bildete sie sich ein, dass die Gaben, die sie ihm zu geben vermochte, mehr tun konnten als das große Meer mit seinen Stürmen, der Besiegung seiner Winde und Unwetter, mehr als sein eigenes Wirken der Liebe und den Trieben über Leidenschaft und Stolz?

Nicht einen Augenblick stellte sie sich vor, dass er sie liebe. Vielleicht bewunderte sie ihn viel zu sehr, als dass sie ihm eine solch unerträgliche und unverschämte Annahme unterstellt hätte, wie dies ihrem eigenen untergeordneten Ich erschien. In einem Punkt war sie sicher, nämlich dass ihr Verhalten ihm gegenüber ihn da halten würde, wo er war, und ihm nicht den geringsten Vorwand bot, auch nur einen Schritt näherzutreten. Bald würden sie ja wieder in London sein, wo sie ihn nicht oder kaum mehr sehen würde. Würde sie aber je aufhören, Gott zu danken – das heißt, falls sie ihn je fände, dass er ihr in diesem Raum vor Augen geführt hatte, was er aus einem Menschen machen konnte. Von Herzen wünschte sie, einen oder zwei Edelleute wie ihn zu kennen. In der Zwischenzeit wollte sie den Ritt zurück nach London in aller Vorsicht von Herzen genießen, und danach würde alles wieder so sein wie zuvor.

Der Morgen kam, und als sie das Frühstück beendet hatten, wurden alle Pferde außer Kelpie vorgeführt. Die Damen stiegen auf. Was für ein herrlicher Tag, um das Land zu verlassen und nach London zurückzukehren! Der Sonnenschein fiel hell auf die dunklen Kiefernwälder, die Vögel sangen hell und unter den Bäumen entrollten sich die Farne in dem Mysterium immer wiederkehrenden Lebens.

Sie ritten ohne Malcolm los, denn er musste immer erst seiner Herrin aufs Pferd helfen und dann zum Stall zurückkehren, um Kelpie zu holen. Im nächsten Augenblick waren sie im Wald und ritten durch die Schatten. Es war, als schwämmen die Pferde durch eine See der Schatten. Dann gelangten sie an einen kleinen Wasserlauf, in dem die Pferde herumspritzten wie übermütige Kinder. Eine halbe Meile weiter lag eine Sägemühle mit einem moosüberwachsenen Wasserrad; der Teich dahinter glitzerte im Spiel von Sonne und Schatten. Dunkel strömte ein Rinnsal durch einen braunen Trog und die Luft war erfüllt von dem süßen Geruch frisch geschnittenen Holzes. Nicht ein einziges Mal blickte Clementina zurück; sie wusste nicht, ob Malcolm sie schon eingeholt hatte oder nicht. Auf einmal füllte sich der Raum neben ihr mit der prallen Vitalität Kelpies und Malcolms Stimme tönte in ihren Ohren. Sie wandte den Kopf. Er sah sehr feierlich aus. „Darf ich Ihnen sagen, Mylady, an was mich das immer erinnert?"

„Was speziell meint Ihr?", fragte Clementina kühl.

„Den Geruch von frisch gesägtem Holz, der die Luft erfüllt, Mylady."

Sie nickte zustimmend mit dem Kopf.

„Ich muss an Jesus in der Werkstatt seines Vaters denken", sagte Malcolm – „wie er den gleichen süßen Geruch der Bäume dieser Welt gerochen haben muss, die für den Gebrauch der Menschen gefällt wurden. Ich finde das so beglückend. O, Mylady, zu denken, dass wir auf der Welt sind, so wie er auf der Welt war, das macht die Erde so heilig und so lieblich. Denken Sie nur, Mylady! Wenn Gott so sehr mit uns eins wird, dass es ihm nicht fremd war, sein Volk auf diese Weise zu besuchen, dann ist er so sehr unser Vater, dass er sich bis zum Tode darum sorgt, dass wir ihn verstehen und lieben!"

Er nahm Kelpie zurück, und als Clementina vorbeiritt, nahm er in ihren Augen einen Schimmer von Bewegung wahr. Er fiel zurück und kam ihr den ganzen Tag nicht mehr näher.

Florimel erkundigte sich, was er gesagt habe, und sie zwang sich, einen Teil davon zu wiederholen.

„Er sagt immer so seltsame, ausgefallene Sachen", bemerkte Florimel. „Ich hielt ihn wie Sie für ein wenig abwesend, doch ich fand bald heraus, dass ich mich irrte. Ich wünschte, Sie hätten die Geschichte hören können, die er eines Tages meinem Vater und mir erzählte. Es war so ziemlich das Wildeste, was Sie je gehört haben. Bis heute bin ich mir nicht im Klaren darüber, ob er sie selbst glaubte oder nicht. Er erzählte ganz so, als glaube er sie wirklich."

„Könnten Sie ihn nicht dazu bringen, sie während unseres Rittes noch einmal zu erzählen? Es würde den Weg verkürzen."

„Wollen Sie denn den Weg verkürzen? Ich nicht. Aber es wäre auch nicht sinnvoll, sie hier zu hören. Man muss sie so erzählt bekommen wie ich seinerzeit. Sie müssen unbedingt im Herbst kommen und mich in Lossie House besuchen, und dann soll er Ihnen die Geschichte berichten. Außerdem sollte sie auf Schottisch erzählt werden, und dort würden Sie schnell so viel lernen, dass Sie es verstehen. Die Sprache macht den halben Zauber aus."

Obwohl Malcolm an diesem Tag nicht mehr in die Nähe von Clementina kam, beobachtete er doch jede ihrer Bewegungen beim Reiten. Die geschmeidige, anmutige Linie von Rücken und Schultern, die noble Haltung ihres Kopfes und die leichten, doch entschiedenen Bewegungen ihrer Arme waren seinem Auge und Sinn stets gegenwärtig – im Glanz des Sonnenlichtes, im Schatten der Wälder, vor dem Grün einer Wiese, gegen das Himmelsblau und im schwachen Licht des Mondes.

Tag um Tag glitt dahin. Sanft und lieblich wie ein Traum dämmerte der Morgen, Mittag floss vorüber und der Abend nahte. Durch all dies hindurch, Tagtraum und nächtliche Stille, leuchtete vor ihm Clementinas Gestalt, und jede Bewegung bereitete ihm Entzücken. Nach dieser Gestalt hätte er zufrieden sein können – und wie zufrieden – fort und fort zu reiten. Gelegentlich rief ihn seine Herrin zu sich, dann konnte er einen Blick auf die Tagseite dieser wunderbaren Welt werfen, der er gefolgt war. Kaum dachte er daran, dass er ihr mehr Gedanken widmete als ihrer Umgebung; dass er der Mittelpunkt ihrer Gedanken war, das ahnte er nicht einmal schattenhaft. Wie hätte er sich auch vorstellen können, dass eine Dame wie sie eine Zuneigung fasste zu jemand, der selbst in seinen eigenen Augen – trotz seines Marquisats – nichts anderes war als ein grobschlächtiger junger Fischer, der eben erst lernte, wie man sich benahm! Nicht einmal der Hauch eines Gedankens, er könne sich in sie verlieben, streifte seinen Sinn, und das, obwohl ihr Wesen sein Interesse ständig beschäftigte. Seine Gedanken bewegten sich hauptsächlich darum, wie großartig es wäre, eine Frau wie Clementina zu den höheren Regionen zu erheben, welche die Erkenntnis Gottes ihr vermitteln könnte. Die ganze Reise über dachte Malcolm nach, wie er die bezaubernde Dame dazu bringen könnte, sich die Frage zu stellen, ob sie einen Vater im Himmel habe oder nicht.

Am zweiten Tag der Reise ritt er zu seiner Herrin heran und erzählte ihr, dass Mr. Graham nun in London predige und dass er für seine Person nie zuvor etwas gehört habe, was man mit mehr Berechtigung als Predigt bezeichnen könne. Dabei achtete er sorgfältig darauf, dass Lady Clementina dies auch mithören konnte. Florimel zeigte kein besonderes Interesse, sondern erkundigte sich nur nach seinem Wirkungsort; Malcolm glaubte jedoch zu bemerken, dass Lady Clementina sich im Geist eine Notiz machte.

Bei sich dachte er: „Wenn sie nur diesem Mann und der Kraft seines Glaubens eine Chance geben würde, auf sie einzuwirken."

Die beiden Damen unterhielten sich über vielerlei, doch Florimel war bei keinem Thema mit dem richtigen Ernst dabei. Außerdem konnten Clementinas Gedanken nicht auf Florimel überspringen und Teil ihres eigenen Denkens werden. Dazu müssten sich ihre Herzen und ihr Wesen erst näherkommen.

Florimel den Rat zu geben, sie solle den gesellschaftlichen Rang nicht achten und den Mann heiraten, den sie liebte, das war, als wolle man einem Kind raten, den Kuchen wegzugeben, nach dem es in dem Augenblick weinen würde, wenn es sich von ihm getrennt hatte! Doch war in ihrem Gefühl für Malcolm etwas, was sie in Florimels Gegenwart mit Zweifel erfüllte.

Zwischen den beiden Reitknechten geschah nur wenig. Der bescheidenste Ausdruck von Griffiths Verachtung gegenüber Malcolm bestand in Schweigen, der ausfallendste in seinem Gesichtsausdruck. Er konnte nicht die einfachste Frage ohne Spott beantworten. Malcolm hielt sich deshalb meist hinten. Geriet er zufällig vor seinen Kollegen, dann änderte Griffith sofort die Richtung und schob sich zwischen ihn und die beiden Damen. Sein Blick schien sagen zu wollen, er müsse sie beschützen.

18. Die Rückkehr

Der letzte Teil der Reise gestaltete sich durch einsetzenden Regen wenig angenehm. Doch es war nicht kalt und die Damen achteten nicht sonderlich auf das Wetter. Mit Clementinas Stimmung stand es im Einklang, und Florimel war so guter Stimmung – abgesehen von der Aussicht, wieder mit Caley zusammen zu sein –, dass sie über das Wetter nur gespottet hätte. Malcolm war fröhlich, und nur Griffith zeigte sich in trüber Laune. Er war müde, und der Gedanke an die Arbeit, die vor dem Nachhausekommen noch zu tun war, gefiel ihm keineswegs. Sie ritten in London ein bei einem von Regen durchsetzten, rauchgeschwängerten Nebel. Florimel übernachtete bei Lady Clementina, und Malcolm überbrachte eine Mitteilung von ihr an Lady Bellair. Nachdem er Kelpie versorgt hatte, suchte er seine Unterkunft auf.

Als er den Trödelladen betrat, empfing ihn die Frau mit offenkundiger Überraschung, und als er zur Treppe gehen wollte, hielt sie ihn an mit der unerfreulichen Nachricht, dass sie sein Zimmer an eine alte Dame vom Land vermietet habe, nachdem die von ihm im voraus bezahlte Woche abgelaufen war und er nicht zurückkehrte und ihr auch keine Nachricht zukommen ließ.

„Das macht mir nicht viel aus", sagte Malcolm, „ich bedaure nur, dass Sie mir nicht ein kleines bisschen Vertrauen entgegenbringen konnten."

„Nun, junger Mann, Leute, die in London leben, müssen sich selbst um sich kümmern und nicht warten, dass andere das tun. Ich habe Ihre Sachen zusammengelegt, und je eher Sie einen Platz dafür finden, desto besser."

Zehn Minuten später hatte er seine Siebensachen in seinen Sack und einen Karton zusammengepackt. Auf dem Rückweg durchs Haus kam er wieder in den Laden und bat die Frau, ob er die Sachen dort lassen könne, bis er eine neue Unterkunft gefunden habe.

Die Frau schwieg einen Augenblick und meinte dann: „Ich möchte sie lieber nicht mehr sehen. Sicher finden Sie viele, die Sie aufnehmen. Nein, ich kann das nicht machen. Nehmen Sie Ihre Sachen mit."

Malcolm wandte sich um und trat mit dem Sack in der einen und dem Karton unter dem anderen Arm in die trübselige Nacht hinaus. Da stand er nun im Nieselregen und überlegte einen Augenblick, dass er sein Zeug vielleicht bei Merton lassen könnte, während er auf Logissuche ging.

Merton war ein anständiger, ordentlicher Mensch, und Malcolm fand bei ihm so viel Mitgefühl, wie die Situation erforderte. „Das ist keine Nacht", meinte er, „um herumzugehen und nach einem Bett zu suchen. Ich werde mal mit meiner Frau sprechen."

Er wohnte über dem Stall, sodass sie nur die Treppe hinaufzugehen brauchten. Mrs. Merton saß am Feuer, vor dem eine Wiege mit einem Säugling stand. Auf der anderen Seite saß Caley, die ihre Erregung beim Eintritt der beiden Männer unterdrückte, denn hier zeigte sich, worauf sie wartete, nämlich die ersten Früchte bestimmter Abmachungen zwischen ihr und Mrs. Catanach. Sie grüßte Malcolm sehr distanziert, aber nicht verächtlich. „Ich wusste nicht, dass Sie bei Mrs. Merton hausen, MacPhail", sagte sie mit einem Blick auf sein Gepäck, das er abgestellt hatte.

„Du liebe Zeit, Miss!", rief die Frau. „Wo sollten wir ihn denn unterbringen?"

„Du wirst nachschauen müssen, Mutter", sagte Merton. „Sicher hast du irgendwo für ihn Platz und eine Strohliege dazu. Irgendwie wirst du das schon hinkriegen, da bin ich sicher." Damit berichtete er von Malcolms Zustand.

„Nun, ich glaube, dass wir das schaffen", erwiderte seine Frau. „Aber ich fürchte, sehr bequem können wir's ihm nicht machen."

„Ich weiß nicht, aber ich glaube, wir könnten ihn vielleicht drüben im Haus unterbringen", sagte Caley nachdenklich. „Im Dachgeschoss ist ein kleines leeres Zimmer, das weiß ich. Es ist nicht viel größer als ein Schrank, aber für eine Nacht oder zwei mag es gehen, bis er was Besseres gefunden hat. Ich werde rüberlaufen und sehen, was die dazu meinen."

Malcolm wunderte sich über ihre veränderte Haltung, zögerte aber nicht. Selbst die winzigste Gelegenheit, im Haus selbst wohnhaft zu werden, durfte nicht verworfen werden. Er bedankte sich herzlich. Sie erhob sich und ging, und sie setzten sich und redeten bis zu ihrer Rückkehr. Sie sei aufgehalten worden, sagte sie, die Haushälterin, diese „übellaunige alte Wachtel" habe sich geweigert, jemand aus den Ställen im Haus aufzunehmen.

„Ich bin sicher", fuhr sie fort, „dass nicht der geringste Grund vorliegt, warum Sie das Zimmer nicht haben sollten. Niemand sonst will es haben und wird es auch in absehbarer Zeit nicht wollen. Aber nun ist alles in Ordnung, und wenn Sie in einer Stunde rüberkommen, ist es hergerichtet. Eins von den Küchenmädchen – ich habe den Namen vergessen – hat sich erboten, es für Sie sauber zu machen. Aber passen Sie auf, ich warne Sie. Sie bewundert Sie sehr, MacPhail."

Damit ging sie, und zur vereinbarten Zeit folgte Malcolm ihr. Die Türe wurde ihm von einem der Mädchen geöffnet, das er vom Sehen kannte. Sie führte ihn in jenen Teil des Hauses, den er am liebsten mochte – unters Dach. Der Raum war wirklich nicht viel größer als ein Einbauschrank in der Dachschräge mit einem einzigen Giebelfenster. Doch gleich außerhalb neben der Türe war ein Sturmfenster, von dem aus er einen Blick auf den Hof vor den Ställen werfen konnte. Der Platz roch unangenehm nach Mäusen, war aber in anderer Hinsicht sauber, und seine Erziehung hatte ihn nicht gerade zur Üppigkeit verleitet.

Am Morgen wachte er nach seiner Gewohnheit zeitig auf, sprang aus dem Bett, zog sich an und ging leise die Treppe hinab. Im Haushalt rührte sich noch nichts. Er hatte eben begonnen, die letzte Treppe zurückzulegen, als er sich plötzlich entsetzlich krank fühlte, sodass er sich niedersetzen und an der Balustrade festhalten musste. Nach einigen Minuten hatte er sich so weit erholt, dass er zum Stall eilen konnte, wo Kelpie nun nach ihrem Frühstück verlangte.

Malcolm hatte nie zuvor in seinem Leben eine solche Übelkeit empfunden, die ihm entsetzlich erschien. Er zitterte am ganzen Körper. Eben als er den Stall erreichte und die Pferde mit Hufen und Zähnen herumlärmen hörte, wie sie das zu tun pflegten, wenn sie sich vernachlässigt fühlten, überkam ihn die Übelkeit von Neuem, verbunden mit einer solchen Angst vor dem Tier, das er von drinnen gegen die Türe donnern hörte, dass er von tiefem Entsetzen erfüllt wurde. Sie war ein menschenfressendes Ungeheuer, das nach seinem Stallknecht schrie, um ihn zu verschlingen! Mit qualvoller Anstrengung sammelte er die letzten Kräfte zusammen: „Wie kann ich nur im Angesicht einer solchen Kreatur zittern? Verlangt Gott von mir nicht, nach meinem Wissen zu handeln und nicht nach zufälligen Gefühlen? Nun, Gott ist meine Stärke, und ich werde meine Stärke einsetzen – Kelpie, hier bin ich!“

Damit ließ die Schwäche so weit nach, dass er die Stalltüre öffnen konnte. Als er erst einmal bei der Ursache seines Entsetzens war, erhob sich sein Wille und meisterte seine zuckenden Nerven, die ihm wie Sklaven gehorchten. Malcolm begab sich zur Futtertruhe, stolperte zu Kelpie hin, fiel gegen ihre Flanken, nachdem sie mit den Hinterbeinen ausgeschlagen hatte und wieder zu Boden gekommen war. Doch schließlich war er bei ihr in der Box. Sie drehte sich begierig um, stürzte sich auf ihr Futter und war lammfromm, während er sie striegelte.

In der Zwischenzeit entwickelten sich die Dinge in Portlossie und Scaurnose zum Schlechteren. Ursache war der Verwalter. Manche sagten, er sei in der Tat unter den Einfluss des Teufels geraten. Andere meinten, er suche, mehr als gut sei, Rat bei seiner Flasche. Fast alle Fischer fanden ihn mürrisch, und gegen manche erging er sich in heftiger Wut. Diejenigen, die er für spezielle Freunde Malcolms hielt, schikanierte er mit ausgesuchter Grausamkeit. Seit Malcolms Abreise nach London war Mr. Crathies Bitterkeit ins Ungemessene gewachsen, nicht nur gegen Malcolm selbst, sondern auch gegen den blauen Peter wegen dessen Beteiligung an der Geschichte.

Die Kündigungsmitteilung zu Mittsommer verdüsterte das Schicksal von Joseph Mair und seiner Familie, und jeder Haushalt in den beiden Orten glaubte, ihre Aufnahme im eigenen Häuschen würde das gleiche Schicksal heraufbeschwören. Nur Meg Partan ließ sich nicht einschüchtern. Mochte der Verwalter noch so viel toben, falls der herzlose Spruch in die Tat umgesetzt werden sollte – was sie kaum glaubte –, dann würden die Mairs bei ihr Obdach finden. Damit blieben beiden Familien weitere drei Monate Zeit, um sich nach einer anderen Unterkunft umzuschauen. Einige Freunde des blauen Peter wagten einen Vorstoß beim Verwalter; sie wurden freundlich empfangen, bis sie auf den Zweck ihres Besuches zu sprechen kamen, dann loderte seine Wut von Neuem hoch.

Erst einen Tag vorher hatte er von Miss Horn erfahren, dass Malcolm noch immer in den Diensten der Marquise stand und ihr ständiger Diener beim Ausreiten war. Das brachte ihn fast um den Verstand. Schon seit einiger Zeit hatte er sich angewöhnt, nach dem Abendessen noch mehr von seinem Toddy zu trinken, was seine Laune sehr schnell untergrub. Die Schwierigkeiten der Fischer wurden noch verschärft durch einen schweren Sturm, der den Hafen der Seaton so mit Sand verfüllt hatte, dass das Hafenbecken nur noch bis zur Gezeitenmitte befahren werden konnte. Niemand hatte sich bisher darum gekümmert.

Doch inmitten seiner Sorgen um Florimel hatte Malcolm seine eigenen Leute nicht vergessen. Sobald er in London ein wenig Fuß gefasst hatte, schrieb er wegen eines Hafens in Scaurnose an Mr. Soutar und an Architekten und Bauunternehmer. Doch es traten Schwierigkeiten auf und die Sache kam nur langsam voran. Malcolm blieb jedoch beharrlich dabei, und aufgrund seiner Entschlossenheit, die Möglichkeiten gründlich zu prüfen, erschienen eines Morgens drei Männer am Fuß der Klippen auf der Westseite der Nose. Die Dorfkinder entdeckten sie und verbreiteten die Nachricht. Da die Männer alle in der Bucht draußen waren, verließen die Frauen ihre Hausarbeit und schauten nach, was die Fremden vorhatten. Da nichts zu erkennen war, wurden sie misstrauisch. Niemand erfuhr je, wem der Gedanke zuerst kam, doch die Stimmung war wegen der Ungerechtigkeit des Verwalters so ungesund geworden, dass sich schnell die Vorstellung breitmachte, die Männer seien von Mr. Crathie geschickt, und zwar zu einem Zweck, der bei der Behandlung, die Scaurnose stets erfahren hatte, seit es Fischer dort gab, auf der Hand lag. Welche Mieten mussten sie bezahlen! Und wie armselig waren die Behausungen, für die sie so viel hinzulegen hatten – und nicht einmal einen Meter Land, um Kartoffeln darauf anzubauen! Und um dem

Ganzen die Krone aufzusetzen, wollte der Verwalter sie nun alle zusammen aus dem Ort vertreiben – zuerst den blauen Peter, einen der besten und besonnensten Männer. Die Kündigung für seine Hütte war nur der Anfang einer großen Räumung.

Deshalb war es leicht einzusehen, was diese Schurken auf dem kostbaren Fels vorhatten, ihrem einzigen Freund und dem einzigen Schutz für den Hafen, da er den Wind aus Nordosten ein wenig abschirmte. Was konnten sie schon anderes vorhaben, als die Stellen zu markieren, wo die Löcher für den Sprengstoff gebohrt werden sollten, damit der Fels in die Luft flog und die Stürme ungehindert über Scaurnose hinwegfegen konnten. Man würde ja sehen, was ihre Männer und Väter dazu sagen würden, wenn sie nach Hause kamen! Inzwischen mussten sie selbst zusehen, was sie tun konnten. Was wären sie auch für Frauen, wenn sie nicht für ihre Männer handeln würden, wenn diese nicht da waren. Die Folge war ein Hagel von Steinen auf die nichtsahnenden Landvermesser, die auf der Stelle die Flucht ergriffen und Mr. Soutar in Duff Harbor über ihren Empfang berichteten. Er schrieb an Mr. Crathie, der bis dahin noch gar nichts von der ganzen Sache erfahren hatte. Die Mitteilung steigerte noch seine Unzufriedenheit mit seinen Vorgesetzten und seinen Zorn auf die, die er als seine aufrührerischen Untergebenen betrachtete.

19. Der Angriff

Malcolm war nicht imstande, etwas zum Frühstück zu essen, doch redete er sich ein, dass es ihm schon fast wieder so gut gehe wie immer, als er zu seiner Herrin ging, um sich ihre Anordnungen geben zu lassen. Florimel wollte an diesem Tag nicht ausreiten, und so sattelte er Kelpie und ritt nach Chelsea, um wieder einmal die Fortschritte auf dem Boot zu begutachten. Beim Stall von Mr. Lenorme läutete er, und der Gärtner ließ ihn ein, um die Stute unterzustellen. Als er sie anband, erzählte ihm der Mann, die Haushälterin habe von seinem Herrn gehört. Malcolm ging ins Haus, um Näheres zu erfahren, und hörte zu seiner Überraschung, falls Lenorme auf den Kontinent gereist sei, dann halte er sich nicht länger dort auf. Der Brief, der nur Anweisungen wegen einiger seiner Bilder enthielt, war in Newcastle datiert und trug den Poststempel von Durham von vor einer Woche. Malcolm erinnerte sich, dass Lenorme einmal von der Kathedrale von Durham gesprochen hatte. In der Hoffnung, er werde dort einige Zeit zubringen, bat er die Haushälterin um die Erlaubnis, ins Atelier zu gehen und ihrem Herrn schreiben zu dürfen. Als er den Raum betrat, machte er jedoch eine Beobachtung, die ihn zu einer Änderung seines Planes bewog. Er ließ den Brief, anstatt ihn wie beabsichtigt an den Postmeister in Durham zu schicken, auf einer Staffelei stehen. Er enthielt nur die ernste Bitte an Lenorme, über seine Reisen auf dem Laufenden gehalten zu werden, damit er sofort informiert werden könnte, falls sich etwas ereignete, was er wissen sollte.

An Bord der Jacht fand er alles in tadellosem Zustand, nur Davy war nicht anwesend. Travers erklärte, er habe ihn jeden Tag für einige Stunden an Land geschickt. Er sei ein heller Kopf, und je mehr er sehe, desto nützlicher werde er sein.

„Wann erwarten Sie ihn zurück?", fragte Malcolm.

„Um ein Uhr", antwortete Travers.

„Es ist gerade ein Uhr", meinte Malcolm.

Vom Chelsea-Ufer her ertönte ein schriller Pfiff.

„Da ist Davy auch schon", bemerkte Travers.

Malcolm bestieg das Beiboot und ruderte an Land.

„Davy", sagte er, „du brauchst nicht den ganzen Tag an Bord zu verbringen, aber du sollst nicht länger als eine Stunde auf einmal wegbleiben. Und hör bitte gut zu."

„Ay, ay, Sir", meinte Davy.

„Kennst du das Haus von Lady Lossie?"

„Nein, Sir, aber ich weiß, wie sie aussieht."

„Wie kommt das?"

„Ich habe sie zwei- oder dreimal gesehen, als sie mit Ihnen zu dem Haus da drüben geritten ist."

„Würdest du sie wiedererkennen?"

„Bestimmt, Sir."

„Das ist schon beachtlich, eine Dame über die Themse hinüber zu sehen und sie dann wiederzuerkennen."

„O, ich habe mein Fernglas benutzt", erwiderte Davy.

„Du bist deiner Sache also sicher?"

„Ganz gewiss, Sir."

„Dann komm mit mir, ich werde dir zeigen, wo sie wohnt. Ich werde nicht schneller reiten, als du laufen kannst. Aber gib gut Acht, dass es nicht so aussieht, als ob du zu mir gehörst."

„In Ordnung, Sir, aber jemand hat schon von mir Notiz genommen."

„Was meinst du damit?", fragte Malcolm.

„So ein mickriger kleiner Kerl ist mir mehrfach nachgeschlichen."

„Hast du irgendwas unternommen?"

„Zum Verprügeln war er nicht groß genug."

Als Malcolm sah, was der Junge leisten konnte, ließ er Kelpie in einen stetigen Trab fallen. Davy hielt mühelos Schritt. Mal schoss er vor, dann blieb er wieder zurück, gelegentlich hielt er an, um ein Schaufenster anzuschauen, dann warf er wieder einen Blick auf Ballspiele. Kein vorüberkommender Fußgänger konnte auf den Gedanken kommen, der Schiffsjunge gehöre zu dem Reiter. Nicht weit vom Portland Place hielt er und wies Davy an, sich die Nummer anzusehen, aber nicht auf das Haus zu starren.

Bisher hatte sich seine Krankheit noch nicht wieder bemerkbar gemacht, doch fühlte er sich zutiefst niedergeschlagen. Am Nachmittag hatte er am anderen Ende des Regent's Park etwas zu erledigen; er kehrte zu Fuß durch den Park zurück, in Gedanken versunken und nichts Böses ahnend, als er von hinten niedergeschlagen wurde und das Bewusstsein verlor. Als er wieder zu sich kam, lag er in einem nahegelegenen Gasthaus, mit verbundenem Kopf und einem Arzt an seiner Seite, der ihn fragte, ob er ausgeraubt worden sei. Er durchsuchte seine Taschen und stellte fest, dass seine alte Uhr fehlte, das Geld jedoch noch vorhanden war.

Einer der umherstehenden Männer erbot sich, ihn nach Hause zu bringen. Malcolm hatte eine vage Vorstellung, als habe er den Mann schon vorher gesehen; sein Aussehen gefiel ihm nicht, doch nahm er das Angebot an in der Hoffnung, irgendeine Spur zu finden. Sobald sie erneut in den verhältnismäßig einsamen Park gelangten, bat er seinen Gefährten, der den ganzen Weg über kaum ein Wort gesprochen hatte, ihm den Arm zu reichen. Er lehnte sich auf ihn, als sei er noch immer leidend, beobachtete den anderen jedoch sorgfältig.

Ungefähr in der Mitte des Parks, wo keine Menschenseele unterwegs war, spürte er, wie der Mann in seinen Manteltaschen herumzutasten begann und etwas daraus hervorzog. Doch als Malcolm seinen anderen Arm wegzog, folgte er mit der Faust nach, und der Mann stürzte zu Boden. Er leistete keinen Widerstand, als Malcolm einen kurzen bleigefüllten Stock und seine eigene Uhr sicherstellte, die er in der Westentasche gefunden hatte. Dann erhob sich der Mann anscheinend mit einiger Schwierigkeit, doch sobald er auf den Beinen war, rannte er davon wie der Blitz. Malcolm ließ ihn laufen, denn er fühlte sich außerstande, ihm zu folgen.

Sobald er zu Hause war, legte er sich für den Rest des Tages zu Bett, denn sein Kopf schmerzte heftig. Ehe er zu sich kam, hatte Malcolm einen Traum, der zwar reichlich verwirrend, aber zum Teil doch lebhafter war als alles, was er je geträumt hatte. Seine Umgebung war die gleiche, in der er sich augenblicklich befand, und er war krank, doch er hielt es für die Krankheit, die er eben erst gehabt hatte. Sein Kopf tat ihm weh, und er konnte es in keiner Stellung aushalten, was immer er versuchte. Plötzlich vernahm er einen Schritt, der sich der Türe näherte und den er besser kannte als jeden anderen. Die Türe ging auf und sein Großvater trat in großer Aufregung ein, ohne mit den Händen zu tasten, wie Blinde dies gewöhnlich tun, sondern in der Art eines Sehenden. Er ging direkt zum Waschtisch, nahm die Wasserflasche und schleuderte sie mit einem Blick, in dem sich Zorn und Entsetzen mischten, zu Boden. Im gleichen Augenblick wurde der Träumende von einem kalten Schauer durchrieselt und der Traum entschwand. Doch anstatt in seinem Bett zu erwachen, fand er sich mitten im Zimmer auf dem Boden stehend, mit nassen Füßen, die Flasche in Scherben um sich verstreut, während er den Flaschenhals in der Hand hielt. Er legte sich nieder, verfiel in ein Delirium und warf sich hin und her.

Es war Abend, und neben seinem Bett befand sich jemand. Er bemerkte das Glänzen schwarzer Augen und erkannte die junge Frau, die ihn in der Nacht seiner Rückkehr eingelassen und die er beim Kommen und Gehen ein- oder zweimal gesehen hatte. Es war das Küchenmädchen, das ihn insgeheim bewunderte. Sobald sie wahrnahm, dass er ihrer Gegenwart ansichtig wurde, fiel sie neben dem Bett auf die Knie nieder und brach in Tränen aus. Malcolm, dessen mitfühlende Natur durch Schwäche und Leiden noch empfindsamer war, legte ihr die Hand auf den Kopf und versuchte sie zu trösten.

„Mach dir keine Sorgen um mich“, sagte er, „ich werde schon bald wieder auf der Höhe sein.“

„Ich kann's nicht ertragen“, schluchzte sie, „ich kann's nicht ertragen, Euch so daliegen zu sehen, und alles ist meine Schuld.“

„Deine Schuld! Was soll das heißen?“, fragte Malcolm.

„Aber ich bin zum Doktor gegangen, auch wenn sie mich vielleicht deshalb hängen werden“, stieß sie unter Tränen hervor. „Miss Caley sagte, ich solle nicht, aber ich wollte gehen und tat es auch. Niemand kann sagen, dass ich's gewollt hätte – nicht wahr?“

„Ich verstehe dich nicht“, murmelte Malcolm schwach.

„Der Doktor sagt, jemand habe Euch vergiftet“, brachte das Mädchen mit einem Schrei hervor, in dem sich Schluchzen und Heulen mischten, „und er hat eine Menge durch Eure arme Gurgel hinuntergestopft.“ Wieder heulte sie in ihrer Qual laut auf.

„Nun, mach dir keine Sorgen. Wie du siehst, bin ich nicht tot, und von jetzt ab werde ich besser auf mich aufpassen.“

„O, Ihr werdet nicht mehr so freundlich zu mir sein, wenn Ihr alles wisst, Mr. MacPhail“, schluchzte das Mädchen. „Ich hab Euch doch das grässliche Zeug gegeben, und Gott weiß, dass ich Euch damit nicht mehr schaden wollte als Eure eigene Mutter.“

„Was hat dich dazu veranlasst?“

„Die Frau da, die Hexe, hat es mir gesagt. Sie sagt, wenn ich Euch das gebe, dann würdet Ihr – würdet Ihr –“

Sie begrub ihr Gesicht in der Bettdecke und erstickte so ein erneutes Schluchzen aus Pein und Scham.

„Und alles war gelogen – gelogen!“, fuhr sie fort und hob ihr Gesicht hoch, das sich mit Zornesröte überzog. „Denn ich weiß, dass Ihr mich nun mehr hassen werdet als vorher.“

„Armes Mädchen, ich habe dich nie gehasst“, sagte Malcolm.

„Nein, aber es war noch schlimmer, denn Ihr habt mich überhaupt nicht beachtet. Und nun werdet Ihr mich zutiefst hassen. Und der Doktor sagt, wenn Ihr sterbt, dann werde er alles untersuchen lassen, und Miss Caley schaut mich schon an, wie wenn sie mich verdächtigen würde, dass ich meine Hände dabei im Spiel habe. Sie werden keine Ruhe geben, bis ich dafür gehängt werde, und alles nur aus Liebe zu Euch.“

„Nun, du siehst, dass ich keineswegs vorhabe, jetzt zu sterben“, sagte er, „und wenn ich wieder auf den Beinen bin, werde ich dafür sorgen, dass die Schuld auf die richtige Person fällt. Wie hat denn diese Hexe ausgesehen? Setz dich da auf den Stuhl und erzähl mir von ihr.“

Mit einem Seufzer kam sie seiner Aufforderung nach und lieferte ihm eine Beschreibung, die keinen Zweifel aufkommen ließ. Er fragte nach ihrer Wohnung, doch das Mädchen hatte sie nie irgendwo anders als auf der Straße getroffen, wie sie sagte.

Er erkundigte sich äußerst vorsichtig nach Caleys Verhalten ihr gegenüber, denn er war überzeugt, dass sie in dieser Sache ihre Hand im Spiele hatte. Sie war stärker daran beteiligt, als selbst Mrs. Catanach wusste, denn sie hatte selbst mit eingegriffen – zum Glück für Malcolm. Die Hebamme hatte beabsichtigt, dass der Trank seine Wirkung langsam entfalten sollte, doch die Zofe hatte noch eine bestimmte Zutat beigemischt. Diese Kombination wirkte schneller, hatte aber anscheinend eine Gegenwirkung ausgelöst, die sich günstig für den Kampf seiner Lebenskraft auswirkte.

Doch nun war Malcolms Kraft erschöpft. Er erlitt einen Schwächeanfall und das Mädchen war vernünftig genug, in die Küche zu laufen und ihm etwas Suppe zu holen. Beim Essen empfand er Unbehagen über ihr Verhalten. Für einen wahrhaftigen Mann ist es verabscheuungswürdig, die Zuneigung einer Frau zurückzuweisen – für sie ist das eine Herabsetzung.

„Ich habe Euch alles gesagt, Mr. MacPhail, und ich habe Euch wahrhaftig die Wahrheit gesagt“, meinte das Mädchen nach langem Schweigen. Als sie zuerst sprach, war das tröstlich, doch dieses Gefühl schwand, als sie immer weiter redete und ihm mit langsamen, eher unbewussten Bewegungen näher kam. „Ich wäre für Euch gestorben, und dieser Teufel von Weib wollte mich dazu bringen, Euch zu töten! O, wie ich sie hasse! Nun werdet Ihr mich nie auch nur ein kleines bisschen liebhaben – nie, nie!“

In ihren Worten lag so viel Verzweiflung, dass Malcolm tief berührt war. „Ich stehe weit mehr in deiner Schuld, als ich dir sagen kann oder als du dir vorstellst“, sagte er. „Du hast mich vor meinem schlimmsten Feind gerettet. Erzähle keiner Menschenseele, was du mir erzählt hast, und sag auch niemand etwas davon, dass wir miteinander gesprochen haben. Eines Tages werde ich in der Lage sein, dir meine Dankbarkeit zu beweisen.“

In seinem Ton lag etwas, das sie durch die Hüllen ihrer Leidenschaft hindurch traf. Sie sah ihn ein wenig überrascht an, und für einen Augenblick ebbte der Sturm ab. Dann wurde sie von Neuem von ihren Gefühlen überwältigt. Sie warf die Arme hoch und stieß weinend hervor: „Das heißt, dass Ihr alles für mich tun werdet, nur nicht lieben!"

„Ich kann dich nicht so lieben, wie du es meinst", sagte Malcolm, „aber ich verspreche dir, dein Freund zu sein. Mehr liegt nicht in meiner Macht."

Ein wilder Ausdruck trat in die Augen des Mädchens. Doch in diesem Augenblick drang ein schrecklicher Schrei durch die Luft, wie ihn Malcolm noch nie gehört hatte; er wusste aber sofort, dass er von Kelpie kam, und ihm folgten Schreie von Männern, wilde Flüche und das Klappern und Stampfen von Hufen. In Malcolms Abwesenheit während des Nachmittags und Abends war Kelpie so rabiat geworden, dass Merton die anderen Pferde nur mit Mühe im Zaum halten konnte. Malcolm vergaß alles andere, sprang aus dem Bett und rannte zu dem Fenster vor seiner Türe.

Im Licht der Laternen war eine aufgeregte Menge im Hof vor den Ställen zu erkennen. Inmitten des höllischen Geschreis ihrer rauen Stimmen konnte er hören, wie Kelpie um sich stieß und ausschlug. Wieder ließ sie den gleichen durchdringenden Schrei hören. Er stieß das Fenster auf und rief hinunter, dass er komme, doch seine geschwächte Stimme drang nicht durch den Krach. Eilends warf er sich einige Kleidungsstücke um, stürmte die Treppe hinab, ohne auf seine neue Freundin zu achten, die ihn ängstlich oben von der Treppe aus beobachtete, und stürzte aus dem Haus.

Bei seinem Eintreffen im Hof hatte sich der Aufruhr noch nicht gelegt. Doch als er nach Kelpie rief, vernahm er einen schwachen Laut wie ein Hilferuf, dem sofort ein Schrei folgte. Als er ins Licht der Laternen trat, fand er eine Gruppe wütender Männer vor, die das arme Tier mit Mistgabeln umstanden. Das bedauernswerte Geschöpf war am ganzen Körper blutüberströmt. Trotz ihrer Wildheit wagte sie sich nicht zu bewegen, sondern stand zitternd und von Angstschweiß bedeckt da. Doch ihre Augen zeigten, dass selbst der Schreck sie nicht in die Knie gezwungen hatte. Sie wartete nur ihre Zeit ab. Malcolms erster Impuls war, die Männer rechts und links zur Seite zu schleudern, doch seine weitere Überlegung, zu der er selbst jetzt imstande war, sagte ihm, dass die Männer vielleicht in Verteidigung ihres Lebens zur Brutalität gegriffen hatten; auch konnte er nicht sagen, was Kelpie anstellen mochte, wenn sie plötzlich frei war. So fasste er sie am zerrissenen Halfter und wies die Männer an, zurückzutreten, was sie vorsichtig, aber anscheinend auch unwillig taten. Doch die Stute hatte nur Augen und Ohren für ihren Herrn. Mit ihrer weichen Schnauze befühlte sie ihm Gesicht und Schultern, was sie nie zuvor getan hatte; dabei zitterte sie die ganze Zeit über. Plötzlich stürzte einer ihrer Quälgeister vor und versetzte ihr einen furchtbaren Stich in die Schenkel, doch er musste teuer dafür bezahlen. Bevor er sich zurückziehen konnte, schlug sie aus und schleuderte ihn über den halben Hof, wo er mit gebrochenem Knie liegen blieb.

„Lasst sie in Ruhe!“, schrie Malcolm. „Sonst werde ich sie verteidigen, und zu zweit nehmen wir's mit einem Dutzend von euch auf.“

„Sie hat den Teufel im Leib“, maulte einer.

„Den findet ihr eher bei dem Schuft da draußen. Ihr solltet euch um ihn kümmern. Ich kann mir vorstellen, dass er so etwas kein zweites Mal mehr tut. Wo ist Merton?“

Sie traten zurück, um ihrem bewusstlos daliegenden Kameraden zu helfen. Als Malcolm Kelpie zum Stall führte, blieb sie an der Türe wie angewurzelt stehen und erbebte, als überkomme sie die Erinnerung an das, was sie da drinnen erlitten hatte. Sie zitterte an allen Fasern ihres Körpers. Er erkannte, dass man ihr übel mitgespielt haben musste, ehe sie sich losriss und ausbrach. Doch seinem Schmeicheln gab sie nach und ließ sich willig hineinführen.

Kelpie hatte viele Feinde unter den Männern in den Ställen. Merton war an dem Abend ausgegangen, da hatten sie die Gelegenheit benutzt und waren in den Stall eingedrungen, um sie zu quälen. Endlich zerriss sie ihre Halteriemen; sie flüchteten, und Kelpie stürzte hinter ihnen her.

Malcolm wusch und trocknete das arme Tier so behutsam wie möglich ab, denn es befand sich in einem schlimmen Zustand. Ihm war klar, dass sie nicht länger hierbleiben konnte, denn dann stand ihr sicher noch Schlimmeres bevor. Selbst nun zitternd, ging er zu Mrs. Merton hinauf. Sie sagte ihm, sie habe eben gehen und ihn suchen wollen, als er kam, denn sie hatte keine Ahnung, wie krank er war. Doch nach all der Aufregung fühlte er sich nun besser, und nach einer Tasse starkem Tee schrieb er an Mr. Soutar, zuverlässige Männer zu besorgen, wenn möglich dieselben, die Kelpie nach London gebracht hatten, um ihre Ankunft in Aberdeen zu erwarten. Dort sollte er eine geeignete Unterkunft und Pflege für sie finden, gleichgültig, was es kostete, bis weitere Weisung erging oder – was wahrscheinlicher war –, bis er die Stute für sich selbst beanspruchen konnte. Er fügte eine Menge Anweisungen über ihre Behandlung bei.

Er hielt bis zu Mertons Rückkehr Wache, dann ging er in die Kammer seiner Pein zurück, vor deren Betreten er ebenso wie vorher Kelpie zurückscheute. Die Köchin ließ ihn ein und gab ihm seine Kerze, doch kaum hatte er seine Türe geschlossen, da ließ sich ein Klopfen hören und draußen stand Rose, seine Behüterin. Er konnte sich nicht helfen, doch fühlte er sich bei ihrem Anblick verlegen.

„Ich sehe, dass Ihr mir nicht vertraut“, sagte sie.

„Ich vertraue dir sehr wohl“, antwortete er. „Bring

mir bitte etwas Wasser. Ich wage es nicht, von dem zu trinken, das hier herumgestanden ist."

Sie sah ihn fragend an, nickte dann und ging. Als sie zurückkam, trank er das Wasser.

„Hier! Du siehst, dass ich Vertrauen zu dir habe", meinte er lachend. „Aber es gibt hier Leute, die mich aus bestimmten Gründen loswerden wollen. Willst du auf meiner Seite stehen?"

„Das will ich gewiss", antwortete sie eifrig.

„Ich habe meine Pläne noch nicht fertig, aber warte um die gleiche Zeit morgen Abend hier in der Nähe auf mich. Ich werde vielleicht den ganzen Tag nicht heimkommen."

Sie starrte ihn mit großen Augen an, erklärte sich aber sofort einverstanden, und sie vereinbarten Ort und Zeit. Dann wünschte er ihr eine gute Nacht, und gleich nachdem sie gegangen war, legte er sich zu Bett und dachte nach. Doch er machte sich noch nicht die Mühe, die Verschwörung gegen sich aufzudecken oder zu einer Entscheidung zu kommen, ob der gewalttätige Angriff auf ihn den gleichen Ursprung hatte wie die Vergiftung. Die Frage war auch nicht nur, wie er weiter seiner Schwester dienen konnte, ohne sein Leben aufs Spiel zu setzen. Denn soeben hatte er etwas erfahren, was es zwingend geboten erscheinen ließ, dass sie aus ihrer gegenwärtigen Position weggebracht wurde. Mrs. Merton hatte ihm erzählt, dass Lady Lossie dabei sei, Lady Bellair und Lord Liftore auf den Kontinent zu begleiten. Das durfte unter keinen Umständen geschehen, was immer auch unternommen werden musste, um dies zu verhindern. Ehe er einschlief, hatten sich die Dinge beträchtlich geklärt.

20. Die Entführung

Am nächsten Morgen fühlte sich Malcolm wesentlich besser und stand zu seiner üblichen Zeit auf. Sein Kopf war klar, sein Leib erfrischt, und seine Entschlossenheit so stark wie eh und je. Er freute sich, dass Kelpie kaum mehr Anzeichen der Grausamkeiten aufwies, die sie hatte ertragen müssen, außer dem unangenehmen Jucken der Haut, wenn Hand oder Bürste in die Nähe einer Wunde gerieten. Er vertraute sie dringlich Mertons Obhut an und ritt auf Honor zum Aberdeen-Kai hinüber. Dort erfuhr er zu seiner Erleichterung – denn die Zeit drängte –, dass am nächsten Morgen ein Boot nach Aberdeen auslaufen sollte. Er traf umgehend die notwendigen Vorkehrungen für Kelpies Passage, und ehe er ging, kümmerte er sich in jeder Weise um die nötige Sicherheit und Bequemlichkeit bei ihrer Unterbringung. Dann ritt er zur Chelsea-Bucht.

Auf seinen Pfiff hin sprang Davy ins Beiboot und ruderte zum Ufer, kaum dass der Pfiff in Malcolms eigenen Ohren verklungen war. Er ließ den Jungen beim Pferd zurück, ging an Bord und gab Travers verschiedene Anweisungen. Dann nahm er Davy mit sich und kaufte in verschiedenen Läden eine Menge Dinge ein mit dem Auftrag, sie Davy auszuhändigen, wenn er danach fragte. Er befahl ihm, die Dinge so bald wie möglich an Bord zu schaffen, und vereinbarte, ihn am gleichen Ort und zur gleichen Zeit zu treffen, wie er dies mit Rose abgesprochen hatte; dann kehrte er heim.

Er hatte befürchtet, dass Florimel vielleicht nach ihm gerufen hätte, denn die Zeit, da sie für gewöhnlich ihre Weisungen erteilte, war schon überschritten. Doch zu seiner Erleichterung erfuhr er, dass sie mit Lady Bellair einkaufen gegangen war. Malcolm machte sich auf den

Weg zu dem Spital, in dem der von Kelpie so böse zugerichtete Mann lag. Er unternahm diesen Besuch nicht nur aus Mitgefühl, sondern wegen eines bestimmten Verdachts. Er musste sich ausweisen, dann wurde ihm gestattet, den Patienten für einen Augenblick zu sehen, jedoch nicht mit ihm zu sprechen. Das genügte. Er erkannte sofort den Mann wieder, der ihn im Regent's Park überfallen hatte. Er erinnerte sich, ihn in der Nähe des Stalles gesehen zu haben, doch hatte er nie mit ihm gesprochen. Bei seiner Rückkehr gab er Merton einen Wink, den Mann im Auge zu behalten, und händigte ihm etwas Geld aus, das er nach seinem Gutdünken für ihn ausgeben sollte. Dann ritt er mit Kelpie aus. Zu seiner Überraschung ermüdete er so sehr, dass er froh war, sich hinlegen zu können, nachdem er sie versorgt hatte.

Als die Zeit heranrückte, um Rose und Davy zu treffen, packte er seine Sachen in seinen alten Packsack, in den er alles verstaute, was ihm lieb und teuer war, und nahm ihn mit. Als er auf den vereinbarten Ort zuging, sah er bereits Davy warten, der nach allen Seiten scharf Ausschau hielt. Gleich darauf kam Rose, doch sie wich beim Anblick von Davy zurück. Malcolm trat auf sie zu.

„Rose", sagte er, „ich werde dich nun um einen großen Gefallen bitten. Du brauchst jedoch nur einverstanden zu sein, wenn du mir voll vertraust. Wirst du das?"

„Ja, das werde ich."

„Dann sei morgen früh um sechs Uhr an dieser Stelle. Komm her, Davy. Dieser Junge wird dich hinbringen, wohin ich ihm sage."

Sie blickte von einem zum anderen.

„Ich werd's riskieren", meinte sie dann,

„Zieh ein sauberes Kleid an, nimm einen Pack Wäsche und deine Kleidung mit dir. Es wird dir kein Leid geschehen."

„Ich habe keine Angst", antwortete sie, sah aber so aus, als wolle sie gleich zu weinen beginnen.

„Selbstverständlich darfst du niemand etwas davon sagen."

„Gewiss nicht, Mr. MacPhail."

„Du bringst mir ein großes Vertrauen entgegen, Rose. Aber ich vertraue dir ebenfalls – mehr als du glaubst. Nimm diesen Sack mit, Davy, und sei morgen früh um sechs Uhr hier, um das Gepäck dieser jungen Frau zu tragen." Davy verschwand.

„Nun, Rose, gehst du wohl besser heim und beginnst mit deinen Vorbereitungen".

„Ist das alles, Sir?", fragte sie.

„Ja. Morgen treffe ich dich. Sei tapfer."

Malcolms Ton und Art hatten einen seltsamen Einfluss auf das Mädchen. Sie blickte ihn ein wenig erschrocken, aber unterwürfig an und ging sofort, doch spiegelte sich ein wenig Enttäuschung auf ihrem Gesicht.

Malcolm erhob sich zeitig am nächsten Morgen, fütterte und striegelte Kelpie, sattelte sie und schnallte ihre Decke hinten am Sattel fest. Auf dem Ritt zur Werft machte sie keine großen Schwierigkeiten, doch war es manchmal etwas nervenaufreibend. In jüngster Zeit zeigte sie ihrem Herrn gegenüber größere Unterwürfigkeit. Am Kai ritt er mit ihr über die Gangway direkt auf Deck, der einfachste und sicherste Weg, sie an Bord zu bekommen. Sobald sie ordentlich angebunden war, überzeugte er sich zu seiner Zufriedenheit von der Vorsorge, die für sie getroffen worden war, wies eindrücklich auf die Notwendigkeit hin, fürsorglich mit ihr umzugehen, und brachte einen Zuckerhut an Bord, der für sie verwendet werden sollte. Er verließ das Boot mit einem leichteren Herzen, als er es seit dem Augenblick empfunden hatte, als er mit ihr von Bord eines ähnlichen Decks gegangen war.

Der Weg nach Hause war lang, doch es machte ihm nichts aus, da er sich schon wieder viel besser fühlte. Den ganzen Weg über spürte er zu seiner Freude den Wind im Gesicht; es wehte eine stetige westliche Brise. Er traf rechtzeitig in Portland Place ein, um zur üblichen Stunde seine Anweisungen entgegenzunehmen. Bei dieser Gelegenheit sprach seine Herrin oft selbst mit ihm, um jedoch sicher zu sein, ließ er sie darum bitten, mit ihr sprechen zu können.

„Es tut mir leid zu hören, dass Ihr krank wart, Malcolm“, sagte sie freundlich bei seinem Eintritt. Er war beglückt, sie zu Hause vorzufinden.

„Danke, Mylady, es geht mir wieder ganz gut“, erwiderte er. „Ich dachte, Sie würden gerne hören, Mylady, was ich dieser Tage zufällig erfahren habe.“

„Ja, und was war das?“

„Ich sprach im Hause von Mr. Lenorme vor, um zu hören, ob es etwas Neues von ihm gebe. Die Haushälterin ließ mich in seinen Malraum hinaufgehen, und was glauben Sie, Mylady, was ich dort sah? Das Porträt von Mylord, dem Marquis, schöner als je zuvor, die hingeschmierte braune Farbe war verschwunden, und die Ähnlichkeit ist nach meinem Eindruck noch größer als vorher.“

„Dann ist Mr. Lenorme zurückgekehrt!“, rief Florimel, die kaum einen Versuch machte, ihre Freude über seinen Bericht zu verbergen.

„Das kann ich nicht sagen“, meinte Malcolm. „Seine Haushälterin erhielt vor wenigen Tagen einen Brief aus Newcastle. Falls er heimgekehrt ist, dann glaube ich nicht, dass sie davon weiß. Schon seltsam, denn wer sollte seine Bilder berühren außer ihm selbst, sofern er nicht einen Freund gebeten hat, das Porträt für Mylady in Ordnung zu bringen? Auf jeden Fall dachte ich, Sie würden es vielleicht gerne sehen wollen.“

„Das will ich, und zwar sofort“, sagte Florimel und

stand hastig auf. „Führt die Pferde vor, so rasch Ihr könnt, Malcolm."

„Und wenn Lord Liftore kommen sollte, ehe wir weg sind?"

„Beeilt Euch", entgegnete seine Herrin ungeduldig.

Malcolm beeilte sich wirklich und Florimel ebenfalls. Wer mochte sagen, was in ihren Gedanken vorging, wenn sie es selbst nicht wusste? Doch ohne Zweifel trieb sie die Möglichkeit, Lenorme zu treffen, weit stärker als der Wunsch, einen Blick auf das Porträt ihres Vaters zu werfen. Innerhalb von zwanzig Minuten ritten sie den Grosvenor Place hinab und freuten sich, keine Hufschläge hinter sich zu hören.

Als sie sich dem Fluss näherten, ritt Malcolm heran und sagte: „Mylady, würden Sie mir erlauben, die Pferde in Mr. Lenormes Stall unterzustellen? Ich glaube, ich könnte an dem Porträt ein oder zwei Punkte erläutern, die Ihnen vielleicht entgangen sind."

Florimel überlegte einen Augenblick und kam zu dem Schluss, falls Lenorme wirklich da wäre, könnte es für sie weniger unangenehm, sondern eher vorteilhaft sein, Malcolm bei sich zu haben.

„In Ordnung", antwortete sie, „ich wüsste nichts, was dagegen einzuwenden wäre. Ich werde mit Euch zum Stall reiten, dann können wir den rückwärtigen Weg nehmen."

Der Gärtner nahm die Pferde in Empfang und sie gingen ins Atelier hinauf. Lenorme war nicht da, und alles fand sich so wie neulich, als Malcolm das letzte Mal in dem Raum war. Florimel war tief enttäuscht, doch Malcolm sprach mit ihr über das Porträt und tat alles, die Erinnerung an ihren Vater lebendig werden zu lassen. Schließlich wandte sie sich mit einem leichten Seufzer zum Gehen.

„Mylady, haben Sie je den Fluss vom Nebenzimmer aus gesehen?", fragte Malcolm, und während er sprach, öffnete er die Türe zum Wohnzimmer und ging zum Fenster.

„Da liegt immer noch diese Jacht“, bemerkte Malcolm. „Ruft sie nicht Erinnerungen an die ‚Psyche‘ wach, Mylady?“

„Jedes Boot erinnert mich an sie“, antwortete seine Herrin. „Ich träume von ihr. Aber ich vermöchte nicht, sie unter anderen zu erkennen.“

„Leute, die an Schiffe gewöhnt sind, lernen sie zu erkennen wie die Gesichter von Freunden, Mylady. Welch ein Tag für eine Segelfahrt!“

„Glaubt Ihr, dass man eins mieten könnte?“, erkundigte sich Florimel.

„Wir können ja einmal fragen“, erwiderte Malcolm, ging zu einem anderen Fenster, schob es hoch, steckte den Kopf hinaus und pfiff. Davy stürzte in das Beiboot am Heck der „Psyche“ und ruderte zum Ufer, noch ehe eine Minute vergangen war.

„O, sie reagieren schon auf Euren Pfiff!“, sagte Florimel.

„Ein Pfiff trägt weiter und wirkt zwingender als jeder andere Ruf“, bemerkte Malcolm beiläufig. „Wollen Sie bitte mit hinunterkommen, Mylady, und hören, was sie uns zu sagen haben?“

Eine Welle der Erinnerung aus ihrer Mädchenzeit überflutete sie, und fröhlich eilte sie die Treppe hinab, durch Vorhalle und Garten, über die Straße zum Flussufer zu einer kleinen hölzernen Anlegestelle mit einigen Stufen, an der eben das Dingi festmachte.

„Können Sie uns an Bord bringen und uns Ihr Boot zeigen?“, fragte Malcolm.

„Ay, ay, Sir“, meinte Davy.

Nach einem Augenblick des Zögerns ergriff Florimel die Hand, die Malcolm ihr entgegenstreckte, und trat ins Boot. Malcolm ergriff die Ruder und trieb den kleinen Nachen über den Fluss. Als sie längsseits der Jacht kamen, griff Travers mit beiden Händen nach ihren, Malcolm hielt eine Hand für ihren Fuß auf, und Florimel sprang an Deck.

„Die junge Frau an Bord?“, flüsterte Malcolm Davy zu.

„Ay, Sir, drunten“, antwortete Davy, und Malcolm sprang hinauf und trat neben seine Herrin.

„Sie ist wie die ‚Psyche‘“, meinte Florimel und wandte sich zu ihm um, „nur der Mast ist nicht so hoch.“

„Der Toppmast ist gekappt, Mylady, damit sie klar unter den Themsebrücken durchkommt.“

„Fragt sie, ob wir ein Stückchen flussabwärts fahren könnten“, sagte Florimel. „Ich möchte so gerne die Häuser vom Fluss aus sehen.“

Malcolm konferierte einen Augenblick mit Travers und kam dann zurück.

„Sie sind durchaus bereit dazu“, sagte er.

„Was für ein Spaß!“, rief Florimel, ganz erfüllt von jugendlicher Begeisterung. „Wie gern würde ich aus dem schrecklichen London fortlaufen und nie wieder davon hören! O das liebe alte Lossie House und die Boote und die Fischer!“, setzte sie nachdenklich hinzu.

Der Anker war bereits gelichtet und die Jacht trieb mit der fallenden Flut. Einen Augenblick später wurde ein dreifach gerefftes Hauptsegel gesetzt, vorn ein kleiner Klümer. Die Brise aus Westen blies sie auf und weckte sie zum Leben. Mit Wind und einsetzender Ebbe glitt das Boot rasch durch den ruhigen Strom. Florimel klatschte beglückt in die Hände. Die Ufer mit ihren Häusern flogen an ihnen vorüber. Sie fuhren an Ruderbooten und großen, schweren, bis zum Rand beladenen Barken vorbei, deren riesige rote und gelbe Segel in der Sonne strahlten und glänzten.

„Das ist das Leben!“, rief Florimel, als der Fluss sie näher und näher zum Strudel trug – tiefer und tiefer in den Tumult Londons. Sie schossen unter der Westminster-Brücke durch, und in immer größerer Zahl bevölkerten größere und kleinere Schiffe den Strom. Sie passierten die Waterloo-Brücke, die Blackfriar's-Brücke, Southwark-Brücke – und dann lag nur noch die London Bridge zwischen ihnen und dem offenen Strom, der sich auf seinem Weg zum Meer immer mehr verbreiterte. London und seine Parks sahen sich von diesem andersgearteten Leben unerträglich an. Hier war Luft die Fülle und viel, viel mehr Platz. Der Geist der Freiheit selbst schien über der Jacht zu schweben und ihre Segel zu straffen. Florimel atmete tief, als könne sie von diesem lieblichen Wind nie genug bekommen. Minutenlang schwieg sie, und ihre offenen Lippen offenbarten hingebungsvolles Entzücken. Dann überschüttete sie wieder Malcolm und Travers mit einer Flut von Fragen. Sie versuchte es auch bei Davy, doch der kannte hier nichts als seine Pflicht. Erst als Gravesend erschien, kam Florimel der Gedanke, dass es vielleicht gut wäre, nach und nach an die Rückkehr zu denken. Doch sie vertraute voll auf Malcolm, der natürlich darauf schauen würde, dass alles so lief, wie es sein sollte.

Allmählich ließ ihre Erregung ein wenig nach. Sie wurde müde. Sie wandte sich Malcolm zu. „Sollten wir nicht besser langsam umkehren? Am liebsten würde ich immer so weiterfahren, doch wir müssen an einem anderen Tag wiederkommen, wenn wir uns besser versorgt haben. Wir werden kaum rechtzeitig zum Abendessen zurück sein.“ Es war kaum vier Uhr, doch sie warf nur selten einen Blick auf ihre Uhr und zog sie auch nur hin und wieder auf.

„Wollen Sie nicht nach unten gehen und einen Imbiss einnehmen, Mylady?“, fragte Malcolm.

„So was kann's doch nicht an Bord geben!“, antwortete sie.

„Kommen Sie mit und sehen Sie selbst“, entgegnete Malcolm und führte sie.

Beim Anblick der kleinen Kabine stieß sie einen Schrei des Entzückens aus.

„Das ist ja gerade wie unsere eigene Kabine auf der ‚Psyche', nur kleiner, nicht wahr, Malcolm?"

„Sie ist kleiner, Mylady, doch hier ist noch eine kleine Passagierkabine dabei."

Auf dem Tisch war ein appetitliches Mahl angerichtet – kalt, aber bei dem Sommerwetter recht angenehm. Alles sah entzückend aus. Blumen fehlten nicht, die Tischwäsche war schneeweiß, und das Brot war genau von der Sorte, die Florimel so gerne mochte.

„Das ist ja ein vollkommenes Märchen!", rief sie. „Und da ist doch wahrhaftig unsere Krone auf den Gabeln und Löffeln! Was bedeutet das alles, Malcolm?"

Doch Malcolm war entschlüpft und auf Deck gegangen und überließ sie ihrem Essen und ihren Mutmaßungen, während er Rose aus der vorderen Kajüte holen wollte, damit sie ein wenig Luft schnappen konnte. Er fand sie jedoch in tiefem Schlaf und weckte sie daher nicht auf.

Florimel beendete ihre Mahlzeit und unterzog die Kabine einer eingehenderen Prüfung, deren Resultat sie verwirrte. Wie konnte eine mit solcher Vollkommenheit, solchem Luxus ausgestattete Jacht zum Mieten an der Themse liegen? Die Krone auf dem Besteck mochte ein seltsamer Zufall sein. Viele Leute hatten die gleiche Krone. Doch Material und Farben waren genau wie auf der „Psyche"! Dann zogen die hübschen Buchrücken auf dem Bord ihre Aufmerksamkeit an. Jeder Band war entweder ein Buch, das sie kannte oder über das Malcolm mit ihr gesprochen hatte! Er musste bei dieser Geschichte seine Hand im Spiele haben! Als Nächstes öffnete sie die Türe zu der kleinen Kabine. Doch als sie die entzückende kleine weiße Schlafkoje sah und die Anzeichen für jeglichen Luxus, der zum Boudoir einer Dame gehörte, konnte sie ihr Entzücken nicht länger für sich behalten. Sie eilte zum Niedergang und rief nach Malcolm.

„Was bedeutet das alles?“, fragte sie, und Augen und Wangen glänzten vor Entzücken.

„Es bedeutet, Mylady, dass Sie an Bord Ihrer eigenen Jacht, der ‚Psyche‘, sind. Ich habe sie aus Portlossie mitgebracht und ließ sie nach dem Wunsch ausstaffieren, den Sie einmal Ihrem Vater gegenüber äußerten, Sie möchten an Bord schlafen können. Nun können Sie damit eine Reise von vielen Tagen unternehmen.“

„O Malcolm!“, war alles, was Florimel herausbrachte. Sie war viel zu glücklich, um all die tausend Fragen zu überlegen, die sich naturgemäß ergeben mussten.

„Ihr habt sogar Tausendundeine Nacht und all meine Lieblingsbücher hier!“, meinte sie endlich. „Wie lange werden wir brauchen, ehe wir wieder unter die Schiffe gelangen?“

„Eine ganze Reihe von Stunden, Mylady“, antwortete Malcolm.

„Ach ja, natürlich!“, erwiderte sie. „Gegen den Wind und die Gezeiten dauert es viel länger. Aber meine Zeit gehört mir“, fuhr sie fort, fast als bekräftige sie eine Freiheit, die sie nicht empfand, „und ich sehe nicht ein, warum ich mir darüber den Kopf zerbrechen sollte. Sicher wird es einiges Getue geben, wenn ich beim Dinner nicht zurück bin, aber das schadet niemand. Ihr Herz würde nicht brechen, wenn sie mich nie wiedersähen.“

„Keinem Einzigen von ihnen!“, bekräftigte Malcolm.

Sie blickte ihn scharf an, nahm aber sonst keine weitere Notiz von seiner Bemerkung.

„Ich will nicht länger bedrängt werden“, sagte sie, als sie mit sich selbst Rat hielt, doch so, dass Malcolm es hören konnte. „Ich werde eher mit ihnen brechen. Warum sollte ich nicht frei sein?“

„Ja, warum nicht?“, erwiderte Malcolm. Darauf

schwiegen beide. Florimel stand scheinbar nachdenklich da, doch in Wirklichkeit wurde sie schläfrig.

„Ich werde mich mit einem von diesen entzückenden Büchern ein wenig hinlegen", sagte sie.

Aufregung, frische Luft und das Vergnügen allgemein hatten sie ermüdet. Nichts hätte Malcolm besser gelegen kommen können. Er verließ sie. Sie ging zu ihrer Koje und war bald eingeschlafen.

21. Die Enthüllung

Beim Erwachen brauchte Florimel einige Zeit, bis ihr klar wurde, wo sie sich befand. Ein seltsames, geisterhaftes Licht, in dem sie nichts klar erkennen konnte, umgab sie; doch die Schiffsbewegung half ihr, ihre Umgebung zu begreifen. Sie stand auf, kletterte den Niedergang hoch und an Deck. Wunder über Wunder! Ein heller Vollmond beherrschte das Firmament, und darunter breitete sich nichts als endloses Wasser, das am Boot vorbeirauschte. Hin und wieder glitt ein Boot mit Segeln wie schneeweiße Wolken zwischen ihnen und dem Mond hindurch und tauchte ins Schwarze. Der Mast der „Psyche" war zu voller Höhe aufgerichtet; die Reffbändsel am Hauptsegel hingen lose, die Gaffel war vom Toppsegel gekrönt. Focksegel und Klümer waren gebläht und das Schiff schoss dahin, als dürste seine Seele nach unendlichen Räumen. Was konnte sie sich noch wünschen? Um sie nur rauschende Wellen, über ihr der vom Mondlicht überstrahlte nachtblaue Himmel. Florimel seufzte vor Entzücken.

Doch was bedeutete das? Was führte Malcolm im Schilde? Wohin führte er sie? Was würde man in London zu einer solch ungewöhnlichen Eskapade sagen? Lady Bellair wäre die Erste, die annähme, sie sei mit ihrem Reitknecht weggelaufen – sie kannte viele Beispiele für solche Vorkommnisse –, und der Nächste wäre Lord Liftore. Wirklich zu schlimm von Malcolm! Dennoch empfand sie keinen Ärger über ihn, hatte er doch nichts anderes getan als ihr ein Vergnügen bereitet. Und das war ihm wahrhaftig gelungen. Besser als jeder andere wusste er, was ihr Freude bereitete – besser selbst als Lenorme.

Sie blickte sich um. Niemand war zu sehen außer

Davy, der am Ruder stand. Das Hauptsegel verbarg die Männer, und Rose, die einige Stunden an Deck verbracht hatte, war nun wieder unten. Florimel wandte sich an Davy, doch der Junge war gut gedrillt worden und antwortete nur: „Ich darf nicht reden, solang ich am Ruder steh', Mem."

Sie rief nach Malcolm, der im nächsten Augenblick bei ihr war. Die Antwort des Jungen hatte sie irritiert. Verbunden mit der plötzlichen und grundlegenden Veränderung ihrer Lebensumstände vermittelte er ihr das Gefühl, nicht länger eine Lady und Herrin ihrer selbst und ihrer Leute zu sein, sondern eine Gefangene.

„Ich frage noch einmal, was soll das heißen, Malcolm?", begehrte sie mit einem Ton ausgesprochenen Missvergnügens zu wissen. „Ihr habt mich schändlich getäuscht! Ihr habt mich glauben lassen, wir seien auf dem Rückweg nach London, und da sind wir nun weit draußen auf See! Bin ich nicht länger Eure Herrin? Bin ich ein Kind, das Ihr hinbringen könnt, wohin es Euch passt? Und was, bitte, soll aus den Pferden werden, die Ihr bei Mr. Lenorme zurückgelassen habt?"

Malcolm war froh, dass eine Frage gefallen war, auf deren Antwort er vorbereitet war.

„Sie sind inzwischen in ihrem eigenen Stall, Mylady. Dafür habe ich gesorgt."

„Dann war alles ein Trick, um mich gegen meinen Willen wegzuführen!", rief sie mit steigendem Unwillen.

„Schwerlich gegen Ihren Willen, Mylady", meinte Malcolm in entschuldigendem Ton, verwirrt und nachdenklich.

„In höchstem Maße gegen meinen Willen!", beharrte Florimel. „Hätte ich wohl je eingewilligt zu einer Seereise mit einer Handvoll Männer und keiner Frau an Bord? Ihr habt schändlich an mir gehandelt, Malcolm."

Zwischen Wut und Ärger war sie drauf und dran, in Tränen auszubrechen.

„So schlimm steht's nicht, Mylady. Hier, Rose!"

Auf sein Wort hin erschien Rose.

„Ich habe eins von Lady Bellairs Mädchen zu Ihrer Bedienung mitgebracht, Mylady", sagte Malcolm. „Sie wird ihr Bestes tun, Sie zu bedienen."

Florimel warf einen Blick auf das Mädchen. „Ich kann mich nicht an dich erinnern", sagte sie.

„Nein, Mylady, ich war in der Küche."

„Dann kannst du mir nicht viel nützen."

„Ein williges Herz legt einen weiten Weg zurück, Mylady", sagte Rose artig.

„Das ist wahr", erwiderte Florimel erfreut. „Kannst du mir Tee besorgen?"

„Ja, Mylady."

Florimel wandte sich um und ging, zu Malcolms Zufriedenheit, nach unten, ohne ein weiteres Wort an ihn zu richten.

Gleich darauf erschien ein silbernes Lämpchen an der Kabinendecke, und wenige Minuten später trat Davy mit einem Servierbrett ein, dem Rose mit der Teekanne folgte. Sobald sie allein waren, überfiel Florimel das Mädchen mit Fragen, doch sie musste bald einsehen, dass Rose wenig oder gar nichts wusste. Als Florimel ihr vorhielt, wie sie auf das Verlangen eines Dienerkollegen irgendwo hingehen konnte, wo sie das Ziel selbst nicht kannte, gab sie so wirre und offensichtlich widersprüchliche Antworten, dass Florimel von ihr genauso schlecht dachte wie von Malcolm und sich noch unbehaglicher und ärgerlicher fühlte. Je mehr sie über Malcolms Vermutung nachdachte und Spekulationen über sein mögliches Ziel dabei anstellte, desto zorniger wurde sie. Sie ging von Neuem an Deck. Inzwischen war sie in heftiger Stimmung, die vom Gefühl ihrer Hilflosigkeit nur wenig gemildert wurde.

„MacPhail", sagte sie und legte eine möglichst würdevolle Distanz in ihre Worte, „ich verlange, dass Ihr einen guten Grund für Euer unverantwortliches Verhalten nennt. Wohin bringt Ihr mich?"

„Nach Lossie House, Mylady."

„In der Tat!", entgegnete sie in wütender und verächtlicher Überraschung. „Dann befehle ich Euch, auf der Stelle den Kurs zu ändern und nach London zurückzukehren."

„Das kann ich nicht, Mylady."

„Das könnt Ihr nicht? Wessen Befehl untersteht Ihr eigentlich, wenn nicht meinem?"

„Dem Eures Vaters, Mylady."

„Von dieser unseligen Feststellung habe ich schon mehr als genug gehört. Ich werde sie nicht länger beachten!"

„Ich tue nur mein Bestes, für Sie zu sorgen, Mylady, wie ich's ihm versprochen habe. Eines Tages werden Sie das begreifen, wenn Sie mir nur vertrauen."

„Ich habe Euch zehnmal zu oft vertraut und nichts dafür gewonnen als Gründe, es zu bedauern. Wie alle Diener, denen man zu viel Beachtung schenkt, seid auch Ihr unverschämt geworden. Aber dem werde ich ein Ende bereiten. Nach diesem Vorfall kann ich Euch kaum länger in meinen Diensten behalten. Soll ich vielleicht einen Herrn bezahlen, wo ich einen Diener brauche?"

Malcolm schwieg.

„Ihr müsst einen Grund für Euer seltsames Verhalten haben", fuhr sie fort. „Wie kann Eure angebliche Verpflichtung meinem Vater gegenüber Euch das Recht geben, mich mit solcher Missachtung zu behandeln? Nennt mir Eure Gründe. Ich habe ein Recht, sie zu erfahren."

„Ich werde Ihnen antworten, Mylady", sagte Malcolm. „Davy, geh nach vorn; ich werde das Ruder übernehmen. Rose, bring Mylady den Pelzmantel, den du im Schrank findest. – Nun, Mylady, wenn Sie leise sprechen, werden uns weder Davy noch Rose hören – Travers ist nahezu taub – nun werde ich Ihnen Antwort geben."

„Ich frage Euch, warum Ihr es gewagt habt, mich in dieser Weise fortzubringen. Nur irgendeine mir drohende Gefahr könnte das rechtfertigen."

„Sie sagen es, Mylady."

„Und wie sieht diese Gefahr aus, bitte?"

„Sie wollten mit Lady Bellair und Lord Liftore auf den Kontinent reisen, doch ohne mich, sodass ich mein Versprechen nicht hätte einhalten können."

„Ihr beleidigt mich!", rief Florimel. „Müssen meine Reisen vielleicht von meinem Reitknecht gutgeheißen werden? Ist es möglich, dass mein Vater seinem Diener eine solche Autorität über seine Tochter verliehen hätte? Ich frage nochmals, wo liegt die Gefahr?"

„Bei Ihrer Gesellschaft, Mylady."

„So!", rief Florimel und versuchte ihre steigende Wut in Sarkasmus umzumünzen, um einen würdelosen Wutanfall zu vermeiden. „Und was sind Eure Einwendungen gegen meine Gefährten?"

„Dass Lady Bellair in keinem Kreis geachtet wird, wo man ihre Geschichte kennt, und dass ihr Neffe ein Schuft ist."

„Ihr häuft nur weiteres Unrecht auf, wenn Ihr mich zwingt, so böse Dinge über die Freunde meines Vaters zu hören", sagte Florimel und kämpfte mit Tränen der Wut. Hätte sie nicht so auf ihre Würde geachtet, dann hätte sie einem wilden, hemmungslosen Zorn nachgegeben.

„Hätte Ihr Vater Lord Liftore so gekannt, wie ich ihn kenne, dann wäre er der Letzte, den Mylord in Ihrer Gesellschaft sehen möchte."

„Dass er Euch verprügelt hat, gibt Euch kein Recht, ihn zu schmähen." Malcolm lachte.

„Darf ich fragen, woher Sie das gehört haben, Mylady?“

„Er hat es mir selbst erzählt.“

„Dann, Mylady, ist er ein Lügner und noch Schlimmeres. Ich war es, der ihm die Abreibung verpasste, die er für die Unverschämtheit Ihnen gegenüber verdiente, Mylady. Ich bedaure, diese unerfreuliche Tatsache erwähnen zu müssen, aber es ist unbedingt notwendig, dass Sie verstehen, war für ein Mann er ist.“

„Wenn eine Lüge vorliegt, wem von Euch beiden ist sie wohl eher zuzutrauen?“

„Es ist an Ihnen, Mylady, diese Frage zu beantworten.“

„Ich kenne keinen Diener, der nicht lügen würde“, sagte Florimel.

„Ich bin als Fischer erzogen“, entgegnete Malcolm.

„Und ich habe meinen Vater sagen hören“, fuhr Florimel fort, „dass kein Gentleman je gelogen hätte.“

„Dann ist Lord Liftore kein Gentleman“, wandte Malcolm ein. „Aber ich werde selbst vor Ihnen nicht für meine Sache eintreten, Mylady. Wenn Sie Zweifel an mir hegen wollen, dann tun Sie es. Ich werde Charakter und Handlungen seiner Lordschaft für sich selbst sprechen lassen.“

„Und wie soll ich das bitte auffassen?“

„Nur so viel, Mylady: in Portlossie lebt ein armes Fischermädchen, das seine wahre Natur weit mehr kennt als Sie, Mylady.“

„Was soll mich ein Mädchen kümmern, das ich nicht einmal kenne?“

„Wären Sie Marquise, dann wäre sie Ihre Untertanin und Sie hätten die Pflicht, sich um sie zu kümmern. Und ebenso um ihr Kind, das durch die böse und teuflische Laune eines Mannes in die Welt gesetzt wurde, der nicht wert ist, auch nur eins der Fischermädchen im ganzen Dorf zu heiraten.“

„Wie könnt Ihr es wagen, mich in ein solches Gespräch hineinzuziehen! Selbst Ihr solltet wissen, dass es Dinge gibt, die einer Dame nicht zu Ohren kommen sollen. Ihr beleidigt mich in dieser Weise, nachdem ich den Irrtum beging zu glauben, Ihr hättet eine gute Erziehung! Kann ich Eurer niedrigen Rede nicht entgehen?"

„Mylady, ich bedaure das weit mehr, als Sie annehmen. Schlimmer als solche Dinge zu hören, wäre es jedoch, mit dem Mann befreundet zu sein, der das Ganze begangen hat – Lord Liftore!"

Florimel wandte sich ab und widmete scheinbar ihre Aufmerksamkeit den mondbeschienenen Wassern, die an dem schnell segelnden Boot entlangglitten. Malcolm empfand Schmerz für sie, denn er glaubte sie tief bekümmert. Doch sie war nicht halb so entsetzt, wie er glaubte. Er hätte einen unendlich schweren Schock erlitten, hätte er gewusst, wie wenig sie von seiner Anklage gegen Liftore berührt war. Der unerfreuliche Umgang hatte ihre guten Manieren bereits erheblich in Mitleidenschaft gezogen. Hätte sie ihre Gedanken ausgesprochen, während ihr Blick über das weite, bewegte Wasser schweifte, dann hätte sie nichts anderes gesagt, als dass Liftore nicht schlimmer sei als andere Männer. Sie waren alle gleich. Das war höchst unerfreulich, doch was half's? Was brauchte sich Lady Lossie um ein Fischermädchen zu scheren oder jede andere, die mit seiner Vergangenheit zu tun hatte, solange er sich ihr gegenüber wie ein Gentleman benahm? Malcolm war ein törichter, lästiger Kerl, dessen Einmischung umso störender war, als sie ehrlichen Herzens erfolgte.

Sie stand da und starrte auf das Wasser, das am Heck des Bootes wogte und rauschte, doch sie nahm nicht wahr, was sie sah, denn ihre Gedanken beschäftigten sie vollständig. Und immer lief und rollte das Wasser im glitzernden Mondlicht.

„O Mylady!“, rief Malcolm endlich. „Wie schön wäre es, eine Seele zu haben so groß und rein wie dies hier – Wasser, Himmel und Sterne!“

Sie antwortete nicht, wandte den Kopf nicht und ließ durch kein Zeichen erkennen, dass sie ihn gehört hatte. So stand sie noch eine Weile, dann ging sie schweigend hinunter, und Malcolm sah sie für den Rest der Nacht nicht mehr.

22. Der Prediger

An dem Sonntag, als Malcolm infolge seiner Vergiftung in Todesgefahr schwebte, unterhielt sich Florimel mit Clementina, die sie aufgesucht hatte und zu dem Prediger mitnehmen wollte, von dem Malcolm mit so viel Inbrunst gesprochen hatte.

„Sie scheinen alles, was Malcolm sagt, für ein Evangelium zu halten, Clementina."

„Bestimmt nicht", erwiderte Clementina ziemlich ärgerlich. „Aber ich schenke dem, was Malcolm sagt, durchaus Beachtung und möchte herausfinden, falls mir das gelingt, ob irgendeine Realität darin steckt. Ich dachte, Sie hätten eine hohe Meinung von Ihrem Reitknecht."

„Ich würde sein Wort für das nehmen, was man vom Wort jedes Mannes halten kann", sagte Florimel.

„Aber Sie geben wohl nicht viel auf sein Urteil?"

„O, ich behaupte durchaus, dass er recht hat. Aber ich mache mir nichts aus den Dingen, über die Sie so gern mit ihm reden. Er ist so etwas wie ein Dichter, und Dichter müssen absurd sein. Immer träumen sie oder sprechen von ihren Träumen; um die Wirklichkeit des Lebens kümmern sie sich nicht. Nein, wenn Sie einen Rat suchen, müssen Sie sich entweder an Ihren Anwalt oder Geistlichen oder sonst jemand mit gesundem Menschenverstand wenden – aber weder an einen Reitknecht noch einen Dichter."

„Dann muss ich sagen, Florimel, dass Ihr Reitknecht einer der wahrhaftigsten Menschen ist, ein Mann, der das Vertrauen Ihres Vaters besaß, aber Sie sind so erhaben über ihn, dass Sie nicht fähig sind, ihn zu beurteilen, und sich berechtigt fühlen, sein Urteil zu verachten."

„Nur in praktischen Dingen, Clementina."

„Eine Pflicht gegenüber Gott ist also für Sie so eine praktische Sache, dass Sie nicht auf das hören können, was er darüber zu sagen hat?"

Florimel zuckte nur die Schultern.

„Ich für mein Teil würde alles dafür geben, zu erfahren, ob es einen Gott gibt, an den zu glauben sich lohnt."

„Clementina!"

„Was?"

„Natürlich gibt es einen Gott. Das zu leugnen ist abscheulich."

„Was ist schlimmer – es zu leugnen oder ihn zu leugnen? Nun, ich bekenne, dass ich es bezweifle, nämlich die reine Tatsache eines Gottes. Aber Sie scheinen mir Gott selbst zu verleugnen, denn Sie geben zu, dass es einen Gott gibt – Sie halten es sogar für böse, dies zu leugnen –, und doch haben Sie nicht so viel Interesse an ihm, um etwas über ihn lernen zu wollen. Sie wollen nicht denken, Florimel. Ich kann mir nicht vorstellen, dass Sie jemals wirklich denken."

Florimel lachte von Neuem. „Ich bin froh, dass Sie mich wenigstens nicht für unfähig in dieser hohen Kunst erachten. Aber es ist noch nicht so lange her, dass Malcolm ziemlich das Gleiche über Sie angedeutet hat, Mylady."

„Dann hatte er völlig recht", erwiderte Clementina. „Ich fange erst jetzt an zu denken, und wenn ich einen Lehrer finden kann, dann will ich gerne seine Schülerin sein."

„Nun, ich nehme an, dass ich meinen Reitknecht so lange entbehren kann, dass er Ihnen alles beibringt, was er weiß."

Clementina wurde rot. „Ich dachte an seinen Freund, Mr. Graham, nicht an ihn", sagte sie.

„Sie können nicht sagen, ob der Sie irgendetwas lehren kann."

„Das Zeugnis Ihres Reitknechts gibt mir genügend Anhaltspunkte, dass ich es für meine Pflicht halte, einmal hinzugehen und mich selbst zu überzeugen. Ich habe vor, heute Abend den Ort aufzusuchen."

„Es muss irgendein kleines, methodistisches Versammlungsgebäude sein. Er würde in keiner Kirche predigen dürfen, nachdem man ihn unter der Beschuldigung der Ketzerei aus seiner Gemeinde verjagt hat."

„Natürlich nicht. Die Kirche von England ist wie der Apostel, der dem Menschen das Austreiben von Teufeln verbot und dann selbst dafür ein Verbot erhielt. Sie lässt sich in übelster Weise durch die Stellung der Menschen beeinflussen, und ihr Christenturn ist nichts weiter als eine Farce. Das vor allen Dingen hat mich in den Zweifel getrieben."

Wieder musste Florimel lachen. „Noch eine Revolution, und Sie werden den Pöbel anführen, um die Westminsterabtei in Schutt und Asche zu legen."

„Ich würde jedem Führer folgen, um die Falschheit zu zerstören", erklärte Clementina.

„Wirklich, Clementina", sagte Florimel, „mit Ihnen verglichen ist mein Reitknecht der reinste Aristokrat!"

„Wollen Sie nun mit mir gehen und diesen Schullehrer anhören oder nicht?"

„Ich werde mit Ihnen überall hingehen, und sei es auch nur, um mit einer solchen Schönheit gesehen zu werden", sagte Florimel, und damit war die Sache erledigt.

Später an diesem Tag wurden die beiden Damen bei ihrem Eintreffen an der Hope Chapel hineingeführt und Clementina saß und wartete auf ihren erhofften Lehrer. Als Mr. Graham aufstand, um den Psalm zu verlesen, war Clementina tief enttäuscht. Nach ihrem Empfinden sah er fast wie der Ort aus – grau und eintönig –, und sie konnte nicht glauben, dass dies der Mann sei, von dem Malcolm gesprochen hatte.

Doch schon bald begann sie ihr unfreiwilliges Urteil zu revidieren, als sie sich dabei ertappte, wie sie einer Aussage lauschte, gegen die selbst ihre zungenfertigsten Unmutsäußerungen nichts als Kindergeplapper waren. Er brandmarkte in hinreißenden, schneidenden Worten, verband Logik und Poesie in einem Strom wahrer Redekunst und goss Verwirrung und Bestürzung auf Haupt und Herzen all derer, die sich für Pfeiler der Kirche hielten, ohne die ersten Grundsätze der Lehre Christi zu praktizieren. Clementina lauschte mit ganzer Seele. Alle ihre Zweifel, ob dies wirklich Malcolms Freund sei, schwanden, kaum dass er zwei Minuten gesprochen hatte. Wenn sie sich auch mehr darüber freute, dass ein solcher Mann so dachte wie sie, so gewann sie doch etwas Gutes: Gegenwart und Kraft eines Menschen, der an die Lehre glaubte, die er verkündete. Sie erkannte: wenn die Aussagen dieses Mannes der Wahrheit entsprachen, dann wurde das Evangelium von Menschen repräsentiert, die von seiner wahren Natur nicht das Geringste wussten, und sie selbst war von solchen Menschen zu einem falschen Urteil geführt worden.

In der folgenden Woche dachte Clementina mit wachsender Freude über das nach, was sie gehört hatte, und wartete darauf, am nächsten Sonntag mehr von diesem freundlichen Mittler zu hören. Ihr Wunsch, von Malcolms Freund unterwiesen zu werden, wurde auch nicht gedämpft durch den Schock des Verschwindens von Florimel mit Malcolm zusammen.

Lady Bellair war aufs Höchste überrascht, verletzt und wütend. Liftore wurde bei dieser Nachricht grau vor Erregung und fühlte sich tief gedemütigt. Keiner aus ihrem Kreis bezweifelte auch nur für einen Augenblick, dass sie mit ihrem Reitknecht davongelaufen war, wie Florimel selbst es vorausgesehen hatte. Bei genauer Prüfung stellte sich heraus, dass der Plan schon seit einiger Zeit gefasst worden war. Die Jacht, auf der sie an Bord waren, hatte seit Monaten an ihrem Ankerplatz gelegen. Sie war zwar ihre eigene Herrin und konnte den heiraten, der ihr passte, doch war es kein Wunder, dass sie durchgebrannt war, denn wie konnte sie danach noch ihr Gesicht wahren?

Der zweite Teil dieser Woche war für Clementina die bedrückendste Zeit, die sie je durchgemacht hatte. Doch wie eine wahre Frau bekämpfte sie ihr eigenes Elend, das Gefühl eines Verlusts ebenso wie Ärger und Furcht und sagte sich beständig, sie würde nie aufhören sich zu freuen, dass sie Malcolm MacPhail kennengelernt hatte, ganz gleich, wie die Dinge lagen.

Wie immer der Einfluss Mr. Grahams auf die Gemeinde der Hope Chapel gewesen sein mochte, es gab Menschen, die ihre Fundamente durch seine Aufrichtigkeit ernsthaft untergraben sahen. Kurz darauf erhielt er einen vom Eisenwarenhändler im Namen der Diakone verfassten kühlen Dankesbrief für seine Dienste mit einem beigefügten Scheck, den Mr. Graham zurückgab mit dem Hinweis, dass er kein berufsmäßiger Prediger und deshalb nicht berechtigt sei, Honorare anzunehmen.

Am Ende ihrer kummervollen Woche ging Clementina durch den Regent's Park zur Hope Chapel, fand jedoch keinen Mr. Graham auf der Kanzel. Ein seltsames Gefühl der Verlassenheit und Trostlosigkeit ergriff von ihr Besitz, doch sie verweilte noch in der Halle. Wie sollte sie nach Malcolms Weggang erfahren, wann Mr. Graham predigte?

„Bitte schön, Ma'am", sprach eine demütige, niedergeschlagene Stimme neben ihr.

Sie drehte sich um und sah in das müde, graue Gesicht des Mesners, der sie von der Vorhalle aus beobachtet hatte und ihr nachgegangen war. Sie grüßte und ging weiter. Doch er sprach weiter und hielt sie an: „O

Ma'am, wir werden ihn nie mehr sehen. Unsere Leute hier – es sind gute Menschen, aber sie wollen die Wahrheit nicht hören. Mir scheint, sie glauben, dass sie die Wahrheit so gut kennen, dass sie nicht darauf achten müssen."

„Sie wollen doch nicht sagen, dass Mr. Graham es aufgegeben hat, hier zu predigen?"

„Sie haben es aufgegeben, ihn darum zu bitten, Lady. Aber wenn je ein guter Mensch auf dieser Kanzel stand, dann war es Mr. Graham."

„Wissen Sie, wo er wohnt?"

„Ja, Ma'am, aber es wäre schwierig, Ihnen das zu erklären."

„Ich wäre Ihnen sehr dankbar, wenn Sie mich hinführen könnten", sagte Clementina, „es würde mir nur leidtun, wenn ich Ihnen damit Mühe bereite."

„Nun, um die Wahrheit zu sagen", erwiderte er, „ich bin nur zu froh, von diesem Ort wegzukommen, der wie ein Friedhof wirkt, seit er fort ist."

Sie hatten eine gute halbe Stunde zu gehen, und Clementina unterhielt sich über alles Mögliche mit ihrem Begleiter. Als sie vor dem Haus ankamen, öffnete ihnen eine traurig aussehende Frau die am Sonntag verschlossene Türe des Schreibwarenladens – denn es gab keinen privaten Hauseingang. Sie klappte den Ladentisch auf und führte sie in sein düsteres kleines Zimmer oben, das auf einen winzigen Hof hinausging. Da saß der Lehrer im Gespräch mit einer Dame, einer der führenden Personen der Gemeinde, die sich vergeblich bemühte, einige von Mr. Grahams gefährlichen Gedanken in seinem Geist zurechtzurücken.

„Ich hoffe, Sie werden mir verzeihen", sagte Lady Clementina, „dass ich bei Ihnen vorspreche. Da ich Sie unglücklicherweise beschäftigt finde, werden Sie mir hoffentlich erlauben, Sie an einem anderen Tag aufzusuchen."

„Bleiben Sie jetzt, wenn Sie möchten, Madam“, erwiderte der Lehrer mit einer altmodischen Verbeugung. „Diese Dame hat die Aufzählung ihrer Gebote für mich bereits beendet, wie ich annehme.“

„Wenn Sie es für angebracht halten, von Geboten zu sprechen, Mr. Graham, dann schließe ich daraus, dass Sie die Absicht haben, sie einzuhalten“, bemerkte Mrs. Marshall mit einem verkrampften Lächeln und einem Versuch scherzhaft zu sein.

„Um nichts in der Welt, Madam“, lautete die Antwort.

Die Dame gab keine Antwort, nur ihr Gesicht wurde rot, als sie sich Clementina zuwandte. „Guten Abend, Ma'am“, sagte sie und ging.

„Ich bitte um Verzeihung“, sagte der Lehrer, als sie draußen war. „Aber die arme Frau kann kaum etwas für ihre Grobheit, denn sie ist sehr weltlich und hält sich für furchtbar fromm. Da haben wir die alte Geschichte – für die Reichen ist es hart.“

Clementina war betroffen. „Auch ich bin reich und weltlich“, sagte sie. „Aber ich weiß, dass ich nicht fromm bin. Wenn Sie mich aber davon überzeugen können, dass Religion gesunder Menschenverstand ist, dann möchte ich mit ganzem Herzen und mit ganzer Seele versuchen, religiös zu sein.“

„Diese Aufgabe will ich gerne übernehmen. Aber erst wollen wir beide uns ein wenig besser kennenlernen. Und wenn es nachher den Anschein haben sollte, als sei ich Ihnen gegenüber im Vorteil, dann hoffe ich, dass Sie mir gegenüber nicht namenlos bleiben wollen, denn mein Freund Malcolm MacPhail hat Sie mir so genau beschrieben, dass ich Sie auf Anhieb erkannt habe, Mylady.“

„Tatsächlich habe ich es wegen dem, was Malcolm von Ihnen erzählte, unternommen, Sie aufzusuchen.“

„Haben Sie Malcolm in letzter Zeit gesehen?“, fragte

er, und seine Augenbrauen zogen sich ein wenig zusammen. „Es ist mehr als eine Woche her, seit er zuletzt bei mir war.“

Daraufhin erzählte sie ihm mit einer Verlegenheit, die sie nur in Gegenwart der reinen Aufrichtigkeit empfand, von seinem Verschwinden mit seiner Herrin zusammen.

„Und Sie glauben, dass die beiden zusammen durchgebrannt sind?“, fragte der Lehrer, und auf seinem Gesicht strahlte zu Clementinas Verblüffung fast so etwas wie Belustigung.

„Ja, ich glaube schon. Warum auch nicht, wenn sie das wollten?“

„So viel kann ich für meinen Freund Malcolm sagen“, erwiderte Mr. Graham gelassen. „Was immer er getan hat, wird nach meiner Erwartung nicht nur in der richtigen Absicht geschehen, sondern auch klug und überlegt. Im Augenblick mag das wie eine überstürzte, unüberlegte Affäre der beiden aussehen, aber –“

„Ich sehe keine Notwendigkeit für Erklärungen oder Entschuldigungen“, unterbrach Clementina allzu eifrig. „Bei ihrem Entschluss, ihn zu heiraten, hat Lady Lossie größere Weisheit und größeren Mut gezeigt, als ich ihr, ehrlich gesagt, zugetraut hätte.“

„Und Malcolm?“, fragte der Lehrer leise. „Würden Sie sagen, dass er die gleiche Weisheit an den Tag gelegt hat?“

„Ich lehne es ab, eine Meinung über den Anteil des Gentleman an der Angelegenheit zu äußern“, antwortete Clementina lachend, doch sie war froh, dass der Raum so schwach erleuchtet war, denn sie war sich schmerzlich ihrer brennenden Wangen bewusst. „Außerdem steht mir kein Maß zur Verfügung, das ich an Malcolm anlegen könnte“, fuhr sie ein wenig eilig fort. „Ich habe noch nie mit jemand wie ihm gesprochen, und ich gestehe, dass etwas an ihm ist, was ich nicht verstehen kann. Es übersteigt einfach mein Begriffsvermögen."

„Da ich ihn von Kind auf kenne, kann ich ihn vielleicht ein wenig erklären", meinte Mr. Graham in einem Ton, der zum Fragen aufforderte.

„Vielleicht ist es mir erlaubt", sagte Clementina, „da ich neidisch bin auf die von ihm empfangene Belehrung, meine Verwirrung darüber zu gestehen, dass ein so junger Mensch in der Lage sein sollte, sich mit den Dingen zu befassen, an denen er Gefallen findet. Die Jugend des Propheten ist es, die mich an seiner Prophezeiung zweifeln lässt."

„Wenigstens deckt sich dieses Phänomen mit dem, was der Meister dieser Dinge gesagt hat", erwiderte Mr. Graham, „dass sie den Unmündigen offenbart werden und nicht den Weisen und Klugen.

Malcolms wunderbare Fähigkeit, ihnen Gestalt und Ausdruckskraft zu verleihen, hängt so unmittelbar von der klaren Sicht dieser Dinge ab, verbunden mit einer gewissen poetischen Gabe, die durch Lesen und Gespräch entwickelt wurde, dass wir uns nicht darüber zu wundern brauchen."

„Sie betrachten Ihren Freund als Genius?", fragte Clementina.

„Ich meine, dass er eine Art von gesundem Menschenverstand himmlischer Natur besitzt. Etwas, was er nicht verstanden hat, liegt in seinem Geist wie ein störender Fremdkörper. Doch es gibt einen weit wichtigeren Faktor als dieses außergewöhnliche Maß an Einsicht. Verstehen ist der Lohn für Gehorsam. Gehorsam ist der Schlüssel zu jeder Türe. Ich bin verblüfft über die Torheit des gewöhnlichen religiösen Menschenwesens. Bei einer Angelegenheit, die viel praktischer ist als alles andere, da redet und spekuliert er, versucht etwas zu fühlen, aber er macht sich nicht daran, etwas zu tun. Bei Malcolm ist das anders. Von Anfang an hat er versucht zu gehorchen. Ich sehe auch nicht, was daran seltsam sein soll, dass auch ein Kind diese Dinge begreift. Wenn ein Mensch die Dinge Gottes nicht versteht, von dem er herkommt, was soll er denn dann verstehen?"

„Wie kommt es aber, dass so wenige begreifen?"

„Weil so wenige gehorsam sind, wo sie verstehen. Dieser Junge ist es, wie ich gesagt habe. Wenn Sie so wie ich den fast übermenschlichen Kampf seines Willens gesehen hätten, das ihm von seinen Ahnen vererbte wilde Temperament zu zügeln, dann würden Sie sich weniger über das wundern, was schon so früh aus ihm geworden ist. Ich habe gesehen, wie er sich, weiß vor heftiger Erregung, mit dem Gesicht auf den Strand warf und die Erde mit seinen Händen festklammerte, als schüttle ihn ein Krampf körperlicher Schmerzen, und wenige Augenblicke später erhob er sich und tat dem Menschen, der ihm Unrecht zugefügt hatte, einen Dienst. Ist es ein Wunder, dass in einer solchen Seele sich das Licht schon frühe Bahn bricht? Als ich noch jünger war, fuhr ich hin und wieder mit den Fischern hinaus, hauptsächlich bewog mich dazu meine Liebe zu dem Jungen, der auf diese Weise sein Brot verdiente, noch ehe er viel mehr als zehn war. Eines Nachts gerieten wir in einen schrecklichen Sturm und mussten uns in pechschwarzer Nacht auf See behaupten. Damals war er noch keine vierzehn. ‚Können Sie denn so einen Buben das Steuer nehmen lassen?' fragte ich den Kapitän. ‚Ja, so ein Junge ist genau das Richtige', antwortete er. ‚Malcolm wird so unbeirrt wie ein Delphin steuern, weil er keine Angst vor der See hat.' Als der Junge abgelöst wurde, kroch er zu meinem Sitz herüber. ‚Hast du denn keine Angst, Malcolm?', fragte ich ihn. ‚Angst?', antwortete er etwas überrascht. ‚Ich möchte nicht, dass mein Herr zu mir sagt: O du Kleingläubiger!' – ‚Aber', so beharrte ich, ‚es könnte doch sein, dass Gott vorhat, dich ertrinken zu lassen.' ‚Und warum nicht?', entgegnete er. ‚Wenn Sie mir sagen würden, ich könnte ertrinken, ohne dass es sein Wille ist, dann wäre ich tief erschreckt.' Glauben Sie mir, Mylady, der richtige Weg ist einfach zu finden, aber nur die, die ihn suchen, werden ihn finden. Aber ich habe mir erlaubt, in meiner Laudatio auf Malcolm abzuschweifen. Sie sind nicht zu mir gekommen, um seinen Lobpreis zu hören, Mylady."

„Ich verdanke ihm viel", sagte Clementina. „Aber sagen Sie mir, Mr. Graham, woher wissen Sie, dass es einen Gott gibt, einen Gott, dem man so vertrauen kann, wie Sie dies tun?"

„Ich weiß das nicht so, dass ich dieses Wissen der Vernunft anderer in einer Weise beibringen könnte, die zur Überzeugung führt."

„Was soll ich aber dann machen?"

„Ich kann für Sie etwas viel Besseres tun: Ich kann Sie dazu überreden, selbst nachzusehen, ob direkt vor Ihnen nicht ein Tor, ein Pfad liegt, der zum Glauben führt. Wenn Sie durch dieses Tor eintreten und diesen Pfad beschreiten, werden Sie selbst zu der Überzeugung gelangen, die Ihnen kein Mensch vermitteln kann. Der Mensch, der die Wahrheit auf anderen Wegen sucht, wird sie niemals finden. Hören Sie mir einen Augenblick zu, Mylady. Ich habe die Mutter dieses Jungen geliebt. Weil sie aber mich nicht lieben konnte, war ich tief unglücklich. Dann suchte ich Trost in der unbekannten Quelle meines Lebens, Er brachte mich zum Verständnis seines Sohnes, und so verstand ich Gott selbst, fand zu seiner Erkenntnis und wurde getröstet."

„Aber wie wissen Sie, dass es nicht alles Täuschung war, ein Produkt Ihrer glühenden Phantasie? Verstehen Sie mich recht, ich wünsche mir, dass es wahr ist."

„Das ist eine richtige und aufrichtige Frage, Mylady. Vor allen Dingen stellte ich fest, dass alle meine Schwierigkeiten, meine Wirrnisse sich von selbst klären, seit ich diesen Weg beschritten habe. Es sind nicht mehr

Schwierigkeiten des Lebens, sondern Schwierigkeiten des Glaubens. Mein Bewusstsein vom Leben hat sich gegenüber früher verdreifacht: meine Wahrnehmung dessen, was um mich herum schön ist, und die Freude daran; meine Kraft, Dinge zu verstehen und meinen Weg festzulegen. Das Gleiche gilt für meine Hoffnung, meinen Mut, die Liebe zum Menschengeschlecht, meine Kraft der Vergebung. Kurz gesagt, kann ich einfach nicht anders als glauben, dass mein ganzes Wesen und seine ganze Welt für mich in die richtige Ordnung geraten sind. Wenn ich nun mein ganzes Wesen in dieser Weise erleuchtet und erlöst finde, dann befinde ich mich im Einklang mit dem Wort des Menschen, von dem die alte Geschichte berichtet; wenn ich feststelle, dass sein Wort und die auf dieses Wort gegründete Handlung übereinstimmen und in und um mich einen Himmel eröffnen; wenn also der Herr der alten Geschichte so Wort gehalten hat, kann ich da noch viel oder lange zweifeln, ob es einen solchen Herrn gibt oder nicht?"

„Was ist aber nun der Weg, der vor mir liegt zu meinem eigenen Tor? Helfen Sie mir, ihn zu finden."

„Es ist einfach der alte Weg des Gehorsams. Wenn Sie je den Herrn gesehen haben, und sei es auch nur von Weitem – wenn Sie auch nur den geringsten Verdacht hegen, der Jude Jesus, der von sich bekannte, er sei von Gott gekommen, sei ein besserer Mensch, anders als andere Menschen –, dann muss es Ihre erste Pflicht sein, sich seinem Wort zu öffnen und zu prüfen, ob es Ihnen wahr erscheint, und wenn dies der Fall ist, ihm mit Ihrer ganzen Kraft und Macht zu gehorchen. Dies ist der Weg, der einen Menschen aus seinem Elend in das wirkliche Leben führt."

Eine kurze Pause folgte, der sich ein langes Gespräch über das anschloss, was der Lehrer die alte Geschichte nannte. Er sprach mit solcher Inbrunst von diesem und jenem Punkt der Geschichte, entfernte manchen Stolperstein durch richtiges Lesen oder richtige Interpretation, zeigte das Was und Warum und Wie, sodass Clementina zum ersten Mal in ihrem Leben zu spüren begann, ein solcher Mensch habe wirklich gelebt, Seine Füße seien wirklich über den Boden Palästinas geschritten, Sein menschliches Herz habe tatsächlich für die gesamte Menschheit gedacht und gefühlt, gebetet und ertragen. Selbst in der Gegenwart ihres neuen Lehrers und mit seinen Worten in den Ohren begann sie sich nach ihrem eigenen Zimmer zu sehnen, um sich mit der lange vernachlässigten Geschichte hinzusetzen und sie für sich zu lesen.

23. Die Krise

Als Mr. Crathie von den Ausschreitungen der Leute von Scaurnose gegenüber den Landvermessern hörte, schwor er, jedes einzelne Haus des Ortes von seinen Bewohnern zu leeren. Seine Frau warnte ihn, ein solches Vorgehen in Bausch und Bogen werde ihn im ganzen Land ins Unrecht setzen, weil sie nicht alle schuldig sein konnten. Er entgegnete darauf, es sei ganz unmöglich, die Rädelsführer zu finden, weil die Gauner alle so zusammenhingen. Sie erwiderte, selbst wenn seine Unterscheidung nicht völlig korrekt wäre, sollte er doch unterschiedlich vorgehen. Der Verwalter ließ sich überzeugen und stellte eine Liste derer auf, die ihre Häuser verlassen mussten, und er verwandte große Sorge darauf, dass die wichtigsten Männer des Ortes alle darin enthalten waren.

Als in Scaurnose alle diese Bescheide zur gleichen Zeit zugestellt wurden, glich der Ort einem Bienenstock kurz vor dem Schwärmen. Das Kommen und Gehen zwischen den Häusern war hektisch und vielfältig. Vor dem kleinen Wirtshaus stand an diesem und nächsten Tag ständig eine Gruppe von Männern und Frauen, die keine fünf Minuten die gleiche Zusammensetzung aufwies, wie eine Wolke, die sich dauernd auflöste und neu formte. Das Ergebnis war ein Beschluss, mit dem ersten Opfer der Tyrannei des Verwalters gemeinsame Sache zu machen – dem blauen Peter, dessen Vertreibung drei Monate vor ihrer eigenen angesetzt war.

Drei von ihnen begaben sich deshalb zu Josephs Haus mit dem Auftrag und der Bedingung, dass Joseph der ihm erteilten Kündigung trotzen sollte und sie selbst sich verpflichteten, dass er niemals hinausgeworfen werde. Sie erklärten ihm, gleichgültig ob er zustimme oder nicht, sie selbst seien gleichermaßen entschlossen, das Dorf zu verteidigen, wenn die Reihe an sie komme. Wenn er sich jedoch mit ihnen zusammentue, hätten sie den Vorteil, die Frage für sich selbst drei Monate früher erledigt zu haben. Der blaue Peter versuchte ihnen dies auszureden und verwies besonders auf die Gefahr eines Blutvergießens. Sie hatten diesen Einwand vorausgesehen, doch da sie zu den jüngsten und rauesten Gesellen des Dorfes gehörten, schreckte sie die Aussicht auf ein Handgemenge in keiner Weise. Sie antworteten darauf, ein kleiner Aderlass tue niemand Schaden, viel werde es ohnehin nicht sein, da sie keine anderen Waffen als ihre Fäuste einsetzen würden. Niemand würde sein Leben einbüßen, man würde lediglich jeder Autorität, die sich ungefragt in ihre Angelegenheiten einmischte, nachdrücklich klarmachen, dass sie Scaurnose und seine Fischer in Ruhe lassen solle.

Es war ein lieblicher Sommerabend einige Tage später, und die Sonne, die sich eben zum Untergehen hinter dem Punkt von Scaurnose anschickte, schien geradewegs auf die Türe der Partans. Bedeutungsvoll war, dass sie bei einem solchen Wetter geschlossen blieb. In der Seaton waren die Türen jetzt öfter geschlossen als früher. Die geistige Atmosphäre des Ortes war gegenüber früherer Zeit weniger klar und offen. Das Verhalten des Verwalters und die Probleme ihrer Nachbarn hatten eine düstere Wolke auf die Empfindungen und Aussichten der Bewohner geworfen.

Ein Schatten fiel auf die Türe von Findlays Häuschen, vor der ein alter Mann in der Kleidung der Hochländer stand und klopfte. Die bunten Bänder, die seinen Dudelsack schmückten, verstärkten irgendwie noch den Ausdruck der Verlassenheit in seiner Erscheinung. Er stand über seinen Stock gebeugt. Sein Klopfen war vorsichtig und zweifelnd, als sei er sich nicht sicher, ob er hier willkommen sei. Er wirkte gebrochen und traurig.

Einen Augenblick später wurde die Türe aufgesperrt

und die Partaness, die sich die Hände an ihrer Schürze abtrocknete, erschien. „Gott bewahre! Das ist ein Anblick für müde Augen, Master MacPhail!“, rief sie und streckte dem blinden Mann die Hände entgegen, als könne er sie sehen. Er war es wirklich, doch in seiner abgetragenen Kleidung wirkte er älter, schwächer und auch ein wenig schäbiger als früher. „Kommt herein – Ihr seid hier so willkommen wie immer!“

„Herzlichen Dank, Mistress Partan“, sagte Duncan und folgte ihr, „mein Herz dankt Euch für Euer freundliches Willkommen. Es ist lange her, seit ich Euch das letzte Mal sah.“

Meg hielt in der Küche an, um dem alten Mann einen Stuhl zu holen. „Setzt Euch da ans Feuer, bis ich Euch eine Tasse Tee aufgebrüht habe. Vielleicht wollt Ihr auch lieber eine Schale Haferbrei und Milch. Mehr kann ich Euch nicht anbieten, aber Ihr seid uns um nichts weniger willkommen.“

Der alte Mann setzte sich mit einem dankbaren, freundlichen Ausdruck, und während sie den Tee aufgoss, erfuhr Mrs. Findlay durch geschickte Fragen die Geschichte seiner jüngsten Abenteuer.

Unfähig, mit dem furchtbaren Konflikt zwischen seinem Abscheu vor dem Campbeil-Blut und seiner Zuneigung zu dem Jungen, in dessen Adern dieses Blut floss, fertigzuwerden, hatte er beschlossen, sich von allen Bindungen an Ort und Menschen, die für ihn nun so schmerzlich geworden waren, loszureißen und wieder in seine Heimat Glencoe zurückzukehren – und dort die Demütigung so gut wie möglich zu ertragen. Aber er war noch nicht sehr weit gekommen, als ihn ein Bauer bewusstlos am Weg fand und ihn mit nach Hause nahm. Während er sich erholte, bemerkte er, wie sein Verlangen nach seinem Malcolm wuchs. Er war ein guter Junge gewesen, so sagte er sich; nicht der geringste Makel war an ihm zu finden. Er war ebenso mutig wie freundlich, aufrichtig und klug, stark und behutsam, und er konnte den Dudelsack blasen. Doch seine Mutter war eine Campbell gewesen, daran führte kein Weg vorbei. Er war ein Ehrenmann, und er würde auch als Ehrenmann sterben mit dem Hass auf die Campbells bis zur letzten Generation. Welch hartes Geschick! Wie bitter für ihn, trotzdem einem Campbell in Liebe zugetan zu sein! Mrs. Catanach hatte in der Tat ihre Rache gewonnen. Doch er konnte den Gedanken an den Jungen nicht aus seinem Herzen tilgen und sich nur immer weiter von ihm entfernen.

Sobald er dazu imstande war, setzte er seinen Weg nach Westen und Süden fort und erreichte endlich sein Heimattal, den wildesten Fleck im weiten Umkreis. Der Ruf der Winde hatte sich nicht gewandelt, doch als seine Seele aufschrie in ihrer Qual, hielten sie keine tröstliche Antwort für das Herz des leidenden Mannes bereit. Tage gingen, ehe er jemand traf, der sich noch an ihn erinnerte, denn er war seit mehr als zwanzig Jahren fort gewesen, und eine neue Generation war herangewachsen. Am schlimmsten traf ihn jedoch die Erkenntnis, dass der alte Clan-Geist ausstarb. Die Stunde des Kelten war dahin. Es gab nicht einmal eine Hütte, die ihm Obdach bot. Von der, die er vor Jahren hinter sich gelassen hatte, waren nur noch die Grundmauern vorhanden, alles andere lag in Schutt. Die Menschen im Wirtshaus am Ende des Tales taten ihr Bestes für ihn, doch dann erfuhr er zufällig, dass sie Campbell-Verbindungen hatten. Da erhob er sich noch in derselben Minute und ging auf immer fort.

Er wanderte eine Zeit lang umher, spielte auf seinem Dudelsack und wurde überall gastfreundlich aufgenommen. Doch endlich konnte sein Herz das Verlangen nicht länger ertragen, er musste einfach seinen Jungen wiedersehen. Er raffte sich daher auf, um zu dem

Ort zurückzukehren, von dem er aufgebrochen war, und ging stetig, so gut es in seinem Zustand möglich war, seinen Weg, bis er die Hütte seiner streitsüchtigen, aber getreuen Freundin Meg Partan erreichte – nur um zu erfahren, dass sein Wohltäter, der Marquis, tot und Malcolm fortgegangen war.

Doch nur hier konnte er hoffen, je wieder mit ihm zusammenzutreffen, und so suchte er noch am gleichen Abend seine Hütte auf dem Anwesen des Herrenhauses auf, denn er hegte keinen Zweifel an seinem Recht, sie wieder bewohnen zu können. Doch die Türe war verschlossen und er konnte keinen anderen Eingang finden. Er ging zum Herrenhaus und wurde an den Verwalter verwiesen. Als er aber an dessen Türe klopfte und den Schlüssel für seine Hütte verlangte, kam Mr. Crathie wutschnaubend aus seinem Wohnzimmer gestürzt, fluchte ihn eine alte Hochlandziege und schleuderte ihm einen Haufen Beleidigungen gegen ihn und seinen Enkel entgegen. Er tat gut daran, dem alten Mann nicht zu nahe zu kommen, denn von da an trug die Haustüre des Verwalters die Marken sämtlicher Waffen, die Duncan bei sich trug.

Weiß im Gesicht und zitternd vor Wut über diesen „gemeinen Hund von einem Verwalter" kehrte er zu Mistress Partan zurück. Ihr Mitgefühl war überschwänglich, teilten sie doch einen gemeinsamen Zorn. Sie berichtete ihm von der Grausamkeit des Verwalters den Fischern gegenüber, seinem Hass auf Malcolm und seinem allgemein ungestümen Verhalten.

Duncan blieb, wo er war, und das Herz der Seaton fand wieder ein wenig Leben durch die Rückkehr von einem, der sie alle an eine bessere Zeit erinnerte. Der Verwalter war töricht genug, von Meg zu verlangen, dass sie ihren Gast wegschicken sollte.

„Wir wollen in Lossie kein solches Lumpenpack, weder alt noch jung", erklärte er. „Wenn der Ort nicht anständig bleibt, werden wir es nie erreichen, dass die junge Marquise wieder hierherkommt."

„Wirklich, Herr Verwalter", entgegnete Meg und unterstrich die Kraft ihrer Feststellung durch eine bei ihr seltene Beherrschung, „der erste Schritt, um diesen Ort wieder so anständig zu machen, wie er in den letzten zehn Jahren war, wäre ganz einfach, Verwalter dorthin zurückzuschicken, wo sie hergekommen sind."

„Und wo könnte das sein?", erkundigte sich Mr. Crathie.

„Das kann ich beim besten Willen nicht genau sagen", antwortete Mrs. Findlay, „aber weise alte Leute meinen, es sei da, wo der Teufel mit seinem Schwanz hintrifft."

Die Antwort des Verwalters, als er wegging, gab dem Sarkasmus der Partaness eine gewisse Berechtigung.

24. Die Wahrheit

Von Osten kam etwas wie ein Atemhauch, weder Wind noch Wärme, ein Licht wie das Licht in den Augen der Menschen. Ganz allmählich nahm es zu, wie wenn die Seele im Antlitz eines Bewusstlosen langsam wieder in die Welt zurückfindet. Florimel erwachte, stand auf, ging an Deck und fühlte sich einen Augenblick lang wie neugeboren. Die Sonne strahlte hernieder wie eine erwachende Mutter, die nach ihren scherzenden Kindern Ausschau hält. Schwarze Schatten fielen von einem Segel auf das andere, ständig in Bewegung, und ein langer Schatten von der „Psyche" selbst fiel bis zu den Toren des Westens. Reine Lebensfreude schwellte Florimels Brust. Sie blickte auf, sah sich um und atmete tief ein. Beim Umdrehen erblickte sie Malcolm, der an der Ruderpinne stand, und der Zorn überfiel sie. Gesammelt, klar und kühl wie der Morgen stand er da und schaute auf die sonnenbeschienenen Segel, auf denen die dunklen Schatten der Takelage tanzten wie ein Kind, das über losen Steinhaufen hüpft und stolpert. Sie wandte sich von ihm ab.

„Guten Morgen, Mylady! Was für ein herrlicher Morgen!" Florimel warf ihm einen wütenden Blick zu. Hatte er doch die Unverschämtheit, mit ihr zu sprechen, als sei nicht das Geringste vorgefallen und als habe sie keinerlei Grund, sich von ihm beleidigt zu fühlen. Sie gab keine Antwort. Ein Schatten huschte über Malcolms Gesicht und er richtete seine ganze Aufmerksamkeit auf die Steuerung, bis sie wieder nach unten gegangen war.

Inzwischen hatte Rose, die sich zum Glück als ebenso seetüchtig erwiesen hatte wie ihre neue Herrin, die kleine Kabine ein wenig aufgeräumt. Florimel fand zwar nicht ein ganz so üppiges Frühstück vor, wie man es ihr in Portland Place vorgesetzt hatte, dafür empfand sie einen weit größeren Appetit, mit dem fertigzuwerden, was vor ihr stand. Nach Beendigung des Frühstücks hatte sich ihre Stimmung gebessert und sie war geneigt, gnädiger über Malcolms Anteil an der Geschichte zu urteilen, die ihr so viel Vergnügen bescherte. In diesem Augenblick konnte sie sich nichts Besseres vorstellen, als durch die Wasser des Meeres rauschend heimzukehren. Zwar hatte sie nur eine kurze Zeit ihres Lebens im Herrenhaus von Lossie zugebracht, doch sie mochte es unendlich lieber als die Schulen, in denen sie einen Großteil ihrer Jugend gelebt hatte. An der ganzen Sache war, von ihrer Ursache abgesehen, eigentlich nichts, was sie sich nicht selbst gewünscht hätte. Sie war schadenfroh genug, um sich diebisch bei dem Gedanken an die Bestürzung zu freuen, die es in Portland Place geben würde. Sie war sich allerdings nicht im Klaren über das ganze Ausmaß der Unannehmlichkeit. Ein Brief an Lady Bellair nach ihrer Heimkehr, so sagte sie sich, werde alles wieder zurechtrücken; und wenn Malcolm es nun bereute und das Schiff zurücklenkte, würde sie ihm augenblicklich befehlen, weiter Kurs auf Lossie zu halten. Sie empfand es jedoch als Demütigung, dass dies alles nach dem Willen Malcolms geschah und nicht nach ihrem eigenen – und eine noch schlimmere Demütigung, dass sie dies würde zugeben müssen. Wenn sie das sagen müsste, dann wäre sie gezwungen, ihn sofort nach ihrer Ankunft zu entlassen. Sie wagte nicht, danach der Gesellschaft noch entgegenzutreten und ihn weiter zu behalten. Doch sie konnte die Flucht überhaupt als eigene verrückte Idee ausgeben. Die Gedanken gingen ihr im Kopf herum, bis sie müde wurde.

Aus dem Traumland ihrer Vergangenheit trat plötzlich das Bild Lenormes hervor. Noch rief ihr Verhalten ihm gegenüber in ihr keine Scham, keinen Kummer hervor. Sie hatte ihn von sich gestoßen, sie schämte sich ihrer Beziehung zu ihm; sie hatte ihn bitterlich leiden lassen, und sie hatte praktisch versprochen, einen anderen Mann zu heiraten. Doch sehnte sie sich nach der Gesellschaft jenes Mannes in der gegenwärtigen Lage. Mit keinem anderen aus ihrem Bekanntenkreis außer Lenorme hätte sie diese bewusste Lebensfreude teilen mögen. „Wollte Gott, er wäre als Gentleman geboren worden und nicht als Maler!“, sagte sie sich.

Der Tag ging weiter. Florimel wurde müde und legte sich schlafen, erwachte und nahm ihre Mahlzeit ein, holte sich einen Band von „Tausend und eine Nacht“ und las sich wieder in Schlaf. Nach dem Erwachen ging sie auf Deck und sah, wie die Sonne sich dem Westen zuneigte. Unermüdlich blies der Wind, und noch tanzte die „Psyche“ ebenso unermüdlich wie der Wind.

Während des ganzen Tages war zwischen Malcolm und seiner Herrin kein Wort gefallen. Als der Mond über dem Horizont erschien und die Wellen sein Gesicht bespülten, trat er zu Florimel, die am Heck saß. Davy stand am Ruder.

„Wollen Sie nach vorn kommen, Mylady, und zusehen, wie die ‚Psyche‘ fährt?“, fragte er. „Am Heck können Sie nur den passiven Teil der Fahrt sehen. Es ist ganz was anderes, zu beobachten, wie der Bug das Wasser durchschneidet.“

Erst wollte sie ablehnen, doch dann überlegte sie es sich anders. Sie sagte nichts, stand aber auf und ließ sich von Malcolm nach vorne führen.

Der Mond hatte sich gerade eben aus dem Wasser erhoben, und als Florimel sich an Steuerbord hinabbeugte, sah sie durch die kleine Gischtwolke, die am Bug aufspritzte, wie sein Glanz die Wassertröpfchen in Perlen und Edelsteine verwandelte.

„Mylady“, unterbrach Malcolm das Schweigen, „ich kann es nicht ertragen, wenn Sie ärgerlich sind auf mich.“

„Dann hättet Ihr keinen Anlass dazu geben sollen“, erwiderte sie.

„Mylady, wenn Sie alles wüssten, würden Sie nicht sagen, dass Sie Anlass haben, ärgerlich auf mich zu sein.“

„Dann sagt mir alles und überlasst mir das Urteil.“

„Noch kann ich Ihnen nicht alles sagen, aber ich werde Ihnen etwas sagen, was Ihr Urteil vielleicht milder stimmt. Haben Sie je darüber nachgedacht, Mylady, warum ich wohl so an Ihrem Vater hing?“

„O nein. Ich sah darin eigentlich nie etwas Besonderes. Selbst heute gibt es Diener, die ihren Herrn zutiefst zugetan sind. Das scheint mir durchaus natürlich. Immerhin war er Euch gegenüber sehr freundlich.“

„Es war in der Tat natürlich – weit mehr, als Sie denken. Zu mir war er freundlich, und auch das war natürlich.“

„Natürlich für ihn ohne Zweifel, denn er war freundlich zu jedem.“

„Mein Großvater hat Ihnen etwas von meiner frühen Geschichte erzählt, nicht wahr, Mylady?“

„Ja – wenigstens meine ich mich daran zu erinnern.“

„Wollen Sie sich das ins Gedächtnis zurückrufen und sehen, ob es Ihnen etwas sagt?“

Aber Florimel konnte sich an nichts Bestimmtes erinnern. In Wahrheit hatte sie das meiste vergessen, auch wenn sie höchst interessiert gewesen war, als ihr der alte Duncan die Geschichte erzählte.

„Ich weiß nicht, was Ihr meint“, sagte sie. „Wenn Ihr Euch in Geheimnisse hüllen wollt, werde ich wieder meinen Platz neben der Ruderpinne einnehmen.“

„Mylady“, sagte Malcolm, „Ihr Vater kannte meine Mutter und überzeugte sie von seiner Liebe zu ihr.“

Florimel reckte sich auf und hätte ihn mit ihrem Blick zu Asche verbrannt, wenn Zorn verbrennen könnte. Malcolm sah, dass er schnell zur Sache kommen müsste, ehe sie das Gespräch abbrach.

„Mylady", fuhr er fort, „Ihr Vater ist auch mein Vater. Ich bin der Sohn des Marquis von Lossie und Ihr Bruder – richtig gesagt, Ihr Halbbruder."

Sie wirkte ein wenig verblüfft. Die Flut wich aus ihren Augen und das Brennen aus ihren Wangen. Sie drehte sich um und lehnte sich an die Wand des Schiffes. Er sagte nichts, blickte sie nur an.

Plötzlich erhob sie sich, sah ihn an und sagte: „Verstehe ich Euch richtig?"

„Ich bin Ihr Bruder", wiederholte Malcolm.

Sie ging einen Schritt auf ihn zu und streckte ihre kleine Hand aus, die er behutsam mit seinem kräftigen Griff umfasste. Ihre Lippen zitterten. Einen Augenblick starrte sie ihn an, dann blickte sie ihm voll ins Gesicht mit einem weiblichen, verstehenden Ausdruck.

„Mein armer Malcolm, das tut mir für dich leid."

Für einen Augenblick wurde ihr Herz sanfter, und fast schien es ihr, als sei da irgendein Unrecht geschehen. Warum sollte die eine Marquise sein und der andere nur ein Reitknecht? Doch es erklärte auch eine ganze Menge – jede Eigentümlichkeit des jungen Mannes, seine geistigen und körperlichen Gaben, Stärke, Mut und Anständigkeit.

Wie gewöhnlich waren ihre Gedanken wirr. Im einen Augenblick schien ihr der arme Kerl nur aus Leiden zu bestehen, im nächsten dachte sie, wie unendlich viel er der Familie Colonsay schuldete. Dann stieg die Erinnerung in ihr hoch an die Arroganz und Anmaßung, dass er auf einer so niedrigen Grundlage das Sorgerecht über sie wahrnahm – eine absolute Tyrannei. Musste sie sich von einem niedriggeborenen, ungehobelten Burschen wie ihm Vorschriften machen lassen, besonders wenn er glaubte, ein Recht auf solche Macht zu haben? Ein solches Recht sollte ihn für immer von ihrer Gegenwart verbannen! Sie wandte sich wieder zu ihm um.

„Wie lange habt Ihr das gewusst – schmerzlich muss

das für Euch sein – diese unangenehme und peinliche Tatsache? Ich nehme an, das wisst Ihr?", fragte sie kalt und eindringlich.

„Mein Vater bekannte es auf seinem Sterbebett."

„Bekannte!" Florimel wollte in ihrem Stolz aufbrausen, wahrte jedoch ihre Zunge. „Das erklärt viel", fuhr sie fort. „Ihr habt Euch seit damals sehr verändert. Ich sage nur – erklärt, beachtet das. Es kann jedoch niemals eine Rechtfertigung für Euer Verhalten sein – nicht einmal, wenn Ihr mein richtiger Bruder wärt. Allerdings möchte ich sagen, dass Eure Unwissenheit und Unerfahrenheit eine gewisse Entschuldigung bieten. Ohne Zweifel hat diese Entdeckung Euch den Kopf verdreht. Aber ich begreife immer noch nicht, wie Ihr dazu kommt, Euch einzubilden, das – das gäbe Euch irgendein Recht über mich."

„Die Liebe hat ihre Rechte, Mylady", sagte Malcolm.

Wieder blitzten ihre Augen und das Blut schoss ihr in die Wangen. „Ich kann es nicht dulden, dass Ihr so mit mir redet. Ihr dürft nicht glauben, dass Ihr mir die gleichen Gefühle entgegenbringen dürft wie ein richtiger Bruder. Es tut mir leid für Euch, Malcolm, das sagte ich bereits, aber Ihr seid gründlich auf dem Holzweg, wenn Ihr meint, dies könnte Tatsachen verändern oder Euch vor den Folgen Eurer Anmaßung schützen."

Sie wandte sich ab. Malcolm fühlte tiefen Schmerz für sie. Wie tief war sie gesunken, verglichen mit der Lady Florimel der früheren Tage! Wäre er in der Lage gewesen, einen so raschen Niedergang zu erkennen, dann hätte er sie schon längst weggeholt ohne Rücksicht auf ihre Gefühle. Er hatte sich viel zu viel Gedanken darüber gemacht.

Florimel sprach weiter, ohne sich ihm zuzuwenden: „Tatsächlich sehe ich nicht, wie die Dinge weiter so bleiben sollten, nachdem Ihr mir davon erzählt habt. Ich würde mich recht unbehaglich fühlen, wenn ich ständig jemand um mich hätte, der glaubt, er habe Rechte über mich. Das ist sehr unangenehm, Malcolm, wirklich sehr unangenehm! Aber es ist Euer eigener Fehler, dass Ihr Euch so verändert habt, und ich muss sagen, ich hätte das nicht erwartet. Ich hätte Euch mehr Vernunft zugetraut. Wenn ich Euch behielte und versuchte, den Leuten klarzumachen, warum, dann würde man mir sagen, ich solle Euch wegschicken. Sage ich aber nichts, dann würde immer wieder etwas hochkommen, was nach einer Erklärung verlangt. Außerdem würdet Ihr ständig versuchen, mich zur einen oder anderen Eurer törichten Vorstellungen zu bekehren. Ich weiß kaum, was ich tun soll. Wäret Ihr mein richtiger Bruder, dann wäre es anders."

„Ich bin Euer richtiger Bruder, Mylady, und versuche, seit ich es weiß, mich als solcher zu verhalten."

„Ja, Ihr wart wirklich lästig. Wenn Ihr ein echter Bruder wäret, hätte ich Euch anders behandelt."

„Das bezweifle ich nicht, Mylady, denn dann wäre alles anders. Dann wäre ich der Marquis von Lossie, und Sie wären Lady Florimel Colonsay. Aber in einem gäbe es keinen Unterschied – ich hätte Sie nicht lieber haben können, als ich dies jetzt tue."

Die Bewegung in Malcolms Stimme schien sie ein wenig anzurühren.

„Ich glaube es, mein armer Malcolm. Aber Ihr seid dann wieder so grob! Ihr nehmt Dinge selbst in die Hand und tut manches, was ich nicht will. Seht Ihr nicht, wie absurd das alles ist? Es wäre für mich in der Tat recht peinlich, Euch nun noch bei mir zu behalten und immer wieder Erklärungen wegen Euch abgeben zu müssen. Vielleicht könnte eine Regelung gefunden werden, wenn ich verheiratet bin, ich weiß nicht. Vielleicht eine Stelle als Wildhüter, würde Euch das gefallen? Auf diesem Posten ist man so halb ein Gentleman. Ich werde mit dem Verwalter sprechen und sehen, was sich machen lässt. Aber im Ganzen gesehen halte ich es im Augenblick für besser, wenn Ihr geht, Malcolm. Es tut mir sehr leid, und ich wünschte, Ihr hättet es mir nicht gesagt."

„Was werden Sie mit Kelpie anfangen, Mylady?", fragte Malcolm ruhig.

„Da seht Ihr's wieder!", entgegnete sie. „Wie peinlich! Wenn Ihr mir nichts gesagt hättet, dann hätte alles so bleiben können, wie es war. Um Euretwillen hätte ich so tun können, als hätte ich die Reise aus eigenem Willen und zu meinem Vergnügen unternommen. Nun weiß ich nicht, was ich tun kann, außer – nun – ich weiß nicht, aber vielleicht könnte sie bleiben, bis sie so weit trainiert ist, dass ein anderer mit ihr umgehen kann. Vielleicht könnte ich sie sogar selbst reiten. Wollt Ihr mir das versprechen?"

„Ich werde Ihnen versprechen, dass ich die Tatsache für mich behalten werde, solange ich in Ihren Diensten stehe, Mylady."

„Nach allem, was vorgefallen ist, meine ich, dass Ihr mir ein wenig mehr versprechen könnt! Aber ich will Euch nicht drängen."

„Darf ich fragen, was das sein könnte, Mylady?"

„Ich werde nicht darauf drängen, denn es soll kein Entgegenkommen sein. Allerdings sehe ich nicht, dass es eine große Gunst wäre, um die ich Euch bitten würde, Euch, der dem Haus Lossie wenigstens Respekt schuldet. Aber ich will nicht darum bitten. Ich möchte nur vorschlagen, Malcolm, dass Ihr diesen Teil des Landes verlassen solltet – sagen wir, das Land überhaupt –, und nach Neusüdwales oder Amerika oder das Kap der Guten Hoffnung gehen. Wenn Ihr diesen Wink aufnehmt und versprecht, nie ein Wort über diese unglückliche Beziehung verliert – ja, ich muss ehrlicherweise zugeben, dass es eine solche zwischen uns gibt –, wenn ihr also das als Geheimnis wahrt, dann werde ich dafür sorgen, dass etwas für Euch getan wird, weit mehr, als Ihr rechtmäßig erwarten dürftet. Und denkt daran, dass ich Euch nicht ersuche, etwas zu verhehlen, was Ehre auf Euch oder Unehre auf uns werfen würde."

„Das kann ich nicht, Mylady."

„Ich nahm auch kaum an, dass Ihr das tun würdet. Nur habt Ihr so großartige Ideen von Gott und Selbstverleugnung, dass ich dachte, es könnte Euch angenehm sein, eine Gelegenheit zur Ausübung dieser Tugend gegen geringe Kosten und einen großen Vorteil zu erhalten."

Malcolm fühlte sich entsetzlich elend. Wer hätte sich auch träumen lassen, dass sie so sehr ein Weltmensch war! Er musste dieses hoffnungslose Gespräch beenden.

„Dann nehme ich an, Mylady", sagte er, „dass ich mein Hauptaugenmerk Kelpie widmen soll und die Dinge so bleiben, wie sie waren?"

„Für den Augenblick ja. Und was dieses letzte Stück von Anmaßung betrifft, ich meine diese Reise, so will ich Euch insoweit verzeihen, dass ich die Sache auf mich selbst nehme – vor allen Dingen, weil es meine eigene Entscheidung gewesen wäre, wenn Ihr mir den Vorschlag unterbreitet hättet. Nichts könnte mir besser gefallen als eine Seereise und die Heimkehr nach Lossie House um diese Jahreszeit. Aber Ihr müsst auch Stillschweigen bewahren über Euren unerträglichen Anteil an dieser Geschichte. Und nun zum anderen: Die geringste Arroganz oder Anmaßung werde ich als Loslösung meinerseits von jeglicher Verpflichtung, gleich welcher Art, betrachten. Solche Beziehungen werden nie anerkannt."

„Danke – Schwester", sagte Malcolm in einem letzten, verlorenen Versuch. Während er sprach, sah er ihr liebevoll in die Augen.

„Wenn Ihr noch einmal mit einem solchen Wort von Euch und mir redet, Malcolm, dann werde ich Euch im selben Augenblick aus meinem Dienst entlassen! Ihr habt keinen Anspruch an mich, und kein Mensch würde mich tadeln."

„Gewiss nicht, Mylady, Verzeihung. Aber es gibt einen, der Sie vielleicht ein wenig tadelt."

„Ich weiß, was Ihr meint, aber ich lege keinen Wert auf eins von Euren religiösen Motiven. Wenn ich das tue, dann könnt Ihr sie gegen mich ins Feld führen."

„Ich bin nicht so töricht, wie Sie von mir glauben, Mylady. Ich habe mir vorgestellt, Sie seien vielleicht so weit gediehen wie ein Chinese", sagte Malcolm mit einem armseligen Versuch zu lächeln.

„Welche Frechheit habt Ihr jetzt wieder vor?"

„Die Chinesen, Mylady, zollen ihren dahingegangenen Eltern die größte Achtung. Als ich davon sprach, dass einer Sie ein wenig tadeln würde, da meinte ich Ihren Vater."

Er tippte sich an die Mütze und zog sich zurück.

„Schickt Rose zu mir", rief ihm Florimel nach und ging dann mit ihr in die Kabine hinunter.

Noch immer flog die „Psyche" durch die Wellen dahin.

Während der Reise wurde von keinem der beiden auf das Vorgefallene angespielt. Bis zum nächsten Morgen hatte Florimel ihre Fassung wiedergewonnen, und da nichts geschah, sie zu reizen, blieb es dabei, und sie war freundlich.

Gegen Ende ihrer Reise hatte Florimel beinahe das Gefühl, als sei das Unternehmen tatsächlich von ihr selbst ausgegangen, und sie war bereit, dies auch überall zu bekräftigen.

25. Der Dudelsackpfeifer

Es war zwei Tage nach dem längsten Tag des Jahres, wenn es in diesen Gegenden keine Nacht gibt, nur ein anhaltendes Dämmerlicht. Eine Woche mit veränderlichem Wetter war vorangegangen, mit plötzlicher Winddrehung auf Ost und Nord, dann wieder von Süd auf West und einer anschließenden mehrtägigen Windstille. Ganz Portlossie und allem voran die Seaton befand sich in einem Zustand der Erregung, und der kleine Nachbarort Scaurnose war noch aufgeregter. Der am stärksten und von der größten Ungerechtigkeit Bedrohte war der einzig Ruhige unter den Männern, und unter den Frauen war seine Frau als Einzige noch ruhiger als er. Der blaue Peter war entschlossen, den Schlag des Unrechts abzuwarten und sich der Macht des Verwalters nicht zu widersetzen. Er hatte eine dumpfe Vorstellung davon, dass es besser sei zu leiden, als dass die Ordnung zerstört und dem Gesetz getrotzt würde. Im Leiden konnte er immer noch in Geduld seine Seele besitzen, und in ihm selbst wäre alles gut. Doch was würde aus dem Land werden, wenn jeder, dem Unrecht geschah, das Recht selbst in die Hand nahm? Er hatte kein neues Heim gefunden. Tatsächlich hatte er sich nicht eingehend darum bemüht, eins zu finden, einmal weil er durch die Hoffnung, die sich so klar im Gesicht seiner vertrauensvolleren Frau spiegelte, Auftrieb erhielt – die Hoffnung, dass Malcolm heimkommen und sie alle von ihrer Sorge befreien würde.

Miss Horn fühlte sich immer unbehaglicher über den Gang der Ereignisse und war unzufrieden mit Malcolm, dass er die Dinge ungehindert so weit gedeihen ließ. Sie hatte eine ganze Weile nichts von ihm gehört, und hier war seine wichtigste Pflicht noch nicht in Angriff genommen – sie ging nicht so weit, von vernachlässigen zu sprechen – das Wohlergehen seiner Pächter, das den Händen eines gefühllosen, überheblichen Untergebenen überlassen blieb, der rasch den ganzen gesunden Menschenverstand einbüßte, den er einmal besessen hatte! Sollte Leben und Geschick all dieser tapferen Fischer und ihrer Frauen und Kinder nur wegen der verzärtelten Gefühle eines einzigen Mädchens hintangestellt werden?, fragte sich Miss Horn. Sie hatte ihm im letzten Monat in der Tat einen hitzigen Brief geschrieben, der Mrs. Catanach unendliches Vergnügen bereitete, als sie ihn in seiner alten Unterkunft über dem Kuriositätenladen las, der jedoch Malcolm, wie nicht besonders betont werden muss, nie erreichte.

Der blinde Dudelsackpfeifer war den ganzen Tag über von Unruhe erfüllt. Auf Meg Partans wiederholte Fragen, was denn mit ihm los wäre, gab er stets seltsame und ausweichende Antworten. Alle paar Minuten legte er ihre Lampe, die er reinigte, beiseite und ging zum Strand hinunter. Er brauchte nur die Schwelle zu überschreiten und einige Schritte durch den Hof zu machen, dann war er auf der Straße, die auf der Strandseite am Dorf entlangführte. Auf der einen Seite standen die kleinen Häuser, auf der anderen dehnte sich der Strand und dahinter breitete sich der Ozean ins Unendliche aus. Er überquerte die Straße und ging weiter, bis er den Sand unter den Füßen spürte, dann blieb er eine Weile mit dem Gesicht zum Wasser mit weit geöffneter Nase stehen, atmete in tiefen Zügen die aus Nordost kommende Luft ein, kehrte um und ging in Meg Partans Küche zurück, wo er sich weiter an der Lampe zu schaffen machte.

So ging es den ganzen Tag lang, und als der Abend nahte, wurde er noch aufgeregter. Die Sonne verschwand hinter dem Horizont und mit dem zunehmenden Zwielicht steigerte sich seine Erregung. Es hatte geradewegs den Anschein, als übertrage sich seine Unruhe auf die ganze Seaton. Männer und Frauen hielten sich draußen auf, und trotz der späten Stunde, zu der die Sonne unterging, war außer den Säuglingen kaum einer zu Bett gegangen. Die Männer standen mit den Händen in den Hosentaschen herum und rauchten gerollten Tabak in kurzen Tonpfeifen, und manche von den Frauen in kurzen blauen Röcken taten es ihnen gleich. Manche, meist ältere Frauen, standen unter der Haustüre und unterhielten sich mit ihren Nachbarn. Die jüngeren waren alle, mit Ausnahme von Lizza Findlay, auf der Straße. Ein Mann lehnte am Fenstersims von Duncans früherem Heim, umgeben von einigen Frauen, die über Scaurnose und den Verwalter sprachen und was die jungen Burschen morgen tun würden, während sich das Plätschern des ausrollenden Wassers auf den Kieseln in ihre Rede mischte.

Wieder stand Duncan, wie schon so oft an diesem Tag, am Strand mit dem Blick auf die See hinaus, die Hand schützend an der Stirne, als wolle er seine Augen vor den Strahlen der Sonne bedecken.

„Da ist der alte Pfeifer wieder“, sagte eine junge Frau aus der Gruppe. „Er sieht schon recht töricht aus, wenn er so dasteht, als könne er nichts sehen wegen der Sonne in seinen Augen.“

„Hüte deine Zunge“, tadelte sie eine ältere Frau, die neben ihr stand. „Es gibt mehr Dinge, als dein Verstand weiß, wie das Buch sagt. Es gibt Augen, die sehen können, und solche, die nicht sehen können, und manche Augen –“

„Das Boot! Das Boot von meinem Oberhaupt!“, rief der Greis plötzlich in der harten Sprache des Hochlands. „Es kommt wie ein Traum in der Nacht, aber einer, der am Morgen nicht verlöscht.“

Er redete wie einer, der mit Mühe eine wilde Freude zügelte.

„Wer ist es denn, Großvater?“, fragte die Frau, die zuletzt gesprochen hatte, voller Respekt, und alle, die seinen Ausruf vernommen hatten, schwiegen auf einmal und standen still da.

„Wer anders als mein eigener Sohn?“, antwortete der Pfeifer. „Wer sollte es sein außer meinem Malcolm! Ich sehe sein Boot um den Death Head biegen. Es flitzt über das Wasser wie ein bleicher Geist. Aber es ist der junge, starke Mann, den es heimbringt zu Duncan.“

Unwillkürlich wandten sich alle Blicke dem Punkt zu, der Death Head genannt wurde und die Bucht nach Osten zu begrenzte.

„Es ist schon zu dunkel, um noch etwas zu sehen“, sagte der Mann am Fenstersims. „Da draußen kommt ein wenig Nebel auf.“

„Ja“, sagte Duncan, „für euch wird es zu dunkel sein, die ihr keine Augen habt, außer davon zu reden. Aber wartet ein bisschen, dann seht ihr es genau so gut wie ich. O mein Junge! Mein Junge! Der Herr sei gepriesen! Ich werde in Frieden sterben, denn er ist nur zur Hälfte ein Cawmill (Campbell), und endlich wird er in Sicherheit sein, so sicher wie es einen Himmel gibt, in den man kommt, und eine Hölle, aus der man kommt. Denn die Hälfte, die kein Cawmill ist, die muss so stark sein, dass sie die Cawmill-Hälfte mit sich in den Himmel ziehen kann – aber die wird dort nicht willkommen sein.“

Als wolle er den unerfreulichen Gedanken verscheuchen, sein Malcolm könne nicht in den Himmel kommen, ohne seinen Campbell-Anteil mit sich zu nehmen, wandte er sich um und eilte ins Haus zurück, nur um seinen Dudelsack zu holen. Im Laufen blies er den Windsack auf, und als er am Strand zurück war, stellte er sich mit dem Gesicht nach Nordosten auf und ließ laut und klar sein Instrument ertönen.

Inzwischen hatte sich Meg Partan der Gruppe zugesellt.

„Hört mal, Leute!“, rief sie. „Wenn der alte Mann recht hat, dann ist es die Marquise selbst, die von den Untaten ihres Verwalters gehört hat und nun heimkommt, um nach dem Rechten zu sehen. Und das ist Malcolm zu verdanken. Aber der brave Bursche hat keine Ahnung vom Zustand des Hafens, er wird auf die Öffnung zuhalten und dieses prächtige Boot zwischen den Molen auf Grund fahren. Das wäre nicht die richtige Heimkehr für die Lady, und die Schuld wird sie dazuhin Malcolm in die Schuhe schieben. Einige von euch müssen drum zum Molenkopf vorgehen und Ausschau halten und ihn warnen!“

Ihr eigener Mann, stolz auf die Voraussicht seiner Frau, war der Erste, der sich auf den Weg machte.

„Meiner Treu, Meg!“, rief er. „Du kannst fast so gut in die Ferne sehen wie der Pfeifer selbst!“

Als der Partan und seine Gefährten den Molenkopf erreichten, löste sich aus dem Dämmerlicht von Meer und Himmel eine vage Erscheinung, die wohl eine auf den Hafen zuhaltende Schaluppe sein mochte. Im nächsten Augenblick waren sie ins Boot gesprungen und ruderten auf die offene Bucht zu.

Der Wind war nun zu einer sanften Brise abgeflaut, und das kleine Schiff kam langsam voran. Die Männer ruderten aus Leibeskräften, schrien und schwenkten ein weißes Hemd, und bald vernahmen sie einen Begrüßungsruf, der ohne Zweifel nur von Malcolm stammen konnte. In wenigen Augenblicken waren sie an Bord und begrüßten ihren alten Freund begeistert. Der Partan teilte ihm kurz den Zustand des Hafenbeckens mit und empfahl, das Boot ungefähr gegenüber der montierten Messingkanone landen zu lassen.

„Alle Männer und Frauen der Seaton werden dort sein und sie an Land ziehen“, verkündete er.

Malcolm übernahm das Ruder, gab seine Anweisungen und steuerte weiter westwärts. Inzwischen hatten die Leute am Ufer das Schiff entdeckt und sahen es allmählich aus dem Dunkel hervortreten und am Ufer entlanggleiten wie ein Wassergeist – blass, ungewiss, lautlos und schimmernd. Das konnte nur die „Psyche" sein! Ihre Lady musste ebenso an Bord sein wie ihr Freund Malcolm, dessen waren sie sicher, denn wie konnte der eine ohne den anderen kommen? Und ganz gewiss war die Marquise, an die sie sich alle als eine fröhliche, hübsche junge Dame erinnerten, die sich nie gescheut hatte, mit jedem zu sprechen, gekommen, um sie alle von dem verhassten Ungeheuer mit seiner roten Nase, ihrem Verwalter, zu befreien! Auf einmal machten sie sich am Ufer auf, um ihre Ankunft zu begrüßen. Jeder lief ohne Rücksicht auf den anderen, und so war von der Seaton bis zur Mitte der Boar's Tail-Düne eine lange, wogende, unterbrochene Kette von eilenden Fischersleuten unterwegs, Männer und Frauen, alt und jung, denen die Kinder folgten. Der Pfeifer, dem sein Asthma das Rennen verwehrte, der aber genug Luft bekam, um beim Gehen seinen Dudelsack zu blasen, ließ Malcolms Herz vor Entzücken hüpfen, denn er konnte den Stil nicht verkennen. Er glaubte, Duncan bilde den Abschluss, aber da täuschte er sich. Als Allerletzte kamen Mrs. Findlay und Lizza, die zwischen sich den kleinen Küchentisch aus Kiefernbrettern trugen, damit Mylady aus dem Boot aussteigen konnte, und auf dem Tisch schlief Lizzas Baby tief und fest.

Die Vordersten rannten und rannten, bis sie sahen, dass die „Psyche" ihre Anlegestelle gefunden hatte und mit dem Bug auf das Ufer zuhielt. Dort blieben sie stehen und warteten mit eingefetteten Planken und Tauen, um sie an Land zu ziehen. In wenigen Augenblicken war die *ganze* Bevölkerung in der Juninacht versammelt und verdunkelte den gelben Sand zwischen Düne und Gezeitengrenze. Die „Psyche" war nun mit sechs Leuten gut bemannt. Sie fuhr unter vollen Segeln bis wenige Meter vom Ufer, als im selben Augenblick alle Segel gleichzeitig eingeholt wurden, dann lief sie sanft wie eine Sommerbrise auf und blieb am Ufer liegen. Der Schmetterling schlief nun, doch ehe sie zur Ruhe kam, waren dreißig kräftige Männer ins Wasser gelaufen und hatten sie ergriffen. In wenigen Minuten lag das Boot im Trockenen auf Sand.

Malcolm sprang ans Ufer, gerade als die Partaness mit ihrem Küchentisch herzulief, den sie wie ein Tablett in den Händen trug. Sie stellte ihn ab und schüttelte Malcolm herzlich die Hände, dann nahm sie ihn wieder hoch und stellte ihn fest unterhalb des Mitteldecks ab.

„Und nun setzen Sie Ihren kleinen Fuß auf meinen Tisch, Mylady", sagte die Partaness, „und wir werden ihn von nun an höher schätzen als vorher, wenn wir unsere Mahlzeiten daran einnehmen."

Florimel dankte ihr, trat leichtfüßig auf die Tischplatte und sprang in den Sand, wo sie mit Willkommensgrüßen empfangen wurde, die im Rufen für die Übrigen untergingen. Die Männer mit dem Hut in der Hand und die knicksenden Frauen bildeten ein Spalier, durch das sie hindurchschritt.

Von Malcolm gefolgt, schlug sie den Weg über die Düne direkt zum Tunnel ein und wies Hilfe beim Hinaufsteigen ab. Malcolm hatte nie den Schlüssel fortgelegt, den sein Vater ihm zu den privaten Toren gegeben hatte, als er noch sein Diener war. Sie kamen an der Scharte der Messingkanone vorüber, die seit Langem verstummt war, doch kaum waren sie einige Schritte gegangen, da donnerte sie los. Florimels Ausruf wurde im Geschrei der Leute erstickt. Das Mädchen wurde unwillkürlich an frühere und für sie bessere Zeiten erinnert; sie drehte sich zu Malcolm um. Für einen kurzen Augenblick kehrte der Geist ihrer Mädchenzeit zurück. Einen solchen Empfang hatte sie nicht erwartet und sie fühlte sich zugleich geschmeichelt und gerührt. Hätte sie damals begriffen, dass eher Hoffnung als Glaube und Liebe der Quell ihrer Begeisterung war, dass ihre Pächter sie als Retterin vor dem Verwalter ansahen und dringend die Ausübung ihrer Autorität brauchten, dann hätte sie wohl besser ihre Stellung und Pflicht ihnen gegenüber verstanden.

Malcolm sperrte das Tor zum Tunnel auf und sie trat ein, gefolgt von Rose, die das Gefühl hatte, durch einen Traum zu wandeln. Als er hinter ihnen herging, wurde er von hinten umfasst und in einer Weise umarmt, die er sofort erkannte.

„Daddy, Daddy!“, rief er, drehte sich um und schlang seine Arme um den Pfeifer.

„Mein Junge, mein Junge! Mein Sohn Malcolm!“, flüsterte der alte Mann voll tiefer Befriedigung. „Du musst mir verzeihen, dass ich zu dir zurückgekommen bin. Aber ich kann nicht anders, ich habe dich lieb, und du musst einfach vergessen, dass du ein Cawmill bist.“

Malcolm küsste ihn auf die Wangen und flüsterte ihm zu: „Daddy, Daddy! Ich hab dir eine Menge zu erzählen, aber jetzt muss ich erst Mylady nach Hause bringen.“

„Geh nur, geh!“, rief der alte Mann und schob ihn weiter. „Tue erst deine Pflicht gegenüber Mylady, und dann kommst du zu deinem alten Daddy.“

„In längstens einer halben Stunde bin ich bei dir.“

„Mein guter Junge! Komm zu Mistress Partan.“

„Ay, ay, Daddy!“, sagte Malcolm und eilte durch den Tunnel davon.

Als Florimel sich dem alten Wohnsitz ihres Geschlechts näherte, der nun ihr gehörte und mit dem sie tun konnte, wie sie wollte, da wuchs ihre Freude. Ob es nun an der inzwischen verstrichenen Zeit oder am Zwielicht lag, alles sah seltsam aus – das Anwesen weiter, die Bäume höher, das Haus großartiger und ehrwürdiger. Den ganzen Weg über begleiteten sie die

Vögel in der Ebene mit ihrem Gesang. Der Geist ihres Vaters schien über dem Ort zu schweben. Der Gedanke, dass seine Stimme sie nicht beim Betreten der Halle begrüßen würde, verlich ihrer einfachen Rückkehr eine feierliche, an Trauer gemahnende Atmosphäre, trotzdem war ihr Herz erfüllt von Zufriedenheit und Stolz. All dies gehörte ihr zu ihrem Vergnügen und sie konnte damit umgehen, wie es ihr Spaß machte! Kein Gedanke an ihre Pächter, Fischer wie Farmer, kam ihr, die doch ihr gut Teil beitrugen, um das altehrwürdige Haus zu unterhalten. Schon hatte sie den Empfang vergessen oder ihn als selbstverständliche Huldigung an ihre Stellung und Macht betrachtet.

Wohnraum und Halle waren beleuchtet. Mrs. Courthope stand an der Türe, als habe sie sie erwartet, und begrüßte sie herzlich, doch Florimel achtete darauf, alles als selbstverständlich hinzunehmen.

„Wann möchten Sie mich sehen, Mylady?", fragte Malcolm.

„Zur üblichen Zeit, Malcolm", antwortete sie.

Er wandte sich um und lief zur Seaton zurück.

Als Erstes kümmerte er sich um die Unterbringung von Travers und Davy, doch er fand sie bereits in der Salmon Inn vor, wo sie sich einlogiert hatten. Jamie Ladle brachte eben Travers bei, wie man einen Toddy trinkt. Sie hatten die „Psyche" in tadellosem Zustand hinterlassen: das Boot lag hoch an Land über der Hochwassermarke. Die Segel waren eingerollt, die Türe zum Niedergang abgesperrt.

Mrs. Findlay freute sich über Malcolm, als sei er ihr eigener, aus fernen Landen zurückgekehrter Sohn. Doch die Geduld des armen Pfeifers, der zwischen dankbarer Höflichkeit auf der einen Seite und dem Drängen seines Herzens auf der anderen hin und her gerissen wurde, fand sich durch ihre Geschwätzigkeit auf eine harte Probe gestellt. Er konnte kaum zu Wort kommen.

Malcolm bemerkte seinen Kummer, und sobald es ihm passend erschien, schlug er ihm vor, er solle ihn zu Miss Horn begleiten, wo er diese Nacht schlafen würde.

Sobald sie aus dem Haus waren, versicherte Malcolm zur großen Befriedigung Duncans, dass er, wenn er seinen Daddy nicht hier vorgefunden hätte, in einem weiteren Monat aufgebrochen wäre, um Schottland nach ihm abzusuchen.

Miss Horn hatte von ihrer Rückkehr gehört und wanderte im Haus umher, denn sie war nicht imstande, sich zu setzen, ehe sie mit dem Marquis gesprochen hatte. Bei sich selbst nannte sie ihn stets den Marquis, doch ihm selbst gegenüber war er stets Malcolm. Wäre er nicht gekommen, erklärte sie, so wäre sie nicht schlafen gegangen – doch sie empfing ihn mit einem Tropfen Bitterkeit in ihrem Willkommen. Er musste sein Verhalten klarlegen. Sie setzten sich, und Duncan erzählte eine lange, traurige Geschichte, die mit dem Schlummertrunk zu Ende ging, mit dem er sich während des Erzählens die Kehle angefeuchtet hatte. Der alte Mann hielt es für besser, wieder zu Mistress Partan zurückzukehren, denn er wollte sie nicht verärgern.

Dann endlich schüttete Malcolm seine ganze Geschichte und mit ihr sein Herz aus, und Miss Horn lauschte mit wachsendem Verständnis und Mitgefühl. Endlich erklärte sie sich vollständig zufrieden, denn er hatte nicht nur sein Bestes getan. Sie sah auch nicht, was er noch mehr hätte unternehmen können. Sie hoffte jedoch, dass er nun so rasch wie möglich seine wirkliche Stellung anträte. Dafür wollte sie ihm am Morgen gute Gründe liefern.

26. Die Heimkehr

Malcolm hatte sich, trotz der kräftigenden und belebenden Seereise, immer noch nicht vollständig von den Folgen des ihm verabreichten üblen Tranks erholt. Manchmal befiel ihn sogar die Angst, er könne vielleicht nie wieder derselbe sein wie früher. Deshalb war er müde und verschlief am nächsten Morgen, doch das machte nichts, er hatte ja noch Zeit genug. Er verschlang sein Frühstück, wie dies nur ein arbeitender Mensch tun kann, und machte sich dann auf den Weg nach Duff Harbor. In Leith, wo sie Proviant aufgenommen hatten, schickte er einen Brief an Mr. Soutar und wies ihn an, Kelpie nach seiner eigenen Stadt zu schicken, wo er sie selbst abholen wollte. Die Entfernung betrug mehrere Meilen, es war erst neun Uhr, und er war gut zu Fuß. Der Morgen konnte gar nicht schöner sein, um sich im Freien aufzuhalten.

Als er beim Duff Arms eintraf, ging er geradewegs in den Hof. Das Erste, was er dort sah, war ein in der Luft schwebender Stalljunge, der an Kelpies Nasenbremse hing. Im nächsten Augenblick wäre er getötet oder für sein Leben verstümmelt worden, und Kelpie hätte sich losgerissen und hätte die Straßen von Duff Harbor in Angst und Schrecken versetzt. Als sie Malcolms Stimme und das Geräusch seiner rennenden Füße hörte, hielt sie inne, als lausche sie. Er stieß den Jungen zur Seite und packte das Halfter. Sie schlug noch ein- oder zweimal aus in einem vergeblichen Versuch, sich von dem schmerzenden Druck auf Lippen und Nase zu befreien, auch erkannte sie im Nebel ihrer Wut und Schmerzen ihren Meister nicht sofort in seiner Schiffsuniform. Doch als die Qual nachließ, war sie imstande, seine Gegenwart zu erschnuppern, begrüßte ihn mit ihrem üblichen freudigen Wiehern und ließ ihn gewähren.

Nachdem er sie gefüttert hatte, suchte er Mr. Soutar auf, ordnete mit ihm verschiedene Angelegenheiten und begab sich dann auf den Heimweg.

Welch ein Ritt! Kelpie barst beinahe vor Leben! Er ließ sie in jedes geeignete Feld galoppieren und ihre Hufe ließen die Erde aufstieben. Er wollte beim großen Tor durchreiten, fand jedoch das Pförtnerhaus unbesetzt, denn der Verwalter hatte, um ein wenig zu sparen, den alten Torhüter entlassen. Er musste daher durch den Ort reiten, wo es der verschreckten Bevölkerung, die aus Türen und Fenstern starrte, fast schien, als ob ihn das furchtbare Pferd direkt über die Dächer der Fischerhütten hinaus auf die See trage. „Aber der Malcolm MacPhail ist schon ein schrecklicher Bursche!“, sagten die alten Frauen zueinander, denn sie meinten, es müsse etwas Böses an ihm sein, dass er in dieser Weise reite. Doch er bog mit ihr von dem steilen Hügel ab und ritt die Straße entlang, die zum Stadttor des Herrenhauses führte.

Wer kam ihm beim Einbiegen in die Straße vor die Augen? Niemand anderes als Mrs. Catanach, die vor ihrer Haustürschwelle stand, die Augen mit der Hand bedeckte und weit über das Wasser hinaus durch den grünlichen Rauch vom Dorf unten blickte. Solange er denken konnte, war es ihre Gewohnheit, so in die Gegend zu starren, doch er konnte sich nicht vorstellen, wonach sie bei solcher Gelegenheit Ausschau hielt, es sei denn, nach dem Teufel selbst.

Der Pförtner am Stadttor begrüßte Malcolm beim Einlassen mit einem erfreuten Ausdruck auf seinem alten Gesicht und Worten des Willkommens, doch sofort fügte er hinzu, als sei keine Zeit, sich in Freundschaft zu ergehen, was für schreckliche Dinge in Scaurnose vor sich gingen.

„Was ist los?“, fragte Malcolm beunruhigt.

„Sie sind so lange fort gewesen“, antwortete der Mann, „dass Sie vielleicht nicht einmal den Verwalter kennen – doch der Herr steh mir bei! Wenn er wüsste, dass ich so etwas gesagt habe, würde er mich noch in dieser Minute auf die Straße setzen.“

„Aber Sie haben doch noch gar nichts gesagt“, wandte Malcolm ein.

„Ich sagte Verwalter, und das ist fast schon genug, denn seit Ihrem Weggang wütet er wie ein brüllender Löwe und rasender Bär unter den Leuten.“

„Aber Sie haben mir noch nicht gesagt, was in Scaurnose los ist!“, sagte Malcolm ungeduldig.

„O, nur das, dass an dieser Sommersonnwende der blaue Peter, ein ehrlicher Bursche, sein Haus räumen muss. Ihm ist schon vor drei Monaten gekündigt worden. Sehen Sie –“

„Räumen!“, rief Malcolm aus. „Weshalb? So was hat man hier noch nie gehört.“

„Gewiss doch, aber jetzt hört man davon“, erwiderte der Torhüter. „Räumungsanordnungen gibt's wie Sand am Meer. Man hört in der Tat von nichts anderem hier herum als von Räumungen, denn halb Scaurnose hat für den Michaelitag die Kündigung bekommen. Der Herr weiß, wie das alles enden soll.“

„Aber warum denn bloß? Der blaue Peter ist doch kein Mensch, der sich schlecht verhält.“

„Nun, Sie wissen selbst besser als jeder andere, warum das alles geschieht; denn man behauptet – das heißt, manche behaupten, es sei alles Ihre Schuld, Malcolm.“

„Was soll das heißen, Mann? Los, reden Sie“, sagte Malcolm.

„Man sagt, es sei alles nur, weil Sie das Boot des Marquis entführt haben und weil Sie und Peter zusammen damit fortgefahren sind.“

„Das lässt sich doch wohl kaum behaupten, nachdem

die Marquise selbst in der vergangenen Nacht damit heimkam."

„Ja, schon, aber die Anordnung ist herausgegangen, und was der Verwalter sagt, das ist wie die Gesetze der Meder und Perser, das kann nicht umgestoßen werden, sagen sie. Ich selbst weiß das nicht."

„O, wenn's weiter nichts ist, ich werde mich gleich bei der Marquise darum kümmern."

„Ay, aber ich habe gehört, dass eine Menge Burschen geschworen haben, dass weder der Verwalter noch seine Leute von heute an je wieder den Fuß nach Scaurnose setzen werden. Gehen Sie selbst in die Seaton hinunter und schauen Sie nach, wie viele von Ihren alten Freunden Sie vorfinden werden. Mann, sie sind alle drüben in Scaurnose und schauen zu, was passiert. Der Verwalter ist dort mit einigen Konstablern – um sicherzustellen, dass seine Anordnungen ausgeführt werden. Und die Burschen, sie befestigen den Ort – so nennen sie es – seit Kurzem. Sie haben einen Graben ausgehoben, wie man mir erzählt hat, und auf der Stadtseite des Grabens haben sie Wachen postiert mit Stöcken und Steinen und Rudern und Gewehren und Pistolen. Und wenn nicht schon einer oder zwei umgebracht worden sind –"

Noch ehe er den Satz vollendet hatte, flog Kelpie schon auf das Seetor zu.

Johnny Bykes schloss eben in Eile auf der anderen Seite zu, um ja beim Zuschauen nicht zu kurz zu kommen, als er Malcolm heranpreschen sah. Er hatte seinen alten Groll noch nicht vergessen und war sich auch darüber klar, dass es keinen Marquis mehr gab, um seinen Widersacher in Schutz zu nehmen, also drehte er weiter den Schlüssel um, zog ihn aus dem Schloss, und auf Malcolms Befehle, Drohungen und Bitten erwiderte er nur, er habe keine Zeit, sich mit ihm zu befassen. Malcolm stürmte zurück, um den Fuß des Hügels herum, stieg ab, sperrte das Tor in der Mauer auf, führte Kelpie durch und war wieder im Sattel, ehe Johnny halbwegs vom Tor heran war. – Der zitterte, als er ihn sah, drehte sich um und rannte verschreckt zurück in sein Häuschen; erst als er dort war, bemerkte er, dass der gekränkte Reitknecht wie der Wind in die entgegengesetzte Richtung davonsauste.

Malcolm ließ die Straße bald hinter sich und ritt querfeldein. Von Weitem hörte er Rufen und Schreien, das der Wind herübertrug, gemischt mit Lachen und dem animalen Laut von grobem Spott. Als er in die Nähe des Fuhrweges kam, der ins Dorf führte, sah er am Eingang der Straße eine Menschenmenge, von der sich die wohlbekannte Gestalt des Verwalters auf seinem Pferd abhob. Weiter der See zu gab es einen anderen Zugang zwischen den Hinterhöfen einiger Hütten; dort stand eine kleinere Gruppe. Beide waren nun weitgehend verstummt, denn die Aufmerksamkeit richtete sich auf Malcolms Kommen. Als er die schäumende und tänzelnde Kelpie zügelte und die Gruppe ihr Platz machte, sah er quer über die Straße einen tiefen, breiten Graben, auf dessen gegenüberliegender Seite sich die Blüte der männlichen Jugend von Scaurnose unregelmäßig aufgestellt hatte, ruhig, ja fast fröhlich darauf vorbereitet, ihren Graben zu verteidigen. Sie hatten den Verwalter verspottet und die Konstabler lauthals aufgefordert, sie sollten doch herüberkommen, als sie Malcolm in der Ferne erkannten, und ihr beißender Spott flaute in der einsetzenden Erwartung ab. Denn sie glaubten ohne jeden Zweifel, er kommt mit einer Botschaft des guten Willens von der Marquise. Sie erhoben deshalb ein großes Geschrei, als er heranritt, und jeder begrüßte ihn mit Namen. Doch der Verwalter, der seinem Aussehen nach zu urteilen schon seinen Morgentrunk gehabt hattc, chc cr fortging, und nun vor Zorn glühte, schob sein Pferd zwischen Malcolm und die auf der anderen

Seite versammelten Bewohner von Scaurnose. „Bitte, was ist Euer Begehr?", verlangte er zu wissen, als habe er Malcolm nie zuvor im Leben gesehen. „Ich nehme an, Ihr kommt mit einer Botschaft?"

„Ich komme, um Sie zu bitten, mit dieser Sache nicht weiter fortzufahren. Gewiss ist die Strafaktion schon weit genug gegangen!", sagte Malcolm respektvoll.

„Wer schickt mir diese Botschaft?", fragte der Verwalter mit zusammengebissenen Zähnen und blitzenden Augen.

„Einer", entgegnete Malcolm, „der bei der Justiz einigen Einfluss besitzt und auch benutzen wird, ganz gleich, auf welcher Seite die Gerechtigkeit liegt."

Der Verwalter fluchte, verlor völlig die Beherrschung und hob die Peitsche.

Malcolm achtete nicht auf diese Geste, denn er befand sich im Augenblick außerhalb ihrer Reichweite.

„Mr. Crathie", sagte er ruhig, „Sie verbannen den besten Mann im Ort."

„Kein Zweifel! Kein Zweifel, da er doch ein Komplize von Euch ist", lachte der Verwalter voller Hohn. „Ein heuchlerischer Bibelstundengauner!", setzte er hinzu.

„Gibt es denn noch etwas Schlimmeres als einen betrunkenen Kirchenältesten?", rief Dubs von der anderen Seite des Grabens herüber, worauf sich dröhnendes Gelächter erhob.

Die tiefe Röte wich vom Gesicht des Verwalters und ließ es leichenblass erscheinen.

„Kommt, Männer", mahnte Malcolm, „das geht zu weit!"

„Und Ihr, ein faulender Fischer, wer seid Ihr denn, dass Ihr ungefragt Rat erteilt?", schrie Dubs, der zutiefst enttäuscht war über Malcolms schwache Rolle in dieser Geschichte. „Gebt dem Verwalter da Eure Ratschläge."

„Mir aus dem Weg!", sagte Mr. Crathie, der noch immer die Zähne zusammenbiss. Er kam direkt auf Malcolm zu. „Fort mit Euch! Oder-r-r..."

Wieder hob er die Peitsche, diesmal eindeutig in voller Absicht.

„Um Himmels willen, Mr. Crathie, gebt auf die Stute acht!“, rief Malcolm. „Wenn Sie sie mit Ihrer Peitsche reizen, werden Rippen und Beine und andere Knochen zu Bruch gehen.“

Beim Sprechen nahm er sein Pferd etwas zur Seite, damit der Verwalter vorbeikonnte, wenn er wollte. In der kleineren Gruppe erhob sich ein Geschrei und Malcolm drehte sich zur Seite, um nach der Ursache zu schauen. In dem Augenblick, da er nicht auf der Hut war, empfing er einen stechenden Hieb über den Kopf von der Peitsche des Verwalters. Gleichzeitig stieg Kelpie hoch und Malcolm entriss die Waffe der verräterischen Hand.

„Wenn ich Ihnen das gäbe, was Sie verdienen, Mr. Crathie, dann müsste ich Sie und Ihr Pferd jetzt in den Graben da reiten. Ein kurzer Druck mit den Sporen würde genügen. Ich bin nicht sicher, ob ich das nicht tun sollte. Ein Charakter wie Ihrer hält Zurückhaltung für Schwäche.“

Während er sprach, stieß und schlug sein Pferd um sich und schaffte so Platz um sich. Mr. Crathies Pferd wurde aus Sympathie störrisch, und sein Reiter hatte alle Hände voll zu tun, sich im Sattel zu halten. Sobald er Kelpie etwas beruhigt hatte, kam Malcolm näher und reichte ihm die Peitsche zurück. Der Verwalter schnappte sie sich und versuchte einen zweiten Schlag zu landen, der jedoch ins Leere ging, da Malcolm Kelpie dicht an ihn herabließ. Dann schwenkte er sein Pferd herum und ließ ihn stehen.

Auf der anderen Seite des Grabens schrien und brüllten die Burschen vor Lachen.

„Männer!“, rief Malcolm. „Ihr habt kein Recht, die Straße hier zu blockieren. Ich will nach dem blauen Peter sehen.“

„Dann kommt doch!“, rief einer der jungen Männer, der eifrig Dubs’ Humor nachstrebte, und breitete die Arme aus, als wolle er Kelpie an seine Brust drücken.

„Aus dem Weg!“, rief Malcolm, „ich komme!“ Er führte Kelpie ein wenig zur Seite und hielt sich etwas von dem Verwalter fern, der zitternd vor Wut auf seinem erregten Tier saß, dann ließ er sein Pferd über den Graben setzen. Die Männer stolperten rechts und links zur Seite und Malcolm, der einigermaßen angewidert war, nahm keine Notiz von ihnen, flog über den Graben und galoppierte in höchster Geschwindigkeit zum Häuschen des blauen Peter.

Vor Peters Türe stand ein mit ihren Habseligkeiten beladener Karren, das Pferd eingespannt, doch niemand war in der Nähe. Kaum war Malcolm im Hof, da stürzte Annie heraus und streckte, ungeachtet Kelpies demonstrativer Abwehr, die Arme aus wie ein Kind, fasste ihn am Arm, während er noch mit seiner mühseligen Last beschäftigt war, zog ihn an sich und küsste ihn, trotz Kelpie, immer wieder ab.

„O Malcolm! O Mylord!“, sagte sie, „du hast mir meinen Glauben gerettet, ich wusste, dass du kommen würdest!“

„Sei still, Annie, ich will nicht, dass es bekannt wird“, warnte sie Malcolm.

Als Nächstes kam der blaue Peter mit seinem jüngsten Kind auf dem Arm heraus.

„Ach Peter! Ich bin so froh, dich zu sehen!“, rief Malcolm. „Gib mir deine ehrliche Hand!“

Die beiden Freunde schüttelten sich kräftig die Hände.

„Peter, du hast recht getan, dass du dich dem Verwalter nicht widersetzt hast. Aber ich freue mich sehr, dass sie dich nicht haben gehen lassen.“

„Ich wäre jetzt schon halbwegs in Port Gordon“, erwiderte Peter.

„Jetzt wirst du nicht nach Port Gordon gehen“, sagte Malcolm. „Geh einfach für ein paar Tage in den Salmon Inn, bis wir sehen, wie sich die Dinge entwickeln.“

„Ich tue alles, was du willst, Malcolm“, meinte Peter und ging ins Haus, um seinen Hut zu holen.

Auf der Straße erscholl der Schrei einer Frau, und eine der Fischersfrauen stürzte in den Hof, gefolgt vom Verwalter, der auf der Ostseite des Dorfes eine Stelle gefunden hatte, wo er über einen niedrigen Erdwall hinwegsetzen und in einen kleinen Hinterhof gelangen konnte. Als die Frau, zu deren Hütte der Hof gehörte, ihn vom Fenster aus erblickte, rannte sie hinaus und fiel mit wüsten Beschimpfungen über ihn her. In seiner Wut ritt er auf sie los und sie flüchtete sich schreiend in Peters Hof, wo sie hinter dem Karren Zuflucht suchte. Dabei schimpfte sie unablässig weiter. Außer sich vor Wut über seine in den Schmutz getretene Würde, ritt er heran und schlug über die Ecke des Karrens hinüber mit der Peitsche auf sie ein, worauf ihn Annie Mair von oben zur Rede stellte.

„Nehmen Sie sich in Acht, Sir! Haben Sie denn jeglichen Anstand vergessen, dass Sie in dieser Weise eine Frau schlagen!“

Er fuhr herum, versetzte ihr einen schneidenden Hieb auf Arm und Hand, dass sie laut aufschrie und beinahe vom Karren gestürzt wäre. Peter kam aus dem Haus auf den Verwalter zugeschossen, der von seinem überlegenen Platz aus mit der Peitsche auf seinen Kopf einzuschlagen begann. Doch Malcolm, der beim Auftauchen des Verwalters zur Seite gewichen war, um Kelpie daran zu hindern, Unheil zu stiften, bemerkte nur die zweite Attacke. Er stürzte vor und rief Peter zu:

„Zurück, das ist meine Sache! Ich habe ihm seine Peitsche zurückgegeben, darum bin ich verantwortlich. – Mr. Crathie!“ und beim Sprechen drängte er die Stute dicht an den keuchenden Verwalter heran, „dem Mann, der eine Frau schlägt, muss man beibringen, dass er ein Schurke ist, und das werde ich jetzt besorgen. Ich würde genauso verfahren, wenn Sie der Herr von Lossie wären und nicht bloß sein Verwalter."

Mr. Crathie war etwas erschrocken über diese Rede, denn er wusste nun genau, dass er im Unrecht war, und fing an zu stottern und zu stammeln, doch Malcolms schwere Reitpeitsche, die auf Schultern und Rücken niedersauste, ließ ihn in einen Schwall von Flüchen ausbrechen. Dann erhob sich ein Kampf, der bei so geringen Trümpfen auf Seiten der Ungerechtigkeit nicht lange dauern konnte. In weniger als einer Minute drehte sich der Verwalter um und ergriff die Flucht, hetzte aus dem Hof hinaus und die Straße hinunter.

Während Malcolm solchermaßen beschäftigt war, schrieb Florimel an Lady Bellair. Sie berichtete ihr, als sie mit ihrer Segeljacht, die sie aus Schottland habe kommen lassen, ausgefahren sei, habe die Sehnsucht nach ihrem Heim sie so sehr überwältigt, dass aus dem beabsichtigten Segeltörn eine Seereise wurde. Und nun sei sie hier und habe den großen Wunsch, Lady Bellair zu sehen. Und wenn sie es für richtig halte, zu ihrer Sorge einen Gentleman mitzubringen, werde er ebenso willkommen sein. Lady Bellair wisse wohl, was dies für ein Ort sei, und der Weg werde lang sein, aber zurzeit sei ohnehin niemand in London, und wenn sie nichts Verlockenderes auf ihrem Plan stehen habe, und so weiter. Sie schloss mit der Bitte, wenn sie die Güte haben sollte, Florimel mit ihrer Anwesenheit zu beglücken, möge sie Caley und Florimels Hund Demon mitbringen. Kaum hatte sie fertig geschrieben, als Malcolm sich präsentierte.

Sie empfing ihn ausgesprochen kühl und weigerte sich, etwas über die Fischer anzuhören. Sie beharrte darauf, dass er voreingenommen sei, weil er aus dem Fischervolk stamme, und dass selbstverständlich ein

Mann von der Erfahrung Mr. Crathies besser wissen müsse, wie er mit diesen Leuten umzugehen habe, um ihre, Florimels, Rechte zu schützen und die Ordnung zu wahren. Sie erklärte, sie werde die alte Art nicht antasten, nur um ihm zu Gefallen zu sein, und er habe ihr nun allen Unfug angetan, der überhaupt möglich sei, außer dass er vielleicht die Fischer zum Sturm auf Lossie House anführe. Malcolm erkannte, dass er ihr mit der Eröffnung, ihr Bruder zu sein, die Bereitschaft vermittelt hatte, ihrem Herzen Luft zu machen, wann immer sie ihn demütigen wollte. Doch sie hatte noch so viel Furcht vor ihrem Bruder, dass sie beim Sprechen die Adresse des Briefes verdeckte, den sie eben geschrieben hatte, damit er sie nicht erkennen konnte.

Hier sei erwähnt, dass Lady Bellair die Einladung für sich und Liftore mit Vergnügen annahm, Caley mitzubringen versprach, sich jedoch kategorisch weigerte, auch den Hund mitzunehmen. Darauf schrieb Florimel, die an dem Tier hing, an Clementina, drängte sie zu einem Besuch und bat sie, falls sie sich dazu in der Lage sähe, den Jagdhund zu ihr zu bringen. Clementina war die einzige unter ihren Freunden, so schrieb sie, für die das Tier eine gewisse Vorliebe gezeigt habe.

Malcolm verließ seine Schwester sehr niedergeschlagen, traf sich mit Mrs. Courthope, die freundlich war wie immer, und begab sich in sein eigenes Zimmer, neben dem der Raum lag, in dem seine seltsame Geschichte begonnen hatte. Er setzte sich hin und schrieb einen dringlichen Brief an Lenorme mit dem Hinweis, er habe ihm eine wichtige Mitteilung zu machen, und der Bitte, sich bei Erhalt des Briefes sofort nach Norden auf den Weg zu machen. Ein gut berittener Bote aus Duff Harbor werde gewährleisten, dass er innerhalb von wenigen Stunden da sein könne.

Das Verhalten seiner alten Bekannten und Freunde in der Seaton war ganz so, wie er es erwartet hatte: Manche waren so herzlich wie immer, aber viele trugen ihm – mit einer gewissen aus Zuneigung geborenen Eifersucht – nach, dass er das alte Leben um eines Berufes willen aufgegeben hatte, den sie als unwürdig ansahen für jemand, der, wenn nicht als Fischer geboren, so doch erzogen worden war. Die Frauen begegneten ihm alle mit Herzlichkeit.

27. Die Vorbereitung

Die Helden von Scaurnose erwarteten für den nächsten Tag eine Wiederholung des Angriffs in verschärfter Form. Sie trafen entsprechende Vorbereitungen und verstärkten jeden schwachen Punkt um das Dorf herum. Sie wurden in Hochstimmung versetzt, dass Malcolm ihre Partei ergriffen hatte, denn so sahen sie die Bestrafung des Verwalters an. Doch als er darauf beharrte, dass sie den blauen Peter abziehen ließen, und darauf verwies, dass sie weniger Recht hätten, dies zu verhindern, als der Verwalter, die Räumung zu erzwingen, da fielen sie wieder über ihn her. Welches Recht hatte er denn, ihnen Vorschriften zu machen? Er gehörte ja nicht einmal nach Scaurnose! Er argumentierte mit ihnen, der Verwalter habe zwar nicht die Gerechtigkeit, aber das Gesetz auf seiner Seite und könne hinauswerfen, wen er für richtig halte. Darauf kam die Antwort: „Er soll es bloß versuchen!" Malcolm sagte ihnen, sie hätten schon genug provoziert, denn er wisse, dass die von ihnen angegriffenen Männer gekommen seien, um Vermessungsarbeiten für einen Hafen durchzuführen, und sie sollten sich wenigstens hierfür entschuldigen, doch es war alles nutzlos. Das sei Frauensache, erklärten sie. Außerdem glaubten sie ihm nicht. Und wenn seine Behauptung stimme, was nutze es ihnen denn, da ihnen doch allen gekündigt worden sei? Malcolm meinte, eine Entschuldigung werde vielleicht ihre Wirkung tun, doch sie erklärten ihm nur, wenn er sich nicht fortschere, würden sie ihn zum Teufel jagen, wie er es mit dem Verwalter gemacht habe. Da jedes Zureden fruchtlos war, bat er Joseph und Annie, es sich so bequem einzurichten, wie sie vermochten, und verließ sie.

Im Gegensatz zur allgemeinen Erwartung und sehr

zur Enttäuschung einiger Hitzköpfe verlief der nächste Tag so friedlich, als sei Scaurnose ein Vogelnest, das auf den Sommerwellen dahintrieb. Bald war zu vernehmen, dass der Verwalter infolge des ihm von Malcolm verabreichten Denkzettels viel zu schlecht dran sei, um irgendjemand Scherereien zu machen außer seiner Frau. Das stimmte, doch so hart die Bestrafung gewesen war, die Folgen waren nicht so ernsthaft wie die seiner jüngst begonnenen Gewohnheit, Whisky zu trinken. Malcolm seinerseits war recht bestürzt, als er vom Resultat seiner Härte erfuhr. Er nahm jedoch davon Abstand, sich nach dem Befinden des Verwalters zu erkundigen, wusste er doch, dass dies nicht als Zeichen des Mitgefühls, sondern als Beleidigung empfunden würde. Er ging stattdessen zum Doktor, der zuerst zu Malcolms Schrecken ein recht ernstes Gesicht machte. Als er jedoch alles über die Geschichte erfahren hatte, änderte er seine Ansicht beträchtlich und ließ sich zu der Äußerung herab, Mr. Crathie habe gute Aussichten, durchzukommen, ja er fügte noch hinzu, es könnte sein Leben um zwanzig Jahre verlängern, wenn er ihn von seinen üblen Gewohnheiten – Whiskytrinken und Wutanfälle – abbrächte.

Die Mußezeit, die Malcolm nun blieb, nutzte er bestmöglich zur Festigung seiner Beziehungen mit den Fischern. Im Herrenhaus hatte er nichts zu tun, außer sich um Kelpie zu kümmern. Und Florimel, so gern sie ihn auch auf seiner Stute sitzen sah, nahm ihn niemals mit zum Ausreiten, sondern ließ sich stets von Stoat begleiten, als schien sie ihm klarmachen zu wollen, dass er ihr jetzt weniger bedeute als vorher. Er erkannte, dass er seine Aktion noch zurückstellen musste, bis Lenorme erschien, und beschloss daher, wie in den alten Tagen auf Heringsfang auszufahren, einmal, um eine mögliche Kluft zwischen sich und den Fischern zu schließen, aber auch, um die Freude des Ringens mit den

Elementen von Neuem zu genießen. Mit diesen Überlegungen heuerte er auf dem Boot vom Partan an, das zu schwach bemannt war. Nacht um Nacht gab er sich nun dem viele Monate lang vermissten alten Vergnügen hin. Die Freude selbst verkörperte sich in dem Wind, der ihm ins Gesicht blies. Wenn der Wind zu voller Stärke auffrischte, fühlte er sich inmitten der tobenden Kräfte keineswegs klein und schwach, es verlieh ihm ein herrliches Gefühl von Macht und unbezähmbarer Lebenskraft.

Seine Hoffnungen über sein Verhältnis zu seinen Gefährten und dem Fischervolk allgemein erfüllten sich ebenfalls. Die ihn vorher schon von Grund auf gekannt hatten, fanden den gleichen alten Malcolm wieder, und die an ihm gezweifelt hatten, entdeckten bald, dass er wenigstens nichts an Mut, Geschicklichkeit und gutem Willen eingebüßt hatte. Bald war er bei ihnen angesehener wie je zuvor.

Duncans alte Behausung war zu dieser Zeit von einer alleinstehenden Frau bewohnt. Malcolm traf mit ihr eine Vereinbarung, dass sie beide bei sich aufnahm, und so kehrte auch in Beziehung zu seinem Großvater wieder etwas vom früheren Leben ein.

Der Verwalter lag nach wie vor schwerkrank danieder. Er hatte ein Stadium erreicht, wo sich seine frühere Nachgiebigkeit sich selbst gegenüber nun gegen ihn kehrte. Jeden Abend kehrte das Fieber zurück, und schließlich war seine Frau von der ständigen Wache und Pflege völlig erschöpft.

Jeden Morgen fand sich unweigerlich Lizza Findlay ein und erkundigte sich, wie Mr. Crathie die Nacht zugebracht habe. Bis zum Letzten, als er mit jedem ihrer Nachbarn im Streit lag, mit denen er etwas zu schaffen hatte, blieb er zu ihr stets freundlich; dafür war sie ihm mehr dankbar, als jemand verstehen konnte, der nicht ihren Kummer hatte. Doch sie wusste nicht, dass seine

Freundlichkeit teilweise aus seinem Glauben entsprang, es sei Malcolm gewesen, der sie verführt und sitzen gelassen hatte.

Immer wieder hatte sie bescheiden angeboten, seine Frau zu entlasten und nachts bei ihm zu wachen, und als Mrs. Crathie sah, dass sie es nicht länger durchhielt, willigte sie ein. Doch selbst nach einer Woche war sie noch nicht wieder imstande, die Nachtwachen aufzunehmen. So saß nun Lizza Nacht für Nacht neben dem schlummernden Verwalter, ruhte sich nur während eines Teils des Tages zu Hause aus, und wenn er erwachte, versorgte sie ihn wie eine Tochter. Selbst ihre Mutter hatte nichts dagegen einzuwenden, denn Krankheit kann auf seltsame Weise versöhnen. Der Verwalter ahnte jedoch wenig davon, dass sie ihn teilweise um Malcolms willen pflegte, denn sie bemühte sich, den jungen Mann vor möglichen Folgen seiner gerechten Strafaktion zu schützen.

„Ich bin eine arme Kreatur, Lizzy", sagte er und wandte eines Nachts sein Gesicht dem Mädchen zu, als sie halb dösend neben ihm saß, bereit, wach zu werden, falls er sie brauchte.

„Gott möge Sie trösten, Sir!", erwiderte das Mädchen.

„Da kümmert er sich wohl drum!", entgegnete der Verwalter. „Womit hab ich dies je verdient? Denk bloß an diesen MacPhail! Was habe ich nicht alles für ihn getan! Habe ich ihn nicht behalten, als alle anderen entlassen wurden? Habe ich ihm nicht die Schlüssel zur Bibliothek gegeben, damit er lesen und seinen Geist bilden konnte? Und nun sieh dir an, wozu das geführt hat!"

„Sie meinen, Sir", sagte Lizza ganz unschuldig, „dass Sie so gegenüber Gott gehandelt haben und dass er deshalb nun nicht auf Sie achtgibt?"

Das hatte der Verwalter nun ganz gewiss nicht sagen

wollen. Er hatte nur so dahingeredet, wie die Irrwische die Spekulationen auffuhren, denn seine Logik war so krank und hilflos wie er selbst. Um den Frieden zu wahren – in seinem Stolz getroffen, und vielleicht auch ein wenig in seinem Gewissen –, doch nicht darauf vorbereitet, von einem Mädchen wie sie gescholten zu werden, die – nun, er musste darüber hinweggehen. Wie viel besser war er denn schon selbst?

Doch Lizza war eine treue Seele, sie konnte es nicht anhören, dass er so von Malcolm sprach, und sie wollte auch nicht schweigen, als stimme sie seiner Verurteilung zu.

„Eines Tages werden Sie Malcolm besser kennen", sagte sie.

„Nun, Lizzy", entgegnete der Kranke in einem Ton, der ärgerlich geklungen hätte, wäre er nicht so schwach gewesen, „ich habe einiges darüber gehört, wie sich Frauen für Männer einsetzen, von denen sie grausam behandelt wurden, aber dass du für ihn Partei ergreifst, das übersteigt –"

„Er ist der beste Freund, den ich je hatte", bekräftigte Lizza.

„Mädchen! Wie kannst du dasitzen und mir so etwas ins Gesicht sagen?", rief der Verwalter, und seine Stimme fand Kraft in der Berechtigung des Vorwurfs, der darin lag. „Wäre es nicht mitten in der Nacht –"

„Ich sage Ihnen nichts als die Wahrheit, Sir", entgegnete Lizza, als die Drohung verstummte. „Aber Sie müssen still liegen, sonst hole ich Ihre Frau. Wenn es Ihnen in der Frühe schlechter geht, dann ist es meine Schuld, weil ich es nicht ertragen kann, solche Dinge über Malcolm zu hören."

„Willst du mir vielleicht sagen", beharrte er, ungeachtet ihrer Mahnung, „dass der Bursche, der dich in Schande brachte und mit einem Kind sitzen ließ, für das du kaum das Nötigste hast – und ich weiß genau, dass er in der ganzen Zeit, die er weg war, keinen Pfennig an dich geschickt hat, was immer er jetzt getan haben mag –, dass der der beste Freund sein soll, den du je hattest!“

„Möge Gott Ihnen verzeihen, Mr. Crathie, dass Sie so etwas glauben!“, rief Lizza und stand auf, als wolle sie gehen. „Malcolm MacPhail ist an einer Sünde wie meiner so unschuldig wie mein Kindchen selbst.“

„Soll das heißen, dass er nicht der Vater ist?“

„Nein, und er wird nie der Vater eines Kindes sein, mit dessen Mutter er nicht verheiratet ist!“, erklärte Lizza mit brennenden Wangen ganz entschieden.

Der Verwalter, der sich auf seinen Ellbogen erhoben hatte, legte sich schweigend zurück. Keiner von beiden sprach etwas, und nach einer ganzen Zeit, als sie ihn anzusehen wagte, war er eingeschlummert.

Er war in einen unruhigen Schlaf gefallen, in den Schwäche und Erschöpfung häufig übergehen. Als er erwachte, starrte ihn Lizza ängstlich an.

„Warum schaust du denn so auf mich?“, fragte er mürrisch.

Sie sagte ihm nicht, dass sie durch sein Einschlummern beunruhigt worden war. In ihrer Verwirrung griff sie das letzte Thema wieder auf.

„Da muss irgendein Irrtum passiert sein, Mr. Crathie“, sagte sie. „Ich möchte, dass Sie mir sagen, warum Sie Malcolm MacPhail so sehr hassen.“

Der Verwalter schien dies zwar selbst recht gut zu wissen, doch nun fand er nicht die richtige Antwort. So setzte nun ein Prozess ein, der zu etwas führte, womit sein Inneres sich nie im Leben beschäftigt hatte – eine Art Selbstprüfung. Er sagte sich, wie um seine gegenwärtige Abneigung zu rechtfertigen – er wollte es nicht „Hass“ nennen, wie Lizza es getan hatte –, dass er mit dem Burschen ganz gut zurechtgekommen sei und sich nie an seinen Freiheiten gestoßen habe. Dabei ließ er keinen Zweifel, dass seine Art in seinem Blut lag und er nichts dafür könne, war er doch ein Span vom alten Block. Doch als er sich mit dem Boot des Marquis aus dem Staube machte und zur Marquise ging, um einen Haufen Lügen gegen ihn aufzutischen, was konnte er da anders empfinden als tiefe Abneigung?

An diesem Punkt angelangt, öffnete er den Mund und legte das Wesentliche seiner Überlegungen als Antwort auf Lizzas Frage dar. Doch sofort entgegnete sie: „Niemand wird mir je einreden können, dass Malcolm MacPhail jemals gegen Sie oder einen anderen eine Lüge erzählt. Ich glaube nicht, dass er je in seinem Leben gelogen hat. Und wegen des Bootes, Sir – Sie wissen doch selbst, dass es ihm unterstand. Er war dafür verantwortlich, und Sie verstehen ja nicht allzu viel von Booten und Segeln."

„Aber ich hab ihn doch angestellt, nachdem alles andere Dienstpersonal entlassen worden war. Er war mein Diener!"

„Dann sieht es schon ein wenig böse aus, ohne Zweifel", gab Lizza mit einem verschmitzten Ausdruck zu. „Aber wie kam es dann, dass er es trotzdem getan hat?"

„Ich habe ihn rausgeschmissen."

„Und weshalb, wenn ich so kühn sein darf zu fragen?", fuhr sie fort.

„Wegen Aufsässigkeit!"

„Würden Sie mir sagen, wie er Ihnen geantwortet hat? Glauben Sie nicht, Sir, dass ich mich einmischen will, aber ich bin sicher, dass irgendwo ein Irrtum vorliegt. Sie könnten nicht so gut zu mir und so gemein zu ihm sein, wenn's keinen Irrtum gäbe."

Für das Gewissen des Verwalters war es angesichts seines Verhaltens zu den beiden Frauen tröstlich, von den Lippen einer Frau sein eigenes Lob wegen Freundlichkeit zu vernehmen. Er stieß sich deshalb nicht an ihrer beharrlichen Fragerei, sondern erzählte ihr, so gut und wahr er es in Erinnerung hatte und mit nicht mehr als der unvermeidlichen Übertreibung, mit denen Gefühle Tatsachen zu färben pflegen, die ganze Auseinandersetzung zwischen ihm und Malcolm wegen des Verkaufs von Kelpie. Er schloss mit einem Appell an das Urteil seiner Zuhörerin, über deren Urteil er zuversichtlich war.

„Wie du siehst, Lizzy, eine ausgesprochen lächerliche Angelegenheit! Einen ehrlichen Mann wie mich scheinheilig zu nennen. Kein Kind auf dem Erdboden, das nicht weiß, dass der Verkäufer seinen Gaul über den grünen Klee lobt und der Käufer selbst aufpassen muss. Ich will nicht sagen, dass es erlaubt ist, direkt zu lügen, aber beim Rosshandel kommt man dem näher, ohne zu sündigen, als bei jedem anderen Geschäft. Es ist wie in der Liebe und im Krieg, wo jeder weiß, dass alle Dinge erlaubt sind. Eigentlich sollte es heißen ‚Liebe, Krieg und Rosshandel', das siehst du doch auch, Lizzy?"

Doch Lizza gab keine Antwort. Der Verwalter vernahm ein unterdrücktes Schluchzen und erhob sich auf seinen Ellbogen.

„Bleiben Sie liegen, Sir", mahnte Lizza. „Mir fehlt nichts. Ich dachte nur eben, dass so vielleicht auch der Vater meines Kindes bei sich überlegt hat, als er mich anlog."

Der verblüffte Verwalter sperrte den Mund auf, als wolle er antworten, legte sich dann aber still zurück und versuchte zu denken.

Nun war Lizza in den vergangenen Monaten in eine Schule gegangen, die gleiche Schule wie Malcolm, die allen offensteht – die einzige Schule, bei der man gewiss sein kann, zur Weisheit geführt zu werden. Dort hatte sie einiges gelernt – das zeigte sich nun deutlich, ehe sie mit dem Verwalter fertig war.

„In welcher Kirche sind Sie Kirchenältester, Mr. Crathie?", fragte sie auf einmal.

„Nun, natürlich in der Church of Scotland!“, erwiderte der Patient, überrascht von ihrer Unkenntnis.

„Ja, ich weiß, aber wem gehört sie?“

„Wem anders als unserem Erlöser.“

„Und glauben Sie, Mr. Crathie, wenn Jesus Christus ein Pferd hätte zu verkaufen gehabt, dass er dem Käufer auch nur ein einziges Haar an dem Tier verheimlicht hätte, das nicht in Ordnung war? Hätte er an seinem Nächsten nicht so gehandelt, wie er wollte, dass sein Nächster an ihm handeln sollte?“

„Kind, Kind! Du kannst ihn doch nicht mit uns vergleichen? Was hätte er überhaupt mit einem Pferd anfangen sollen?“

Lizza schwieg. Da gab es keine Entgegnung mehr. Er hatte die Türe seines Gewissens der ins Gesicht geworfen, die es geweckt hatte. Doch es war zu spät, denn das Wort war schon eingedrungen. Gott gab einem Menschen nie etwas auf, bei dem die Überlegung keine Rolle spielte, was der Sohn Gottes in diesem Falle getan hätte.

Der Verwalter machte sich Gedanken, und er dachte ehrlicher nach als seit langer Zeit. Auf einmal wurde ihm klar, wenn er als Käufer auf den Pferdemarkt ginge und ein Mann würde ihm dort sagen: „Der ist nichts für Sie, Sir, von dem hätten Sie in einer Woche genug“, dann würde er niemals bemerken: „Was für ein Narr“, sondern: „Nun, das nenn’ ich einmal anständig dem Nächsten gegenüber!“ Er ging nicht so weit, zu meinen, dass jeder Mensch, dem er ein Ross verkaufen wollte, ebenso sein Nächster sei wie sein eigener Bruder. Doch immerhin hatte der Panzer eines üblen Grundsatzes einen deutlichen Sprung bekommen.

Tag um Tag verstrich, und Malcolm hatte immer noch kein Wort von Lenorme gehört. Allmählich verlor er jede Hoffnung auf eine mögliche Hilfe von dieser Seite. Doch solange Florimel mit der Stille von Lossie

House zufrieden war, blieb noch Zeit zum Warten. Sie war nicht müßig, und das war vielversprechend. Jeden Tag ritt sie mit Stoat aus. Hin und wieder machte sie Besuche in der Gegend, und sie trug Sorge, Malcolm wissen zu lassen, dass sie bei einer dieser Gelegenheiten Mrs. Stewart aufgesucht hatte. Eines konnte er feststellen: Sie erneuerte ihre Freundschaft mit seinem Großvater nicht. Der Begeisterung eines Backfisches war sie entwachsen. Der arme Duncan nahm sich das sehr zu Herzen. Florimel erwartete mit höchster Ungeduld die Ankunft von Lady Bellair und Lord Liftore, obgleich Malcolm hiervon nichts wusste. Die Gäste wiederum legten ihre Reise in den denkbar bequemsten Etappen zurück, schweiften von der Route ab und machten bei allen Freunden Besuch, die zwischen London und Lossie am Wege lagen. Sie wollten Florimel diesen kleinen Denkzettel verpassen, dass sie zwar ihre Einladung angenommen hatten, doch eine Menge Freunde in der Welt besaßen und sich nicht umbrachten, sie zu sehen.

Eines Abends, als Malcolm das Anwesen von Mr. Morrison verließ, den er aufgesucht hatte, sah er eine Reisekutsche in Richtung Portlossie vorbeifahren. Etwas wie Angst griff nach seinem Herzen, mehr als er je empfunden hatte seit jener Sturmnacht, als Florimel und er ihren Vater für Lord Gernan, den Zauberer, gehalten hatten. Sobald er entsprechende Felder erreichte, ließ er Kelpie darüber hinjagen, verschwand in einem Kiefernwald und erreichte die Straße eine halbe Meile vor der Kutsche. Als sie von Neuem an ihm vorüberkam, sah er, dass seine Angst Tatsache war, denn die Fahrgäste waren die Gräfin mit dem kühnen Gesicht und der Lord mit dem gemeinen Herzen. Nun musste endlich etwas geschehen, und bis dahin musste er wohl auf der Hut sein.

Hier sei angemerkt, dass Malcolm in dieser Zeit des Hoffens und Wartens sich noch um eine andere wichtige Sache kümmerte. Er wollte über jeden Faktor, der sein Leben und das seiner Familie, seiner Untergebenen und auf sein Eigentum Einfluss besaß, genau Bescheid wissen, um eine gerechte, ehrliche Herrschaft ausüben zu können. Wo er Rechenschaft ablegen musste, wollte er das Haupt sein. Durch Mr. Soutars Agenten in London, zu dem er Davy schickte und den er mit Merton und seiner früheren Zimmerwirtin in dem Kuriositätenladen bekannt machte, hatte er eine Menge über Mrs. Catanachs Londoner Verbindungen in Erfahrung gebracht, unter denen sich der Kräuterdoktor und sein kleiner Junge befanden, der Davy beschattet hatte. Er hatte nun ein fast vollständiges Beweismaterial, das zusammen mit den Aussagen von Rose jederzeit gegen Mrs. Catanach eingesetzt werden konnte. Er ließ auch Ermittlungen über die Herkunft Caleys durchführen und entdeckte mehr als nur ihre Bekanntschaft mit Mrs. Catanach. Er war entschlossen, die bösen Kräfte zu zerschlagen, die in seine kleine Welt so unheilvoll eingebrochen waren.

28. Der Besuch

Clementina war immer bereit, auf jede sinnvolle Bitte einzugehen, die Florimel an sie richten mochte, doch ihr Brief nahm ihr ein solches Gewicht vom Herzen, dass sie jede auch noch so unsinnige Bitte erfüllt hätte. Es fiel ihr nicht schwer, Florimels Erklärung zu akzeptieren, ihr plötzliches Verschwinden sei nichts als ein Ausbruch aus den gesellschaftlichen Fesseln gewesen, die Flucht des matten Vogels aus dem fremden Käfig in sein heimatliches Nest. Am selben Vormittag suchte sie Demon auf. Der Hund machte einen verängstigten und vernachlässigten Eindruck und freute sich bei ihrem Anblick. Es gab also keinen Grund, seine Begleitung zu scheuen. Die Reise war lang, doch selbst wenn sie durch Wüste geführt hätte, wäre sie dank der Hoffnung, die mit dem Ende verknüpft war, nicht weniger angenehm gewesen.

Der Brief hätte sie in Wastbeach statt in London erreicht, wäre da nicht die Gesellschaft und die Unterweisung durch den Schullehrer gewesen, die sie in Hitze und Staub der großen Stadt ausharren ließen. Ihn und sonst niemand in London musste sie aufsuchen, um sich zu verabschieden. Deshalb lenkte sie ihre Schritte an diesem Abend nach Camden Town, da seine Tagesarbeit nun wohl beendet sein würde. Wie gewöhnlich wurde sie in sein Zimmer geführt, und wie gewöhnlich fand sie ihn über seinem griechischen Neuen Testament brüten.

„Oh!", sagte er bei ihrem Eintritt. „Hier kommt der Engel meiner Erlösung! Sehen Sie, ich bin zwar ein friedlicher alter Mann, doch der Sommer weckt in mir die Sehnsucht nach den grünen Feldern und der frischen Luft."

„Ich wünschte, ich könnte mehr zu Ihrem Trost tun“, antwortete Clementina, „doch ich bin gekommen, um Ihnen zu sagen, dass ich Sie verlassen werde, allerdings wohl nur für eine kleine Weile.“

„Sie überraschen mich nicht, Mylady. Natürlich habe ich schon seit einiger Zeit meinen Verlust und Ihren Gewinn erwartet. Die Welt steckt voll von einem solchen kleinen Tod – in allen Arten und Größen. Auf diesen war ich vorbereitet. Das herrliche sommerliche Land ruft Sie an seinen Busen, und Sie müssen gehen.“

„Kommen Sie mit mir!“, rief Clementina.

„Ein Mann darf seine Arbeit, auch wenn sie lästig ist, nicht um des harmlosesten Vergnügens willen im Stich lassen“, antwortete der Lehrer.

„Aber Sie wissen ja nicht, wohin ich Sie mitnehmen möchte.“

„Welchen Unterschied macht das schon, Mylady. Ich muss bei den Kindern bleiben, für deren Unterrichtung ich engagiert wurde und deren Eltern mich für meine Tätigkeit bezahlen – nicht bei denen, die ganz gut ohne mich auskommen.“

„Aber ich komme nicht ohne Sie aus – wenigstens nicht für längere Zeit.“

„Was! Auch nicht, wenn Malcolm meinen Platz einnimmt?“

Clementina errötete. „Ach, seien Sie nicht unfreundlich, Meister“, sagte sie.

„Unfreundlich!“, wiederholte er. „Sie können sich auch nicht halb so viel von dem vorstellen, was ich für Sie und von Ihnen erhoffe.“

„Ich werde Malcolm wirklich sehen“, sagte sie mit einem leichten Seufzer. „Ich meine, ich werde Lady Lossie in ihrem Herrenhaus in Schottland besuchen – Ihrer alten Heimat, wo so viele Sie lieben. Können Sie denn nicht mitkommen? Ich reise allein, nur mit meinen Dienern.“

Ein Schatten überzog das Gesicht des Lehrers: „Ich tue niemals etwas aus mir selbst. Ich gehe nicht dahin, wo ich möchte, sondern wo ich glaube gerufen oder gesandt zu werden. Ich pflegte viele Luftschlösser zu bauen, nicht ohne eigene Schönheit, zu der Zeit, als ich noch weniger verständig war. Nun überlasse ich es Gott, sie für mich zu bauen: Er ist der bessere Baumeister, und seine Schlösser halten länger. Aber ich glaube nicht, dass er mich für lange Zeit hier lässt, denn ich merke, dass ich für diese Kinder wenig tun kann. Diese Aufgabe scheint mehr zu meinem eigenen Nutzen als für ihren zu sein – eine kleine Probe für Glauben und Geduld. Gewiss, ich wäre vielleicht glücklicher dort, wo ich die Lerchen hören kann, aber ich kenne keinen Ort, an dem ich mehr Frieden empfunden habe als hier in diesem Zimmerchen."

„Das ist ganz gewiss kein passender Platz für jemand wie Sie", sagte Clementina.

„Sachte, Mylady. Es ist ein Größerer als Sie, der die Grenzen meiner Wohnung bestimmt. Vielleicht wird er mir eines Tages einen Palast schenken. Aber der Vater hat seinen Kindern beschieden, dass sie erkennen sollen, was weder ihr Ideal noch das Seine ist. Alles zu seiner Zeit, Mylady. Er hat uns viel zu lehren. Wann reisen Sie?"

„Morgen früh."

„Dann sei Gott mit Ihnen. Er ist wirklich mit Ihnen; ich bete nur darum, dass Sie das wissen mögen."

„Sagen Sie mir eines, bevor ich gehe", sagte Clementina. „Wird uns nicht geboten, dass einer des anderen Last trage und wir so das Gebot Christi erfüllen? Ich habe das heute gelesen."

„Warum fragen Sie mich dann?"

„Wegen einer anderen Frage: Liegt hierin nicht auch das Gebot an diejenigen, die Lasten tragen, dass sie anderen erlauben sollen, ihnen tragen zu helfen?"

„Gewiss, Mylady. Aber ich habe keine Bürde, die Sie für mich tragen könnten."

„Warum sollte ich denn so viel haben und Sie so wenig?"

„Mylady, ich habe viele Millionen mehr als Sie. Ich habe seit dreißig Jahren die Brosamen vom Tische meines Herrn aufgesammelt."

„Ich glaube, Sie sind gerade so arm wie der Apostel Paulus, als er sich hinsetzte, um ein Zelt zu machen, oder unser Herr selbst, als er das Zimmermannshandwerk aufgab."

„Da irren Sie sich, Mylady. Ich bin nicht so arm, wie sie oft gewesen sein müssen."

„Aber ich weiß nicht, wie lange ich vielleicht fort bin, und Sie könnten krank werden oder – oder – passen Sie auf, vielleicht wünschen Sie sich ganz dringend ein bestimmtes Buch."

„Ich habe mein Neues Testament, meinen Plato, meinen Shakespeare und dann noch einige, deren Weisheit ich noch nicht völlig ausgeschöpft habe."

„Ich kann das nicht ertragen!", rief Clementina und war drauf und dran, in Tränen auszubrechen. „Lassen Sie mich Ihnen dienen." Beim Sprechen stand sie, ging zu ihm hin, kniete sich zu seinen Knien nieder und hielt ihm bittend ein Säckchen aus weißer Seide hin. „Nehmen Sie das – Vater", sprach sie zögernd, und es kostete sie Anstrengung, „nehmen Sie dies von Ihrer Tochter – eine armselige Gabe, um ihre Liebe zu beweisen, doch etwas, was ihr das Herz erleichtern würde."

Er nahm das Säckchen, wog es in der Hand mit amüsiertem Lächeln, doch die Augen voller Tränen. Es fühlte sich schwer an. Er öffnete es und leerte es auf einen Stuhl, den er heranzog. Als sich sein Inhalt auf die Stuhlfläche ergoss, lachte er entzückt auf. „Niemals in meinem Leben habe ich so viel Gold auf einmal gesehen, auch wenn man alles zusammennähme", sagte er.

„Welch herrliches Material! Aber ich möchte es nicht haben, meine Liebe. Es würde mich nur beschweren. Außerdem brauchen Sie es für Ihre Reise."

„Das ist praktisch nichts. Ich fürchte, ich bin sehr reich – eine Schande! Aber ich kann da nichts machen. Sie müssen mich darin unterweisen, arm zu werden."

Clementina hatte sich die ganze Zeit um Fassung bemüht, doch nun weinte sie auf einmal.

„Nur weil ich von Ihnen kein Säckchen mit Goldstücken nehmen will, das ich gar nicht brauche", sagte er, „glauben Sie vielleicht, ich würde hungern, ohne zu Ihnen zu kommen? Ich verspreche Ihnen, dass ich Ihnen das mitteilen würde, auch zu Ihnen käme, falls ich's kann, wenn ich zu hungrig wäre, um meine Arbeit ordentlich zu tun und kein Geld mehr hätte. Der einzige Grund, warum ich das hier zurückweise, ist, dass ich es einfach nicht brauche."

Doch all seine liebevollen Worte und Versicherungen konnten Clementinas Tränenfluss nicht aufhalten.

„Passen Sie auf, meine Tochter, Ihre Tränen sind schwer zu ertragen, und ich will deshalb eine von diesen goldenen Münzen nehmen, und wenn ich sie vor Ihrer Rückkehr weggegeben habe, bitte ich um eine neue."

Stille trat ein, die nur von Clementinas vergeblichen Bemühungen, sich zu beruhigen, unterbrochen wurde.

Er öffnete das Säckchen und entnahm ihm langsam und andächtig einen der darin befindlichen Goldsouvereigns. Sie nahm seine Hand, drückte sie an ihre Lippen und ging langsam aus dem Zimmer.

Er nahm das Säckchen vom Stuhl hoch und folgte ihr die Treppe hinab. Ihre Kutsche stand wartend vor der Türe. Er half ihr hinein und legte das Säckchen auf den kleinen Vordersitz.

Der Kutscher hielt den seltsamen, schäbigen, so gar nicht nach London passenden Mann für einen Wahrsager, den seine Lady gelegentlich aufsuchte, und zollte seiner Macht mit dem Griff der Peitsche beim Wegfahren Achtung. Der Schullehrer kehrte in sein Zimmer zurück – nicht zu seinem Platon oder Shakespeare, nicht einmal zu Saulus von Tarsus, sondern zum Herrn selbst.

29. Das Erwachen

Als Malcolm am Abend der Ankunft von Lady Bellair und ihrem Neffen Kelpie zum Stall brachte, stürmte Demon auf ihn zu. Der Hund war wenige Stunden vorher eingetroffen, während Malcolm ausgeritten war. Er wunderte sich, dass er ihn in der vorüberfahrenden Kutsche nicht bemerkt hatte, und kam keinen Augenblick auf den Gedanken, er könne mit einer anderen Begleiterin gereist sein.

Über Malcolms Gefühle für Lady Clementina wurden bisher nicht viele Worte verloren, doch die ganze Zeit über durchdrang das Gefühl für ihre Existenz seine Gedanken wie die Atmosphäre. Er erblickte in ihr die Verheißung all dessen, was er sich bei einer Frau nur wünschen konnte. Seine Liebe war nicht blind wie die eines halbwüchsigen Jungen, sondern von tieferer, erregender, klarsichtiger Art, die Fehler selbst dort bemerkt, wo es die eigene Mutter nicht sieht, weil sie so eifersüchtig auf die Vollkommenheit ihres Lieblings aus ist.

Wenn Malcolm also stets an Lady Clementina dachte, solange er seine Gedanken nicht bei Dingen hatte, mit denen er sich beschäftigen musste, dann ist damit eigentlich schon genug gesagt. Es gibt verhältnismäßig wenig Menschen, die mehr als nur einen Schimmer von Erkenntnis dessen haben, was Liebe wirklich bedeutet. Gott allein weiß, wie großartig, wie leidenschaftlich und doch still Mann und Frau, die er geschaffen hat, einander lieben können. Malcolms geringe Einschätzung seiner selbst tat seiner Liebe zu Lady Clementina keinerlei Abbruch, denn zuerst war seine Liebe ohne jede Verbindung irgendeines Gedanken an sie. Als der bloße Gedanke, sie zu lieben, in ihm aufkeimte, wies er ihn ab. Der Gedanke war seiner Natur nach zu unpassend. Vom gesellschaftlichen Standpunkt aus gesehen lag darin natürlich wenig Anmaßung. Der Marquis von Lossie trug einen Namen, der sich mit jedem im Lande verbinden konnte, doch Malcolm fand nicht, dass der Titel einen großen Unterschied zum Fischer ausmachte.

Er war, was er war, und das war wirklich ziemlich gering.

Doch manchmal erhob sich von irgendwoher der Gedanke, dass, wenn er vielleicht aufs College ginge, sein Examen ablegte und sich wie ein Gentleman kleidete, vielleicht auch alles das tat, was ein Gentleman zu tun pflegte – kurzum, seinen Rang beanspruchte und wie ein Marquis lebte –, könnte es dann nicht sein, vielleicht im Bereich des Möglichen liegen –, dass die großherzige, großzügige, freiheitsliebende Lady Clementina vielleicht nicht angewidert wäre, wenn er ihr gegenüber Gefühle hegte, wie er sie noch nie für einen anderen Menschen empfunden hatte? Als solche Gedanken wiederkehrten, allmählich immer häufiger, und stets von solchen Überlegungen begleitet wurden, da glaubte er hinrennen und laut hinausrufen zu müssen, dass er der Marquis von Lossie sei, und sich ihr zu Füßen werfen.

Doch was würde dann aus seinem Glauben an ihre Grundsätze? Wie behandelte er nun die Wahrhaftigkeit ihrer Natur? Wo blieb seine Überzeugung von der Echtheit ihrer Bekenntnisse? Wo blieben diese Grundsätze, wenn sie auf einen Marquis hören würde, auf einen Reitknecht aber nicht? Seine Werbung mit seinem Rang zu verbrämen, wäre eine tiefe Kränkung. Würde er sie nicht der Chance berauben, ihre Wahrhaftigkeit zu beweisen, wenn er sich ihr näherte und der Mann von dem Titel gestützt würde!

Doch wie konnte er als Mann – Fischer oder Marquis – vor eine so herrliche Erscheinung wie Lady

Clementina hintreten! Am Ende wusste er, dass er es nicht ertragen könnte, als Malcolm, Marquis von Lossie, akzeptiert zu werden in dem Wissen, er wäre als Malcolm MacPhail, Fischer und Reitknecht, abgewiesen worden. Wurde er als Marquis angenommen, dann würde ihn immer die Frage umtreiben, ob er auch als Reitknecht Erhörung gefunden hätte. Nein, er wollte lieber die größere Gefahr eingehen, sie zu verlieren, um der Möglichkeit willen, einen umso größeren Gewinn sein Eigen zu nennen.

Bis hierhin war Malcolm in seinen Theorien gelangt, doch als es auch nur im Geringsten an praktische Überlegungen ging, schreckte er vor der ganzen Vorstellung zurück. Unter keinen Umständen würde er je den Mut haben, Lady Clementina mit einem Gedanken an sich selbst gegenüberzutreten. Sie hatte ihm nie irgendwelche persönliche Aufmerksamkeit geschenkt. Er konnte nicht sagen, ob sie überhaupt auf das gehört hatte, was er ihr darzulegen versuchte. Er wusste nichts davon, dass sie zu seinem früheren Lehrer gegangen war, um ihn zu hören. Seine Überraschung wäre ebenso groß gewesen wie sein Entzücken, hätte er erfahren, dass sie für den Lehrer inzwischen wie eine Tochter geworden war.

Und was dachte Clementina, seit sie wusste, dass Florimel nicht mit ihrem Reitknecht durchgebrannt war? Ihr erstes Gefühl war ein ungeordnetes, undefiniertes Vergnügen, dass Malcolm frei war und dass sie an ihn denken konnte. Das zweite war so etwas wie Erleichterung, dass der aufrichtigste Mensch, den sie je kennengelernt hatte, abgesehen von seinem ehemaligen Lehrer, nicht daranging, einen solchen Irrwisch wie Florimel zu heiraten. Clementina konnte sich bei aller Großzügigkeit nicht gegen Zweifel an einer Frau wehren, die einen Mann wie Liftore als gesellschaftlichen Umgang hielt.

Dann wuchs ihre Neugierde über Malcolm. Sie hatte schon eine Menge über ihn in Erfahrung gebracht, von ihm selbst wie von Mr. Graham. Sie wollte auch gerne wissen, ob er vielleicht schon mit irgendeinem jungen Mädchen seines eigenen Lebensbereiches versprochen war. Bei den niedrigeren Gesellschaftsschichten heiraten die Männer früher. Und doch – konnte es in einem Fischerdorf überhaupt ein Mädchen geben, das ihn verstehen würde, wenn er über Platon und das Neue Testament sprach? Aber was wusste sie schließlich schon über die Fischer, ob Mann oder Frau? In Weastbeach gab es keine. Umgekehrt waren sie vielleicht alle Philosophen und es fand sich für ihn dort viel eher eine passende Gefährtin als in der Gesellschaftsschicht, der sie selbst angehörte, denn dort war das philosophische Element selten genug zu finden.

Auf einmal stieg in ihrem Sinn das Bild einer ganzen Familie tapferer, gläubiger, wagemutiger Fischersleute auf, die sich für einander aufopferten. Ihre Mühsale und Gefahren wären nur zusätzliche Elemente, um ihre Seelen zusammenzuschweißen. Warum war sie nur als Tochter eines Grafen geboren worden, die niemals einer Gefahr ins Auge geschaut, nie die Chance gehabt hatte, das wirkliche Leben zu erfahren – ein großartiges, einfaches und edles Leben?

Doch hatte sie nicht die Macht, selbst ihre Schritte zu lenken, ihr eigenes Sein zu bestimmen? War sie denn an ihren Stand gefesselt? War sie nicht eine freie Frau, sogar ohne Vormund, der ihr hätte Scherereien bereiten können? Sie besaß keinen Vorwand, unwürdig zu handeln. Wäre es also – wäre es sehr unmädchenhaft, wenn ... Der Rest des Satzes nahm nicht einmal in Worten Gestalt an. Doch sie beantwortete ihn trotzdem. „Nicht unmädchenhaft, eher vermessen." Außerdem gab es nur wenig Hoffnung, dass er je wagen würde ... Er war so ein bescheidener junger Mann bei all seiner Geradlinigkeit und Furchtlosigkeit. Wenn er auch keinen

Respekt vor gesellschaftlichem Rang hatte – und das war, ja, so würde sie es sagen, hoffnungsvoll –, so hatte er andererseits große Achtung vor dem einzelnen Menschen, und sie wusste nicht, wie sich das in diesem Falle auswirken würde.

Dann begann sie über den Unterschied zwischen Malcolm und jedem anderen Diener nachzudenken, den sie bisher gekannt hatte. Sie wusste, dass die meisten Diener zwar in Anwesenheit ihrer Herrschaft respektvoll waren, doch ihren Ton in dem Augenblick änderten, da sie das Blickfeld verließen. Ihr Dienst war vom Augenschein geprägt. Doch da war ein Mann, der sich an keine imaginäre Mütze tippte, wenn er neben seiner Herrin stand und auch nicht im Hof bei den Ställen fluchte. Er blickte ihr gerade ins Gesicht und würde im gegebenen Fall nicht seine Ansichten, sondern die Wahrheit sagen. Es lag auf der Hand, wenn jemand in seiner Gegenwart den Namen seiner Herrin geringschätzig äußerte, dann würde dieser Mensch, gleich wer er war, sich ihm gegenüber zu verantworten haben. Wie schön war so ein echter Dienst!

Doch wenn sie selbst die Initiative ergriff, konnte dies unweigerlich bei ihm zu dem Schluss führen, dass sie sich ihm überlegen fühlte – so sehr, dass sie keine Notwendigkeit mehr empfand, sich ihm gegenüber in der üblichen Beziehung zwischen Mann und Frau zu benehmen. Welch eine Ausgangsbasis für einen Gatten! Vor allem, da er ihr so unendlich überlegen war, dass der armselige kleine Vorteil des Ranges auf ihrer Seite verblasste wie Kerzenschein im Sonnenlicht. Nein, sie musste den Dingen ihren Lauf lassen. Wenn sie auf ihn zuging, was geschähe, wenn er sich durch Rang und Reichtum versucht sähe und sie akzeptieren würde? Das wäre noch schlimmer – weit schlimmer –, denn dann wäre sein Glanz dahin und er würde sich als Mensch der üblichen Art erweisen. Nein, er konnte ihr nicht näher sein als ein strahlender Stern, der unerreichbar am Himmel oben funkelte.

So bewegten sich die Gedanken der beiden, und keiner konnte sehen, wie es weitergehen sollte. Beide fürchteten die Gefahr, den anderen zu verlieren, doch viel Hoffnung konnten sie auch nicht hegen.

30. Die Bitte

Nachdem Kelpie angebunden, gefüttert und für die Nacht versorgt war, schlug Malcolm den Weg zur Seaton ein. Angstvolle Gedanken gingen ihm durch den Kopf. Die Dinge hatten eine schlimme Wendung genommen. Der Feind war nun im Herrenhaus bei seiner Schwester, und er hatte keine Gelegenheit mehr, sich ein Bild über den Stand der Dinge zu machen, da er nie mehr mit ihr ausritt. Doch wenigstens konnte er sich häufig im Haus aufhalten. Er wollte deshalb zu seinem Großvater laufen und ihm sagen, dass er in dieser Nacht sein altes Zimmer im Herrenhaus benutzen würde.

Er kehrte umgehend zurück und ging durch die Küche, um die enge Wendeltreppe hinaufzusteigen, die allgemein von der Dienerschaft gebraucht wurde. Dabei begegnete ihm Mrs. Courthope, die ihm sagte, dass Lady Florimel angeordnet habe, ihre Zofe, die mit Lady Bellair gekommen war, solle sein Zimmer erhalten. Er war sofort davon überzeugt, dass Florimel dies absichtlich getan hatte, um ihn aus dem Haus zu verbannen, denn es gab Dutzende von leeren Zimmern, die geeigneter waren.

Das war ein harter Schlag! Wie wünschte er sich nun, er könnte Mr. Graham um Rat fragen! Und doch war Mr. Graham wenig von Nutzen, wenn es um das Schmieden von Ränken ging. Er fragte Mrs. Courthope nach einem anderen Raum, doch sie sah so zweifelnd aus, dass er seine Bitte zurückzog und zu seinem Großvater zurückging. Es war Samstag, und nur wenig Boote würden auf Fischfang ausfahren. Doch er wollte nicht ausruhen, sondern mit dem Beiboot der „Psyche“ losfahren und mit der Angel fischen.

Eine Stunde später war die Sonne untergegangen, der Mond stand am Himmel, und er hatte mehr Fische gefangen, als er brauchte. Der Quell seiner ängstlichen Gedanken floss wieder rascher. Er musste zum Haus hinauf. Wer vermochte zu sagen, was dort vor sich ging? Er zog die Angel ein und beschloss, die besten Fische Miss Horn zu bringen und einige weitere Mrs. Courthope, so wie in den alten Tagen.

Die „Psyche“ lag still auf dem sandigen Strand, und er ruderte gerade das Beiboot hin, als sein Blick auf das Ufer fiel. Er glaubte, am Hang eine Gestalt sitzen zu sehen. Ja, es befand sich wirklich jemand dort. Die alten Zeiten fielen ihm wieder ein. Konnte es Florimel sein? Ach nein, sie würde bestimmt nicht allein umherwandern. Wenn es aber doch so wäre? Nun, dann müsste man einen weiteren Versuch unternehmen, ihr Gewissen wachzurütteln, mit Liftore zu brechen!

Flink ruderte er zur „Psyche“, sprang an Land, zog das Beiboot hoch und eilte die Düne hinauf. Ohne Zweifel war es eine Dame, die dort saß. Vielleicht war es jemand von der oberen Stadt, die dort den lieblichen Abend genoss. Es könnte auch Florimel sein, doch wie konnte sie von ihren neu eingetroffenen Gästen wegschlüpfen oder dies auch nur wünschen? Dies war keine Gestalt, die man hier herum häufig sah. Er kam näher; die Dame rührte sich nicht. Falls es Florimel war, würde sie ihn nicht beim Herannahen erkennen und würde sie wohl auf ihn warten?

Die Entfernung wurde noch kürzer, da pochte sein Herz heftig. Konnte das wahr sein, oder spielte der Mond seinem gequälten Hirn einen Streich? Es war ein Phantom, das Phantom von Lady Clementina. Sein Geist schien sich selbständig zu machen und über ihr zu schweben, während sein Leib wie angewurzelt dastand. Sie saß bewegungslos da und blickte aufs Meer hinaus. Malcolm glaubte, sie habe ihn in seinem Fischergewand nicht erkannt und würde ihn für einen der ungehobelten Fischer halten, der sie anstarrte. Er musste sie sofort ansprechen. So trat er vor und sagte: „Mylady!"

Sie bewegte sich nicht und äußerte kein Wort. Sie wandte nicht einmal den Kopf. Erst stand sie auf, dann drehte sie sich um und hielt ihm die Hand hin. Drei Schritte, und er legte seine Hand in ihre und blickte ihr gerade in die Augen. Beide schwiegen. Der Mondschein fiel voll auf Clementinas Gesicht. Einen Augenblick stand sie da, dann sank sie langsam auf den Sand zurück und schlug die Röcke mit einer stummen Aufforderung zur Seite. Ihr Sitzplatz bestand aus einer terrassenförmigen Höhlung am Hang, der bequemen Sitz bot. Malcolm sah, dass sie in der Tat Platz machte, damit er sich neben sie setzen konnte, wagte es aber kaum zu glauben – allein mit ihr im ganzen Weltall. Das war zu viel; er getraute sich nicht, dies für wirklich zu nehmen. Wieder machte sie eine Bewegung, und diesmal konnte er ihre Einladung nicht missverstehen. Es war, als mache ihre Seele Platz in ihrer unsichtbaren Welt, damit er eintreten und sich zu ihr setzen konnte. Doch wie konnte er in seinem Werktagsgewand den Himmel betreten?

Sie bemerkte sein Zögern und forderte ihn schließlich auf: „Wollt Ihr Euch nicht neben mich setzen, Malcolm?"

„Ich war auf Fischfang, Mylady", antwortete er, „meine Kleider riechen nicht gerade angenehm. Ich werde mich hierher setzen."

Er lehnte sich ein Stückchen weiter unten am Abhang auf seinen Ellbogen.

„Riechen Süßwasserfische genauso wie Seefische, Malcolm?", fragte sie.

„Da bin ich nicht sicher, Mylady. Warum?"

„Wenn das der Fall ist, erinnert Ihr Euch dann an

Eure Worte, als wir im Wald an der Sägemühle vorbeikamen?"

Malcolm zeigte ihr durch sein Schweigen, dass er sich daran erinnerte.

„Ruft Euch dieser Abend nicht jenen anderen ins Gedächtnis, als wir Euch in Weastbeach trafen, wie Ihr gesungen habt?", fragte Clementina.

„Jetzt schon, Mylady. Noch vor einer kleinen Weile, ehe ich Sie sah, dachte ich an jenen Abend und wie anders das war."

Wieder fiel das Mondlicht auf ihr Schweigen, und wieder war es Lady Clementina, die es brach. „Wisst Ihr, wer im Haus ist?", fragte sie.

„Ja, ich weiß es, Mylady."

„Ich war nicht länger als ein oder zwei Stunden da", fuhr sie fort, „als sie eintrafen. Ich nehme an, dass Florimel – Lady Lossie – geglaubt hat, ich würde nicht kommen, wenn sie mir mitgeteilt hätte, dass sie sie ebenfalls erwartete."

„Und wären Sie gekommen, Mylady?"

„Ich kann den Grafen nicht ertragen."

„Mir geht es ebenso. Aber ich weiß noch mehr über ihn als Sie, Mylady, und mir ist elend, wenn ich an meine Herrin denke."

Ein Stich traf Clementinas Herz, als habe es einen Sprung rückwärts getan. Doch bei ihrer Antwort klang ihre Stimme fester als bisher: „Warum solltet Ihr Euch für Lady Lossie elend fühlen?"

„Ich würde eher sterben, als zusehen, dass sie diesen Mann heiratet."

Das Blut pochte ihr heftig in den Schläfen. „Wollt Ihr denn, dass sie überhaupt nicht heiratet?", fragte sie.

„Doch, aber nicht diesen Kerl."

Malcolm schwieg. Er fühlte, dass er nicht das Recht habe, darüber zu sprechen.

Clementina war es schwer ums Herz. „Ich habe einmal gehört, dass um das Mondlicht etwas Gefährliches ist. Ich glaube, heute Abend ist es für mich nicht gut. Ich werde heimgehen."

Malcolm sprang auf und bot ihr die Hand. Sie nahm sie nicht, sondern stand selbst auf, doch langsamer als er. „Wie sind Sie vom Park hergekommen, Mylady?", fragte er.

„Durch ein Tor da drüben", sagte sie und wies in die genannte Richtung. „Ich bin nach dem Abendessen herumgewandert, und das Meer zog mich an."

„Wenn Sie mir erlauben, Mylady, werde ich Sie auf einem viel näheren Weg zurückbringen", schlug er vor.

„Ja, bitte."

Er glaubte einen etwas traurigen Ton in ihrer Stimme zu hören und führte es darauf zurück, dass sie wieder zu den anderen Gästen zurückgehen musste. Und was geschähe, wenn sie morgen in der Frühe schon wieder abreisen würde?, dachte er. Konnte er je gewiss sein, dass sie in dieser Nacht an seiner Seite gewesen war? Oder hatte er nur geträumt?

Stumm gingen sie über den grasbewachsenen Sand zum Tunnel, während Malcolm überlegte, was er zu ihr sagen konnte, um sie von einer baldigen Rückreise abzuhalten.

„Mylady nimmt mich jetzt nie mehr mit zum Ausreiten", meinte er endlich. Er wollte schon fortfahren, er und Kelpie seien gerne bereit, ihr das Land zu zeigen, doch dann erkannte er, wenn sie nicht bei Florimel wäre, dann würde seine Schwester überallhin allein mit Liftore reiten. Deshalb hielt er inne.

„Und Ihr fühlt Euch verlassen – einsam?", erwiderte Clementina noch immer traurig.

„Ziemlich, Mylady."

Sie hatten den Tunnel erreicht. Er wirkte tief schwarz, als er das Tor aufgeschlossen hatte, doch am anderen

Ende war ein schwacher Lichtschimmer durch die Bäume zu erkennen.

„Muss ich gerade durchgehen?“, fragte sie.

„Ja, Mylady. Bald werden Sie wieder im Licht sein.“

„Sind keine Stufen vor uns, über die man fallen kann?“

„Nein, Mylady. Aber ich werde vorausgehen, wenn Sie wollen.“

„Nein, dann würde mir das letzte bisschen Licht abgeschnitten. Kommt neben mich.“

Schweigend gingen sie hindurch; nur das Rascheln ihres Kleides und das dumpfe Echo ihrer Schritte war zu hören. In wenigen Augenblicken kamen sie bei den Bäumen heraus, doch beide blieben still. Das besinnliche Mondlicht schien sie aufeinander zuzudrängen, doch keiner wusste, dass der andere genau so empfand.

Sie erreichten eine Stelle am Weg, wo sie der nächste Schritt in Sichtweite des Hauses brachte.

„Sie können jetzt nicht fehlgehen, Mylady“ sagte Malcolm. „Wenn Sie mir erlauben, möchte ich nicht mehr weitergehen.“

„Wohnt Ihr denn nicht im Haus?“

„Ich hielt das, wie es mir gefiel, ich konnte dort sein oder bei meinem Großvater. Ich wollte eigentlich heute Nacht im Hause sein, aber Mylady hat mein Zimmer ihrer Zofe gegeben.“

„Was! Dieser Caley?“

„Ich glaube, Mylady. Ich muss deshalb im Dorf schlafen. Wenn Sie können – wenn Sie mir nicht zu übel nehmen, dass ich Sie darum bitte“, fuhr er fort – „wenn Sie Mylady davon abhalten könnten, noch weiter mit diesem – ich müsste Schimpfnamen nennen, wenn ich weiterrede.“

„Das ist eine seltsame Bitte“, erwiderte Clementina nach einiger Überlegung. „Als Gast von Lossie weiß ich nicht recht, was ich Euch antworten soll. Eines kann ich allerdings sagen: Auch wenn Ihr mehr wisst über den Mann als ich – Eure Abneigung gegen ihn kann kaum größer sein. Ob ich da eingreifen kann, steht auf einem anderen Blatt. Ehrlich gesagt, glaube ich nicht, dass es viel Nutzen brächte. Aber ich sage nicht, dass ich's nicht tun will. Gute Nacht."

Sie reichte ihm nicht mehr die Hand und eilte fort.

Malcolm ging mit jubelndem Herzen durch den Tunnel zurück. Wie liebreizend – nein wie himmlisch schön sie war! Und so freundlich! Aber etwas schien sie zu bedrücken. Es kam ihm nicht in den Sinn, dass er und niemand anderer ihr das Mondlicht verdorben hatte. Er ging heim zu herrlichen Träumen, sie zu einer kummervollen, halbdurchwachten Nacht. Erst als sie den Entschluss gefasst hatte, ihr Möglichstes zu unternehmen, um Florimel vor Liftore zu retten, selbst wenn sie sie dann an Malcolm verlor, fand sie ein wenig Ruhe. Der Morgen brach bereits an, doch sie fiel rasch in Schlummer, schlief lange in den Tag hinein und wachte erfrischt auf.

31. Die Versöhnung

Mr. Crathie erholte sich allmählich, war aber noch sehr schwach. Nachdem er die Krise überwunden hatte, genas er nicht so rasch, wie der Arzt gedacht hatte. Für Lizza war der Grund leicht zu erkennen, seine Frau hatte eine vage Vermutung – etwas trieb ihn um.

Ein Mensch mag ein empfindlicheres Gewissen haben und sein Sinn mag stärker belastet sein, als seine Mitmenschen ahnen. Sie kennen und verstehen ihn bis zu einem gewissen Punkt im Leben, doch dann trat eine Krise ein, die sie gar nicht wahrnehmen, und danach kann der Mensch in alle Ewigkeit nicht mehr derselbe sein wie vorher. Die Tatsache, dass ein Mensch nichts außer sich selbst bemerkt, schließt den nicht aus, der jenseits aller Dinge ist und auch das trägste Gewissen aufzurütteln vermag.

Die Unruhe des harten, gewöhnlichen, nur auf das Geschäft ausgerichteten Hector Crathie besaß zwei Quellen tief in seiner Seele: Er hatte seine Hand gegen eine Frau erhoben, und Lizza hatte den alten Grund für seinen Streit mit Malcolm wieder aufgerührt.

Sein ganzes Leben hindurch hatte sich Mr. Crathie seiner Ehrlichkeit im Geschäftsgebaren gebrüstet und war deshalb in der denkbar gefährlichsten moralischen Position. Er schlief im Sumpf und erhob sich selbst im Traum auf einen Sockel. Die Ehrlichkeit, auf die ein Mensch stolz ist, darf nur gering sein, denn Ehrlichkeit für sich allein denkt niemals an sich selbst. Die beschränkte Ehrlichkeit des Verwalters hing an den Interessen seiner Arbeitgeber, und er hielt sich an den Grundsatz, dass diejenigen, mit denen er es zu tun hatte, selbst auf ihre Rechte achtgeben sollten. Er sah diese

Menschen eher als Feinde denn als Freunde an – keine Feinde, für die man beten, sondern die man zerstören musste. Malcolms Grundsatz von der Ehrlichkeit im Rosshandel war für ihn lächerlich neu. Seine Vorstellung von Ehrlichkeit in diesem Geschäft war, den Käufer zugunsten seines Herrn zu betrügen, wenn es ihm gelang, stolz in sein Hauptbuch eine fette Summe einzutragen für den Namen des Pferdes. Er hätte den Gedanken strikt abgelehnt, durch irgendwelche Drehs etwas in die eigene Tasche zu stecken, doch hätte er sich nicht im Geringsten geschämt, wäre ihm zu Ohren gekommen, dass Kelpie nach dem Verkauf nach – sagen wir etwa einer oder zwei Wochen – ihrem neuen Besitzer das Genick gebrochen hätte. Er wäre vielleicht ein bisschen erschrocken, womöglich auch etwas betrübt, aber gewiss nicht beschämt gewesen. „Inzwischen", so hätte er sich gesagt, „müsste der Mann sie eigentlich gekannt und entweder mit ihr fertiggeworden sein oder sie weiterverkauft haben" – damit sie einem anderen den Schädel zerschmettern könnte!

Es störte ihn wenig, dass Malcolm oder das gestrauchelte Fischermädchen anders dachten. Was wussten sie schon von Recht und Unrecht im Geschäftsleben? Die Tatsache, die Lizza ihm vorgehalten hatte, dass unser Herr etwas Derartiges nicht getan hätte, war für ihn ohne Belang. Er sagte sich, niemand könne erwarten, dass wir so handeln wie er. Er sei göttlich und musste nicht um seinen Lebensunterhalt kämpfen und habe nur die Absicht gehabt, uns zu zeigen, welche Sünder wir sind, und nicht, uns zur Nachahmung aufzufordern. Und schließlich war Religion eine Sache, Geschäft eine andere, dazuhin eine recht geordnete Sache mit Gebräuchen und eigenen Gesetzen, die weit klarer waren als die der Religion. Das eine mit dem anderen zu vermengen, war nicht nur unsinnig – es war unehrerbietig und verkehrt und in der Bibel gewiss nicht vorgesehen. Bei ihm hieß es immer „die Bibel“ – niemals der Wille Christi.

Obwohl er so die Frage zufriedenstellend abgetan hatte, lag er immer noch krank danieder, ohne Ablenkung, und die Angelegenheit verfolgte ihn. Eine Nacht kam, in der er unruhig und fiebernd dalag. Im Traum sah er das Gesicht Jesu, der ihn voller Kummer und Missvergnügen anblickte. Tief im Herzen wusste er, dass es wegen einer bestimmten Transaktion beim Pferdehandel war, wo er seine eigene Gerissenheit – Geschicklichkeit nannte er es – eingesetzt und Erfolg gehabt hatte. Er vernahm nur ein Wort von dem Mann im Traum: „Handlanger der Ungerechtigkeit!“, und er fuhr aus dem Schlaf hoch.

Von diesem Augenblick an wurden für ihn Wahrheiten zu Tatsachen. Zu Beginn war die Veränderung nur gering, doch jeder Beginn ist klein, aber auch gleichzeitig ein Schöpfungsakt. Seiner stumpfen, einfallslosen Natur war ein Geschenk beschert worden, und die Saat begann aufzugehen. Von da ab enthüllten sich ihm die Ansprüche seiner Nächsten, und in seinem Geist regten sich gewissenhafte Zweifel und Skrupel, unter die sich ein gewisser Respekt für Malcolm mischte, auch wenn er noch so sehr dagegen ankämpfte.

Lizza hatte ihre Nachtwachen nicht wieder aufgenommen, sprach aber oft vor und setzte sich zu ihm, denn Mrs. Crathie hatte eine Zuneigung zu dem bescheidenen, hilfsbereiten Mädchen gefasst. Eines Tages, als Malcolm am Ufer saß und ein Netz flickte, da, wo der Fluss durch den Sand der See zustrebte, kam Lizza zu ihm und sagte: „Der Verwalter möchte dich sehen, Malcolm, sobald du hingehen kannst.“ Sie wartete nicht auf eine Antwort, und Malcolm stand auf und ging.

Beim Haus des Verwalters wurde ihm von Mrs. Crathie geöffnet, die ihn ins Wohnzimmer führte und sofort zur Sache kam, wobei sie sich bemühte, ihre tiefen Ressentiments gegen ihn nicht zu zeigen. „Seht Ihr, Malcolm“, sagte sie, als versuche sie stattdessen eine Unterhaltung in Gang zu bringen, „er ist ziemlich verbittert über die kleine Auseinandersetzung zwischen euch. Entschuldigt Euch einfach und sagt ihm, dass Euch Euer schlechtes Betragen ihm gegenüber leidtut. Sagt ihm das, Malcolm, und hier habt Ihr eine halbe Krone.“

„Aber Mem“, entgegnete Malcolm und nahm weder von der Münze noch von den Worten Notiz, „ich kann nicht lügen. Ich war weder betrunken noch tut es mir leid.“

„Vorsicht!“, erwiderte Mrs. Crathie. „Ich bin überzeugt, Ihr könnt recht gut lügen, wenn sich die Gelegenheit ergibt. Nehmt das Geld und tut, was ich Euch sage!“

„Wenn Mr. Crathie mich sehen will, bin ich dazu bereit. Wenn nicht, dann möchte ich jetzt gehen.“

In gleichen Augenblick ertönte die Glocke, deren Schnur an Mr. Crathies Bett befestigt war. „Kommt mit“, forderte ihn die Frau auf und führte ihn die Treppe zu dem Raum hinauf, in dem ihr Mann lag.

Beim Eintreten blieb Malcolm verblüfft stehen angesichts der Veränderung, die mit dem kräftigen Mann vor sich gegangen war, und er empfand Mitleid. Der Verwalter setzte sich im Bett auf; er sah blass, mitgenommen und bekümmert aus. Selbst seine Nase war ganz dünn und weiß geworden. Er streckte Malcolm die Hand entgegen und sagte zu seiner Frau: „Nimm die Türe, Mistress Crathie“, womit er andeutete, von welcher Seite er sie geschlossen haben wollte.

„Du warst recht hart zu mir, Malcolm“, fuhr er fort und ergriff die Hand des jungen Mannes.

„Ich glaube, zu hart“, meinte Malcolm, der kaum sprechen konnte wegen des Klumpens in seinem Hals.

„Nun, ich hab's verdient. Aber siehst du, Malcolm, ich kann einfach nicht glauben, dass ich das war; es muss vom Trinken kommen."

„Es war das Trinken", fiel Malcolm ein. „Wenn Sie sich vom Bett erheben können, Sir, warum wollen Sie nicht bei unserem großen Gott schwören, nie mehr als ein kleines Gläschen auf einmal zu trinken?"

„Das werde ich, Malcolm", sagte der Verwalter.

„Jetzt ist's leicht zu schwören, doch wenn Sie wieder gesund sind, wird es schwer werden, den Schwur zu halten. – O Herr", und plötzlich fiel er unwillkürlich in ein Gebet, „hilf diesem Mann, bei deiner Wahrheit zu bleiben. – Und nun, Mr. Crathie", fuhr er fort, „ich bin Ihr Diener und zu allem bereit. Verzeihen Sie mir, dass ich so übermäßig hart gewesen bin."

„Ich verzeihe dir", erwiderte der Verwalter und freute sich, dass er etwas zu verzeihen hatte.

„Ich danke Ihnen von Herzen", antwortete Malcolm, und wieder schüttelten sie sich die Hand.

„Aber sag mal, Malcolm, wie kann ich mich je wieder unter den Leuten sehen lassen?"

„O, die Leute sind schrecklich gutmütig", entgegnete Malcolm eifrig, „wenn Sie eingestehen, dass Sie im Unrecht sind. Ich glaube bestimmt, wenn ein Mensch seinem Nächsten gegenüber Unrecht zugibt, dann wird man mehr von ihm halten als vorher. Sehen Sie, wir wissen alle, dass wir immer wieder Unrecht tun, doch meist bekennen wir es nicht. Und es ist schon eine eigenartige Sache, dass ein Mensch es bei einem anderen für großartig hält, wenn er Unrecht bekennt, doch wenn es an ihn selbst kommt, zögert er aus Furcht vor Schande. Für mich liegt die Schande darin, etwas nicht zu bekennen, wenn man das Unrecht erkannt hat. Sehen Sie, Sir, wenn Sie nun bekennen, dann werden die Fischersleute in Zukunft mehr auf das achten, was Sie sagen."

„Glaubst du wirklich?“, seufzte der Verwalter.

„Sicherlich. Nur dürfen Sie sich nicht, wenn es Ihnen wieder gut geht, vom Satan in Versuchung führen lassen und diese Reue für ein Zeichen von Schwäche des Fleisches halten anstatt für eine Erleuchtung des Geistes.“

„Ich werde das ganz gewiss nicht tun!“, rief der Verwalter eifrig. „Geh und sag ihnen in meinem Namen, dass ich jede einzelne Kündigung zurücknehme, die ich ausgesprochen habe. Hältst du es für gut, den beiden Frauen vielleicht ein Pfund mitzuschicken?“

„Das würde ich nicht tun, Sir“, antwortete Malcolm. „Um Ihretwillen würde ich das bei Mistress Mair bleiben lassen, denn nichts könnte sie dazu bringen, das Geld anzunehmen, sie würde sich nur beleidigt fühlen. Sie werden noch oft Gelegenheit haben, sich den beiden freundlich zu erweisen.“

„Ich muss das Land verlassen, Malcolm.“

„Sie werden nichts dergleichen tun, Sir! Die Fischer selbst würden das verhindern, so wie sie es beim blauen Peter verhindert haben. Sobald Sie wieder aufstehen und umhergehen können, werden Sie erkennen, dass dafür kein Anlass besteht. Portlossie könnte ohne Sie nicht auskommen. Geben Sie mir nur den Auftrag, den beiden braven Frauen auszurichten, dass es Ihnen aufrichtig leidtut, was Sie angerichtet haben, und damit ist zwischen Ihnen und den Frauen und ihren Männern alles Nötige gesagt.“

Es zeigte sich, dass Malcolm recht hatte, denn gleich am nächsten Tag kamen die beiden Frauen, denen er so übel mitgespielt hatte, zum Haus von Mr. Crathie und brachten ein paar frische Eier und einen großen Hummer, anstatt selbst nach Geschenken von ihm Ausschau zu halten.

32. Das Einverständnis

Malcolm pflegte gleich nach dem Frühstück Kelpie an die Luft zu führen – und sie brauchte schon eine ganze Menge Luft bei ihrer massigen Gestalt und dem feurigen Geist, der sie belebte. Dann kehrte er in die Seaton zurück, um die Reitkleidung, in der er stets im Herrenhaus erschien, falls seine Herrin ihn brauchen sollte, gegen die Kleidung eines Fischers zu tauschen und bei Netzen, Booten oder wo es sonst erforderlich war, mit Hand anzulegen. Sooft es ihm Spaß machte, ging er auch in den langen Schuppen, in dem die Frauen den Fisch zum Einsalzen herrichteten. Er arbeitete mit seinem Messer so geschickt wie sie und warf die gesäuberten Heringe in schneller Folge in die Salzlake zur Konservierung. Kein Wunder, dass er bei den Frauen gern gesehen war. Trotz des unangenehmen Geruchs und der schmutzigen Arbeit war Malcolm von frühester Kindheit an den Platz gewöhnt. Doch die meisten Männer wollten diese Arbeit nicht tun. In seiner ritterlichen Menschlichkeit konnte er es nicht mit ansehen, wenn Männer oder Frauen verachtete Arbeit erledigten, ohne dass er selbst mit zupackte. Er tat es liebevoll, aber doch auch mit einer gewissen Furcht, ungerecht zu sein.

Er war in seiner Fischerkleidung zu Mr. Crathie gegangen, und der nächste Weg führte ihn an einer Ecke des Herrenhauses vorbei, auf die man von einem der Wohnzimmerfenster aus hinabblicken konnte. Clementina sah ihn vorübergehen und schloss aus seinem Anzug, dass er bald wiederkehren werde, und sie verließ das Haus in der Hoffnung, ihm zu begegnen. Als er zu seinem Netz beim Seetor zurückging, bemerkte er sie auf der anderen Seite des Baches, nur von einem

Buch begleitet. Er watete durch den Wasserlauf, stieg ans Ufer und ging auf sie zu.

Es war ein heißer Sommernachmittag. Der Bach lief dunkelbraun und kühl durch tiefen Schatten, doch die See dahinter glitzerte im vollen Sonnenlicht. Keine Luft regte sich, kein Vogel ließ sich vernehmen. Die Sonne brannte hoch vom Westhimmel hernieder.

Clementina stand da und wartete auf ihn. „Malcolm“, sagte sie, „ich habe den ganzen Tag aufgepasst, aber ich habe nicht die geringste Gelegenheit gefunden, mit Eurer Herrin zu sprechen, wie Ihr es wünscht. Aber um die Wahrheit zu sagen, bin ich nicht traurig darüber, denn je mehr ich darüber nachdenke, desto weniger fällt mir ein, was ich eigentlich sagen sollte. Die Tatsache, dass jemand einen anderen nicht ausstehen kann, dürfte wenig ins Gewicht fallen bei dem, der diesen Menschen mag, und konkret weiß ich nichts gegen ihn vorzubringen. Ich wünschte, Ihr würdet mich von Eurer Bitte befreien. Es ist eine hässliche Sache, der Gastgeberin gegenüber unerfreuliche Dinge über einen anderen Gast zu sagen!“

„Das verstehe ich“, sagte Malcolm. „Es war nicht richtig von mir, Sie darum zu bitten.“

„Wäre es nur geschehen, ehe Ihr aus London abgefahren seid! Lady Lossie ist sehr freundlich, doch sie scheint mir nicht mehr das gleiche Vertrauen entgegenzubringen wie früher. Sie und Lady Bellair und dieser Mann bilden ein Trio, und ich bleibe draußen. Ich glaube fast, ich sollte abreisen. Selbst Caley steht ihr näher als ich. Ich kann den Verdacht nicht loswerden, dass da irgendetwas Unrechtes vor sich geht. Der Ort scheint von einer üblen Atmosphäre erfüllt. Diese beiden treiben ihr Spiel mit der Unerfahrenheit des armen Kindes, Eurer Herrin.“

„Ich weiß das recht gut, Mylady, doch ich hoffe, dass sie keinen Erfolg haben werden“, sagte Malcolm.

Inzwischen hatten sie das Ende des Tunnels erreicht.

„Könntet Ihr mich auf dem anderen Weg zum Ufer bringen?“, fragte Clementina.

„Sicher, Mylady. Ich wünschte, Sie könnten die Boote auslaufen sehen. Sie starten alle gleichzeitig, sobald der Gezeitenwechsel einsetzt.“

Daraufhin fing Clementina an, ihn über das Fischen in der Nacht auszufragen. Er beschrieb ihr das Vergnügen und die Gefahren in so lebhaften Farben, dass Clementina entzückt zuhörte.

„Könnte ich nicht einmal mit Euch hinausfahren – für eine Nacht – nur ein einziges Mal, Malcolm?“

„Mylady, ich glaube, das wird sich schwerlich machen lassen. Wenn Sie die Unbequemlichkeit für jemand, der nicht daran gewöhnt ist, kennen würden, dann bezweifle ich, ob Sie den Wunsch noch hätten. Ich fürchte, Mylady, Sie müssten schon die Schwester eines Fischers – oder seine Frau – sein, um das durchzustehen.“

Clementina lächelte ernst, gab jedoch keine Antwort. Auch Malcolm schwieg und dachte nach. „Ja“, sagte er endlich, „ich sehe, wie wir's machen können. Sie sollen ein Boot zu ihrem eigenen Gebrauch haben, Mylady, und –“

„Aber ich möchte das sehen, was Ihr seht, und fühlen, was Ihr fühlt. Ich möchte nicht nur eine vage Vorstellung davon bekommen. Ich möchte verstehen lernen, was euch Fischern widerfährt und welche Erfahrungen ihr macht.“

„Sehen Sie sich doch einmal an, was für Kleidung, was für Stiefel wir Fischer tragen müssen, um für unsere Arbeit gerüstet zu sein! Aber ich glaube, Sie könnten eine wirkliche Vorstellung davon bekommen – soweit es sich machen lässt. Schön, Sie werden in einem echten Fischerboot mit voller Besatzung ausfahren und mit all den Netzen, und Sie werden richtige Heringe fangen. Nur sollen Sie nicht länger draußen bleiben, als es

Ihnen Spaß macht. Doch für heute Nacht bleibt nicht mehr genügend Zeit zur Vorbereitung, Mylady."

„Also dann morgen?"

„Ja, ich glaube sicher, dass ich's bis dahin schaffen werde."

„O danke!", sagte Clementina. „Ich freue mich riesig."

„Und nun", schlug Malcolm vor, „möchten Sie nicht gerne durch das Dorf gehen und sich einige von den Hütten anschauen und sehen, wie die Fischer leben?"

„Wenn sie mich nicht für zudringlich halten", antwortete Clementina.

„Keine Gefahr", entgegnete Malcolm. „Wäre es jemand wie Lady Bellair, die sie gönnerhaft behandelt und ihnen das, was sie Armut nennen mag, wegen ihrer Sünde und Unmündigkeit zum Vorwurf machen würde, als sei sie ihnen geistig und gesellschaftlich überlegen, dann würden sie das wahrscheinlich als aufdringlich ansehen. Die ganze Frage erinnert mich an das, was Mr. Graham sagte: Dass Herrschen im Himmelreich heißt, sich zu erheben; der Rang eines Menschen liegt in seiner Macht zum Aufsteigen."

„Könnte ich doch im Himmelreich sein, so wie Ihr und Mr. Graham es sich vorstellen!", sagte Clementina.

„Wenn Sie sich das so sehr wünschen können, Mylady, denn müssen Sie schon drin sein."

„Kann man denn im Reich Gottes sein und doch selbst glauben, man sei noch draußen?"

„So viele sind draußen, die den Anschein erwecken, sie seien drin, dass es gut auch umgekehrt sein kann, Mylady."

„Eine solche Feststellung scheint recht unbarmherzig zu sein, Malcolm."

„Unser Herr spricht davon, dass viele zu seiner Türe kommen werden voll Vertrauen, eingelassen zu werden, die er jedoch fortschickt. Glaube ist Gehorsam, nicht Vertrauen."

„Dann tue ich recht, wenn ich mich fürchte."

„Ja, Mylady, wenn Ihre Furcht Sie dazu bringt, nur umso lauter anzuklopfen."

„Wenn ich aber schon drin bin, wie Ihr sagt, wie kann ich dann noch weiter anklopfen?"

„Es gibt noch tausend Türen zum Anklopfen, Mylady, wenn Sie erst drinnen sind. Keiner wird lange drinbleiben, der sich damit zufriedengibt, nur eben die Türe durchschritten zu haben. Es ist eine Sache, drin zu sein, und eine andere, darüber zufrieden zu sein, dass man drin ist. Eine solche Befriedigung, die aus unseren eigenen Gefühlen kommt, kann verkehrt sein, wie man aus den Worten unseres Herrn erkennt. Wer tut, was der Herr ihm sagt, der ist im Himmelreich, auch wenn sein Herz und Hirn ihm etwas anderes sagen wollen."

Während des Gesprächs hatten sie die Seaton erreicht, und Malcolm nahm sie mit, seinen Großvater kennenzulernen.

„Groß und schön, freundlich und gut!", murmelte der alte Mann, als er ihre Hand einen Augenblick in seiner hielt. „Sie ist doch keine Cawmill, Malcolm?"

„Nein, nein, Daddy – keine Rede davon", antwortete Malcolm.

„Dann ist Mylady dem Herzen Duncans willkommen", erwiderte er, nahm sie bei der Hand und führte sie zu einem Stuhl.

Von Duncan aus besuchten sie die Partaness. Clementina fühlte sich zu der jungen Frau hingezogen, die in der Ecke saß, ihr Kind in der hölzernen Wiege hin und her schaukelte und keinen Augenblick die Augen von ihrer Näharbeit hob. Sie wusste von Malcolms Beschreibung, dass dies das Fischermädchen war.

Von Haus zu Haus führte er sie, und wo sie auch hinkamen, wurden sie von den Fischern und ihren Frauen in den armseligen Häusern in freundlicher und würdevoller Weise willkommen geheißen. „Was würdet Ihr nun tun, wenn Ihr an diesem Ort der Lord wäret?", fragte Clementina, als sie wieder den Weg zum Seetor einschlugen. „Was würdet Ihr als Erstes unternehmen?"

„Da es meine Aufgabe wäre, meine Pächter zu kennen, damit ich richtig über sie herrschen kann, würde ich keine übereilten Veränderungen vornehmen, sondern offen mit ihnen sprechen, sie verstehen und versuchen, mich ihres Vertrauens würdig zu erweisen. Natürlich würde ich ihre Häuser herrichten und Verbesserungen am Hafen durchführen lassen. Ich würde auch selbst ein Boot bauen, um ihnen eine bessere Ausführung zu zeigen. Doch mein Hauptaugenmerk würde ich darauf richten, sie zu Nachfolgern dessen zu machen, dessen erste Jünger die Fischer aus Galiläa waren."

Sie schwiegen eine Weile.

„Findet Ihr es nicht manchmal schwierig, während all Eurer Arbeit immer an Gott zu denken?", fragte Clementina.

„Ich versuche nicht, jeden Augenblick bewusst an ihn zu denken, denn er ist in allem, ob ich daran denke oder nicht. Wenn ich auf Fischfang gehe, fange ich Gottes Fische. Wenn ich Kelpie ausführe, unterweise ich eines von Gottes wilden Geschöpfen. Wenn ich die Bibel oder Shakespeare lese, höre ich auf das Wort Gottes, das jeder auf seine Weise niedergelegt hat. Wenn mir der Wind ins Gesicht bläst, ist es der Wind Gottes."

Nach einer Weile fragte Clementina: „Und wenn Ihr mit einer reichen, unwissenden, stolzen Dame sprecht, was empfindet Ihr dann?"

„Dann wünsche ich mir, es möge Lady Clementina sein", antwortete Malcolm lächelnd.

Sie gab keine Antwort.

Nachdem sie sich getrennt hatten, eilte Malcolm nach Scaurnose und traf mit dem blauen Peter eine Vereinbarung für sein Boot und die Mannschaft für den kommenden Abend. Nach der Rückkehr zu seinem

Großvater fand er eine Nachricht von Mrs. Courthope vor, wonach Miss Caley ein anderes Zimmer bevorzugt habe und deshalb kein Grund vorliege, dass er nicht wieder in seinen alten Raum einziehe, wenn er wolle.

33. Die Bootsfahrt

Der nächste Morgen dämmerte frisch und mild, als die Boote mit einer leichten Brise in den Hafen von Portlossie einliefen. Malcolm wartete nicht, bis die Fische angelandet waren. Nachdem er sich umgezogen und mit Duncan, der immer früh auf den Beinen war, gefrühstückt hatte, ging er zum Herrenhaus, um Kelpie zu versorgen. Als er damit fertig war und sah, dass ein Teil des Haushalts schon auf war, ging er durch die Küche und die alte Wendeltreppe hinauf in sein Zimmer, um den Schlaf nachzuholen, den er gewöhnlich vor dem Frühstück hatte. Gleich darauf klopfte es an der Türe und Rose stand draußen. Sie hatte entweder nach ihm Ausschau gehalten oder von Mrs. Courthope erfahren, dass er vielleicht ins Haus zurückgekehrt war.

Das Verhalten des Mädchens Malcolm gegenüber hatte sich verändert. In ihr hatte sich die Überzeugung festgesetzt, dass er nicht das war, was er schien, und sie betrachtete ihn nun mit einer vagen Scheu. Doch nun lag Angst in ihren Augen. Sie blickte nach allen Richtungen und folgte ihm schüchtern zur Türe, um ihm zu sagen, nachdem niemand von der Dienerschaft mehr zu sehen war, sie habe die Frau gesehen, von der sie damals das Giftfläschchen erhalten habe; sie habe am vorigen Abend am Fuß der Brücke mit Caley geredet, nachdem alle anderen zu Bett waren. Er dankte ihr herzlich und versicherte ihr, er werde auf der Hut sein. Leise schlich sie fort. Er versperrte die Türe, legte sich hin und versuchte nachzudenken, schlief jedoch darüber ein.

Nach dem Erwachen war sein Hirn klar. Gleichgültig ob Lenorme kam oder nicht, wollte er am nächsten Tag seinen wahren Stand bekannt geben. An diesem

Abend wollte er mit Lady Clementina fischen fahren, doch keinen Tag länger würde er diesen Leuten erlauben, sich bei seiner Schwester aufzuhalten. Wer konnte sagen, was sich da zusammenbraute oder in welchen Abgrund dieses Weib Catanach mithilfe ihrer Freunde Florimel stürzen möchte?

Er stand auf und führte Kelpie zu einem strammen Galopp aus. Auf dem Rückweg sah er in einiger Entfernung Florimel mit Liftore reiten. Der Graf saß auf der Fuchsstute seines Vaters. Malcolm konnte den Anblick nicht ertragen und preschte in voller Geschwindigkeit nach Hause.

Von Rose erfuhr er, dass Lady Clementina im Blumengarten beim Schwanenteich die Goldfische fütterte.

„Mylady", sagte er, „ich habe für heute Nacht alle Vorbereitungen getroffen."

„Und wann gehen wir?", fragte sie eifrig.

„Zur Gezeitenwende, etwa um halb acht. Aber sieben Uhr ist Ihre Dinnerstunde."

„Das hat nichts zu sagen. Aber könnten wir's nicht eine halbe Stunde später machen, wenn das nicht unverschämt erscheint?"

„Zu jeder Zeit, die Ihnen recht ist, Mylady, solange noch Ebbe herrscht."

„Dann sagen wir acht Uhr, bis dahin ist das Abendessen beinahe vorüber. Soll ich ihnen sagen, wo ich hingehe?"

„Ja, Mylady, das wäre besser. Bei all ihrer Herkunft werden sie verblüfft sein."

„Wem gehört das Boot, damit ich es sagen kann, wenn sie mich danach fragen sollten?"

„Joseph Mair. Er und seine Frau werden Sie abholen. Annie Mair wird mit uns kommen – wenn ich mir erlauben darf, uns zu sagen. Wollen Sie mir erlauben, in Ihrem Boot mitzufahren, Mylady?"

„Ich könnte nicht ohne Euch fahren, Malcolm."

„Danke, Mylady. Ich könnte mir nicht vorstellen, wie ich Sie ohne mich losfahren lassen könnte. Nicht dass Sie Angst haben müssten, und es würde durch mich auch nicht im Geringsten sicherer, aber es scheint einfach meine Aufgabe zu sein, mich um Sie zu kümmern."

„Wie um Kelpie?", fragte Clementina mit einem fröhlicheren Lächeln, als er es je bei ihr gesehen hatte.

„Ja, Mylady, wenn es Ihnen am besten scheint, dass ich genauso für Sie sorge wie für Kelpie."

Clementina seufzte ein bisschen.

„Haben Sie keine Scheu, Mylady, zu befehlen, was immer Sie wollen. Für heute Nacht ist es Ihr Fischerboot."

Clementina nickte zum Zeichen des Einverständnisses.

Der Abend kam, und die Gesellschaft im Herrenhaus von Lossie saß noch zu Tisch. Clementina war des leeren Geschwätzes herzlich überdrüssig, das die ganze Mahlzeit begleitet hatte. Da wurde ihr mitgeteilt, dass ein Fischer namens Mair in Begleitung seiner Frau an der Türe sei und erklärt habe, er sei mit ihr verabredet. Sie hatte bereits ihre Gastgeberin davon verständigt, dass sie in dieser Nacht zum Fischen mitfahren wolle. Nun stand sie auf und entschuldigte sich. Clementina zog sich rasch um und eilte Malcolms Abgesandten entgegen. In kürzester Frist hatte sie den beiden kindlichen Menschen durch ihre Einfachheit und Aufrichtigkeit jede Befangenheit genommen. Kaum fünf Minuten waren sie zusammen, da sagten sich die beiden Fischersleute, dass dies die richtige Frau für den Marquis wäre, falls er sie haben könnte.

Sie schlugen den nächsten Weg zum Hafen ein, der durch den Ort führte. Überall auf der Straße und in den Fenstern hielten die Menschen Ausschau nach der großen Dame vom Herrenhaus, die zwischen einem Fischer von Scaurnose und seiner Frau unterwegs war und mit ihnen redete, als gehöre sie zum Fischervolk.

„Ich bin froh, die junge Frau – sie ist wirklich ein hübsches Ding – in so guter Gesellschaft zu sehen", meinte Miss Horn bei sich. „Ich glaube fast, da hat der Marquis seine Hand im Spiel!"

Boot und Mannschaft lagen schon zum Empfang bereit. Am Ufer stand Malcolm mit einer jungen Frau, in der Clementina sofort das Mädchen erkannte, das sie bei den Findlays gesehen hatte.

„Mylady", sagte er, als er auf sie zutrat, „würden Sie mir den Gefallen tun und Lizzy mitnehmen. Sie möchte Sie gerne bedienen, Mylady, denn sie ist eine Fischertochter und ans Meer gewöhnt. Bei Mrs. Mair ist das nicht so der Fall, denn sie stammt von einem Bauernhof im Binnenland."

Clementina stimmte dankbar zu. Er wandte sich zu Lizza um und sagte: „Vergiss nicht, Mylady zu erzählen, welchen Grund du kennst, warum meine Herrin im Herrenhaus oben Lord Liftore nicht heiraten soll – früher war er Lord Meikleham. Du kannst mit Mylady genau so reden wie mit mir."

Lizzas Gesicht überzog sich mit einer tiefen Röte. Sie blickte Clementina an, bemerkte jedoch keine Verärgerung in ihrem Gesicht. Malcolm hoffte, wenn sie Lizzas Geschichte hörte oder erriet, werde es ihr vielleicht gelingen, selbst in letzter Minute ihren Einfluss auf seine Geschichte zur Geltung zu bringen. Clementina streckte Lizza ihre Hand entgegen und nahm nochmals ihre angebotenen Dienste dankend an. Peter nahm seine Frau auf die Arme, watete mit ihr die wenigen Meter durch das Wasser und hob sie ins Boot. Malcolm wandte sich Clementina zu. Er wollte ihr eben den gleichen Dienst antragen, doch sie sprach zuerst: „Bringt erst Lizzy an Bord."

Er gehorchte, und als er zu ihr zurückkam, fragte sie: „Schafft Ihr das, Malcolm? Ich bin ziemlich schwer."

Er lächelte, hob sie wie ein Kind auf seine Arme und setzte sie auf die Kissen, ehe sie Zeit hatte, gegen diese Beförderungsart Einspruch zu erheben. Er trat tiefer ins Wasser und sprang an Bord. Im gleichen Augenblick stießen die Männer ab und das Boot glitt mit der Ebbe in den unermesslichen Norden hinaus, wo nun der Horizont von den Segeln der vorausfahrenden Boote getupft war.

Kaum waren sie auf See, da hüllte ein Zauber Clementinas Seele ein und ergriff von ihr Besitz. Alles schien plötzlich vollständig verändert. Klippen, Felsen, Sand, die Düne, die Stadt und sogar die über Lossie House hängenden Wolken schienen wie verklärt. Immer weiter ruderten und trieben sie hinaus, bis die Küsten hinter den Landspitzen auf beiden Seiten sich zu weiten begannen. Dort erhob sich eine leichte Brise. Drei kurze Masten wurden gesetzt und drei dunkelbraune Segel glühten rot in der Abendsonne. Malcolm stieg über den großen Berg brauner Netze nach hinten und setzte sich, um das Steuer zu übernehmen. Das Boot tanzte nun auf der See, angetrieben von den windgeschwellten Segeln.

Allmählich ging das Dämmerlicht in die Nacht über. Die Netze wurden ausgeworfen und sanken, gezogen von ihren Bleigewichten, nach unten. Die Schwimmer hielten sie oben in der richtigen Position. Die Segel wurden eingeholt und das Boot lag still, als wirke der riesige Vorhang der Netze wie ein Anker. Stille lag über allem und die meisten Männer hatten sich im Bug des Bootes schlafen gelegt – alle bis auf Malcolm. Das Boot hob und senkte sich leicht, gerade genug, um die Menschenkinder noch ein wenig tiefer in Schlaf zu wiegen. Malcolm glaubte, sie seien alle eingeschlummert. Er sah nicht, wie Clementinas Augen glänzten, als sie zu dem sternenübersäten Himmelsgewölbe emporblickte. Sie wusste, dass Malcolm in ihrer Nähe war, wollte aber nicht sprechen, die Stille nicht durchbrechen. Da erhob sich leise ein murmelndes Geräusch, das sich verstärkte und schließlich zu einem Lied wurde. Sie blieb regungslos sitzen, um den Gesang nicht zu stören.

Himmel und Sterne beherrschten alles, und kein Laut war zu hören außer dem leisen Glucksen des Wassers an der Bootswand. Da fragte Clementina: „Hast du dieses Lied gemacht, Malcolm?“

„Ja, Mylady, aber möchten Sie denn nicht schlafen?“

„Nein, Malcolm, ich höre lieber dir zu, wenn du sprichst. Könntest du mir nicht eine Geschichte erzählen? Lady Lossie erwähnte eine, die du ihr von einem alten Schloss nicht weit von hier berichtet hast.“

„O, Mylady“, schaltete sich hier Annie Mair ein, die kurz vorher erwacht war. „Ich wünschte, Sie könnten ihn dazu bringen, diese Geschichte zu erzählen, denn mein Mann hat sie von ihm gehört und sagt, sie sei furchtbar schaurig. Ich möchte sie wirklich gern hören – wach auf, Lizza“, fuhr sie fort, ohne in ihrem Eifer auf Antwort zu warten, „Malcolm erzählt uns die Geschichte vom alten Schloss Colonsay.“

Malcolm sah keinen Grund, den Wunsch abzuschlagen, und ließ vor seinen Zuhörern die seltsame, wilde Historie abrollen, doch wandelte er das Schottische für die ungewohnten Ohren stark ab.

Als der richtige Zeitpunkt gekommen war, sprangen die Männer auf und jeder ging an seinen Platz. Als sie die Netze einholten, ergoss sich ein Strom glitzernder Fischleiber über das Schanzdeck. Welch ein Fang war ihnen da gelungen! Ein leichter Westwind wehte und die Boote waren nun alle bereit zur Rückkehr in den Hafen. Schwer beladen trieben sie langsam dem Land zu. Als sie behaglich und warm dalag und den Hauch der frischen Brise im Gesicht spürte, überkam Clementina eine gewisse Schläfrigkeit. Über der Nacht und ihrer Freude lag etwas, was sie alle umfing. Clementina hatte auch bereits einen Plan im Sinn, um das zu versuchen, worum Malcolm sie gebeten hatte. Am nächsten Tag musste sie das durchführen, und wenn es misslang, musste sie ungesäumt nach England abreisen.

Sie glitten wieder durch die Hafenbucht. Als Clementinas Fuß die Erde berührte, glaubte sie aus einem Traum zu erwachen. Sie wandte sich vom Boot und seiner Besatzung ab und ging mit Malcolm und Lizza an der Seeseite der Seaton entlang. Am Eingang ihrer Hütte verabschiedete sich Lizza und Clementina und Malcolm blieben zurück. Für Malcolm nahte nun der Höhepunkt des Zaubers dieser Nacht. Wenn die Leute von Scaurnose vorbei waren, dann waren sie allein, und für Stunden war niemand mehr am Ufer. Der kürzeste Weg vom Hafen zum Herrenhaus führte durch das Seetor, doch wozu Eile, wenn die Nacht um sie herum so lieblich war wie ein Traum, an dem nur sie beide teilhatten? Anstatt deshalb am Bach entlangzugehen, wo er das Ufer durchquerte, nahm er Clementina noch einmal in seine Arme, ohne dass es ihm verwehrt wurde, und trug sie hinüber, wo der lange Sandstrand zu ihren Füßen lag.

Auf einmal hörten sie hinter sich die Gruppe aus Scaurnose. Als hätten sie es abgesprochen, wandten sie sich nach links, gingen am Ende um die Düne herum und schwenkten dann wieder in die vorige Richtung ein. Die Stimmen zogen auf der anderen Seite vorüber und verklangen allmählich in der Entfernung. Schließlich wusste Malcolm, dass seine Freunde den gewundenen roten Pfad zur Klippe hinauf bestiegen. Nun lag das Ufer verlassen da; kein Laut war zu hören, nur das leise Plätschern der ansteigenden Flut. Doch hinter dem langen Sandhügel hätten sie, soweit sie das Meer überhaupt sehen konnten, auch im Herzen eines Kontinents weilen können.

„Wer könnte sich vorstellen, dass der Ozean uns so nah ist, Mylady?“, fragte Malcolm, nachdem sie eine Weile schweigend gegangen waren.

„Wer kann sagen, was uns nahe sein mag?“, erwiderte sie.

„Das ist wahr, Mylady. Unsere Zukunft ist uns nah, die für uns tausend unbekannte Dinge bereithält.“

Sie befanden sich dem Tunnel gegenüber, doch Malcolm wandte sich ab und sie stiegen die Düne hinauf. Weit im Osten zeigte sich die erste Ahnung des Morgengrauens. Nach einigen Schritten hielten sie an.

„Haben Sie je den Sonnenaufgang erlebt, Mylady?“, fragte Malcolm.

„Im freien Land noch nie“, antwortete sie.

„Dann bleiben Sie doch und schauen Sie es sich nun an, Mylady. Die Sonne wird sich gleich dort drüben erheben. Eine so großartige Gelegenheit werden Sie so schnell nicht wieder haben.“

Clementina ließ sich am Hang nieder. Malcolm setzte sich ein wenig tiefer und blickte sie an. So warteten sie auf den Sonnenaufgang.

Waren es Minuten oder nur wenige Augenblicke, die im Schweigen vergingen, das nur vom leisen Plätschern der Brandung durchbrochen wurde? Keiner vermochte es zu sagen. Endlich meinte Malcolm: „Ich denke daran, meinen Dienst zu wechseln, Mylady.“

„Wirklich, Malcolm?“

„Ja, Mylady. Meine – Herrin will mich nicht fortschicken, aber sie ist meiner überdrüssig und braucht mich nicht länger.“

„Aber du denkst doch nicht daran, das Leben eines Fischers für das eines Dieners aufzugeben, Malcolm?“

„Was aber würde aus Kelpie werden, Mylady?“, fuhr er fort und lächelte vor sich hin.

„O, an sie habe ich nicht gedacht. Aber du kannst sie doch nicht mitnehmen“, setzte sie hinzu.

„Es ist niemand da, der auch nur das Geringste für sie tun würde oder wollte. Man würde sie verkaufen. Ich habe genug, um sie zu kaufen, und vielleicht hätte jemand anderer keine Einwände gegen den Anhang, sondern würde sie und mich zusammen anheuern ... Ihr Reitknecht möchte eine Stelle als Kutscher finden, Mylady.“

„O Malcolm! Soll das heißen, dass du mein Reitknecht werden willst?“, rief Clementina und presste die Hände zusammen.

„Wenn Sie mich haben wollen, Mylady. Aber ich habe Sie sagen hören, Sie wollten nur einen verheirateten Mann.“

„Aber Malcolm, kennst du nicht jemand, der ... Könntest du niemand finden – irgendeine Dame, die – ... Ich meine warum solltest du nicht verheiratet sein?“

„Aus einem guten, und für mich sehr traurigen Grund, Mylady. Die einzige Frau, die ich heiraten möchte oder je im Leben heiraten könnte, würde mich nicht haben wollen. Sie ist sehr freundlich und edel, aber ... es ist wahnsinnig, absolut größenwahnsinnig. Ich wage sie nicht einmal zu fragen.“

Malcolms Stimme zitterte beim Sprechen, und in dem Schweigen danach wagte er die Augen nicht aufzuheben. Der ganze Himmel schien ihn niederzudrücken.

Doch seine Worte hatten in Clementinas Brust einen Sturm entfesselt. Ein Schrei brach auf, den sie mit der ganzen Energie ihrer Natur erstickte, um sprechen zu können. Ihre Stimme war kaum mehr als ein Flüstern, doch ihr war, als müsste alle Welt es hören. „O Malcolm, ich werde versuchen, gut und weise zu sein. Heirate keine andere – keine, sondern komm mit Kelpie und sei mein Diener und wart's ab, ob ich nicht etwas Besseres werde.“

Malcolm sprang auf und warf sich ihr zu Füßen. Er hatte nur einen Teil vernommen, aber er musste einfach alles wissen. „Mylady“, sagte er mit ungeheurer Ruhe, „nehmen Sie mich als Fischer, Reitknecht oder was Sie wollen. Ich biete Ihnen alle Dienste, deren ich fähig bin.“

Langsam und vorsichtig kniete Clementina vor ihm nieder. In klaren, unmissverständlichen Worten, denn sie hatte nun nichts mehr zu fürchten, sagte sie: „Malcolm, ich bin deiner nicht wert. Aber nimm mich, nimm jeden Hauch meiner Seele, wenn du willst, denn sie gehört dir.“

Wie verzaubert blickten sie einander an. Clementina erhob sich, und Hand in Hand standen sie schweigend da.

„O Mylady“, sagte Malcolm endlich, „was soll aus diesem zerbrechlichen, zarten Ding in meiner Hand werden? Werde ich ihm nicht wehtun?“

„Du weißt nicht, wie stark meine Hand ist, Malcolm. Hier!“, sagte sie und drückte seine Hand fest.

„Ich kann sie kaum spüren, Mylady, aber ich fühle es im tiefsten Herzen. Sie wird wie ein Diamant im Fels in meiner Hand eingebettet sein.“

„Nein, nein, Malcolm! Nun, da ich die Frau eines Fischers werde, muss die Hand stark sein, sie muss ja schließlich arbeiten. Was soll ich tun, um dir gleich zu werden? Soll ich meine Ländereien und mein Geld fortgeben? Soll ich mit dir in der Seaton leben oder willst du mitkommen und in Wastbeach fischen gehen?“

„Verzeihen Sie, Mylady, aber ich kann im Augenblick nicht an solche Dinge denken – auch wenn Sie dazugehören. Wir wollen jetzt, da Ihre Liebe mich überglücklich macht, nicht von Zeiten und Orten reden.“

Stille senkte sich nieder, dann fuhr er fort: „Mylady, ich weiß, dass ich Sie niemals richtig lieben werde, bis Sie mich zu einem besseren Menschen gemacht haben.

Wenn der Anblick des hässlichsten meiner Nächsten in meinem Herzen eine göttliche Zartheit weckte, dann ist der Zeitpunkt gekommen, wo ich Sie besser lieben werde als nun. Doch jetzt! Ich werde so leicht zum Unrecht hingezogen, bin so bereitwillig für Abneigung und Zorn! Sie müssen mir helfen, mich zu heilen. Aber was bin ich für ein armseliger Liebhaber, dass ich in dieser ersten herrlichen Stunde von etwas anderem spreche als von meiner Lady und meiner Liebe!"

„Ach, neben dir bin ich doch nur ein Marmorblock", sagte Clementina. „Du bist so beredt, mein –"

„Neuer Reitknecht", schlug Malcolm leise vor.

Clementina lächelte. „Doch mein Herz ist so voll, dass ich nicht den kleinsten Gedanken fassen kann. Ich weiß kaum, was ich fühle. Ich weiß nur, dass ich am liebsten weinen möchte."

Auf einmal wurden sie sich bewusst, dass ein Blick auf sie niederfiel – die Sonne. Sie stand zehn Grad über dem Horizont und sie hatten sie nicht einmal aufgehen sehen. Mit der Sonne kam ihr ein schwieriger Gedanke. Plötzlich fiel es Clementina ein, dass sie um diese Morgenstunde nicht gut mit Malcolm zusammen an der Türe des Herrenhauses erscheinen konnte, doch genauso wenig allein.

Ehe sie ihre Befürchtungen ausgesprochen hatte, stand Malcolm auf. „Wenn es Ihnen nichts ausmacht, Mylady, eine Viertelstunde oder so allein zu bleiben, dann gehe ich und hole Lizzy."

Er entfernte sich, und Clementina blieb auf der Düne zurück. Sie beobachtete die ausgreifenden Schritte ihres Fischers auf dem Sandstrand. Sie war ein bisschen müde, legte den Kopf auf den Arm und schlief ein. Einen Augenblick später, so schien ihr, öffnete sie die Augen, ruhig wie ein Kind, und sah ihren Fischer neben sich stehen. „Ich habe Lizzy erklärt, Mylady, dass Sie lieber ihre Gesellschaft haben möchten auf dem Weg zur Haustüre als meine. Auf Lizzy kann man sich verlassen, Mylady."

Clementina erhob sich, und zu dritt gingen sie direkt zum Tor am Strand, durch den Tunnel und den jungen Wald hindurch über den lieblichen Pfad. Als sie sich dem Haus näherten, verabschiedete sich Malcolm. Nachdem sie immer und immer wieder geläutet hatten, wurde die Türe von der Haushälterin aufgesperrt, die ein bisschen schockiert aussah.

„Bitte, Mrs. Courthope", sagte Lady Clementina, „würden Sie Anweisung geben, dass diese junge Frau, wenn sie heute zu mir kommt, in mein Zimmer geführt wird?"

Sie drehte sich zu Lizza um, dankte ihr für ihre Freundlichkeit, und dann schieden sie – Lizza zu ihrem Baby und Clementina zu ihren Träumen. Lange ehe sie in Schlaf fiel, war Malcolm im Beiboot der „Psyche" in der Bucht draußen und fing Makrelen – für seinen Großvater, für Miss Horn und für Mrs. Courthope, ein paar auch für Mrs. Crathie.

34. Die Ankündigung

Als Malcolm so viele Fische beisammen hatte, wie er brauchte, ruderte er zur anderen Seite der Scaurnose hinüber. Dort ging er an Land, ließ das Beiboot im Schutz der Felsen zurück, stieg zu der steilen Klippe empor und suchte den blauen Peter in seinem Häuschen auf. Obwohl die Sonne schon aufgegangen war, lag das braune Dorf in tiefer Stille. Manche von den Männern waren noch nicht vom nächtlichen Fischfang zurückgekehrt, andere schliefen. Doch er war nicht der Einzige, der schon wach war. Auf der Schwelle von Peters Hütte saß die kleine Phemy.

„Bist du schon auf, Phemy?", fragte Malcolm lächelnd beim Näherkommen.

„Ay, schon eine ganze Weile", sagte das Kind.

„Würdest du deinem Vater sagen, dass ich ihn gern sprechen möchte?"

Nach wenigen Augenblicken tauchte der blaue Peter auf und rieb sich die Augen.

„Es tut mir leid, dass ich dich aus dem Schlaf gerissen habe, Freund Peter", begann Malcolm, „aber ich muss mit dir reden. Heute werde ich die Ankündigung vornehmen und die Wahrheit über mich bekannt geben."

„Nun, da bin ich aber wirklich froh, Malcolm! – Verzeihung, Mylord, wollte ich sagen – Annie!"

„Schweig trotzdem noch drüber. Ich möchte nicht, dass es in Scaurnose zuerst herum ist. Ich bin gekommen, um dich zu bitten, mir zur Seite zu stehen, wenn der Augenblick da ist."

„Das werde ich, Mylord."

„Nun, geh und hole deine Bootsmannschaft zusammen und bring sie zu der kleinen Bucht hinab. Ich werde es ihnen sagen und hoffe, dass sie mir dann auch zur Seite stehen."

„Es ist kaum zu befürchten, dass sie dich im Stich lassen, wie ich meine Männer kenne", antwortete Peter und machte sich, nur halb angekleidet, auf den Weg, während Malcolm den Weg zurückging und bei seinem Boot wartete.

Malcolm ging ihnen entgegen. „Freunde", sagte er, „ich brauche eure Hilfe."

„Alles, was du willst, Malcolm, ausgenommen es geht drum, deine Stute zu reiten", antwortete einer.

„Darum geht's nicht, es ist nichts Beängstigendes oder Schweres. Das einzig Schwierige wird für euch sein, das zu glauben, was ich euch jetzt sage. Doch zuerst müsst ihr mir versprechen, einen halben Tag lang den Mund zu halten."

„Wir reden nicht", sagte einer. „Wir werden stillschweigen", bekräftigte ein anderer, „du kannst dich auf uns verlassen!"

„Nun", sagte Malcolm, „mein Name ist nicht Malcolm MacPhail, sondern –"

„Das wissen wir alle", antwortete der Mann.

„Und was wisst ihr sonst noch?", fragte der blaue Peter verärgert über die Unterbrechung.

„Nun, nichts weiter", erwiderte der andere.

„Dann weißt du herzlich wenig!", sagte Peter, und die anderen lachten.

„Ich heiße Malcolm Colonsay", fuhr Malcolm ruhig fort, „und bin der nächste Marquis von Lossie."

Lähmendes Schweigen folgte, und einige mussten sich vor Zweifel und Erstaunen beherrschen, nicht zu lachen. Doch nach einigen Augenblicken sah erst einer, dann ein anderer den blauen Peter an, und als sie merkten, dass er es nicht nur ernst nahm, sondern offensichtlich keine Neuigkeit hörte, begannen sie sich allmählich zu fassen.

„Ihr dürft es ihnen nicht übel nehmen, Mylord“, sagte Peter, „wenn die Kerle bei dieser Nachricht ein bisschen verwirrt sind. Das ist für sie eine recht plötzliche Winddrehung.“

„Ich wünsche Eurer Lordschaft alles Gute“, sagte nun einer und streckte Malcolm seine Hand hin.

„Lang lebe Eure Lordschaft!“, rief ein anderer, und die Übrigen stimmten ein. Jeder äußerte ein herzliches Wort und schüttelte ihm die Hand, und danach wurde viel gelacht, und eine Menge Fragen machten die Runde.

„Später ist genug Zeit, um alles aufzuklären“, sagte Malcolm lachend. „Für jetzt genügt es, wenn ihr mir glaubt und mir vertraut. Und ich kann die Gewissheit haben, dass ich mich auf euch verlassen kann, denn heute sind ernste Angelegenheiten zu erledigen. Dafür brauche ich euch als Beistand, falls einiges nicht so läuft, wie es soll.“

„Wir stehen Euch zur Seite, Mylord“, antworteten sie einstimmig. „Wir sind zu Euren Diensten.“

Sie vereinbarten, dass sie sich bereithalten sollten, von ihm gerufen zu werden, und dass sie im Laufe des Tages von ihm hören würden. Darauf verabschiedete sich Malcolm und ruderte in die Seaton zurück. Dort nahm er seinen Korb mit Fischen an den Arm, die er nach Plan verteilte; den letzten Teil erhielt Mrs. Courthope im Herrenhaus. Anschließend verbrachte er eine halbe Stunde bei Miss Horn.

Er kehrte zurück zum Stall, fütterte und striegelte Kelpie, sattelte sie und galoppierte nach Duff Harbor, wo er Mr. Soutar beim Frühstück vorfand. Er verabredete mit ihm, er solle um zwei Uhr in Lossie House sein. Auf dem Rückweg sprach er bei Mr. Morrison vor und bat ihn, um die gleiche Zeit anwesend zu sein. Er umrundete das Haus und ritt in vollem Tempo nach Scaurnose, wo er seine Freunde ersuchte, um Mittag beim Herrenhaus zu sein und sich so aufzustellen, dass sie keine unnötige Aufmerksamkeit erregten und doch in Hörweite seines Pfeifsignals von der Türe oder von einem der Vorderfenster waren. Er kehrte zum Haus zurück, versorgte Kelpie, rieb sie ab und fütterte sie. Da er noch ein wenig Zeit übrig hatte, suchte er den Verwalter auf. Er zeigte sich herzlich und zu Malcolms großer Erleichterung in gut erholtem Zustand. Die beiden führten ein ausgesprochen angenehmes Gespräch.

Während der nächtlichen Fahrt im Fischerboot hatte Lizza Clementina ihre Geschichte erzählt, und Clementina ihrerseits hatte Lizza dazu bewogen, Lady Lossie ihr Geheimnis zu berichten. In der Hoffnung auf ein Gespräch mit ihrem falschen Liebhaber hatte das arme Mädchen bereitwillig zugestimmt. Ein großes Verlangen erfüllte sie, dass der Vater ihr Kind anerkenne – auch wenn es nur ihr gegenüber geschah, dass er es wenigstens einmal auf den Arm nehme. Mehr wollte sie nicht. Für sich selbst hegte sie keine Hoffnungen. Mit zitternden Händen und wild pochendem Herzen kleidete sie ihr Baby und sich selbst an, so gut sie konnte, und ging gegen ein Uhr zum Herrenhaus.

Nichts hätte Lady Clementina besser gefallen als ein Zusammentreffen von Liftore mit Lizza in Florimels Gegenwart, doch sie schreckte überhaupt vor den kleinen Winkelzügen und gar den notwendigen Lügen zurück, die für das Zustandekommen einer solchen Gegenüberstellung notwendig gewesen wären. Nach Lizzas Eintreffen saßen sie eine Weile beisammen, bis das Mädchen sich beruhigt hatte; dann machte sich Clementina auf und suchte nach Florimel, die sie in einem kleinen Raum neben der Bibliothek fand, wo sich Florimel gern aufhielt. Liftore hatte zwar nicht alle Freiheiten, genoss aber doch gewisse Privilegien. In diesem Augenblick war Florimel allerdings allein. Clementina teilte ihr mit, dass ein Fischermädchen mit einer traurigen Geschichte ins Herrenhaus gekommen sei, die sie Florimel erzählen wolle. Florimel, die nicht nur ein gutes Herz besaß, sondern auch die Position genoss, die sie sich selbst als Herrin des Ortes vorstellte, willigte sofort ein, dass die junge Frau kommen sollte.

Als Clementina mit Lizza eintrat, die ihr Baby bei sich trug, vermutete Florimel sofort die Wahrheit über das Mädchen selbst und den Zweck ihrer Anwesenheit. Das Blut schoss ihr ins Gesicht und Ärger erfüllte ihr Herz, vornehmlich gegen Malcolm, aber auch gegen die beiden Frauen, die sich für seine Pläne einspannen ließen, wie immer diese aussehen mochten. Sie stand auf und streckte sich, bereit, für Liftore und sich selbst Position zu beziehen.

Kaum hatte das arme Mädchen jedoch zu sprechen begonnen, da ging die Türe auf und Liftore trat unangemeldet ein. Er blickte sich um, hielt inne und wollte sich entschuldigen. Doch Lizza, als sie seine Stimme hörte, wandte sich mit einem Schrei zu ihm um, fiel zu seinen Füßen nieder und hielt ihm bittend das Kind entgegen. Völlig überrumpelt starrte sie der Graf einen Moment an und tat dann so, als kenne er sie überhaupt nicht.

„Nun, junge Frau", sagte er, „was wollt Ihr von mir? Ich habe nicht um einen Säugling inseriert. Hübsches Kind, muss ich allerdings sagen."

Lizza wurde totenblass und sank in sich zusammen. Clementina konnte ihr gerade noch vorher das Kind aus den Armen nehmen. Florimel ging zur Glocke.

Doch Clementina hinderte sie daran, zu läuten. „Ich werde sie wegbringen", sagte sie, „ersparen Sie ihr den Anblick Ihrer Diener." Sie nahm ihren Mut zusammen und fuhr fort: „Lady Lossie, Lord Liftore ist der Vater dieses Kindes. Wenn Sie ihn heiraten, nachdem Sie mit angesehen haben, wie er sich der Mutter gegenüber verhalten hat, dann sind Sie nichts Besseres wert, und niemand wird sich auch nur einen Augenblick länger Gedanken über Sie machen!"

„Ich kenne den Urheber dieser falschen Anschuldigung!", rief Florimel. „Sie haben auf die Erfindungen eines undankbaren Untergebenen gehört. Sie verleumden meinen Gast. Welches Recht haben Sie –"

„Ist es eine falsche Anschuldigung, Mylord? Verleumde ich Sie wirklich?", fragte Clementina und wandte sich abrupt dem Grafen zu. Er machte eine kühle, spöttische Verbeugung, sagte aber nichts.

Clementina lief in die Bibliothek, legte das Kind in einen Sessel und kam dann zurück, um sich um die Mutter zu kümmern. Sie führte sie aus dem Zimmer, drehte sich aber unter der Türe um und sagte: „Leben Sie wohl, Lady Lossie! Ich danke Ihnen für Ihre Gastfreundschaft, aber selbstverständlich kann ich nicht länger in diesem Hause bleiben."

„Natürlich nicht!", erwiderte Florimel mit dem Gehabe einer Frau von vierzig.

„Florimel, Sie werden den Tag verfluchen, an dem Sie diesen Mann heiraten!", rief sie und schloss die Türe.

Als sie das Haus verließen, trafen sie auf Malcolm, der vom Verwalterhaus kam.

„Malcolm", stöhnte das arme Mädchen und hielt ihr Kind hoch, „er will es nicht zugeben. Er will nicht zugeben, dass er mich oder das Kind überhaupt kennt."

„Er ist ein Schurke, Lizzy! Aber mach dir keinen Kummer, wir werden für dein Kind sorgen", sagte er, beugte sich über den Säugling und küsste ihn.

In diesem Augenblick hob er den Blick zum Haus, wo an einem der Fenster Florimel und Liftore standen. Liftore wandte sich mit einem Lächeln zu Florimel um, als wolle er sagen: „Da sehen Sie es! Wie ich Ihnen sagte, er ist selbst der Vater!"

Malcolm schritt zum Haus.

Lizza lief ihm nach und rief: „Malcolm! Malcolm! Tu

ihm nichts. Um meinetwillen. Er ist der Vater meines Kindes!“

„Ich werde nicht die Hand gegen ihn erheben, Lizza.“

Als der Graf Malcolm kommen sah, beschleunigte sich sein Puls, obwohl er kein Feigling war. Aber er durfte vor allen Dingen in Florimels Gegenwart keine Angst zeigen. „Was kann der Bursche jetzt vorhaben?“, sagte er. „Ich werde zu ihm hinuntergehen.“

„Nein, nein! Kommen Sie nicht in seine Nähe. Er könnte gewalttätig werden“, widersprach Florimel. „Er ist gefährlich!“

Malcolm erreichte das Ende der Treppe in dem Augenblick, als Liftore aus dem Wohnzimmer trat; Florimel folgte ihm angstvoll.

„MacPhail“, sagte sie im Ton einer zürnenden Göttin, als sie auf ihn zueilte, „ich entlasse Euch aus meinen Diensten. Verlasst dieses Haus auf der Stelle!“

Malcolm drehte sich auf der Stelle um, lief die Treppe hinunter und hielt draußen ein kurzes Gespräch mit Peter, der sich ständig in der Nähe aufgehalten hatte. Als er durch die Vorhalle ging, sah er Rose, die ängstlich in der Küche gewartet hatte. „Komm mit“, sagte er, ohne anzuhalten, und stieg von Neuem die Treppe hoch.

Er betrat das Wohnzimmer. Der Graf hatte Florimels Hand in seiner, und beide unterhielten sich leise, als er ins Zimmer stürmte.

„Um Himmels willen, Mylady!“, rief Malcolm. „Hören Sie mir einen Augenblick zu, ehe Sie diesem Mann irgendetwas versprechen.“

Der Graf wandte sich wild vor Zorn zu Malcolm um. Doch nun hatte er nicht mehr den Vorteil der Treppe für sich wie gerade vorher und zögerte deshalb. Florimel schoss wütende Blicke.

„Ich sage Ihnen zum letzten Mal, Mylady“, erklärte Malcolm, „wenn Sie diesen Mann heiraten, dann nehmen Sie einen Lügner und Schurken zum Mann!“

Liftore lachte, und sein geheuchelter Zorn war täuschend echt, denn er fühlte sich Florimels sicher, nachdem sie sich in dieser Weise auf seine Seite gestellt hatte. „Soll ich nach der Dienerschaft läuten, Mylady, und den Kerl hinauswerfen lassen?“, fragte er. „Der ist doch total übergeschnappt.“

Clementina und Lizza, die nach Malcolm das Haus betreten hatten, folgten Rose die Treppe hinauf, und zu dritt horchten sie vom Vorplatz aus voller Angst, was drinnen vor sich ging. Lizza riss plötzlich die Türe auf und trat ein.

„So“, rief Florimel, „das ist also die Art, in der Ihr das meinem Vater gegebene Versprechen haltet?“

„Ja, Mylady. Den Namen Liftore mit seinem Namen zu verbinden, hieße, sein Andenken zu besudeln. Mylady, ich bitte um ein Wort unter vier Augen.“

„Ihr beleidigt mich!“

„Ich bitte darum, Mylady, um Ihretwillen.“

„Ich ersuche Euch nochmals, sofort das Haus zu verlassen und niemals mehr einen Fuß auf seine Schwelle zu setzen!“, sagte sie und läutete nach der Dienerschaft.

„Ihr hört, was Mylady gesagt hat!“, rief Liftore. „Hinaus!“ Er trat drohend näher.

„Zurück!“, sagte Malcolm. „Wenn ich nicht diesem armen Mädchen, das euer Kind auf dem Arm hat, versprochen hätte –“

Das war eine unkluge Äußerung, denn der Lord drang nun umso kühner auf ihn ein und Malcolm konnte nur seine Schläge parieren und ihnen auszuweichen versuchen. Er hatte schon einiges einstecken müssen, als Lizzas Stimme voller Qual von der Türe her zu hören war: „Wehre dich, Malcolm! Ich kann das nicht mit ansehen. Ich gebe dir dein Versprechen zurück.“

„Wir werden das schon hinkriegen, Lizzy“, sagte Malcolm und bewegte sich auf ein Fenster zu. Er versuchte Liftore abzuhalten, so gut es ging. Plötzlich stieß er mit dem Ellbogen eine Scheibe hinaus und ließ einen schrillen Pfiff ertönen, erhielt aber im gleichen Augenblick einen Hieb am Auge, aus dem sofort Blut floss. Doch Clementina und Rose waren bereits zwischen die beiden gesprungen und Liftore war trotz seiner Wut gezwungen, sich zurückzuhalten.

Die wenigen Diener drängten sich eilends in den Raum.

„Nehmt diesen Lumpen da und stellt ihn unter das kalte Wasser", sagte Liftore. „Er ist verrückt."

„Meine Kollegen wissen Besseres zu tun, als die Hand gegen mich zu erheben", erwiderte Malcolm.

Die Männer blickten ihre Herrin an. „Tut, wie Mylord euch sagt", wies sie sie an, „und zwar augenblicklich!"

„Männer", wandte sich Malcolm an die Diener, „ich habe diesen törichten Lord verschont um dieses Fischermädchens und seines Kindes willen, aber keiner rührt mich an."

Stoat war durchaus kein Hasenfuß und recht eifersüchtig auf Malcolm, aber er getraute sich nicht, seiner Herrin zu gehorchen.

Nun hörte man die Schritte zahlreicher Füße auf dem Treppenvorplatz und sechs Fischer kamen ins Zimmer.

Florimel tat einen Schritt nach vorn. „Meine braven Fischer!", rief sie. „Nehmt diesen Wahnsinnigen hier, MacPhail, und weist ihn von meinem Grund und Boden."

„Das kann ich nicht, Mylady", antwortete der Anführer.

„Nehmt Lord Liftore", sprach Malcolm zu ihnen, „und haltet ihn fest, bis ich ihn mit einigen Fakten vertraut gemacht habe, die für ihn nicht ohne Folgen sind."

Die Männer traten auf den Grafen zu, der wild um sich schlug, aber schnell überwältigt war und festgehalten wurde.

Dann trat Malcolm in die Mitte des Zimmers und näherte sich seiner Schwester.

„Ich sage Euch, Ihr sollt das Haus verlassen!", schrie Florimel außer sich vor Wut.

„Florimel!", sagte Malcolm feierlich und nannte seine Schwester zum ersten Mal bei ihrem Namen.

„Du unverschämter Lump!", rief sie. „Welches Recht hast du, mich bei meinem Vornamen zu nennen, auch wenn du, wie du behauptest, mein niedriggeborener Bruder bist?"

„Florimel!", wiederholte Malcolm, und seine Stimme klang wie die ihres Vaters. „Ich habe getan, was ich konnte, um dir zu dienen."

„Und ich wünsche diese Dienste nicht mehr", entgegnete sie und begann zu zittern.

„Aber du hast mich bis zum Äußersten getrieben", fuhr er fort, ohne auf ihren Einwurf zu achten.

„Erbarmt sich denn niemand um mich?", sagte Florimel bittend und blickte sich im Zimmer um. Als sie merkte, dass sie drauf und dran war, in Tränen auszubrechen, raffte sie ihren ganzen Stolz zusammen, trat auf Malcolm zu, blickte ihm ins Gesicht und sagte:

„Bitte, Sir, ist dies Euer Haus oder meines?"

„Meines", antwortete Malcolm. „Ich bin der Marquis von Lossie, und solange ich dein älterer Bruder und das Haupt der Familie bin, wirst du niemals mit meiner Zustimmung diesen Mann heiraten."

Liftore stieß einen wilden Fluch aus.

„Wenn Sie es nochmals wagen sollten, ein solches Wort zu äußern, lasse ich Ihnen das Maul verbinden", fuhr Malcolm ihn an. „Wenn meine Schwester die Frau dieses Mannes wird", sprach er weiter, „dann wird sie keinen Pfennig bekommen außer dem, was sie zufällig in dem Augenblick in ihrer Tasche hat. Sie untersteht meiner Autorität, und ich werde das Äußerste unternehmen, um sie vor ihm zu schützen."

„Was sagt Ihr da, MacPhail?“, rief Florimel, und eine Träne rann aus ihren aufgerissenen Augen. „Ihr seid wahnsinnig!“ Noch während sie sprach, suchte sie nach einem Stuhl. Der Kampf in ihr ebbte ab und etwas in ihrem Inneren sagte ihr, dass Malcolm die Wahrheit sprach.

„Beweise!“, rief Liftore aus.

„Meiner Schwester werde ich alle Beweise vorlegen, die sie für notwendig erachten mag“, antwortete Malcolm. „Aber Ihnen, Mylord, bin ich keine schuldig. Stoat, lassen Sie Pferde für Lady Bellair und seine Lordschaft bereitstellen.“

„Ich werde mit Lady Bellair gehen“, sagte Florimel. Dann wandte sie sich an Liftore. „Kommen Sie, wir wollen diesen Ort auf der Stelle verlassen.“

Malcolm nahm sie beim Arm. Einen Augenblick wehrte sie sich, doch als niemand ihr Beistand zu leisten wagte, gab sie sich geschlagen und wurde weggeführt wie ein unartiges Kind.

„Haltet seine Lordschaft hier fest, bis ich zurück bin“, sagte er beim Hiriausgehen.

Er führte sie in ein angrenzendes Zimmer, schloss die Türe und sagte dann: „Florimel, ich habe mich bemüht, dir nach besten Kräften zu dienen. Ich liebte meine Schwester und sehnte mich, dass sie ein guter Mensch wäre. Doch sie hat alle meine Anstrengungen vereitelt. Sie hat die Wahrheit nicht geliebt und ist ihr nicht gefolgt. Sie ist stolz, hochmütig und achtet das Recht nicht. Du hast die Hingabe eines begabten, großherzigen Malers für einen geringen, gemeinen Mann weggeworfen. Du hast an der Natur und an dem Gott, der die Frau geschaffen hat, Unrecht getan. Noch einmal bitte ich dich, gib diesen Mann auf – lass dein wahres Ich sprechen und schick ihn fort.“

„Sir, ich gehe mit Lady Bellair. Ich wurde von einem, der sich mein Bruder nennt, aus meinem Vaterhaus vertrieben. Mein Rechtsanwalt wird die nötigen Erkundigungen einziehen."

Sie wollte aus dem Zimmer gehen, doch er hinderte sie daran.

„Florimel, du wirfst die Perle deiner Weiblichkeit vor ein Schwein. Er wird sie unter seinen Füßen zertreten und sich gegen dich wenden!"

„Lassen Sie mich gehen!"

„Du wirst erst gehen, wenn du die volle Wahrheit erfahren hast."

„Was! Noch mehr Wahrheit? Wahrheit ist alles andere als erfreulich."

„Sie ist noch viel unerfreulicher, als du dir vorstellst. Florimel, du hast mich dazu getrieben. Ich hätte dir einen Schild gegen den Schock bereitet, der nun kommen muss, doch du zwingst mich dazu, dich rasch zu verletzen. Ich hätte es lieber gehabt, wenn du die bittere Wahrheit von einem Mund erfahren hättest, den du liebhast, aber diesen Mund hast du von dir getrieben. Nun sind da nur noch Lippen, die du hasst. Und doch wirst du die Wahrheit erfahren. Vielleicht hilft sie dir, dich von Schwäche, Arroganz und Falschheit zu erretten. Unser Vater war mit meiner Mutter verheiratet, deshalb bin ich der Marquis. Deine Mutter aber, meine Schwester, war nie im Leben Lady Lossie."

„Sie lügen! Ich weiß, dass Sie lügen! Weil Sie unrecht an mir handeln, wollen Sie mich auch noch mit Schande belegen, um mich auch noch des Mitleids meiner Mitmenschen zu berauben. Aber ich verachte Sie!"

„Ach ja, Schwester, da hilft wirklich nichts. Deine Mutter galt tatsächlich als Lady Lossie, doch meine Mutter, die wirkliche Lady Lossie, war die ganze Zeit über am Leben und starb erst im vergangenen Jahr. Zwanzig Jahre lang hat meine Mutter schweigend gelitten. In den Augen des Gesetzes bist du um nichts besser als das kleine Kind, das Liftore vor einer kleinen Weile verleugnet hat. Schick du diesen Mann fort, sonst wird er dir den Abschied geben, sobald er von diesem Sachverhalt erfährt. Und zweifle nicht, dass er das tun wird. Stoß mich wieder zurück, und ich werde dieses Zimmer verlassen und die Tatsache bekannt geben, dass du weder Lady Lossie noch Lady Florimel Colonsay bist. Du hast auf keinen dieser Namen ein Anrecht, nur auf den Namen deiner Mutter. Du bist Miss Gordon."

Sie stöhnte tief auf.

„Dir bleibt nur noch eine Wahl", schloss Malcolm, „entweder Liftore wegzuschicken oder von ihm sitzen gelassen zu werden. Diese Wahl musst du nun treffen."

Das arme Mädchen versuchte zu sprechen, brachte aber kein Wort heraus. Ihr Feuer war ausgebrannt und die Kräfte begannen sie zu verlassen.

„Florimel", sagte Malcolm, ließ sich auf ein Knie nieder und nahm ihre Hand, „Florimel, ich werde dir ein wahrer Bruder sein. Ich bin dein Bruder, der für dich lebt, dich liebt, für dich kämpft und über dich wacht, bis ein echter Mann dich zur Frau begehrt." Ihre Hand zitterte.

„Schick ihn weg", hauchte sie und sank zu Boden.

Er hob sie auf, legte sie auf eine Couch und kehrte ins Wohnzimmer zurück.

„Mylady Clementina", sagte er, „wollen Sie mir bitte den Gefallen tun und zu meiner Schwester ins nächste Zimmer gehen?"

„Aber gerne, Mylord", sagte sie und ging.

Malcolm ging auf Liftore zu. „Mylord, meine Schwester lässt sich von Ihnen verabschieden."

„Den Abschied will ich von ihr selbst hören."

„Sie werden ihn von meinen Fischern hier bekommen. Nehmt ihn fort!"

Als er sich abwandte, bemerkte er hinter der kleinen Gruppe von Personal, das sich draußen vor der Türe versammelt hatte, Caley. Er ging auf sie zu. Sie versuchte unauffällig wegzuschlüpfen, doch er legte ihr die Hand auf die Schulter und sagte ihr etwas ins Ohr. Sie wurde kreideweiß und blieb stocksteif stehen.

Eben als die Fischer mit Liftore im Schlepptau oben an der Treppe erschienen, betraten Mr. Morrison und Mr. Soutar das Herrenhaus und begaben sich rasch nach oben.

„Mylord!“, sagte der Anwalt und trat hastig auf ihn zu. „Es kann doch gewiss keine Notwendigkeit für solche – solche – Maßnahmen geben?“

Doch dann erblickte er die Verletzung an Malcolms Stirn, ließ einen leisen Ausruf der Verblüffung hören – und der Ton ließ ebenso klar wie die Worte seine Meinung erkennen: „Wie schlecht und töricht läuft doch alles ohne einen Anwalt!“

Malcolm lächelte nur, ging zu dem Richter hin, führte ihn in die Mitte des Zimmers und sagte: „Mr. Morrison, jeder hier kennt Sie. Sagen Sie den Leuten, wer ich bin.“

„Der Marquis von Lossie, Mylord“, antwortete Morrison, „und ich beglückwünsche Ihre Leute hier von Herzen, dass Sie endlich die Rechte und Ehren Ihrer Stellung übernehmen.“

Als Antwort erhob sich ein freudiges Murmeln. Doch ehe es verklang, sprang Malcolm auf und eilte zur Tür. Da stand Lenorme! Er ergriff ihn am Arm und lief ohne ein Wort der Erklärung mit ihm zu dem Zimmer, in dem sich seine Schwester aufhielt. Er rief Clementina, zog sie fast aus dem Raum, schob Lenorme hinein und schloss die Türe.

Mrs. Courthope bat er, sich darum zu kümmern, dass jedem eine Mahlzeit serviert wurde, bat sie dann alle, ihn für eine Weile zu entschuldigen, und lief den Berg hinunter zu seinem Großvater. Er befürchtete, er könne das nun enthüllte Geheimnis von einer anderen Zunge vernehmen. Gerade kam er noch rechtzeitig, denn schon war der ganze Ort aufgescheucht und die sich ausbreitenden Wellen der Neuigkeiten hatten beinahe Duncans Ohren erreicht.

Malcolm traf ihn unruhig und voller Erwartung an. Als er seine Enthüllung beendet hatte, zeigte der alte Mann wenig Überraschung, nahm ihn nur in die Arme und drückte ihn an sich. „Der Herr sei gepriesen, mein Sohn!“ Dann brach er in eine Sturzflut von Gälisch aus und wandte sich instinktiv seinem Dudelsack zu als einzig sicherem Weg für seine so lange eingesperrten Gefühle.

Während er spielte, eilte Malcolm hinaus und lenkte seine Schritte zu Miss Horn.

Ein Wort von ihm reichte aus, um die über viele Monate aufgestauten Gefühle tief in ihrem Inneren zum Durchbruch zu bringen. Die strenge alte Frau brach in Tränen aus.

„O Grizel, meine Grizel! Schau herab von deinem Haus unter den Sternen und sieh den großartigen Burschen an, den du hinterlassen hast, und lobe den Herrn, dass du einen solchen Sohn hast!“

Sie schluchzte auf und weinte ungehemmt.

Plötzlich hielt sie inne, wischte sich ärgerlich die Augen und rief: „Was soll denn das? Ich bin doch eine alte Närrin. Da könnte ja einer glauben, dass ich vielleicht doch Gefühle habe!“

Malcolm lachte, und sie konnte nicht anders als mit einstimmen.

Auf dem Rückweg zum Herrenhaus klopfte er an Mrs. Catanachs Türe und sprach ein paar Worte zu ihr, die auf dem plumpen Gesicht mit den tiefliegenden schwarzen Augen einen bemerkenswerten Ausdruck hinterließen.

Als Malcolm das Haus erreichte, rannte er die Haupttreppe hinauf, klopfte an der ersten Türe, öffnete sie und blinzelte hinein. Da saß Lenorme auf der Couch mit Florimel auf seinen Knien, den Kopf an seine Schulter gelehnt wie ein Kind, das sehr ungezogen war und dem voll und ganz vergeben wurde. Ihr Gesicht war von Tränen verschmiert und ihre Haare hingen verwirrt umher, doch um sie lag ein Schimmer von Güte, die sich Bahn zu brechen begann.

Sie rührte sich nicht, als Malcolm eintrat – sie legte nur die Hände zusammen und sah zu ihm auf.

„Hast du ihm alles gesagt, Florimel?", fragte er.

„Ja, Malcolm, ich habe ihm alles gesagt – und er liebt mich trotzdem! Er hat das Mädchen ohne Namen an sein Herz gedrückt."

„Kein Wunder", meinte Malcolm, „wenn sie es mitgebracht hat."

„Ja", sagte Lenorme, „ich müsste schon den Engel Gabriel herausfordern, damit mein Glück seinesgleichen findet."

Die arme Florimel war bei all ihren weltläufigen Manieren nicht viel mehr als ein Kind. Schlechte Gesellschaft hatte ihr weltliche Grundsätze, Worte, Gedanken und Urteile eingeflößt. Sie hatte Liftore nie geliebt, aber Spaß an seinen Schmeicheleien gefunden.

„Willst du zu deinem Bruder kommen, Florimel?", fragte Malcolm zärtlich und hielt die Arme auf.

Lenorme hob sie hoch. Leichtfüßig ging sie zu ihm hin und legte den Kopf an seine Brust. „Vergib mir, Bruder", sagte sie und sah ihn an.

Er küsste sie und wandte sich zu Lenorme: „Ich übergebe sie dir", sagte er.

Damit verließ er sie wieder und suchte nach Mr. Morrison und Mr. Soutar, mit denen er eine Stunde mit geschäftlichen Dingen verbrachte. Dazu gehörten auch Überlegungen für die Vorbereitung eines gemeinsamen Essens mit all seinen Leuten, den Fischern, Bauern und allen anderen. Nachdem sich die beiden Herren verabschiedet hatten, bekam ihn stundenlang niemand mehr zu Gesicht. Bis zur Abenddämmerung blieb er allein, eingeschlossen im Zimmer des Zauberers, wo er das Licht der Welt erblickt hatte. Einen Teil der Zeit brachte er damit zu, an Mr. Graham zu schreiben.

Als sich die Sonne am Rande der See niedersenkte, stieg Malcolm vom Ufer her, wo er spazierengegangen war, zur Düne hinauf. Von der anderen Seite nahte sich einen Augenblick später Clementina. Im roten Licht der untergehenden Sonne trafen sie zusammen. Sie fassten sich bei den Händen und standen einen Augenblick schweigend da.

„Mylord", sagte die Lady, „wie soll ich Ihnen danken, dass Sie Ihr Geheimnis vor mir bewahrt haben? Aber mein Herz tut weh, weil ich nun meinen Fischer hergeben muss."

„Mylady", erwiderte Malcolm, „Sie haben nur Ihren Reitknecht gefunden."

35. Die Versammlung

Am selben Abend marschierte Duncan im Putz seiner Tracht, mit Schwert und Dolch an der Seite und dem mächtigen Dudelsack der Lossies durch die Straßen der oberen, dann der unteren Stadt, im Gefolge den Ausrufer mit der Glocke. An den geeigneten Plätzen ließ Duncan sein Instrument mit voller Stärke vernehmen, und danach verkündete der Ausrufer, dass Malcolm, Marquis von Lossie, am folgenden Abend um sieben Uhr jeden einzelnen seiner Pächter im königlichen Ort Portlossie, Newton wie Seaton, in der Stadthalle begrüßen wolle. Nachdem die Ankündigung verlesen war, ließ der Pfeifer dreimal den gleichen Ton erklingen; darauf begaben sie sich zur nächsten Stelle. Als sie mit der Seaton fertig waren, stiegen sie in eine Kutsche, die beim Seetor auf sie wartete und sie nach Scaurnose und von dort noch in einige weitere Ortschaften im Besitz des Marquis an der Küste fuhr. Überall ließen sie ihre Ankündigung in gleicher Weise hören.

Portlossie befand sich in einer Aufregung von Wunder, Zufriedenheit und Freude. In den Läden, zwischen den Netzen, in den Räucherschuppen, Häusern und Hütten gab es nur ein Gesprächsthema. Unzählige Geschichten und Erinnerungen wurden zum Besten gegeben, um darzutun, dass immer schon alles darauf hindeutete, aus Malcolm würde einmal etwas Besonderes werden, und der Erzähler deutete nicht selten darauf hin, dass er selbst eine gewisse Vorahnung des Kommenden gehabt habe. Malcolms Freunde jubelten. Die Männer scharten sich um Duncan, gratulierten ihm und deckten ihn mit zahllosen Fragen ein. Doch der alte Mann behielt eine ruhige Würde bei und wollte weder mit Wort, Ton noch Geste irgendeine Überraschung verraten, sondern benahm sich, als habe er dies alles schon die ganze Zeit hindurch gewusst.

Davy in seiner Schiffsuniform wurde am nächsten Morgen zum persönlichen Begleiter des Marquis ernannt. Beinahe die erste Aufgabe in seinem neuen Amt war, einen blassen, geschwächten Mann in das Zimmer seines Herrn zu führen, der vom Gewicht eines riesigen, mit Messingschlössern versehenen Bandes unter jedem Arm fast zu Boden gezogen wurde.

Seine Lordschaft stand auf und ging ihm mit ausgestreckter Hand entgegen. „Ich freue mich, Sie zu sehen, Mr. Crathie“, sagte er, „aber ich fürchte, Sie sind zu früh aufgestanden.“

„Seit unserem Gespräch von gestern geht's mir wieder ganz ordentlich, Mylord“, erwiderte der Verwalter. „Dass Eure Lordschaft nun in Amt und Würden eingetreten sind, hat aus mir wieder einen jungen Mann gemacht. Ich bin hier, um über meine Verwaltertätigkeit Rechenschaft abzulegen.“

„Ich will keine Rechenschaft, Mr. Crathie – nichts außer einer allgemeinen Feststellung, wie die Dinge für mich stehen.“

„Ich möchte Eure Lordschaft gerne damit vertraut machen, dass ich ehrlich gehandelt habe“ – hier hielt der Verwalter einen Augenblick inne und sprach dann mit einer gewissen Anstrengung weiter – „an Ihnen, Mylord.“

„Noch ein Wort also“, sagte Malcolm, „und ich hoffe, das letzte hiervon. Gott sei Dank, dass wir schon vor dem gestrigen Tag miteinander ins Reine gekommen sind. Wenn Sie hart, um nicht zu sagen unfair an meinen Pächtern gehandelt haben, dann haben Sie an mir weit mehr Unrecht getan, als Sie von mir einstecken mussten. Wenn also jetzt irgendjemand Grund zur Klage zu haben meint, dann überlasse ich es Ihnen, die Sache im Lichte des Ihnen zuteilgewordenen neuen

Lichts nochmals zu bedenken und wo nötig zu bereinigen. Was Ihre Loyalität gegenüber meiner Familie und ihren Angelegenheiten anbetrifft, so hatte ich daran niemals auch nur den Schatten eines Zweifels.“ Damit reichte ihm Malcolm die Hand.

Der Verwalter erzitterte unter dem kräftigen Griff.

„Mistress Crathie ist tief bekümmert über sich, Mylord“, sagte er und stand auf, um sich zu verabschieden.

Malcolm lachte. „Bestellen Sie Mrs. Crathie meine besten Wünsche“, sagte er. „Und sagen Sie ihr, wenn sie hinfort jeden ehrlichen Fischer so begrüße, als könne er sich eines Tages als Lord erweisen, dann sind sie und ich völlig im Reinen.“

Am nächsten Morgen brachte er ihr einige von ihm frisch gefangene Makrelen und sie vergaß nie die ihr erteilte Lektion.

Als der Abend nahte, war die Stadthalle so überfüllt, dass Malcolm vorschlug, das Ganze auf den freien Platz draußen zu verlegen. Er stand auf den Stufen der Halle, ein Fischer in Kleidung und Haltung, doch nicht weniger ein Gentleman und Marquis, und sprach zu den Leuten. Sie empfingen ihn mit wilder Begeisterung.

„Die frische Luft ist in jeder Hinsicht besser“, begann er. „Fischer, euch habe ich zuerst gerufen, weil ich zu euch gehöre. Ich bin und bleibe ein Fischer. Später werde ich euch erzählen, wie sich alles zugetragen hat. Ich möchte, dass ihr alle kommt und bei mir speist, sobald alle Vorbereitungen getroffen werden können, und dann soll eure Neugierde befriedigt werden. Im Augenblick ist mein Hauptanliegen, dass ihr begreift, was ich vorhabe. Ich möchte gerne euer aller Freund sein und werde alles dafür tun, soweit es an mir liegt.

Für euch in Portlossie werden ohne Verzögerungen die Räumungsarbeiten am Hafen in Angriff genommen. Scaurnose wird innerhalb der nächsten zwei Wochen die für den Ausbau des Hafens erforderlichen

Sprengungen hören, und jeder Haushalt wird schon bald ein kleines Stück Land zugewiesen bekommen.

Ich muss allerdings darauf hinweisen, dass es einige unter euch gibt, auf die ich mein Augenmerk richten werde, und ich warne alle, dass jeder, der in Zukunft Frieden und Freiheit meiner Leute stören sollte, umgehend aus meinem Gebiet entfernt wird.

Ich werde dafür Sorge tragen, dass alle Klagen angehört werden und Abhilfe geschaffen wird, wenn sie berechtigt waren. Soweit es in meiner Macht liegt, werde ich der Gerechtigkeit zum Sieg verhelfen. Wer seinen Nächsten unterdrückt oder ihm ein Unrecht antut, bekommt es mit mir zu tun, und ich bitte jeden ehrlichen Mann, mir im Dienst der Gerechtigkeit beizustehen."

Die Ansprache wurde immer wieder durch lauten Beifall unterbrochen, der an dieser Stelle besonders lange anhielt. Danach fuhr er fort:

„Ich werde euch nun einen Beweis dafür liefern, dass ich meine, was ich sage, und dass das Böse nicht ans Licht kommt, ohne dass es bemerkt und ohne dass entsprechend gehandelt wird.

Unter euch befinden sich zwei Frauen, von denen euch eine wohlbekannt ist. Ihr Name, zumindest der, den sie hier führt, ist Barbara Catanach. Die andere ist eine Engländerin, die Caley heißt."

Alle Blicke wandten sich den beiden zu. Selbst Mrs. Catanach wurde durch die allgemeine Aufmerksamkeit eingeschüchtert.

„In der Gewissheit, dass beide am Galgen landen würden, wenn ich eine Strafverfolgung gegen sie einleiten würde, werdet ihr es sicherlich nicht als rachsüchtig ansehen, dass ich sie in dieser Weise bloßstelle. Wenn ich auf eine Strafverfolgung verzichte, dann verpflichte ich mich selbst, dafür zu sorgen, dass sie kein Unheil mehr anrichten können. Ich nehme die Konsequenzen auf mich, wenn ich ihnen Gelegenheit zur Umkehr gebe.

Diese Frauen sollen nicht irgendwo anders hingehen und sich dort als harmlose Mitglieder der Gesellschaft ausgeben können. Sie werden hier in diesem Ort leben, allgemein bekannt und von allgemeinem Misstrauen begleitet. Damit klar ist, was es mit ihnen auf sich hat, erkläre ich hiermit öffentlich, dass ich Beweise gegen sie in der Hand habe für einen gemeinsamen Mordversuch an mir. Von den Folgen des Giftes, das sie mir einflößen konnten, werde ich mich nie wieder vollständig erholen. Mit den Lügen, die ihre Zungen verbreiten, haben sie zahlloses Unheil angerichtet. Sollte ich ihnen Unrecht tun, dann mögen sie klagen. Wenn sie allerdings eine Klage gegen mich einbringen und verlieren, dann zwingt mich dies, selbst meine Anklage gegen sie einzureichen.

Hört also an, was ich über diese beiden beschlossen habe. Die Catanach wird ihre Spießgesellin Caley in ihre Hütte aufnehmen, in der sie mietfrei wohnen können. Ich setze ihnen auch einen Betrag für ihren Lebensunterhalt aus, der gerade ausreichen wird, denn sie sollen es nicht allzu bequem haben. Es steht ihnen frei, zu arbeiten, falls sie jemanden finden, der ihnen Arbeit gibt. Wenn eine von ihnen die ihnen von mir gesetzten Grenzen zu überschreiten versucht, dann wird sie umgehend mit einem Haftbefehl gesucht werden. Ich bitte jeden anständigen Menschen hier, ein Auge auf die beiden zu haben. So wie sie ihr Leben gestalten, wird ihr Leben sein. Sollten sie zur Reue finden, dann werden sie den Tag segnen, an dem ich so strenge Maßnahmen gegen sie verhängt habe. Und nun mögen sie sich zu ihrer Behausung begeben."

Die Hebamme warf einen teuflischen Blick von Verachtung und Hass um sich, als sie der Aufforderung nachkam. Caley war totenblass und wagte sich nicht umzuschauen, als sie zitternd und stolpernd ihrer Gefährtin folgte. Es vergingen nicht viele Monate, als das

Gesicht von Mrs. Catanach, die von allen angestarrt und geschnitten und ihres Hauptvergnügens, einen unheilvollen Einfluss auf Menschen auszuüben, beraubt war, eine ganz andere Geschichte verriet und Malcolm eine schwache Hoffnung hegte, dass die Frau vielleicht in einigen Jahren allmählich zu der Einsicht gelangen könnte, sie sei eine Sünderin – dass sie Dinge begangen habe, die sie nicht hätte tun dürfen.

Duncan wurde formell als Pfeifer des Marquis von Lossie anerkannt. Weiter hegte er keinen Ehrgeiz. Malcolm selbst kümmerte sich um seine vollständige Ausstattung und achtete vor allem darauf, dass sein Kilt und Plaid vom gleichen rot-blau-grünen Tartan waren wie die Duncans. Sein Dolch und sein Breitschwert erhielten eine neue Scheide mit Silberbeschlägen. Wenn Malcolm Gäste bewirtete, mussten sie sich, solange Duncan in der Lage war, den Luftsack aufzublasen, zwischen jedem Gang des Dinners zwei oder drei Minuten lang den Lärm aus der dreifachen Kehle des Dudelsacks von Lossie anhören. Hin und wieder wagte ein weiblicher Gast darauf hinzuweisen, dass diese Sitte für englische Ohren eine rechte Tortur sei. Der Pfeifer bekam auf eigenen Wunsch einen Stuhl und ein Tischchen rechts hinter seinem Häuptling, wie er ihn nannte. Dort aß er mit Familie und Gästen, und Davy bediente ihn.

Malcolm war einer der wenigen, die den Schirm des Lichts, den Schutz durch die offene Vorstellung der Wahrheit verstanden. Für ihn war es eine der Verheißungen des Himmelreichs, dass nichts verdeckt ist, was nicht offenbar werden soll. Deshalb war er beim kommenden Dinner sehr darauf bedacht, seinen Leuten die wichtigsten Punkte seiner Geschichte darzulegen in der Gewissheit, dass eine solche Offenheit auch dazu beitragen könnte, den Grundstein des Vertrauens zwischen ihm und ihnen zu legen. Die einzige Schwierigkeit hierbei bildete die Position Florimels, doch hielt er es auch um ihretwillen für besser, offen zu sprechen, denn dann würde ihr die allgemeine Zuneigung zuteilwerden und sie beschützen. Er beriet sich deshalb mit Lenorme, der ging und sie suchte. Sie kam und bat ihn zu sagen, was er für richtig hielt.

Diesmal waren die Tische nicht an verschiedenen Stellen des Anwesens aufgestellt, sondern auf der ebenen Fläche der Auffahrt und den angrenzenden Rasenflächen. Malcolm in voller Hochlandtracht nahm den Platz oben am mittleren Tisch ein, Florimel den Ehrenplatz zu seiner Rechten und Clementina zu seiner Linken. Lenorme saß neben Florimel, und Annie Mair hatte ihren Platz an der Seite von Lenorme. Auf der anderen Seite bildete Mr. Graham den Tischnachbarn von Clementina mit Miss Horn an seiner anderen Seite und dem blauen Peter neben Miss Horn. Mr. Morrison führte den Vorsitz am Tisch der Farmer mit den ganzen Fischern rings umher.

Als der Hauptteil des Essens vorüber war, erhob sich Malcolm und erzählte seine Geschichte mit so viel Einzelheiten, wie er es für wünschenswert hielt, wobei er mit der Rolle anfing, die sein Onkel und Mrs. Catanach dabei spielten. Es sei jedoch, so führte er aus, ein Grundsatz der Weltgeschichte, dass das Böse gezwungen sei, Gutes zu bewirken. War er nicht von einem der edelsten und einfachsten Männer liebevoll aufgenommen worden, der ihn in ehrenhafter Armut und Rechtschaffenheit erzogen hatte? Als er dies sagte, wandte er sich zu Duncan um, der hinter ihm an seinem eigenen Tisch saß und den Dudelsack neben sich an einem Schemel lehnen hatte. „Ihr alle kennt meinen Großvater und achtet ihn“, fuhr er fort.

Daraufhin erhob sich lautes Rufen.

„Ich danke euch, meine Freunde. Mein Wunsch ist, dass jeder hier sich Duncan MacPhail gegenüber so verhalten möge, als sei er in Fleisch und Blut das, was er in Tat und Wahrheit für mich ist – mein Großvater."

Abermals erscholl laute Zustimmung.

Er sprach weiter von den Privilegien, die er allein in seinem Stand je genossen hatte – die Privilegien von Mühen und Gefahren, von menschlicher Abhängigkeit und göttlicher Hilfe, das Privileg des Vertrauens und der Gemeinschaft ehrenhafter Männer und des Verständnisses ihrer Art, ihres Denkens und Fühlens und das Privileg der Freundschaft und Unterweisung des Lehrers, dem er mehr verdanke, als sich in einer Ewigkeit offenbaren lasse.

Dann wandte er sich wieder seiner Erzählung zu und berichtete, wie sein Vater, den man fälschlich informiert hatte, seine Frau und sein Kind seien tot, schließlich Florimels Mutter geheiratet habe, wie seine Mutter aus Mitleid mit den beiden schwieg, wie sie zwanzig Jahre lang bei ihrer Kusine, Miss Horn, gelebt und auch ihr gegenüber ihr Stillschweigen bewahrt hatte, und wie sie schließlich hörte, dass er das Erbe angetreten habe und ins Herrenhaus kommen wolle und der Gedanke an seine Nähe und doch Unerreichbarkeit ihr so zugesetzt und sie so geschwächt habe, dass sie starb.

Er erzählte, wie Miss Horn nach dem Tode seiner Mutter auf Briefe gestoßen war, die das Geheimnis enthüllten, von dessen Existenz sie seit Langem gewusst hatte, nach dem sie aber aus Liebe und Achtung für ihre Kusine nicht weiter forschte.

Schließlich teilte er dann noch mit, wie Mrs. Catanach in einem Anfall rasender Wut das Geheimnis seiner Geburt preisgegeben und später eine eidesstattliche Erklärung unterzeichnet hatte, und wie sein Vater auf dem Sterbebett unter Wahrung aller gesetzlichen Erfordernisse ihn als seinen Sohn und Erben anerkannte.

„Und nun, zur großen Freude meiner Seele, hat meine geliebte und verehrte Schwester mich als ihren Bruder akzeptiert. Ich glaube nicht, dass sie den Verlust der Führung des Hauses Lossie, die an mich übergegangen ist, besonders bedauert. Sie wird wenig sonst verlieren. Unter allen Frauen wird es gerade ihr wenig ausmachen, den Titel einzubüßen, nachdem sie schon so bald ihren Namen gegen einen anderen eintauschen wird, der ihr eine viel dauerhaftere Ehre beschert. Denn ihr künftiger Gatte ist nicht nur von Adel, sondern auch ein Mann von großer Begabung, dessen Lob sie von allen Seiten vernehmen wird. Eins seiner Werke, aus Mühen und Liebe geboren, werdet ihr zu sehen bekommen, wenn wir uns von der Tafel erheben: Ein Porträt eures verstorbenen Marquis, meines Vaters, das zum Teil nach einer Miniatur, zum Teil nach meiner Schwester und, was mich besonders glücklich macht, zum Teil auch nach mir gemalt wurde. Ihr müsst dabei bedenken, dass Mr. Lenorme meinen Vater nie gesehen hat. Ich sage das nicht als Entschuldigung, sondern als besonderes Lob für seine Arbeit.

Meine lieben Pächter, ich werde mein Bestes tun, um euch Gerechtigkeit widerfahren zu lassen. Mein Freund und Verwalter, Mr. Crathie, hat mir seine Zweifel bekannt, dass er ein wenig hart vorgegangen ist, und er ist bereit, einige eurer Fälle nochmals zu überdenken. Glaubt nicht, dass ich ein sorgloser Geschäftsmann sein werde. Ich brauche Geld, denn ich habe genug, was ich damit tun will, wenn auch nur, um Dinge ins Lot zu bringen, die nicht in Ordnung sind. Aber lasst Gott Zeuge sein zwischen euch und mir.

Meine lieben Fischer, jeder ehrliche Mann unter euch ist mein Freund und soll das auch wissen. Zwischen euch und mir ist das genug. Doch um der Eintracht, Recht und Ordnung willen und damit ich euch nahe sein kann, werde ich in jedem Dorf drei aus eurer Mitte bestellen, an die sich jeder Mann und jede Frau mit Bitten oder Klagen wenden kann. Wenn zwei unter den dreien meinen, die Sache müsse mir vorgelegt werden, dann werde ich sie aller Wahrscheinlichkeit nach mit den gleichen Augen ansehen wie sie. Wenn jemand glaubt, sie handelten ungerecht an ihm, möge er direkt zu mir kommen. Sollte ich im Zweifel sein, so habe ich hier zu meiner Seite meinen geliebten und hochgeschätzten Lehrer, an den ich mich um Rat wenden kann. Freunde, wenn wir uns selbst gegenüber ehrlich sind, werden wir es auch anderen gegenüber sein.

Zum Schluss sollt ihr noch aus meinem eigenen Munde hören, dass diese Dame an meiner Seite, die Tochter eines englischen Grafen aus altem Hause, dem Hause Lossie die Ehre gibt, seine Marquise zu werden. Lady Clementina Thornicroft besitzt große Ländereien im Süden Englands, aber nicht deshalb habe ich mich um ihre Gunst bemüht, denn sie hat mich als ihren künftigen Gatten akzeptiert, als meine Geburt und Stellung ihr noch unbekannt waren und sie sich nicht träumen ließ, dass ich etwas anderes wäre als ein Fischer und Reitknecht."

Mit diesen Worten setzte er sich. Nach herzlichem Beifall, ein oder zwei Glas Wein und verschiedenen Ansprachen erhoben sich alle und gingen hin, sich das Porträt des verstorbenen Marquis anzuschauen.

36. Die Hochzeit

Lady Clementina musste wieder nach England zurückkehren, um sich mit ihren Anwälten zu besprechen und ihre Angelegenheiten zu ordnen. So wurde die „Psyche“ startklar gemacht. Lady Clementina, Florimel und Lenorme waren die Fahrgäste, Malcolm, der blaue Peter und Davy bildeten die Manschaft. Für Dienerschaft war kein Platz, doch es gab keinen Mangel an Service. Sie hatten teilweise raues Wetter, und weder Clementina noch Lenorme fühlten sich besonders gut, doch die Reise ging rasch vonstatten und alle befanden sich wohl, als das Boot in Greenwich anlegte.

Da sie nichts über Lady Bellairs Verbleib wussten, schickten sie Davy zum Portland Place, um nach dem Rechten zu sehen. Er kam mit der Nachricht zurück, dass nur eine alte Frau im Hause sei. So brachte Malcolm seine Schwester dorthin. Alles, was den vorigen Bewohnern gehört hatte, war verschwunden, und niemand wusste etwas über ihren jetzigen Aufenthalt.

Malcolm fand beim Durchstöbern von Schubladen und Schränken zu seiner unsagbaren Freude eine Miniatur seiner Mutter zusammen mit einer weiteren von seinem Vater – ein jüngeres Bild, als er es bisher zu sehen bekommen hatte. Er entdeckte auch noch einige Briefe seiner Mutter – meist einfache, mit Bleistift geschriebene Notizen –, doch er wollte weder sie noch die von seinem Vater verfassten Briefe, die ihm Miss Horn ausgehändigt hatte, lesen. Liebevoll legte er sie zusammen und verbrannte sie zu Aschenflocken. „Meine Mutter soll mir sagen, was ihr gefällt, wenn ich sie finde“, meinte er. „Sie soll keinen Vorwurf gegen mich erheben, dass ich ihre Briefe an meinen Vater gelesen hätte.“

Die Hochzeit fand in Wastbeach statt, und beide Paare wurden in der gleichen Zeremonie getraut. Sofort nach der Hochzeit begaben sich der Maler und seine Frau auf die Reise nach Rom, und der Marquis und seine Frau gingen an Bord der „Psyche". Da es beider Wunsch war, ihre Ehe zu Hause zu beginnen, segelten sie direkt nach Portlossie. Nach einer guten Reise landeten sie jedoch, um ihr Heim in Ruhe zu erreichen, in Duff Harbor, nahmen dort Pferde und trafen spät am Abend in Lossie House ein.

Ehe sie die Rückreise antraten, schrieb Malcolm der Haushälterin, das Zimmer des Zauberers für sie herzurichten, aber an Wänden oder Einrichtung nichts zu verändern. Dieses Zimmer, so beschloss er, sollte das erste sein, das er mit seiner jungen Frau bewohnte, und dort wollte er ihr die lange Historie seiner Geschichte erzählen, nach der sie so sehr verlangte. Mrs. Courthope war entsetzt über diesen Gedanken, doch blieb ihr nichts anderes übrig, und sie tat, was in ihrer Macht als Frau lag, den düsteren alten Raum unter den gegebenen Beschränkungen möglichst fröhlich zu gestalten. Malcolm bewahrte das Zimmer von da ab, wie es war, und zog sich oft dorthin zurück zum Nachdenken. Nie ließ er die zerfallenden Teile der verborgenen Treppe wieder herrichten und hielt die Türe oben sorgfältig versperrt. Doch von dort, wo die Treppe weiter nach unten geführt hatte, ließ er den Schutt beseitigen. Die Treppe war dort noch in annehmbarem Zustand und führte in einen Gang, der unter dem Bach hindurchging. Ohne Zweifel lag hier einer der Anlässe für die Legende von Lord Gernon.

Damit beendete er jedoch diese Arbeit; er dachte an die Möglichkeit, dass eine Zeit kommen könnte, wo Arbeit knapp war und seine Leute jegliche Tätigkeit würden brauchen können, die er ihnen zu geben vermochte. Als dann nach einigen Jahren eine solche Zeit tatsächlich kam, da war eine noch viel wichtigere Arbeit im Gange, die dringend gebraucht wurde, um die Leute vom Verhungern zu bewahren – der Wiederaufbau des alten Schlosses von Colonsay. Aus seinen Gewölben wurde der Schutt entfernt, die Steine neu bearbeitet, Mauern, Türme und Zinnen hochgezogen, bis es sich schließlich höher erhob als vorher. Auf dem zierlichsten der Türme wurde ein Leuchtfeuer untergebracht, das weit nach Norden hinausleuchtete und den Fischern den nächtlichen Weg wies, wenn sie sich ihres Kurses nicht sicher waren. Viele Jahre hindurch verbrachten Florimel und ihr Mann eine Reihe von Wochen in dem Schloss, und der Maler fertigte eine Menge von Studien über das ewig wechselnde Antlitz der See.

Malcolm hatte ein so ausgeprägtes Gefühl für das Gute und Wahre, dass er darauf bestand, Mr. Graham wieder in seine frühere Stellung einzusetzen. Er erklärte dem Presbyterium, falls dies nicht geschehe, werde er selbst für Mr. Graham ein Schulhaus errichten; daraufhin revidierten sie ihre bisherige Position. Der junge Mann, den sie als Nachfolger Mr. Grahams berufen hatten, willigte ein, als Assistent zu bleiben, wobei er das Häuschen und sein volles Gehalt behalten sollte. Es wurde ihm auch zugestanden, falls er die Förderung von Mr. Grahams Bemühungen nicht mit seinem Gewissen vereinbaren könne, würde ihm der Marquis eine andere Stellung verschaffen.

Mr. Graham lebte von da ab im Herrenhaus als geistlicher Vater der ganzen Familie. Mit dem Haus verbunden war ein altes Gebäude, das seit vielen Jahren in Scheuer und Molkerei aufgeteilt war; ursprünglich war es jedoch offenkundig die Kapelle der Klosteranlage gewesen. Diesen Anbau führte Malcolm wieder seinem ehemaligen Bestimmungszweck zu. Es wurde eine bezaubernde Kapelle – zu groß für den Haushalt allein, doch nicht zu groß für die Mittwochabendgemeinde, wenn sich viele Fischerfamilien, Farmersleute aus der Nachbarschaft und Bewohner der oberen Stadt dort versammelten, um dem Lehrer zuzuhören.

Clementina übernahm Lizza als ihr persönliches Mädchen. Da Lizzas kleiner Bub fast ständig um sie war, hatte sie sich bis zu der Zeit, als sie eigene Kinder hatte, schon eine Vorstellung davon gemacht, was für die Entwicklung des göttlichen Samens getan werden konnte und sollte, der tief im Herzen jedes Menschen schlummerte. Kelpie hatte ein Fohlen bekommen und wurde danach wesentlich ruhiger, sodass Malcolm endlich einverstanden war, dass Clementina auf ihr reiten sollte. Nach einigen halbherzigen Versuchen, sie abzuwerfen, duldete Kelpie jedoch ihre neue Reiterin und schien danach stolz zu sein auf eine Herrin, die wirklich reiten konnte.

Es dauerte nicht lange, da bemerkten die Leute, dass man den Dudelsackpfeifer nie mehr den Namen Campbell äußern hörte. Ein ungezogener Bengel wagte einmal – zum Glück außer Hörweite von Malcolm – das böse Wort in seiner Gegenwart zu sagen. Ein Schatten huschte über das Gesicht des alten Mannes, doch er schwieg stille, und bis zu seinem Tod, der ihn in seinem fünfundneunzigsten Lebensjahr ereilte, kam der Name nie mehr über seine Lippen. Er starb mit dem Dudelsack der Lossies neben dem Bett und Malcolm an seiner Seite.

Malcolms Beziehungen zu den Fischern, auf Wahrheit und Aufrichtigkeit gegründet, erfuhren durch seine veränderte Stellung keinerlei Beeinträchtigungen. Er machte es sich zum Grundsatz, stets während der Heringsaison zu Hause zu sein, und wenn er daheim war, dann besuchte er die Leute, sprach fast jeden Tag irgendwo an einem Haus der Seaton vor, begrüßte eine emsige Hausfrau, kam wohl auch einmal herein und blieb ein paar Minuten. Mit jedem wechselte er einige

Worte, am meisten jedoch war er mit dem blauen Peter zusammen.

Im dritten Jahr wurde ein seltsames Fahrzeug vom Stapel gelassen. Es besaß eine Wasserverdrängung von zweihundert Tonnen, war jedoch gebaut wie ein Fischerboot. Vorne und unten hatte das Boot große Stauräume. Wenn die Fischzüge besonders ertragreich waren, konnte Boot um Boot heranfahren und seine Fänge in dieses Schiff umleeren, wieder hinausfahren und die Netze erneut auswerfen. Doch das war nicht der ursprüngliche Verwendungszweck des Schiffes. Die Hälfte des Decks, die mit dünnen Seilen abgetrennt war, wurde so weiß geschrubbt, wie es möglich war, und sie besaß eine Reling aus Messing. Gesteuert wurde mit einem Rad, das mehr Platz ließ. Das Kompasshaus war leicht geneigt und diente als Lesepult. Überall an der Schiffswand entlang zogen sich Sitze. Das Schiff erhielt den Namen „Clemency".

Eine Zeit lang verschaffte Malcolm den begabtesten unter den Fischerskindern, die er finden konnte, einen Musikunterricht, und nun hatte er eine recht gute Kapelle, die Gott einen Hauch seiner eigenen Musik zurückzugeben vermochte. Nun übernahm das große Fischboot jeden Sonntagabend mit dem Marquis und meist auch der Marquise an Bord die Führung für die Boote, die ausliefen, um die Nacht auf See zu verbringen.

Wenn sie den Fanggrund erreicht hatten, versammelten sich die kleineren Boote um das große, die Anführer kamen an Bord und Malcolm stand dann auf, las aus den Worten Jesu, sprach mit ihnen und versuchte, ihnen die lebendige Wahrheit ins Herz zu senken. Nach einem Gebet und mehreren Nummern der Kapelle sprangen die Männer wieder in ihre Boote, die sich über das Wasser verstreuten und die Schätze des Meeres zu bergen versuchten.

Wann immer ein Boot Hilfe brauchte oder die kleinste Gefahr sich zeigte, wurde als Erstes der Marquis gerufen. Im nächsten Augenblick war er an Deck und nahm die Situation in seine Hände. Morgens, wenn sich einige der Boote versammelt hatten, liefen sie wieder in den Hafen ein unter dem vollen Klang des Lobpreises von Trompeten und Hörnern, und die Wellen schienen nach den wohlgeordneten göttlichen Lauten zu tanzen.

Für diese Morgen am Beginn der Woche schrieb Malcolm ein kleines Lied, dessen letzte Strophe so lautete:

Wie der Fisch die Münze hat gebracht,
halten wir gemeinsam unsre Wacht.
Jeder ist für alle andern da,
wie Gott zu allen Zeiten es gern sah.

Die Personen der Handlung

Malcolm Colonsay	der Marquis von Lossie
Hector Crathie	Gutsverwalter von Lossi House
Mr. Stoat	Stallknecht in Lossie House
Kelpie	Malcolms Stute
Mrs. Courthope	Haushälterin in Lossie House
Miss Horn	Malcolms gute Freundin
Lizza Findlay	Dorfmädchen aus Seaton
Joseph Mair (blauer Peter)	Malcolms bester Freund
Annie Mair	Frau des blauen Peter
Mr. Soutar	Anwalt aus Duff Harbour
Davy	junger Kammersteward
Lady Florimel Gordon (Colonsay)	Malcolms Halbschwester
Lord Liftore (früher Lord Meikleham)	Neffe von Lady Bellair
Mr. Wallis	Florimels Diener in London
Arnold Lenorme	Londoner Maler
John Findlay (Partan)	Lizzas Vater
Meg Findlay (Partan)	Lizzas Mutter
Alexander Graham	Malcolms Freund, ein Lehrer
Lady Clementina Thornicroft	Freundin von Florimel
Travers	Maat einer Jacht
Caley	Florimels Zofe
Mrs. Catanach	Hebamme in Portlossie
Griffith	Florimels Stallknecht
Rose	Dienstmädchen in Portland Place
Duncan MacPhail	Malcolms Adoptivgroßvater
Johnny Bykes	Torhüter in Lossie House
Mrs. Crathie	Hector Crathies Frau
Phemy Mair	Tochter des blauben Peter
Mr. Morrison	Richter am Ort

Nachwort

Eine im Jahre 1935 erschienene Ausgabe eines Buches, das sich mit Autoren des neunzehnten Jahrhunderts befasst, zeigt eine interessante Titelseite: eine zusammengesetzte Photographie einer Gruppe berühmter Schriftsteller der viktorianischen Zeit – J. A. Froude, Wilkie Collins, Anthony Lytton, Thomas Carlytle, Charles Dickens und George MacDonald. Man fragt sich überrascht: „Wer ist George MacDonald, und was hat er in diesem Kreis zu suchen?"

MacDonalds Biographie führte jedoch aus: „Eine solche Frage wäre den meisten von MacDonalds Zeitgenossen nicht gekommen. Sie hätten wohl eher Überraschung gezeigt darüber, dass er um die Mitte des zwanzigsten Jahrhunderts weitgehend in Vergessenheit geraten war, denn im letzten Drittel des neunzehnten Jahrhunderts waren George MacDonalds Werke Bestseller, und sein Status als christlicher Erzähler stand fest und unerschüttert. Seine Bücher wurden in Großbritannien und den Vereinigten Staaten zu Hunderttausenden verkauft. Seine Vorträge waren sehr beliebt und gut besucht. Seine Poesie fand so viel Beachtung, dass er zumindest für eine Zeit lang als Hofdichter in Betracht kam. Außerdem besaß er einen weitreichenden Ruf als christlicher Lehrer. Allein diese ... Popularität lässt MacDonald zu einer Gestalt werden, der in der Literaturgeschichte einige Bedeutung zukommt."

In MacDonalds Erzählungen findet sich eine ganz besondere Qualität, die den Leser stark anzurühren vermag: Er besaß eine ungewöhnliche Einsicht in die Nutzanwendung geistlicher Grundsätze auf Situationen des täglichen Lebens. Zwar musste MacDonald Bücher an ein Publikum verkaufen, das Handlung, Intrige,

Spannung, Verschwörung, Drama und Romanze verlangte, doch lag ihm sein Schreiben als Mittel zu einem bestimmten Zweck mehr am Herzen. In ihm brannte die Botschaft von Gottes Liebe, die er zum Ausdruck bringen musste.

Wie alles begann ...

Lady Florimel und der Fischer
ISBN 978-3-86827-231-4
432 Seiten, Paperback

Highlands, Clans & Dudelsäcke – das ist Schottland; schroffe Berge, in kalten Nebel gehüllt, und pittoreske Fischerkaten, die sich an zerfurchte Küsten ducken – das ist die Kulisse; eine bezaubernde Lady und ein junger Fischer, ein uriger „Clansman" und ein nobler Marquis - das sind die Helden; Romantik, Geheimnis & Spannung, eine ruchlose Verschwörung und ein dramatischer Kampf um Wahrheit – das ist der Stoff, aus dem MacDonald einen stimmungsvollen Roman gewoben hat. Lassen Sie sich entführen in das wilde Land der Schotten, Mitte des 19. Jahrhunderts!